W0327275

WITCH AND GOD

Couverture : © Moorbookdesign

© Hachette Livre, 2022, pour la présente édition.

Hachette Livre, 58 rue Jean Bleuzen, 92170 Vanves.

Liv Stone

WITCH AND GOD

3

INSOUMISE MÉROÉ

BMR

À Zélie et aux sœurs du milieu

La lignée Olympienne

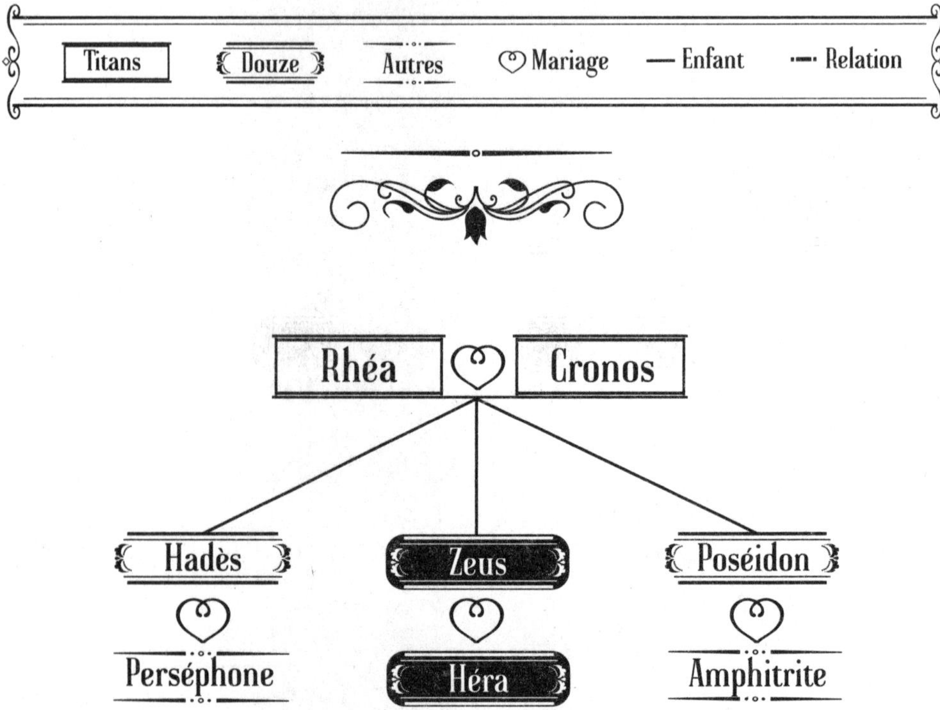

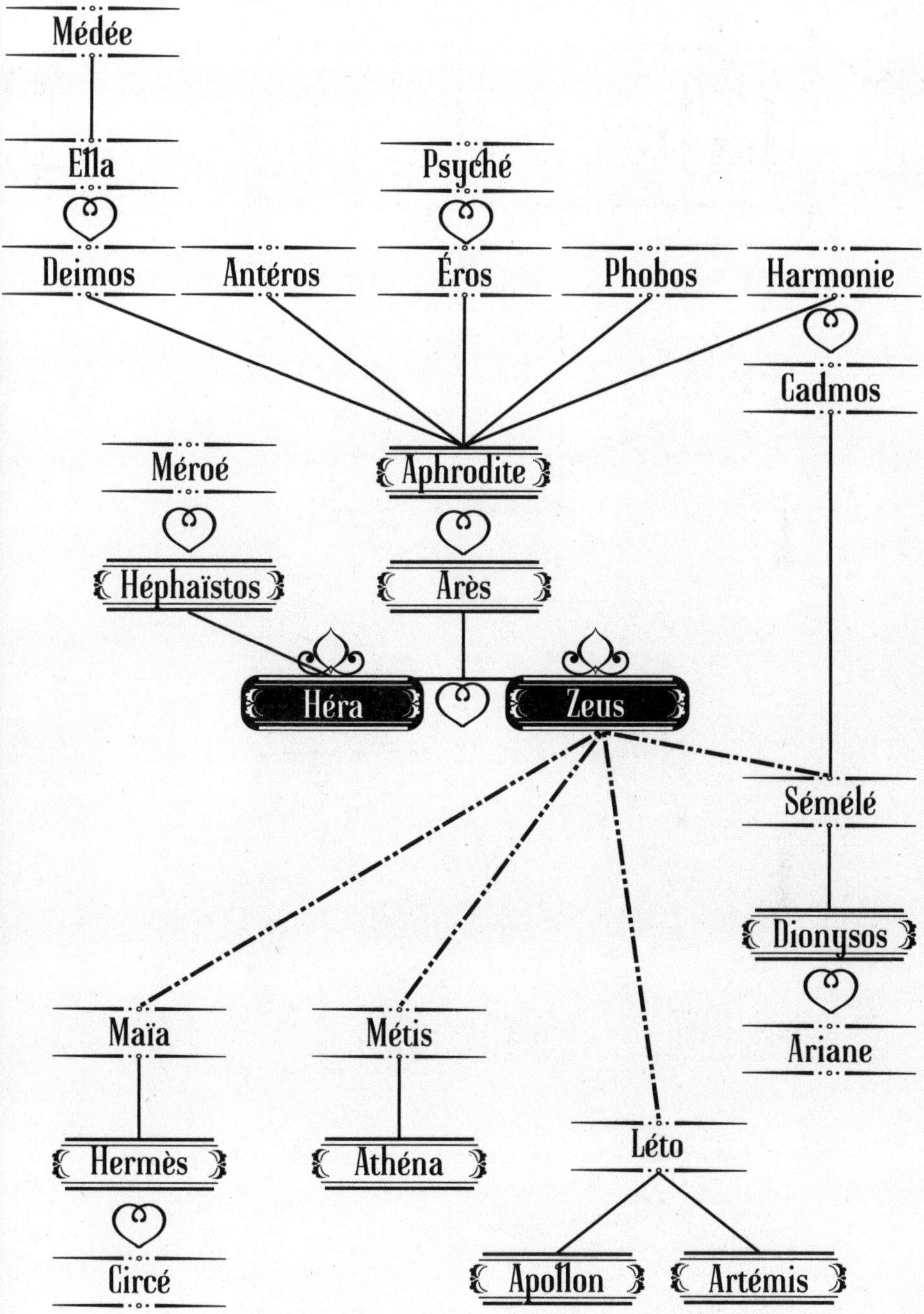
Médée
Ella
Psyché
Deimos
Antéros
Éros
Phobos
Harmonie
Cadmos
Méroé
Aphrodite
Héphaïstos
Arès
Héra
Zeus
Sémélé
Dionysos
Ariane
Maïa
Métis
Léto
Hermès
Athéna
Circé
Apollon
Artémis

PROLOGUE

Dix ans auparavant

— Les filles ! Le petit-déjeuner est prêt ! appelle maman au bas de l'escalier.

J'enfouis ma tête sous mon oreiller. Je ne suis pas du matin, je ne le serai jamais. Si on pouvait vivre la nuit, ce serait fabuleux. J'ai encore le temps de grappiller quelques minutes de sommeil. Si j'étais enfant unique, ce ne serait pas le cas, mais là, je peux compter sur mes deux sœurs pour couvrir ma paresse. J'entends Circé s'agiter dans la chambre d'à côté et Ella va traîner des pieds dans le couloir. Et puis, je n'ai pas hâte. Je dois retrouver Pasiphaé, Panthéa et Endora, mes trois amies, et leur faire un compte rendu de mon premier rendez-vous avec Jon, le fils du boulanger de Springfall.

Pas envie d'en parler. Déception.

— Dis-moi tout ! rugit Circé en déboulant dans ma chambre.

Je bondis sur mes pieds, affolée.

— Tu pourrais frapper, non ?!

Mais ma sœur, du haut de ses seize ans, est imparable. Bagarreuse, frontale, autoritaire, elle rend impossible toute tentative de s'imposer face à elle. Les cheveux courts et auburn, des piercings aux oreilles, elle s'est habillée et a enfilé sa veste en jean pleine de blasons brodés revendicateurs.

— Racooooonte ! Jon ! insiste-t-elle en se posant sur mon lit. Qu'est-ce qui s'est passé ? Allez !

Je m'empourpre et balbutie. Circé s'alarme.

— Minute, il n'a pas été correct ? Tu veux que j'aille lui briser les cou…

— Non, non, ce n'est pas ça, l'interromps-je vite. J'avais de grandes attentes, c'est tout.

Je débite une suite de faits : on s'est rejoints devant le café, on a bu un milkshake, on est allés au cinéma, on s'est tenu la main, on s'est baladé, on a ri, il m'a raccompagnée jusqu'ici et il m'a même demandé s'il pouvait m'embrasser. Et on s'est embrassés. Il est rentré chez lui, je suis montée dans ma chambre. C'était une soirée sympa, mais… je n'ai rien ressenti. À aucun moment. Alors que j'espérais tellement ! Des papillons dans le ventre, du chaud et du froid, une accélération des battements de mon cœur… mais rien.

— Bah, ce n'était pas le bon, voilà tout, me rassure Circé en m'enlaçant.

— Tu crois ? On s'entend si bien pourtant.

— Parce que c'est un ami.

Mais il me plaît, j'avais vraiment envie de l'embrasser. Est-ce que le désir est indépendant des sentiments ?

— T'as quatorze ans, sœurette, me rappelle Circé avec évidence. Tu as le temps !

Je souris, réconfortée, mais je conserve une drôle d'impression dans le creux du ventre. Et si je n'étais pas… normale ? Toutes mes amies éprouvent leurs premiers émois et en parlent avec des étoiles dans les yeux et une flopée d'émotions chaotiques. Pourquoi rien chez moi ?

— Du temps pour quoi ?

On lève toutes les deux les yeux : Ella nous observe depuis le pas de la porte, dans son tee-shirt trop grand, les cheveux roux en bataille.

— Une histoire de garçon, pas ton affaire, balaie Circé avec un sourire. Tu viens à la Clairière avec nous ?

Elle hoche la tête mais paraît confuse d'être écartée de la discussion. Je lui en parlerai à part. Ella est plus sensible que Circé. Les conseils de ma grande sœur sont toujours efficaces et solides, mais parfois, l'empathie de ma petite sœur finit de me réchauffer le cœur.

— Je vais faire mes devoirs d'humaine, grommelle-t-elle.

Maman lui a déniché une professeure à domicile qui lui donne de quoi travailler. Papa insistait, quand il était là, pour qu'Ella puisse se débrouiller dans le monde extérieur sans se reposer complètement sur nous. Alors elle se retrouve à apprendre l'histoire des humains, les langues étrangères et les mathématiques dans son coin, perchée dans sa cabane. Nous aussi, on apprend l'histoire, mais celle des sorcières, les langues anciennes pour décrypter le langage de nos ancêtres, et les sciences de la botanique et des potions. Ensemble, entre amies.

Lorsque je vois Ella seule, mon cœur se serre toujours si fort ! Parce que je l'aime et que je ne veux pas la voir souffrir. C'est bien que je suis capable d'aimer. Circé a sûrement raison. Je m'en fais beaucoup pour un premier rendez-vous.

Je me lève pour attraper Citrouille et la serrer dans mes bras. Elle grogne pour la forme, mais Ella adore les câlins. Circé nous rejoint et nous blottit contre elle, elle nous secoue et on se met à rire.

Après tout, c'est ça le principal, non ?

Nous trois.

CHAPITRE I

La chaleur est accablante. Pourtant, dans cette région des États-Unis, on a rarement l'occasion de s'en plaindre. Mais cette année, Hélios tape fort. À peine levé, il envoie ses rayons frapper sans pitié les rideaux de ma chambre, transformant mon antre en four. Je tente bien de laisser la fenêtre ouverte la nuit, espérant que la température retombe, mais non. Rien à faire, nous sommes en alerte canicule à Springfall. Et pour combler le tout, Bastet, ma chatte ragdoll blanche et noire, quitte mes pieds pour venir se fourrer contre mon cou, ronronnant de plus belle et me tenant encore plus chaud. Autant l'hiver, un câlin de cette peluche ambulante est la chose la plus délicieuse du monde, autant là, elle m'arrache un grognement au milieu de ma somnolence.

— Je t'aime mais là, c'est trop.

Je la repousse d'un bras mou. Elle contre-attaque par des coups de coussinets beaucoup trop mignons, mais à force d'être embêtée, elle finit par bouger lentement ses fesses pour témoigner toute sa vexation.

Il est à peine 8 heures du matin et je suis déjà en sueur. Je dors en culotte et débardeur, tout ce qui n'est pas couvert s'enlise dans mes draps avec moiteur. Autant me lever et prendre une douche fraîche. Jamais je ne parviendrai à retrouver le sommeil. Je me redresse sur mes coudes, une grimace aux lèvres, quand un souffle frais jaillit du sol et fait dégringoler la température de la maison. Je gémis de bonheur, le corps parcouru de délicieux frissons, et me laisse retomber sur mon lit.

— Merci maman…

Le sort de rafraîchissement. La meilleure invention des sorcières depuis que la canicule existe ! Je rabats même un drap sur moi et creuse mon oreiller pour me réinstaller dans tout le confort possible.

— Tu peux revenir, Bastet.

Elle me jette un regard outré avant de se détourner et de se rouler en boule de son côté. Bon, bon. Madame m'en veut. On se réconciliera plus tard. Je m'accorde une bonne demi-heure de repos en plus, puis je me lève tout en m'étirant. C'est d'un calme, le matin, ici ! Avant, j'entendais Circé grogner dans la chambre voisine, je l'embêtais en lui envoyant des messages drôles, elle venait me voir dans ma chambre et on discutait un long moment de tout et de rien. Et si je remonte encore plus loin dans ma mémoire, il y avait aussi les cris d'Ella qui courait dans les couloirs, s'inventant des pouvoirs magiques qu'elle ne possédait pas.

Aujourd'hui, la maison est plongée dans le silence. C'est de plus en plus souvent le cas. Ella vit à New York avec Deimos et leur fille Médée, Circé passe le plus clair de son temps à la maison de la Clairière, pour se rapprocher de ses futurs devoirs de guide et de son compagnon, Hermès, bannis aux Enfers et dont l'accès à la dimension terrestre se résume à ce seul endroit. Ici, il ne reste plus que maman, Bastet et moi.

Je passe par la salle de bains, puis je descends dans la cuisine. Ça sent bon le café. Maman a préparé des pancakes et elle termine son assiette lorsque j'apparais.

— Bonjour, bonjour ! lancé-je joyeusement en attrapant la cafetière pour remplir un mug à ras bord.

— Tu as bien dormi, Méroé ?

Je grimace en agitant la main.

— J'ai fait mon possible.

— On mettra un sort de rafraîchissement plus tôt dans la nuit, me rassure-t-elle.

J'opine de la tête avec un sourire et m'installe en face d'elle pour dévorer des pancakes au sirop d'érable.

— Tu es chic ce matin, repère ma mère d'un œil suspicieux.

« Chic » est un bien grand mot, mais oui. J'ai fait un effort. Dès la sortie de la douche, j'ai enfilé un chemisier blanc sans manches et une jupe-culotte noire et ample, avec des nu-pieds. Je n'ai pas le temps de lui expliquer le plan de ma journée qu'elle surinterprète déjà :

— Tu as rendez-vous ?

Ce n'est pas qu'elle veuille me jeter hors de la maison, non. Elle aussi, elle regrette le temps où ses trois filles étaient là, à se chamailler ou à jouer en faisant le plus de bruit possible.

— Tu sais que le fils de Jon Harper, le boulanger, est revenu à Springfall ? Il en pince toujours pour toi, dit-elle, son regard bleu-vert, comme le mien, rivé sur moi.

Voilà. Ma mère est obsédée par l'idée de me caser avec un humain. Je ramène une mèche de mon carré roux châtain derrière l'oreille, renfrognée.

— Mamaaan, arrête avec Jon Junior, on était des gamins quand on se courait après ! J'ai vingt-quatre ans aujourd'hui, un *torrent* a coulé sous les ponts.

Je pose un pied sur ma chaise, pliant mon genou sous mon menton. « Toujours à l'aise, en toutes circonstances », me dit Circé.

— Bon, bon ! abandonne-t-elle en levant les mains.

Elle entortille soudain son index dans ma direction. Je baisse les yeux sur ma tenue : une goutte de sirop s'était imprimée sur mon chemisier et vient de se volatiliser.

— Tu as vingt-quatre ans, oui, s'amuse ma mère en lavant son mug.

Je grommelle.

— Tu sais que je ne vais pas forcément finir avec un dieu, hein ?

Ma mère dodeline de la tête, les joues rougies d'embarras.

— D'abord Ella, ensuite Circé… Un humain gentil et travailleur, c'est bien aussi !

— Mais tu apprécies tes divins gendres.

Elle me toise en silence. Elle a encore du mal à reconnaître que oui, en effet. C'est toujours aussi dur pour elle de voir ses filles convoler si loin. On est très attachées les unes aux autres, malgré la situation d'Ella avant la vérité sur ses pouvoirs. Trouver un compagnon humain ici, à Springfall, c'est demeurer dans l'enclave familiale et dans la tradition de notre histoire. Ma mère craint de nous voir disparaître.

— Deimos n'aime pas venir ici, grogne-t-elle.

— Mais Ella débarque souvent avec Médée et tu adôôôres Médée.

Ses épaules s'affaissent. Oui, Deimos est encore un peu réticent – uniquement parce qu'il craint les effusions sentimentales. Mais sa petite-fille, c'est une autre histoire ! Maman est une véritable grand-mère gâteau avec bébé Médée. Elle s'est mise en tête qu'elle était la rivale d'Aphrodite sur ce plan et qu'elle n'avait pas le droit à l'erreur. Seulement, au bout de dix minutes avec le petit bouchon d'Ella et de Deimos, elle se roule par terre en gazouillant sans plus tenir compte de son entourage.

— Hermès s'est lancé dans une opération « séduction de belle-mère », il en fait trop ! s'exclame-t-elle alors, avec toute la mauvaise foi possible.

Je ris en secouant la tête.

— Hermès a peur de toi ! Évidemment qu'il en fait des caisses dès qu'il te voit.

Elle pousse un soupir et baisse les bras.

— Je risque de rentrer tard, annonce-t-elle en attrapant un sac en toile sur le comptoir. L'avantage de cette canicule, c'est qu'on vend beaucoup de *ginger beer*.

— Courage pour ta journée.

Elle s'approche de moi et dépose un baiser sur mon front avant de s'en aller. L'atelier de confection de la *ginger beer* familiale se situe dans la grange voisine. Seules des sorcières travaillent là. Je crois que ma mère espère encore que je prenne la relève alors que ça ne m'a jamais intéressée. Mais contrairement à son idée fixe de me refourguer un humain en guise de compagnon, elle ne me met pas du tout la pression avec ça. Elle a ses priorités, il faut croire.

— Méroé ! appelle-t-elle sur le pas de la porte.

Je la rejoins, la bouche pleine. Un visiteur souriant me fait un signe de la main. Je me dépêche de finir ma bouchée de pancake alors que ma mère se sauve.

— Éros ! salué-je.

— Prête ? demande-t-il, des étoiles plein les yeux.

— Donne-moi une seconde !

Je débarrasse vite la table, invoque mon sac et cours à la porte. Ma mère n'y prête pas encore beaucoup de crédit, mais Éros et moi, on monte une affaire : une agence de rencontre spécialisée pour les sorcières et les divinités. Aujourd'hui, on doit visiter un local à Springfall. Éros n'était pas convaincu à cent pour cent, prétextant que les dieux et déesses étaient plus présents à New York, là où se situe le Siège, leur quartier général terrestre, mais leur capacité à se téléporter a fini de le convaincre.

— Je suis prête, allons-y !

On s'élance dans la rue tranquille pour rejoindre le centre. Éros aussi a soigné sa tenue : une chemisette rose pastel, parfaite avec son teint mat, ses yeux et ses cheveux noirs, et un pantalon beige retroussé plutôt classe. Il est devenu un véritable ami et un partenaire en affaires depuis mon séjour à New York avec Circé, pour rendre visite à Ella alors qu'elle venait d'épouser Deimos. Éros est marié à Psyché, ils ont une confiance aveugle l'un envers l'autre. Elle l'encourage dans cette histoire sans me craindre. Après tout, ils sont fusionnels tous les deux, toujours sur la même longueur d'onde, complices comme personne… Ils sont le *cœur* et l'*âme* !

— La conseillère immobilière m'a dit que le lieu était peut-être un peu trop en retrait, loin du passage, récité-je, toujours aussi emballée par mon choix de carrière.

— Ça tombe bien, c'est ce que nous voulons ! assure Éros.

— Tout à fait ! Les divinités pourront compter sur la discrétion de…

Je me mordille la lèvre. On cherche toujours un nom.

— L'agence de rencontre Mythic ? propose Éros.

— Trop classique. Adopte un dieu ?

— Ouh, ça plairait à Psyché… Mais ce n'est peut-être pas assez inclusif.

— Tu as raison. On peut garder la Love Team ou alors, contracter nos deux noms ? Méros ? Ou Éroé ?

— C'est une piste à creuser…

Tout en devisant, on se retrouve devant la boutique à louer, planquée dans une allée piétonne, parallèle à la rue principale. Phoebe, une humaine d'une cinquantaine d'années, dynamique et sympathique agente immobilière, nous attend devant la porte. Elle nous fait de grands signes lorsqu'on approche et ses joues se parent d'un rouge d'ores et déjà conquis à la vue de mon compagnon. La présence d'Éros va s'avérer fort utile !

— Méroééé, je suis si contente de te revoir !

Ma mère nous a conseillé son cabinet. C'est chez elle que notre père avait déniché son garage pour voitures anciennes. Ma mère et mes sœurs m'ont proposé qu'on le reprenne pour y installer notre affaire, mais je ne peux me résoudre à voir disparaître ses outils et les deux ou trois carcasses qui restent. Les dernières sur lesquelles il travaillait. Il adorait Ella, c'est vrai, la seule de ses filles plus humaine que sorcière, mais je passais beaucoup de temps avec lui à cet endroit. J'aimais bien le regarder bricoler, lui tenir la lumière au-dessus du capot ouvert ou admirer les couches de peinture brillante qu'il appliquait avec soin.

— Moi aussi, Phoebe, réponds-je avec un sourire. Je te présente mon associé, Éros.

— Madame, la salue-t-il en lui serrant la main.

Phoebe glousse, réarrangeant avec gêne ses cheveux noirs coupés courts d'une main, serrant son dossier dans l'autre. Elle s'éclaircit la voix et démarre.

— Voici le bien que je vous propose ! Deux pièces : une grande salle que l'on aperçoit d'ici et une plus petite à l'arrière. Tout a été repeint en blanc et les sanitaires sont neufs. Vous n'avez plus qu'à décorer et vous installer comme bon vous semble !

Elle nous ragaillardit avec son discours, mais finit par baisser soudain le ton et afficher une mine embêtée, beaucoup trop honnête pour une vendeuse.

— Cela dit, comme je te le disais au téléphone Méroé, l'inconvénient de ce local, pour un commerce, c'est son emplacement.

— Ce n'est pas grave, répond-on en chœur.

Phoebe a un mouvement de recul et se met à nous détailler avec étonnement. Elle marmonne un « OK », attrape les clés et nous entraîne à l'intérieur pour nous faire faire le tour des installations électriques et des possibilités qui s'offrent à nous. Je trouve l'endroit clair grâce aux deux belles vitrines donnant sur l'allée, et vaste. Plein de promesses. Tout est blanc, on n'a plus qu'à créer quelque chose, comme si on disposait d'une toile vierge.

Je la sens bien, cette histoire. Je l'attendais même. J'ai enfin un but. Je devais enfanter Médée, c'était mon objectif depuis toujours et voilà que le sort en a décidé autrement. Je ne regrette pas, je n'ai jamais eu envie d'être mère. Ella ne le pensait pas non plus, mais elle est très heureuse. Elle est à sa place. Je devais épouser Deimos, aussi. J'ai suivi un entraînement pour cette mission. Quels instants effrayants : ceux durant lesquels Ella a été choisie et lorsque j'ai dû céder cette position si délicate à ma petite sœur que j'espérais épargner.

C'est comme si je n'avais rien à apporter, ni aucune incidence sur notre communauté et notre vie. Je me suis sentie si impuissante au printemps dernier, quand Circé est morte. Si effondrée à l'idée de la perdre. Si confuse lorsque les guides m'ont annoncé que je changerais de nom pour devenir la nouvelle Circé… Comment aurais-je pu remplacer ma propre sœur ? Comment effacer ma personnalité pour incarner quelqu'un d'autre ? Mais tout le monde se reposait sur moi à cet instant. Puis Circé est revenue parmi nous, je n'aurais pas pu être plus heureuse. Et une nouvelle fois, « écartée ».

C'est un peu le destin de l'enfant du milieu, je suppose. L'aînée sert de modèle, la dernière est chérie. Moi, je suis la sœur de remplacement.

— Hum, Méroé, m'appelle Phoebe à voix basse, alors qu'Éros s'émerveille des moulures au plafond.

Elle se rapproche de moi et nous isole dans un coin.

— Est-ce que je t'ai déjà parlé de mon fils ?

Hein ?

Je mets bien quelques secondes à réagir, surprise par le regard brillant de l'agente. Elle fouille son sac à main et sort une photo pour la brandir sous mes yeux. Ma mère lui a passé le mot, c'est certain. Voilà pourquoi elle m'a recommandé son cabinet, la traîtresse !

— Il s'appelle Matthew, il a ton âge et…

La photo s'envole de ses doigts. Éros l'agite dans les airs tout en s'incrustant dans la conversation.

— Pas si vite, mesdames ! Ça demande l'œil d'un expert.

Éros ne perd jamais le nord lorsqu'il s'agit de rencontre amoureuse. Il a un sixième sens implacable dans ce domaine. Stupéfaite, et remarquant que je n'interviens pas, Phoebe le laisse faire, abandonnant sa précieuse photo au dieu de l'amour. Ce dernier la décortique avant de la brandir à côté de moi pour nous observer, Matthew et moi. Je serre les dents. J'ose espérer que mon associé est là pour me sortir de cette situation et non pas pour l'encourager.

— Voyooons, réfléchit-il. Un musicien, n'est-ce pas ?

Le visage de Phoebe s'éclaire d'un coup.

— Oui !

— Bon caractère, créatif, enthousiaste ?

— Oooh ! C'est exactement mon Matthew ! s'enchante-t-elle avec une fierté maternelle formidable.

Éros acquiesce, l'air grave. Il *sait* lire les gens. Il reconnaît les caractères, les défauts comme les qualités, ce qui va faire qu'un couple peut se créer ou non. C'est son grand pouvoir. Après celui de ses flèches d'amour : une fois tirée en plein cœur, impossible d'échapper à ce sentiment. Mais

Zeus les a punis, Antéros et lui, depuis bien longtemps, pour « bavures amoureuses ». Impossible pour Éros comme Antéros d'utiliser leurs arcs.

— J'ai toujours su qu'il plairait à Méroé, on se le dit depuis un moment avec Thessa ! poursuit Phoebe, aux anges.

Ma mère ne perd rien pour attendre !

— C'est possible, affirme Éros.

Je lui adresse un regard noir alors qu'il ne fait même pas attention à moi.

— Mais ce serait ignorer un obstacle infranchissable entre eux, ajoute-t-il avec un effet dramatique qui nous cloue toutes les deux sur place.

Phoebe ouvre de gros yeux, pendue à ses lèvres.

— Lequel ? finit-elle par demander.

— Il se résume en un mot, un seul… *shiny*.

Je croise les bras en retenant un rire, comprenant où il va, alors que l'agente fronce les sourcils, perdue. Éros m'attrape par les épaules et nous tourne vers notre interlocutrice.

— Votre Matthew est un *shiny*, mais voilà, Méroé l'est aussi ! Et tout le monde sait que les *shiny* ne vont pas ensemble. Imaginez, deux enthousiastes dans la même pièce, dit-il en grimaçant.

— Eh bien ? ne comprend pas Phoebe.

— Eh bien, ça donne un truc comme Méroé et moi. C'est évident que c'est bourré de charme et de séduction mais…

— Oh, coupe-t-elle. Je suis confuse, vous êtes ensemble tous les deux ? Ta mère ne m'avait pas prévenue, Méroé.

Éros retire son bras de mes épaules.

— Non, non. Je suis un dieu marié et très heureux, déclare-t-il vite.

Phoebe marmonne « un dieu ? », larguée.

— Le fait est… reprend Éros avec théâtralité, tout en brandissant la photo de Matthew sous les yeux de sa mère,… que votre fils a besoin d'une ou d'un *grumpy*. Une personne grognonne, un peu sombre, mais adorable au fond. Il faut que Matthew puisse rayonner aux yeux de quelqu'un. S'il brille face à quelqu'un de déjà brillant, aucun des deux ne se voit, vous comprenez ?

L'agente acquiesce, à deux doigts de se laisser convaincre. Elle m'interroge tout de même du regard, comme si elle cherchait confirmation.

— On va ouvrir une agence de rencontre, lui indiqué-je alors. Éros est un expert.

Elle hoche la tête, reprend la photo de son fils et la range dans son sac d'un air entendu.

— Je vois, je vois. Écoutez, je dois passer un coup de fil pour mon rendez-vous suivant, faites un dernier tour et on se reparle juste après. Ça vous va ?

On approuve tous les deux et Phoebe sort pour téléphoner dans l'allée. Je profite du retour à l'intimité pour scruter mon ami avec curiosité et critique tout à la fois. Curiosité parce qu'il ne m'avait jamais encore « sondée » comme il le fait pour expertiser le profil de quelqu'un, et critique parce qu'il passe sous silence deux points.

— Tu oublies tout de même de préciser que Psyché et toi, vous êtes deux ultra *shiny*.

— L'exception qui confirme la règle, réplique-t-il en haussant les épaules.

— Et je crois que tu oublies aussi de reconnaître, mais corrige-moi si je me trompe, que ta démonstration prouve que j'avais raison au sujet de Thanatos.

Cette fois-ci, le dieu de l'amour s'emmêle la langue dans plusieurs onomatopées pleines de mauvaise foi.

Thanatos. Gros sujet. On s'est rencontrés il y a à peine deux mois. Il a surgi à côté de moi alors que je campais dans la montagne avec mes amies. Thanatos a vécu toute sa vie aux Enfers, sans jamais rien voir de la surface. Il est le dieu de la mort, le suppléant d'Hadès lorsque ce dernier est en Sicile avec Perséphone. Il ne peut donc pas venir quand il le veut, mais grâce au Caducée d'Hermès, il se permet de temps en temps des escapades pour découvrir le monde des vivants. Et Thanatos est un pur *shiny* à mes yeux. Doux, pressé de tout connaître, curieux, tendre, vulnérable… Je ne doute pas qu'il soit capable d'accès de colère et d'amertume, mais tout s'efface lorsqu'il est là, à l'affût de son environnement, dans une quête de contact et de relation absolument touchante. Je l'ai pris sous mon aile dès le départ et lui ai donné des conseils vestimentaires pour passer inaperçu au milieu des humains – et ce, malgré son physique particulier, car il a la peau aussi bleue et sombre que la Nuit, sa mère, constellée d'étoiles, et les yeux aussi clairs et perçants que leur lumière.

Tout se passait à merveille, jusqu'à ce qu'il croise la route du dieu le plus ombrageux, cruel et dangereux que je connaisse : Antéros. Le dieu de l'amour réciproque, même s'il est le jumeau parfait d'Éros, a un caractère aux antipodes de celui de son frère. On est très complices tous les deux et je l'apprécie beaucoup, mais il a ce petit côté maléfique et tourmenté qui attire ou repousse irrémédiablement. Et Thanatos, lui, a eu un violent coup de foudre en le rencontrant. J'étais là, j'ai tout vu. On était assis au café, Antéros nous a aperçus et nous a rejoints, et Thanatos a blêmi et rougi tout à la fois, puis il s'est tassé et redressé sans dire un mot. Antéros a fini par nous abandonner, perplexe. Persuadée que quelque chose pouvait marcher entre eux, j'ai joué l'entremetteuse et depuis juillet, ils vivent une aventure à première vue torride. Antéros s'est engouffré dans la brèche et Thanatos est plus qu'heureux de l'avoir auprès de lui.

— Tu as casé mon frère, qui n'est pas le dieu le plus simple, je te l'accorde, avec Thanatos, résume Éros, toujours aussi prudent avec cette histoire, pour ne pas dire *contre.*

— Oui, et ils sont parfaits tous les deux !

Thanatos a eu un faible pour ma sœur Circé, la plus autoritaire des sorcières que je connaisse, c'est évident qu'il craquerait pour Antéros. Et en parlant du loup, Thanatos apparaît derrière la vitre et nous adresse un signe de la main avant d'entrer, un large sourire aux lèvres. Phoebe ne manque pas de l'observer avec des yeux ronds, sans quitter son téléphone. D'habitude, je dis aux humains que mon ami fait du *cosplay*, ça passe toujours. Surtout qu'avec la météo, Thanatos ne cache plus son corps en entier, il a opté pour un tee-shirt et un short qui laissent ses jambes et ses bras à la vue de toutes et de tous. Cela dit, ses cheveux argent sont discrètement réunis en bun au-dessus de sa tête.

— Viens ! l'invité-je. Admire notre futur local !

— Ça réunit tout ce que tu cherchais, non ? dit-il, l'air décontracté.

Je sens pourtant sa nervosité grimper en flèche à mesure qu'il s'approche d'Éros.

— Oui, on va le prendre, on est convaincus. N'est-ce pas, partenaire ?

Le dieu de l'amour acquiesce, un sourire crispé aux lèvres. Je ne l'avais pas encore vu aussi… peu *shiny* en fait. Je ne comprends pas ce qui le dérange.

Son frère surgit la seconde suivante, juste sous nos yeux, près de Thanatos. Indolent et provocateur dans l'âme, il glisse son bras autour du cou du dieu de la mort et sourit. On dirait un serpent heureux d'avoir mis la main sur la plus délicieuse des proies. Et Thanatos en a bien conscience, mais il aime ça. Il aime se sentir convoité par Antéros. Il aime sa domination. Ils ont une dynamique bien particulière tous les deux, qui leur convient tout à fait.

— Ça va ? Mon frère ne t'a pas réservé un mauvais accueil ? grogne-t-il.

Il y a de l'eau dans le gaz, décidément. Éros lève les yeux au ciel.

— Non, non, se dépêche d'affirmer Thanatos qui espère aplanir les choses.

— Voyons, jamais je ne me permettrais ce genre de comportement, formule Éros.

— Tu entends ça ? réplique Antéros sans quitter son jumeau des yeux mais en s'adressant à Thanatos. Peut-être que le week-end familial qu'on prévoit va bien se passer, finalement.

Thanatos bredouille, gêné :

— Tu es sûr ? Je ne voudrais pas déranger…

Mais Antéros plonge sous son oreille pour lui mordiller le cou, le coupant dans son doute. Ça aussi, c'est un truc d'Antéros : marquer son territoire. Au plus grand plaisir de son ou sa partenaire. Car si le dieu de la mort pouvait se changer en torche et s'enflammer, il s'empresserait de le faire à cet instant ! Éros, lui, est plus intrigué par l'information lâchée par son frère que par l'expression charnelle de leur attirance.

— Quel week-end familial ?

— Je vais présenter Than à nos parents dans quelques jours, annonce Antéros en se redressant.

Je retiens mon souffle, excitée par l'idée. C'est donc bel et bien sérieux entre eux deux ! Je le savais ! Mais mon associé, lui, se décompose.

— C'est beaucoup trop tôt ! Et puis, tu oublies combien nos parents sont pointilleux avec nos conjoints ? Papa a failli tuer Ella dans la Clairière et maman a imposé des épreuves absurdes à Psyché[1] !

Antéros hausse les épaules et fait face à son crush. Il pose ses bras sur ses épaules et plonge ses yeux noirs dans les siens.

— Ne t'en fais pas, Ciel étoilé. Je serai là.

Thanatos hoche la tête, comblé. Ses joues se parent de nuages interstellaires rouges et il noue ses mains au bas de son dos, éperdu.

— Antéros… soupire-t-il, amoureux jusqu'au bout des ongles.

Le dieu de l'amour réciproque fond sur ses lèvres et ils se dévorent de baisers sans prêter attention à leur entourage. J'écarquille les yeux en reculant d'un pas. Je n'avais pas mesuré leur intensité, à ces deux-là. La silhouette avachie d'Éros m'interpelle alors. Je finis par comprendre ce qui le chagrine en constatant son pincement de lèvres un peu triste et le fait que, pour la première fois, les deux jumeaux ne sont pas vêtus de la même manière.

J'attrape son bras pour le détourner du spectacle.

— Moi aussi, mes sœurs me manquent, dis-je en tapotant sa main avec compassion.

---

1. Psyché avait la réputation d'être la femme mortelle la plus belle, à tel point que les humains se détournaient d'Aphrodite pour elle. La déesse de la beauté, offusquée, chargea son fils Éros d'éliminer Psyché. Mais ce dernier tomba sous le charme de la mortelle et la garda à l'abri de la colère de sa mère. Pour ne pas dévoiler sa traîtrise, Éros cacha son identité à Psyché qui, dévorée par la curiosité, s'introduisit une nuit dans la chambre du dieu de l'amour pour découvrir son visage à son insu. Elle réveilla Éros par mégarde et il fut forcé de s'enfuir, laissant Psyché désespérée. Aphrodite, en colère après avoir découvert toute l'affaire et le chagrin de son fils amoureux, décida alors de soumettre Psyché à un ensemble de quatre épreuves réputées impossibles. Psyché s'en sortit et Aphrodite finit par accepter l'union de son fils et de la mortelle, divinisée par l'Olympe.

Penaud, Éros me remercie du bout des lèvres. Je jette un dernier coup d'œil au couple et sens un creux dans mon estomac. Je vais ouvrir une agence de rencontre et je me considère comme une entremetteuse efficace, mais… l'amour demeure un sentiment inconnu pour moi. Je ne l'ai jamais éprouvé, même en l'espérant de toutes mes forces et en le cherchant, rien à faire.

Je ne suis jamais tombée amoureuse.

CHAPITRE II

Après avoir pris un engagement pour le local avec Phoebe, Éros m'a raccompagnée à la maison pour que je prenne la voiture qu'on se partage avec Circé. Il a tenu à se joindre à moi seulement pour monter à mon côté – il trouve la Coccinelle couleur aubergine fascinante. Il ne s'est éclipsé qu'en arrivant à la frontière du bouclier de la Clairière. Si sa mère est autorisée à entrer, ce n'est pas son cas, même s'il est notre allié.

La Clairière est en dehors de la ville. Il faut en sortir et conduire quelques minutes en pleine forêt avant de prendre le petit chemin de terre qui aboutit au repaire des sorcières de Springfall. La légende raconte qu'Hécate et Artémis ont *fabriqué* cet endroit : les arbres ont été écartés et les sorcières y ont installé leur demeure et leurs plantes au XVIIe siècle. Sans les voir, je franchis plusieurs boucliers de protection. Ils empêchent les divinités non autorisées de passer. C'est notre meilleure défense pour le moment.

Cependant, les menaces de Zeus, prononcées dans le palais de Perséphone et d'Hadès en Sicile, au printemps dernier, ont changé la donne. On ne s'en rend presque pas compte quand on est en ville ou qu'on vaque à nos occupations quotidiennes. Mais dès que l'on débarque ici, les perspectives d'une guerre avec le roi de l'Olympe deviennent plus réelles. Nos guides, en compagnie de ma sœur, veulent préparer notre communauté à un nouveau conflit. Il y a toujours des sorcières qui s'entraînent à jeter des sorts dans un coin de la Clairière : jet de flammes, création d'entraves, sort pour booster la défense… Circé la Grande et Médée la Jeune sont toutes deux affairées à la défense, encadrant les réunions et les entraînements avec tous les bons conseils possibles.

Je me gare près de l'entrée de la maison et respire à pleins poumons l'air parfumé de la Clairière. Je suis très attachée à ce lieu, je me suis toujours sentie chez moi ici. J'ai hâte d'aller saluer mes amies mais avant, je dois retrouver ma sœur. Je l'aperçois de loin, parmi les capucines et les cosmos, l'hibiscus rouge et le jasmin jaune. Circé est en pleine conversation avec une déesse infernale : Némésis. Les souverains des Enfers et nos guides ont ouvert un passage entre la Cité d'Hadès et de Perséphone et la Clairière. Les visites de certaines divinités des mondes souterrains sont donc devenues fréquentes.

J'aime bien Némésis. Elle a un sale caractère, mais elle est droite comme personne. Et impressionnante, avec sa peau cobalt, sa crête noire et ses yeux rouges. Elle est vêtue d'une cuirasse en cuir ornée d'une tête de Gorgone menaçante – un hommage à sa compagne Méduse, emprisonnée au Tartare.

— Salut ! lancé-je en trottant jusqu'à elles.

Circé commence par me sourire, elle aussi en short et tee-shirt. Puis elle regarde à côté de moi et me fusille du regard dès que je l'ai rejointe.

— Comment ça se fait que tu débarques seule ?

Rho bon sang ! Ma sœur aînée est persuadée que ma vie est en danger au point de trouver risqué que je circule non accompagnée. Moi ! Alors que j'ai des super stats de lancer de sorts et que je me suis toujours très bien débrouillée en solo. Mais depuis qu'elle est revenue des Enfers, elle n'arrête pas de vouloir me surprotéger.

— Ciciii, grogné-je.

— Je ne plaisante pas, Méroé. Ella est entourée de sa belle-famille, je passe tout mon temps ici, Zeus ne peut que te cibler, toi.

— Tu m'accordes beaucoup trop de valeur, sœurette, balayé-je d'un geste de la main. Éros était avec moi toute la matinée.

Circé soupire en levant les yeux au ciel.

— Si j'étais toi, j'écouterais ton aînée, me conseille Némésis avec un demi-sourire. Je ne connais personne d'aussi déterminée que Circé. Elle est celle qui est sortie des Enfers.

C'est le titre qu'on lui donne dans les mondes souterrains et qui participe à sa renommée de sorcière sur terre à présent.

— Et je suis très fière d'elle, mais je doute que tu laisses tes frères ou ta sœur te dicter ta conduite, Némésis, répliqué-je en battant les paupières.

Elle grimace et penche la tête sur le côté. Hypnos, Thanatos et Kère composent sa famille. Ils sont tous les quatre les enfants de la Nuit. Circé nous a raconté combien ils semblaient soudés, sans se marcher dessus pour autant. J'ai une chance sur deux que Némésis me soutienne.

— Non, c'est vrai, reconnait-elle. Désolée, Circé, ta sœur marque un point.

J'affiche un large sourire taquin et ma sœur capitule pour cette fois.

— Tu ne devais pas avoir des nouvelles du Siège et de l'Olympe ? enchaîné-je pour changer de sujet.

— Iris est déjà arrivée, elle s'entretient avec Hécate, là-bas.

Je suis son mouvement de menton et aperçois, un peu plus loin, Iris, la nouvelle messagère des divinités et remplaçante d'Hermès, en compagnie de notre déesse tutélaire. La première déambule en combinaison de lin légère, les cheveux arc-en-ciel et une bonne humeur immanquable même à plusieurs mètres. La seconde l'accompagne tout en frôlant sa main, vêtue d'une robe d'été légère et mauve, la chevelure noire, bouclée et volumineuse, des bijoux en or aux bras et autour du cou. Elles ont l'air très complices toutes les deux. *Très* proches.

— On dirait Thanatos avec son nouveau mec, marmonne Némésis.

Moi, je me mords la lèvre, heureuse. Malgré le contexte tendu dans lequel nous sommes catapultées, il y a de l'amour dans l'air. Les deux déesses nous rejoignent et aucune de nous trois ne faisons de commentaires. Iris passe de temps en temps ici, pour des visites officielles, mais elle ne reste jamais bien longtemps, afin de n'éveiller aucun soupçon.

— À présent que nous sommes toutes là, je peux commencer, se lance Iris. Mes nouvelles concernent surtout Zeus et Héra. On dit partout au Siège que le couple régnant ne s'adresse plus la parole.

— Ce n'est pas vraiment étonnant, si ? questionné-je. Ils se sont souvent disputés.

— Oui, mais ils ont toujours gardé les apparences en public. Depuis le printemps, on ne les voit plus ensemble. Et on m'a même rapporté que Zeus aurait évoqué un divorce à diverses reprises.

— Oh wow, souffle Circé. Divorcer de la déesse du mariage ? La mère de la lignée olympienne ? L'image de Zeus va en prendre un coup, non ?

Iris acquiesce, emballée que l'une de ses interlocutrices ait souligné ce point.

— Oui, sans aucun doute ! Les divinités dans leur ensemble tiennent à Héra. Si Zeus pense à se remarier pour conserver son pouvoir, il faut qu'il trouve un parti adéquat. On ne quitte pas Héra pour une conquête de passage.

Circé me jette un regard inquiet. J'aimerais la rassurer, mais je ne sais pas quoi lui dire. Zeus est une machine et j'ai l'impression que son moteur s'est mis à ronronner, prêt à nous jeter à bas et à nous rouler dessus.

— Et Héra ? interroge Hécate.

— Officiellement, elle ne fait aucun commentaire. Officieusement, elle n'a qu'une hâte, c'est de se séparer de lui. Le fait que Zeus ait cherché à contourner le Serment du Styx au printemps dernier a inquiété beaucoup de monde.

Le Serment du Styx, un serment divin inviolable. C'est ce qui lie Hécate et les sorcières à Zeus et l'Olympe. Aucun des deux ne peut agresser l'autre, au risque d'une punition épouvantable : cent ans de bannissement et une année sans souffle. Tant que le serment tient, rien ne devrait pouvoir se passer. Pourtant, Zeus fait des tests. Sans agir directement, il a provoqué la mort de Circé pour l'écarter de sa future tâche et mettre la main sur bébé Médée. Il ne s'attendait juste pas à tomber sur ma sœur, c'est certain !

— Héra a pourtant décidé de maintenir la tradition de son rendez-vous estival. Chaque année, elle invite les deux épouses des frères de Zeus à New York. Mais étant donné ses problèmes de couple, elle s'est tournée vers Deimos et Ella pour qu'ils logent Perséphone et Amphitrite.

Le nom de la dernière déesse éveille tout mon intérêt ! Amphitrite est l'épouse de Poséidon. Le couple vit au fond de la mer Méditerranée, on ne les croise pas souvent. C'est bon à savoir, cette visite ! C'est peut-être l'occasion rêvée de s'entretenir avec la souveraine des mers et des océans.

— Est-ce que tu sais si Zeus a un nom en tête ? Pour un remariage ? s'enquiert Circé.

— Non, aucun nom n'a été cité. Cela dit, il parle parfois de la Clairière.

Je vois tous les muscles de ma sœur se tendre.

— Pourquoi ? insiste-t-elle. Que dit-il ?

Iris paraît plus embêtée. Elle ne doit pas avoir de paroles précises à rapporter, mais elle se fie à son instinct.

— Il demande des nouvelles, de temps en temps, sans s'appesantir. Athéna pense qu'il prospecte des failles.

— On doit renforcer nos boucliers, décide Circé.

Hécate et Némésis approuvent.

— Quelles sont les armes de Zeus ? À part le foudre, demande alors Némésis.

— Le foudre est déjà un gros morceau, capable même de pulvériser un dieu, précise Iris. Mais il a aussi Poséidon comme allié, son frère, qui possède un trident redoutable. Ainsi qu'Apollon et son arc, capable de tuer comme de provoquer des épidémies. Et c'est sans compter sur le vaste casting dans lequel s'est lancé Zeus : il veut recruter un nouveau membre des Douze pour prendre la place laissée vacante par Hermès. Les divinités se ruent sur l'Olympe pour lui plaire et lui présenter de quoi ils sont capables. C'est un afflux continu de nouvelles capacités à exploiter pour lui. De notre côté, nous pourrons toujours nous débrouiller pour préparer le camp adverse, mais de votre côté, sorcières…

Elle ne prononce pas tout haut ses doutes, mais ils sont évidents.

— On pourrait, décrète Circé.

Elle s'attire tous les regards alors qu'elle plante le sien sur moi.

— Si on trouve la baguette de Circé la Première.

C'est pour cela que je suis ici. Ma sœur et les guides m'ont confié cette mission : découvrir la relique la plus puissance de notre ancêtre. Tout ce que nous savons, c'est que la baguette est cachée sur l'île d'origine des sorcières, Aiaía. Seulement voilà, l'île a disparu.

— J'ai fait plusieurs allers-retours à Cythère, raconté-je alors. Comme l'île d'Aphrodite se situe en Méditerranée, je me suis dit que c'était une bonne base de départ pour chercher Aiaía. J'ai sauté d'île en île avec Aphrodite et elle a même inspecté le ciel, mais nous n'avons toujours aucune trace d'Aiaía.

Seule Némésis me témoigne une impatience grognonne. Iris, Hécate et Circé, même si la situation ne les arrange pas, comprennent. Pourtant, la donne vient de changer.

— Je ne perds pas espoir, annoncé-je alors avec un sourire. J'ai une idée, il faut que j'y travaille.

*

J'abandonne les discussions lorsqu'elles deviennent plus techniques. J'entre dans la maison, motivée. J'ai hâte de parler de mon idée avec la bonne audience. Le grand hall aux murs terre de Sienne est frais, les deux cheminées sont éteintes et des brises magiques volètent ici et là. Je frissonne de plaisir ! Je marche d'un pas pressé jusqu'à la statue d'Hécate en bronze dorée, cernée de trépieds et d'offrandes odorantes. Notre déesse souhaitait que nous nous en passions, mais ce culte est encore bien trop ancré dans notre quotidien. Je jette quelques pétales séchés dans un feu, adresse un clin d'œil à la statue et passe une tête dans la petite pièce juste à gauche.

— Salut Zelda !

Ma tante, la cuisinière en cheffe de la Clairière, est en pleine conception de sandwichs pour la pause de midi. Elle relève la tête et me sourit tout en s'essuyant les mains sur son torchon, posé sur son épaule. Les ingrédients, eux, poursuivent le travail et se répartissent sur les tranches de pain à peine sorties du four.

— Méroé ! Alors, ce local ?

Zelda est une tante spéciale pour nous trois, Ella, Circé et moi. Elle s'est toujours intéressée à ce que nous faisions et mon affaire d'agence de rencontre satisfait en tout point sa curiosité.

— On adore, on va le prendre !

Elle tapote dans ses mains, excitée.

— Formidable ! J'y passerai peut-être lorsque vous serez installés.

— Zeldaaa, chantonné-je. Je ne pensais pas que tu cherchais quelqu'un ?

— Il faut bien s'offrir un peu de frissons, dit-elle en haussant les épaules.

Je la prends dans mes bras pour l'embrasser. C'est ça, en fait. C'est ce contexte tendu et incertain qui fait qu'on veut profiter du calme avant la tempête. Le monde entier des sorcières et des dieux est en train de se papouiller alors que moi, je n'ai même pas d'homme en vue. À part Matthew et Jon Junior. Pourquoi pas, après tout. J'enchaîne les conquêtes, c'est toujours très excitant au départ, et puis comme il ne se passe jamais rien de plus, je passe à autre chose.

— Tu voulais manger quelque chose ? me propose Zelda en reprenant le travail.

— Non, mais comme je vais déranger le cercle des intellos bibliophiles beaucoup trop sérieuses, je me demandais si je pouvais leur apporter de quoi abaisser leur niveau de ronchonnements.

Zelda acquiesce avec un air d'experte au taquet.

— J'ai exactement ce qu'il te faut.

Elle repousse plusieurs bocaux dans un placard et sort une petite boîte rouge. À l'intérieur : des chocolats.

— Ils sont fourrés d'une pâte à la noisette et à l'huile d'olive, m'indique-t-elle en me remettant sa précieuse production.

— C'est parfait, merci !

Je sors de là, convaincue de soutirer au cercle toutes les réponses dont j'ai besoin.

La maison de la Clairière a plusieurs chambres et petits salons confortables ainsi qu'une belle bibliothèque au premier étage. Elle n'est pas très grande, mais ses boiseries et ses étagères bourrées de livres recouvrant les murs lui confèrent une hauteur qui coupe le souffle la première fois qu'on y entre. Je pousse la porte et avance de deux pas à l'intérieur, faisant craquer les lattes du vieux parquet. Le crépitement de cheminée me surprend. On n'a pas l'impression qu'il fait si chaud dehors, lorsque l'on débarque ici.

— Referme la porte, vite ! m'empresse Pasiphaé.

Je claque le battant derrière moi. Les sorcières qui squattent la bibliothèque ont jeté un sort d'automne : les fenêtres simulent une pluie froide, la lumière est basse et les lectrices ont un plaid confortable et des théières fumantes auprès d'elles. Je ne suis pas étonnée, elles préfèrent cela à un beau temps trop tentant dehors pour travailler à l'intérieur.

— Tu veux bouquiner avec nous, Méroé ? demande Panthéa, allongée sur le ventre, à côté du feu.

— Tu entends ce que tu dis ? s'amuse Endora, un peu plus loin, blottie sur un fauteuil. Méroé, bouquiner ?

Je la fusille du regard tandis que les deux autres gloussent.

— Je proteste ! Ça m'arrive de lire.

— Oui, des trucs du genre : *Comment s'attirer des problèmes en trois leçons*, me taquine Endora.

Panthéa rit avec elle tandis que Pasiphaé secoue la tête en soulevant son plaid. Je n'ai jamais été du genre à lire au calme, je préfère l'aventure, les randonnées, le camping... Et elles me suivent parfois. Mais ici, elles sont à leur véritable place.

— Laisse-les dire, viens là plutôt.

Je me réfugie sur le canapé, auprès de ma meilleure amie qui rabat la couverture sur nous deux. Toutes les trois ont le même âge que moi, on a fait notre initiation à la magie ensemble. Si elles ont décidé ensuite de former un cercle – à savoir un petit groupe qui étudie et produit des sorts à plusieurs – j'ai préféré ne pas en faire partie. Il faut dire que je suis très proche de Circé et qu'on pratique la sorcellerie toutes les deux depuis toujours. Mais quand il s'agit de sortir boire un verre et papoter, je me tourne vers Pasiphaé, Panthéa et Endora.

— Moi qui avais apporté des chocolats, tant pis, grommelé-je.

J'ouvre la boîte, invitant à Pasiphaé de se servir. Les deux autres lèvent aussitôt des museaux aguichés. Elles s'approchent en cafouillant des excuses et des « On plaisante bien sûr, Méroé ! Tu le saaais ! » Elles s'avachissent sur le canapé à leur tour et nous voilà toutes les quatre sous un plaid, à piocher des douceurs. Elles ont enfilé un pull mais demeurent en short ou en jupe courte, prêtes à sortir de la bibliothèque pour retrouver l'été. J'ai souvent pensé qu'elles se ressemblaient, toutes les trois. Elles ont hérité d'un physique proche de notre ancêtre, avec leur teint mat, leurs yeux noirs – comme ceux de Pasiphaé et Endora – ou encore brun chocolat – comme ceux de Panthéa. Leurs chevelures sont plus contrastées : Pasiphaé les a volumineux et bouclés, d'une couleur jais intense ; Endora a une coupe plus courte qu'elle s'amuse à teindre de diverses couleurs – elle en est à une période aigue-marine – ; et enfin Panthéa a les cheveux longs et bruns, qu'elle coiffe de manières différentes et très souvent complexes, en s'inspirant des modes antiques.

Ce sont trois intellos, indubitablement, mais chacune avec sa spécialité : Pasiphaé, c'est l'histoire. Elle a lu et relu Homère, et pourquoi s'en priverait-elle ? Le monde extérieur n'a jamais eu qu'accès à des traductions tardives, alors que nous, grâce à Circé la Première, nous avons le texte originel intégral en grec ancien de l'*Iliade* et de l'*Odyssée*. L'expertise d'Endora se situe plutôt dans les sorts compilés depuis des siècles par les sorcières et recueillis dans d'énormes livres conservés ici. L'une de nous désire savoir comment nos ancêtres cultivaient les mandragores ? Il suffit de poser la question à Endora. La recette de la potion de Médée la Première pour endormir un monstre interroge ? Endora aura la réponse ! Quant à Panthéa, c'est une magie plus intérieure qui l'anime, plus intime, qu'elle nourrit par la lecture des journaux et des philosophies de nos aïeules.

Au bout de plusieurs minutes de gourmandises, j'ose leur poser une colle qui me trotte dans la tête depuis la visite du local avec Éros.

— Vous trouvez que je suis une *shiny* ?

La réponse est directe et unanime.

— Ouiii !

— Complètement.

— Zéro doute.

Je suis af-fli-gée.

— Vous pourriez au moins faire semblant de réfléchir, grommelé-je.

— Qu'est-ce qui t'embête à l'idée d'être une sorcière lumineuse et positive ? interroge Pasiphaé, ses yeux en amande tournés vers moi.

— C'est un peu réducteur non ? douté-je.

Je ne peux pas seulement être une *shiny* ?

— Mais si vrai, s'amuse mon amie avec tendresse.

Je secoue la tête en pouffant, abandonnant là ce sujet.

— Bon, si je suis venue à vous, c'est pour avoir des infos sur Poséidon et Amphitrite. Si Aiaía n'est pas dans le ciel ni visible à la surface de la terre, alors peut-être qu'elle a été engloutie ?

Les trois se regardent et décident que Pasiphaé prenne la parole. Elle sort du plaid et s'approche d'une étagère pour attraper un grand livre relié d'un cuir bleu un peu passé : un atlas de la Méditerranée dans lequel ne figure pas Aiaía dans mes souvenirs.

— Poséidon est aussi appelé l'« Ébranleur de sol », celui qui provoque les tremblements de terre et donc les raz-de-marée. Il est à l'origine de l'engloutissement de nombreuses cités antiques comme l'Atlantide.

Elle dépose avec soin le livre sur un guéridon en bois et l'ouvre. Je me lève aussitôt, avide d'en savoir plus. Panthéa et Endora demeurent sur le canapé, l'oreille tendue, les doigts dans la boîte de chocolats. Pasiphaé arrête de tourner les pages sur une gravure ancienne figurant la cité de l'Atlantide en ruines.

— Il est possible que l'île d'Aiaía soit sous la mer, mais détruite.

Je m'appuie sur la table, dépitée. Comment plonger aussi profond ? Et comment retrouver une baguette dans les ruines d'une maison engloutie ?

— En explorant les îles grecques, je suis tombée sur Santorin. J'y ai entendu dire que les premières civilisations de la région avaient disparu. C'était Poséidon, là aussi ?

— Non, ce n'est pas la même histoire, répond Endora en se levant à son tour.

Elle est talonnée par Panthéa. Cette fois-ci, le cercle entier se réunit pour m'aider. Elles cherchent une nouvelle page et m'expose une carte de Santorin.

— Tu vois la forme presque circulaire que prend l'archipel ? questionne Endora.

J'acquiesce, intriguée.

— C'est une caldeira sous-marine, un volcan.

— Poséidon peut raser une civilisation d'une vague, résume Pasiphaé.

— Mais raser une civilisation avec une éruption volcanique, c'est l'apanage d'Héphaïstos, termine Panthéa.

— Tous les volcans lui appartiennent, ajoute Pasiphaé.

— Héphaïstos, murmuré-je pensivement.

Le dieu est invisible depuis des années. Aucune sorcière vivante aujourd'hui ne l'a vu. Absent du mariage d'Ella, absent des Enfers selon Circé malgré un lien évident entre lui les mondes souterrains. On ne sait rien sur lui, mis à part son histoire avec Aphrodite, puisqu'il a été son premier mari.

— Il est dans le camp de Zeus, non ? me demande Endora en grimaçant.

— Eh bien, il forge des armes pour Zeus a priori, donc oui. Sans compter qu'il est l'un des Douze, donc un dieu puissant.

— Et effrayant, on le dit monstrueux, précise Panthéa.

Pasiphaé semble moins catégorique, mais elle finit par dire :

— Après tout, on le surnomme l'Estropié. Ce n'est pas pour rien.

Je vois. Il inspire donc la peur et le désintérêt tout à la fois. Je secoue la tête, on s'éloigne du sujet !

— Aiaía n'est pas concernée par les volcans, quoi qu'il en soit. Et je ne peux pas non plus interroger Poséidon, il est bien trop proche de son frère Zeus. Mais ! Amphitrite, son épouse, est en ce moment même au manoir d'Ella, à New York, annoncé-je, emballée. L'occasion est unique pour l'approcher et enquêter !

Mes trois amies ont l'air moins enthousiastes. Je ne me démonte pas, je suis résolue à mener ma mission à bien. Je dois prouver à ma sœur et aux frondeuses que j'ai un rôle à jouer dans cette histoire, moi aussi. Que je ne suis pas qu'une gentille *shiny*.

— Pasiphaé, s'il te plaît, accompagne-moi. Tu sais combien Circé panique quand je m'éloigne seule, comme si je n'étais pas capable de me défendre. Ça la rassurera de savoir que tu es là, avec moi.

Ma meilleure amie grimace avec gêne, hésitante.

— Parce que tu as l'intention de lui dire que tu pars à New York ? doute Endora.

Je dodeline de la tête.

— Disons que lorsque nous reviendrons, elle ne pourra pas m'en vouloir d'être partie en bonne compagnie, répliqué-je, un large sourire aux lèvres.

— Méroé, tu sais que je te suivrais jusqu'aux Enfers, mais je ne suis pas sûre de pouvoir sur ce coup-là, balbutie Pasiphaé.

— Pourquoi ? insisté-je.

Panthéa et Endora la scrutent avant de hocher la tête.

— Phobos, disent-elles en chœur.

Je m'électrifie alors que Pasiphaé se raidit, le visage rougi. Elle marmonne des « mais arrêtez bon sang ! ».

— Comment ça, Phobos ? réclamé-je.

Mon amie se mordille la lèvre. Je ne dirais pas qu'il s'agisse d'une marque d'attirance, en vérité. Elle semble bien trop confuse et… attristée pour cela.

— Le peu de fois que je l'ai croisé… il m'a effrayée comme jamais. L'idée de débarquer chez Ella et Deimos, là où il vit…

Elle frissonne et se frotte les bras.

— Ça me met très mal à l'aise, murmure-t-elle.

Sa réaction n'a vraiment rien d'une comédie. Deimos et Phobos, les jumeaux, fils d'Aphrodite et d'Arès, frères d'Éros et d'Antéros, et d'Harmonie, ont inspiré la terreur et la peur durant des siècles. Ainsi vont leurs pouvoirs. Certains sont plus atteints que d'autres face à eux et visiblement, Pasiphaé est très sensible à l'aura de Phobos. Mais nous l'avons toutes été au départ. Je suis sûre que les choses peuvent s'inverser.

— Phobos est un dieu très conciliant et attachant, lui dis-je. Peut-être que si tu lui parlais, tu appréhenderais mieux ta peur.

Comme elle hésite encore, je surenchéris avec une offre plus alléchante encore.

— Je te promets qu'on ne restera pas enfermées au manoir. Je me débrouille pour interroger Amphitrite et on sort s'amuser pour profiter de la ville !

Panthéa et Endora approuvent ma proposition et encouragent Pasiphaé à accepter.

— Alleeez, t'en fais pas pour Phobos, tu dois garder un œil sur notre petite *shiny*.

Pasiphaé marmonne dans son coin mais ne résiste pas à notre supplique. Elle soupire et finit par acquiescer.

— Rha, bon, d'accord, cède-t-elle. Mais tu me promets de ne pas m'abandonner face à Phobos !

Je pose mes mains sur mon cœur avec cérémonie.

— Je le jure sur ma foi de sorcière.

CHAPITRE III

On arrive à New York en fin d'après-midi. Je me gare devant le grand manoir d'Ella et de Deimos. La demeure est un cadeau d'Athéna : la présence de la déesse est partout dans le décor de la façade, avec des chouettes stylisées et des vases gigantesques décorés de scènes de bataille. Ce dernier point attire l'attention de Pasiphaé comme une lumière un papillon. Ça la déride aussitôt. Je prends même le temps d'écouter ses commentaires. J'aurais pu partir seule, mais sa compagnie me manque. Elle passe beaucoup de temps avec le cercle, à la recherche d'informations et de sorts utiles pour nous défendre. Et la tristesse d'Éros m'a touchée. Moi non plus, je ne veux pas être seule sans mes sœurs en cette période troublée. À défaut d'avoir quelqu'un dans ma vie, au moins je peux compter sur mes amies.

Dès que nous poussons la porte, Ella nous accueille en dévalant le grand escalier de l'entrée. Je l'ai prévenue que nous arrivions, ça a paru lui faire très plaisir par message. Curieusement. Elle bondit dans mes bras et je la serre contre moi.

— Je suis si contente de vous voir ! lance-t-elle en agrippant Pasiphaé dans son embrassade. Vous pouvez pas savoir !

— Tout va bien Citrouille ? m'enquiers-je, inquiète.

Elle nous relâche et hoche la tête avec un sourire, mais elle semble tendue. Ses longs cheveux roux sont ramenés en un chignon maladroit dont s'échappent des mèches désordonnées, sa tunique large laisse entrevoir ses formes post-accouchements et deux jolis cernes se dessinent sous ses yeux. Je suppose que bébé Médée, âgée de cinq mois, y est pour quelque chose, mais le silence d'Ella à ma question et sa bouche droite et impatiente me mettent le doute. Le bourdonnement des voix nous atteint seulement à cet instant. Je lève les yeux, intriguée. C'est comme si les étages grouillaient de monde.

— On accueille deux déesses chez nous, dont l'une est un peu trop envahissante, finit par nous expliquer Ella.

— Où est Deimos ? Et Médée ?

— Au Siège, Médée peut faire la sieste et jouer au calme dans le bureau de Deimos.

— À ce point-là ? marmonne Pasiphaé.

Ella ouvre la bouche pour répondre mais n'a pas le temps de dire quoi que ce soit : le son d'une conque fait trembler les murs. Elle annonce la venue d'une troupe de nymphes qui descend l'escalier dans un brouhaha fantastique, avec des éclats de voix et de rires partout autour d'eux. Aucune de nous, sorcières, n'avions encore rencontré d'êtres appartenant à la cour de Poséidon et d'Amphitrite : nymphes de corail semblables à des branches articulées, avec des jambes, des bras et une tête ; nymphes de sable, dont les mains et le visage sont en verre transparent ; ou encore nymphes de sel, aux cristaux diaphanes, semant derrière elles de la poudre blanche. Aucune ne prête attention à la maîtresse de maison, elles se dirigent dans une pièce du rez-de-chaussée sans lui accorder un regard. Dès qu'elles disparaissent, Ella plaque ses mains sur ses joues et pose son front contre mon épaule, désemparée.

— Je veux récupérer mon chez moi…

— Ça sent les embruns, non ?

— Ouiii, c'est parce qu'Amphitrite a changé l'eau de la piscine en eau de mer, grommelle ma sœur. Elle a offert un dauphin à Médée.

Pasiphaé hausse les sourcils, doutant autant que moi d'avoir bien entendu.

— Un dauphin ?

Ella se redresse, de plus en plus colérique.

— Oui, un dauphin. Il y a un dauphin dans la piscine ! Amphitrite s'est installée là-haut avec toute sa compagnie qui ne cesse de circuler partout. Soi-disant ça leur manque de ne pas pouvoir nager sur des kilomètres.

— Tu crois qu'on peut monter la voir ? demandé-je d'une petite voix. Ou tu penses que ce n'est pas une bonne idée ?

— Oh si, si, vous pouvez y aller, elle ne refuse jamais les visites, répond Ella en croisant les bras. C'est bien ça le problème, d'ailleurs.

Je m'en veux un peu d'en rajouter, mais c'est une trop belle occasion de m'adresser à la reine des océans. Je perçois l'impatience de Pasiphaé à côté de moi, transportée à l'idée de rencontrer cette déesse si peu visible et pourtant si intrigante !

Des bruits de pas semblables à du verre qui cognerait le sol par petites touches se font entendre près de nous. On se tourne vers l'entrée de la verrière, où surgissent deux nymphes – une de diamant, une autre de rubis – soutenant les bras de Perséphone pour la guider. La reine des Enfers, vêtue d'un kimono de grosses fleurs roses, la chevelure nattée, le visage recouvert d'un masque de crème parfumée et les yeux de deux rondelles de concombre, avance la tête renversée en arrière jusqu'à nous. Elle sème des pétales partout autour d'elle et du jasmin blanc foisonne sur les murs et le sol dans son sillage.

— Ella ? On m'a dit que ta sœur venait te rendre visite ?

Je doute qu'elle parle de moi, la déesse du printemps est devenue une très bonne amie de Circé.

— Oui, Méroé est ici, avec Pasiphaé, nous présente Ella.

Loin de témoigner une quelconque déception, la reine des Enfers affiche un large sourire et s'arrête – grâce à ses guides – juste en face de moi pour plaquer ses mains sur mon visage.

— Méroé ! se réjouit-elle. Je dois dîner avec Héra et Amphitrite tout à l'heure, mais dès que je reviens, il faudra que tu me racontes tout ! Je veux tout savoir des sœurs de Circé !

— Hum, d'accord, réponds-je un peu au hasard.

On ne s'est pas beaucoup parlé lorsque nous étions toutes en Sicile pour son retour sur terre au printemps. Mais elle n'a pas oublié qui nous étions. Et les sorcières aiment Perséphone, alors ça me touche. Même si à la base mes plans sont différents.

— Formidable ! À plus tard les filles !

Ses nymphes lui font faire demi-tour.

— Au fait, Ella, cette verrière m'avait tellement manqué, je suis contente de pouvoir séjourner là, merci encore ! lance-t-elle en s'éloignant.

— De rien ! répond Ella avant de marmonner un déchirant : À moi aussi, elle me manque, cette verrière.

— Ella, chérie, poursuit Perséphone. Tes plantes sont magnifiques ! Tu as un don, ma belle !

Ma petite sœur s'empourpre en balbutiant des remerciements. Ça abat d'un coup son reste de colère. Ses épaules raidies s'affaissent et elle ramène ses mèches folles derrière ses oreilles, apaisée.

— Heureusement qu'elle est gentille, dit-elle, fière de sa main verte. Allez voir Amphitrite, je dois préparer le dîner de Médée. Ils ne vont plus tarder.

— On monte discuter avec la déesse et on repasse te voir avant de sortir boire un verre, je l'ai promis à Pasiphaé. Phobos n'est pas dans le coin ?

Mon amie sourit en m'entendant parler, je n'ai pas oublié sa crainte, loin de là.

— Il se balade, il rattrape le temps perdu, répond Ella.

Elle nous donne une accolade et nos chemins de séparent. Avec Pasiphaé, on grimpe les marches qui mènent jusqu'au troisième étage et à l'immense piscine intérieure. Au départ, on se pose toujours la question de savoir comment le prodige d'un bassin aussi profond dans les étages d'un manoir est possible, puis on l'oublie bien vite pour en profiter. Alors qu'on approche de la grande arche qui sert d'entrée, on remarque deux créatures marines armées de tridents qui gardent le passage. On ralentit. Si leurs torses sont humains et masculins, recouverts d'écailles turquoise et dorées, et leur tête d'une chevelure faite d'algues de diverses formes, le bas de leur corps se compose de deux queues de poisson fines et longues, enroulées en spirales pour pouvoir tenir debout. Un peu comme deux corps d'anguilles.

— Ils arrivent à respirer hors de l'eau ? murmuré-je, impressionnée.

— Ce sont des tritons, descendants de Triton, le fils divin d'Amphitrite et de Poséidon, me raconte Pasiphaé. Ils ont des branchies et un nez pour pouvoir respirer sous l'eau et sur terre.

— Wow, soufflé-je. Ils n'ont pas l'air très commodes, hein ?

— Non, ils n'ont pas l'air commodes du tout, confirme mon amie, les bras croisés avec crainte.

Pasiphaé est l'incarnation de la prudence, alors que je serais plus celle de la témérité. Je fais quelques pas, elle me retient aussitôt en arrière.

— Attends, attends, c'est quoi ton plan ?

Je commence par hausser les épaules. Elle le sait pourtant, j'agis rarement avec un plan détaillé en tête. Je l'ai laissée une fois organiser une sortie en montagne, c'était devenu si procédurier que j'ai brûlé son planning.

— Discuter avec eux, faire ami-ami et passer ?

— Tu… tu n'as aucun plan, en fait ? murmure-t-elle paniquée.

— Je m'attendais à trouver Amphitrite sur une bouée canard dans la piscine, pas une garde armée, me défends-je alors.

— Méroééé…

— Ça va bien s'passeeer ! insisté-je en avançant.

Pasiphaé me suit en se demandant si l'usage de la magie serait une bonne idée ou non. Je coupe immédiatement ce genre de pensée dangereuse en m'adressant aux deux tritons de loin et en accélérant le pas.

— Hé ! Bonjour !

Ils nous coupent aussitôt la route en croisant leurs tridents.

— Halte ! Notre reine ne reçoit plus de visite, elle est occupée ! rugit l'un d'eux.

Je déglutis. Ils savent comment refréner l'entrain !

— Je suis Méroé, la sœur de la maîtresse de maison, me présenté-je alors. Elle m'a donné la permission de rencontrer Amphitrite.

Les gardes échangent un regard sans fléchir. Maintenant que je suis devant eux, l'odeur des fonds marins, d'algues humides et de poissons me saisit les narines. On n'en a pas tellement l'habitude à Springfall, et lorsque je voyage en Méditerranée, on bénéficie toujours d'un climat sec et d'un vent salvateur. Ici, dans cet endroit clos, les émanations sont atroces. Je me retiens de grimacer, et je sais que Pasiphaé produit le même effort à mon côté. Cela dit, cet embarras olfactif laisse vite place à la beauté des écailles pleines de reflets azur, à la conque nacrée qui pend en bandoulière sur leur torse ou encore à leurs yeux pareils à des perles. L'un d'eux porte un bracelet en or au bras, au décor de vagues si fin qu'on ne peut que s'ébahir.

— « Rencontrer Amphitrite » ? Est-ce ainsi que tu espères avoir audience avec la reine des mers et des océans ? rétorque le triton au bracelet.

OK. Mauvaise approche. Je crois que je connais un ou deux épithètes de la déesse, afin de témoigner le respect qu'ils semblent attendre de moi.

— J'aimerais avoir l'honneur de rencontrer votre reine, Amphitrite la légère, mère des monstres marins…

Je sèche déjà ! Ils me scrutent, pendus à mes lèvres, alors que je me sens blêmir. Pasiphaé chuchote à mon oreille.

— Bruyante Amphitrite ! relancé-je.

Comme les deux tritons ne bougent pas d'une écaille. Je jette un œil à mon amie qui se mordille la lèvre avant de me glisser une dernière épithète.

— Hein ? ne puis-je m'empêcher de douter.

Pasiphaé m'assène un coup de coude, je cède.

— Amphitrite à la quenouille d'or.

Ça détend enfin les deux tritons qui décroisent les tridents sans pour autant nous laisser passer. Bon, je note : la cour de la reine des mers et des océans aime les titres. On les a détendus, je vais tenter la flatterie. S'ils s'attachent autant à des épithètes superficielles, ça devrait fonctionner. Je suis très forte lorsqu'il s'agit de caresser dans le sens du poil !

— Je dois avouer que je suis admirative, vous avez belle allure avec ce trident ! C'est une réplique de celui de Poséidon ?

Autant Pasiphaé se pince l'arête du nez en marmonnant un « eh voilà, elle recommence », autant le triton visé sourit… et dévoile des dents pointues, comme celles d'un requin. Impossible de réprimer des frissons d'épouvante ! Je conserve à grand-peine mon sourire.

— C'est l'arme de tout triton appartenant à la garde royale. Celui de Poséidon est bien plus fastueux.

— Mais sûrement pas plus que ce bracelet magnifique qui orne votre bras ? Il met si bien en valeur vos écailles *et* vos biceps ! C'est un cadeau ?

Tous ses traits se détendent et une rougeur envahit ses pommettes.

— Un cadeau de notre reine Amphitrite, la légère et la bruyante, mère des monstres marins, celle à la quenouille d'or, se vante-t-il. Pour bons services rendus. Créé par Héphaïstos l'Estropié lui-même !

Je m'approche d'un pas et croise les mains dans mon dos avant de me balancer.

— Et hum, est-ce qu'une tritonne ou un triton a la chance de profiter de ces bras sculpturaux ? Par hasard ?

Le garde se met à glousser.

— Ben en fait, oui, elle est dans la garde elle aussi et…

Son voisin lui donner un coup de trident dans ses queues enroulées.

— Aïe !

— On est en service !

— Tu rouspètes parce que tu n'as personne !

— Alors, ça tombe bien, interviens-je pour les empêcher d'en venir aux mains. Je vais ouvrir une agence de rencontre divine à Springfall avec le fameux dieu de l'amour, Éros ! Si jamais vous voulez rencontrer l'âme sœur, n'hésitez pas !

Le triton célibataire affiche une moue intéressée. Et hop ! Un client de plus ! Ça ne pouvait pas mieux tourner, on est d'accord ?

— Que se passe-t-il ici ?

Une voix surgit derrière eux, les repoussant sur le côté et les raidissant d'un coup. Le ton est autoritaire et tasse aussitôt mon entrain. La silhouette qui apparaît derrière les deux tritons s'avère imposante : une femme – ou plutôt une déesse – se dresse face à nous, la peau couleur bronze, presque rouge, comme le corail, et une longue chevelure violette et dense, ondulée et irrégulière, pareille à la surface d'une mer agitée. Ses yeux sont deux billes noires et des bijoux en or, en forme de coquillages de toutes sortes, ornent son nez, ses oreilles, son cou, ses bras et ses doigts. Je recule de deux pas et Pasiphaé attrape mon poignet. L'apparition est grande, vraiment très grande ! Et massive. Une robe fourreau élégante, répétant le motif d'écaille azure de ses tritons, enveloppe son corps.

— Ô bruyante Amphitrite ! Voici Méroé, la sœur de ton hôte, qui souhaite s'entretenir avec toi, annonce l'un de ses gardes.

La déesse me mitraille d'un regard impatient. J'avoue que je tire souvent mon épingle du jeu en badinant, en flattant et en arrondissant les angles. Mais là, son expression fermée et peu aimable me fait perdre tous mes moyens. C'est ce que Circé ne cesse de me reprocher : de tout prendre avec trop d'insouciance. Ça m'a pourtant réussi jusqu'ici. Je n'ai pas eu d'échec ou de cœur brisé à gérer, il faut dire.

— Je ne reçois plus, déclare-t-elle, catégorique.

— Je souhaitais en apprendre plus sur l'étendue de votre royaume, tenté-je.

Elle me toise de haut avant d'interroger avec toute la suspicion possible :

— Pourquoi l'étendue de mon royaume intéresserait une sorcière sans intérêt ?

Sa pique s'enfonce dans ma poitrine. Je sens Pasiphaé qui veut répliquer, révoltée, mais je la retiens en lui attrapant le bras. Je n'avais pas pensé qu'Amphitrite puisse être aussi réservée avec nous.

— La curiosité ? dis-je alors avec un mince sourire.

Je le force. J'aurais plutôt envie de faire demi-tour et d'aller me rouler en boule quelque part. « Sorcière sans intérêt. » C'est bien moi, ça.

Amphitrite, elle, a un souffle hautain et esquisse déjà un retrait, ennuyée.

— Reviens plus tard dans la nuit, on ne sait jamais. Je pourrais encore vouloir me distraire !

Et elle disparaît. Les deux tritons, figés jusque-là, font un petit geste de la main pour nous encourager à déguerpir. Pasiphaé me tire en arrière et on s'éloigne.

— Je ne m'attendais pas à ça, dit-elle, outrée.

— Toutes les déesses ne sont pas bienveillantes, réponds-je, la gorge nouée.

— Elle aurait au moins pu se montrer polie !

— Tout ce qui m'intéresse, ce sont les éléments qu'elle peut me donner au sujet d'Aiaía.

Pasiphaé finit par acquiescer. On descend jusqu'à la cuisine et mon amie se fige au bas de l'escalier, près de l'entrée. Deimos est là. J'ignore si c'est sa ressemblance avec Phobos ou son aura qui touche Pasiphaé, mais elle est incapable d'aller plus loin, les membres du corps contractés, la bouche de travers, essayant de reprendre le contrôle de son être.

— Ça va ? chuchoté-je.

Elle opine de la tête sans perdre sa raideur. Je reste auprès d'elle, le temps qu'elle se détende, et observe Ella, bébé Médée dans ses bras, Deimos les tenant toutes les deux contre lui alors que le repas de leur fille est en train de chauffer. C'est l'enfant la plus adorable possible ! Elle fait ses nuits, observe tout de ses grands yeux vairons et réussit l'impossible en faisant sourire son père. À les regarder tous les trois, si soudés et si heureux, je me réjouis de ne pas avoir épousé Deimos. Jamais je n'aurais pu faire ce qu'Ella a fait, jamais je n'aurais généré ce bonheur qu'ils ont. Tous ceux qui trouvent Ella trop naïve ne voient pas la lumière qu'elle a toujours apportée autour d'elle, au point d'apaiser la Terreur elle-même.

— Allons boire un verre, dis-je en me tournant vers mon amie. Laissons-les tranquilles, j'enverrai un message à Ella pour lui dire qu'on reviendra plus tard.

— Tu es sûre ?

— Oui, en route.

*

Le pub est proche du manoir, plein à craquer et sa musique nous emplit les oreilles. On s'est installées près du bar et on savoure notre deuxième bière, plus détendues. Ou presque. Le « sorcière sans intérêt » d'Amphitrite tourne en boucle dans ma tête. J'aimerais ne pas être atteinte par ce genre de remarque, mais je n'y arrive pas et Pasiphaé le voit très bien.

— Arrête de penser à cette peau d'vache, gronde-t-elle.

C'est ce qui est drôle avec ma meilleure amie : après une pinte, son vocabulaire si formel ripe. Elle qui est de coutume si sérieuse et sage.

— Elle a peut-être raison, grogné-je.

Pasiphaé roule des yeux.

— Non, c'est là que tu te trompes. Cette vieille bique qui sent le poisson a tort sur toute la ligne. Tu es Méroé ! Sœur de Circé et d'Ella, fille de Thessa ! Et d'ailleurs, la peau d'vache devrait garder en tête que oui, nous descendons d'Hélios, le soleil, mais aussi de Perséis, l'une des Océanides ! Les mers aussi sont à nous !

La passion dans son discours me remonte le moral et je termine ma pinte.

— C'est vrai, tu as raison.

— Sans compter que tu as les dons de Méroé la Première, compagne de voyage de Circé la Première en Égypte.

D'où mon tatouage au coin de l'œil, en forme de fleur de lotus ouverte, symbole égyptien de naissance et de renaissance. J'écoute Pasiphaé se lancer dans une récitation des textes anciens, dont celui d'un auteur latin racontant l'histoire de son ami Socrate, suffisamment malchanceux pour avoir croisé la route de Méroé la Première. Spécialiste de la transmutation – elle a appris aux côtés de Circé la Première après tout ! – elle punissait les hommes violents en les transformant en castor. À l'époque, l'animal était réputé pour se castrer lui-même afin de mieux fuir la poursuite des chasseurs. C'était *la* punition à leur infliger.

— Et si je ne trouve pas la baguette de Circé la Première ? Si je n'ai pas la vaillance d'Ella ni la puissance de Circé ? l'interromps-je.

Pasiphaé fronce les sourcils, plus déterminée que jamais. Elle reprend la description exacte des pouvoirs de Méroé la Première :

— « Elle peut, à son gré, abaisser les cieux, déplacer le globe de la terre, pétrifier les fleuves, liquéfier les montagnes, éteindre les astres, illuminer le Tartare ! »

Je secoue la tête avec un sourire confus. Ce portrait de notre ancêtre est si éloigné de mes propres capacités. Je plaque mes mains sur mon verre vide.

— Regarde ce dont je suis capable, plaisanté-je à voix basse.

Ma pinte se remplit seule. Pasiphaé se mordille la lèvre, l'air coupable. Elle donne une pichenette contre le verre et le contenu se rafraîchit.

— C'est la meilleure des magies, approuve-t-elle.

Mon amie grogne, son enthousiasme s'est assagi, mais elle ne contredit absolument pas son discours. Au lieu de ça, je la vois hésiter tout en guettant mes réactions.

— Méroé ?

— Quoi ?

— Tu y repenses ? À ce qu'il s'est passé quand on avait seize ans ?

Elle n'avait pas besoin de préciser. Sa première question aurait suffi. Ma poitrine se compresse et j'ai un haut-le-cœur. Non, je n'y repense pas. Jamais. Ça me terrifie et je ne comprends toujours pas ce qu'il s'est produit. Je n'ai jamais pu en parler à mes sœurs ni à ma mère. C'est un secret qui nous lie, Pasiphaé et moi.

Mon amie pose sa main sur la mienne.

— Tu sais que ce n'était pas ta faute, n'est-ce pas ?

Je déglutis. Comment ça pourrait être possible ? Je n'ai rien pu empêcher. J'étais paralysée. Et j'ai laissé ma meilleure amie se faire surprendre.

Je retire ma main.

— J'ai peur que tu le penses encore et que tu te rabaisses pour ça, que tu crois les mots de cette vipère d'Amphitrite, ajoute Pasiphaé.

— Ce n'est pas le cas, dis-je pour la rassurer.

Ses yeux noirs se braquent sur moi, comme pour m'arracher la vérité. Je soutiens son regard, la sueur au front. Elle finit par pousser son verre vers moi. Elle sait que le sujet est clos pour moi, même si elle insiste de temps en temps pour le rouvrir.

— Remplis-le.

Je m'exécute, un rictus soulagé aux lèvres. On trinque à nouveau et on boit, plus apaisées. Du moins pour quelques minutes. Car au bout d'un bref moment, une brise glaciale parcourt le pub si enjoué et chaleureux. Tout le monde grimace une seconde avant de sonder son entourage, à la recherche du déclencheur de cette vague de… peur.

Phobos vient de pousser l'un des battants du pub. Pasiphaé gémit d'avance, elle qui se sentait si détendue se raidit à nouveau.

— Je ne pensais pas qu'il viendrait ici, indiqué-je, embêtée.

— C'est pas grave, il faudra bien que je surmonte tout ça.

— Souviens-toi que ce n'est qu'une réaction physique, tu ne ressens pas réellement de peur, la rassuré-je.

Elle hoche la tête et décide – peut-être avec l'aide de l'alcool – de combattre cette réaction qui la dépasse. Je me permets alors de signaler notre présence au dieu de la peur qui ne nous avait pas remarquées au premier abord. Les clients du pub s'écartent d'eux-mêmes sur son passage. Ils ne sont pas forcément conscients de son pouvoir, mais leur instinct leur dicte avec raison de ne pas se dresser sur la route de cette personne en particulier. Lorsqu'il m'aperçoit, il sourit et s'approche de nous.

Si Phobos est le jumeau parfait de Deimos, il est moins asocial que son frère. Phobos veut s'ouvrir aux autres et communiquer, malgré son passé. Car les deux enfants d'Arès et d'Aphrodite se sont isolés une grande partie de leur vie pour fuir les chocs qu'ils provoquaient autour d'eux.

Cela dit, Phobos attire tout de même certains regards : sa chemise blanche près du corps, alors qu'il est grand et musclé, ses cheveux si blonds qu'ils approchent l'argenté, son regard dépareillé qui accroche n'importe qui… Oh là là, il ferait un candidat parfait pour notre agence ! Il faut à tout prix que je l'embrigade.

— Salut ! lancé-je, emballée par ma nouvelle idée.

— Salut Méroé.

Pasiphaé plonge dans sa pinte en fuyant son regard. Phobos tique un quart de seconde, mais il n'a pas l'air de vouloir s'appesantir sur sa réaction. J'embraye direct.

— Toi aussi, tu fuis le manoir ?

— Et Amphitrite, oui, confirme-t-il avec un mince sourire.

Puis il jette un œil sur ma voisine qui n'a pas daigné le saluer. Je lui donne un coup de coude, elle avale une gorgée de travers et toussote.

— Ahem, oui, bonsoir, bonsoir, marmonne-t-elle avant de replonger dans son verre.

OK. Loin d'être à l'aise.

— Pasiphaé, une amie, expliqué-je.

— Mmh. Je vais vous laisser, s'excuse-t-il en esquissant une fuite.

J'attrape sa manche. Pasiphaé n'est pas aussi tendue que tout à l'heure. Je tente le tout pour le tout !

— Non, reste un petit moment, bois un verre avec nous.

— Tu es sûre ?

— Mais oui, Pasiphaé n'y voit pas d'inconvénient. N'est-ce pas ?

J'insiste en battant des paupières, elle pâlit.

— Oui, non, bien sûr, balbutie-t-elle en posant son verre. Je vais juste aux toilettes, je reviens.

Et elle s'échappe, nous abandonnant dans un face-à-face un peu gêné.

— Elle est gentille, en vrai, dis-je. Juste un peu nerveuse.

— Cette fille a peur de moi, corrige Phobos sans hésitation.

— Pour l'instant, oui, avoué-je, confuse. Mais c'est juste physique, ça lui passera.

Phobos acquiesce avec sa politesse naturelle.

— Je suis là pour me réhabituer à la société, l'alcool désinhibe et les humains ont moins peur une fois qu'ils ont bu. Je ne suis pas là pour endurer la frayeur d'une personne que je connais.

Je baisse la tête.

— Je comprends.

— Bonne soirée, Méroé, me souhaite-t-il en s'éloignant.

Arf, je le regarde s'éloigner à l'autre bout du pub, un pincement au cœur. Je scrute les humains autour de moi, ils vivent leur meilleure vie : à rire et à parler fort, la musique irlandaise couvrant leurs paroles. Je capte le sourire d'un homme, à l'autre bout du bar, je l'esquive aussitôt. Je sais déjà où tout ça mène : on va se plaire, s'amuser, passer la nuit ensemble et voilà. Peut-être que j'arrive au bout de tout ça ? J'y prends toujours du plaisir, mais ça manque de profondeur et de sens à mon goût.

Pasiphaé revient vers moi, plus souriante.

— Phobos s'est éloigné, informé-je, déçue.

Durant une brève seconde, elle paraît surprise, puis elle hausse les épaules.

— Tant mieux.

Sa réplique me cloue sur place.

— Comment tu peux dire ça ? Phobos est un ami.

— Désolée, je ne voulais pas te blesser.

Elle fait une pichenette sur mon verre en accompagnant son excuse.

— Tu l'as déjà refroidi tout à l'heure.

— Je m'assure que la bière de ton verre sera toujours fraîche, Méroé, ajoute-t-elle avec un clin d'œil.

Puis elle lève sa pinte, je trinque avec moins d'entrain et avale de longues gorgées, espérant tasser mes émotions contradictoires. L'heure tourne. On ne devrait pas tarder à rentrer. Tant que Phobos est là, Pasiphaé ne verra pas d'inconvénient à reprendre notre affaire au manoir. Je m'empresse donc de terminer mon verre alors qu'elle a l'air de me surveiller du coin de l'œil.

— Quoi ?

— Tu as de la mousse, là…

Elle avance sa main jusqu'à ma bouche et passe son pouce sur ma lèvre. Je me fige, déconcertée. Bon, quand j'avais vingt ans, ça m'est arrivé de sortir avec deux ou trois filles, pour essayer. Ça n'a rien changé à mon questionnement de mon côté. Mais j'ai toujours été persuadée que Pasiphaé était sûre d'elle à ce niveau-là. Ou alors elle a vraiment trop bu.

— Ça va ? m'enquiers-je alors.

— Oui, soutient-elle sans faillir.

Peut-être que c'est moi qui ai vraiment trop bu. J'ai la tête qui tourne et des faiblesses dans bras et dans les jambes.

— Et toi ? interroge Pasiphaé.

— Je ne me sens pas très bien, à vrai dire, bredouillé-je, confuse.

C'est si soudain, cette fièvre… Une sueur glaciale me recouvre et mon cœur s'emballe. Lorsque mes jambes se dérobent, mon amie glisse son bras autour de ma taille pour me soutenir.

— Je ne sais pas ce que j'ai…

— On rentre ?

— Oui, ne puis-je qu'affirmer.

Pasiphaé m'entraîne jusqu'à la porte du pub alors que les clients autour de nous demandent si tout va bien. Je laisse mon amie répondre pour moi, de plus en plus chancelante, la bouche si pâteuse qu'il me devient impossible de formuler des mots. Je voudrais réciter un sort pour me requinquer, mais rien à faire. Je n'ai aucune force, ni physique, ni mentale. Ma tête s'affaisse sur le côté alors que

Pasiphaé, dotée d'une force incroyable, me retient d'un bras pour pousser le battant de l'autre.

C'est là que je la vois : l'autre Pasiphaé qui retourne à notre place, l'air perdue. Comment est-ce possible ? Si Pasiphaé est là-bas, près du comptoir, alors qui me tient dans ses bras ?

Le sursaut de panique que j'aimerais avoir ne vient pas. À la place, je sombre dans l'inconscience.

CHAPITRE IV

Ma tête pèse une tonne. Je suis allongée sur une surface moelleuse et chaude. Mon lit ? Bastet ne devrait pas tarder à se blottir contre moi. J'ai hâte d'entendre son ronronnement et la voix de maman qui m'appelle pour le café. J'entrouvre les paupières. J'ai vraiment trop bu, ce n'est pas possible ! La migraine est terrible. Peut-être que je suis au manoir d'Ella et de Deimos, on n'est pas rentrées à Springfall dans mes souvenirs. Même si ces derniers sont flous.

La lumière blanche qui règne autour de moi me fait grimacer. En produisant un effort monstrueux, je parviens à me redresser. Je me frotte le visage avant de tenter à nouveau d'écarter les paupières.

— Qu'est-ce que…

Pas ma chambre, ni le manoir. Non. La pièce est vaste, haute de plafond et tout en marbre blanc pailleté. Des colonnes séparent les espaces : à ma gauche, ce qui ressemble à un bassin rempli d'eau et entouré d'un ameublement en bois précieux, à ma droite, un patio ouvert sur l'extérieur. J'aperçois un jardin avec un chêne entouré de laurier rose. Elle doit venir de là, la bonne odeur fleurie. Mais je ne comprends toujours pas où je me trouve. Le lit est recouvert d'une pelisse blanche et…

— Par Hécate, murmuré-je, sidérée.

En levant les yeux sur la porte à double battant en bois sombre, recouvert d'appliques en bronze doré, je vois un aigle immense, auréolé d'éclairs, plaqué au-dessus.

Énorme ! Si impressionnant que je bondis sur mes pieds malgré un léger déséquilibre.

Où est-ce que je suis ?

Aucune ouverture sur l'extérieur, le jardin est clos d'un mur. Je ne vois que le ciel d'un bleu pur. L'air est frais, la lumière basse, c'est le soir. Il me semblait qu'il faisait nuit quand on buvait au pub.

Je me jette sur la porte mais elle ne s'ouvre pas. Il ne me reste plus que la magie, un sort pour dissiper cette… hallucination. Car il ne peut que s'agir de cela.

— *Depuis ce monde dans lequel j'erre, renvoyez-moi sans attendre à la Clairière.*

Je m'attends à une aspiration ou à un réveil – je suis peut-être en train de rêver après tout – mais rien. Je tente une transformation en visant le chêne dehors pour en faire une échelle qui créerait un passage au-dessus du mur : toujours rien. J'invoque une lumière au creux de ma main : rien de rien ! C'est là que je remarque le bracelet à mon poignet. En bronze doré. Plutôt lourd, mais j'étais si préoccupée que je ne lui ai prêté aucune attention. Ni à ma tenue : un péplos léger et blanc, parcouru d'étincelles argentées.

J'en reste comme deux ronds de flan.

Donc, quelqu'un m'a amenée ici, m'a changée et a mis ce fer à mon poignet ? Je l'observe de plus près. Il me rappelle le bijou du triton, peut-être à cause de la vague gravée, accompagnée d'éclairs et de branches de grenadier. Les trois motifs évoquent tout de suite Zeus, Poséidon et Hadès, la fratrie régnante. Un travail d'Héphaïstos.

— Par toutes les sorcières de l'univers…

À cet instant, je comprends : le bracelet est fait du même métal que la cage qui enferme Circé la Première, ses empousas et Méduse, au fond du Tartare. Ce métal qui annule tout pouvoir. Voilà pourquoi ma magie ne répond pas ! Le bijou n'a aucune attache et il est impossible de m'en défaire tant il est serré.

Les battants s'ouvrent soudain, me faisant sursauter. Ma tension grimpe en flèche. Des flashs épars me reviennent en tête : deux Pasiphaé. Elles étaient deux au bar. Je m'attends presque à en voir entrer l'une d'elles mais l'apparition est encore plus incroyable que des doubles : deux automates en métal doré. Qui marchent de manière saccadée. Ils sont humanoïdes, à première vue, mais peu détaillés. Je reconnais des imitations de jambes et de bras avec le relief des muscles, mais les articulations laissées visibles sont mécaniques. Pas d'imitation de la chair, mais plus une création stylisée. Un buste capable de se plier d'avant en arrière et sur les côtés, pas de signe indiquant s'il s'agit d'un homme ou d'une femme, pas de visage non plus, juste un ovale.

Là, ça dépasse l'entendement. Le temps qu'ils entrent dans la chambre et les battants entament leur fermeture. Je me rue sur eux en espérant m'extirper de là sans y parvenir. Je me plaque contre la porte en la frappant du poing.

Les deux automates, eux, n'ont pas bougé. Ils ont les bras tendus devant eux avec une pièce de tissu en fils d'argent pour l'un et un coussin supportant un diadème surmonté d'éclairs pour l'autre. Je n'ai pas besoin de plus pour saisir que d'une manière ou d'une autre, Zeus est impliqué dans tout ça. Mais pourquoi moi ? Est-ce qu'on est à New York ? J'aimerais tant y croire, mais je n'entends pas le brouhaha de la ville.

J'observe avec plus d'attention les automates, tourne autour d'eux, passe ma main devant leur « visage », ils n'ont aucune réaction. Je pose le bout de mon index sur un bras, le métal est tiède et le contact ne provoque toujours pas de retour de leur part : ni protestation, ni interrogation.

— Est-ce que vous parlez ?

Au son de ma voix, ils tournent leur tête vers moi, me faisant tressaillir de surprise. Aucune réponse pour autant.

— Vous pouvez ouvrir la porte ?

Le bruit des battants qui s'actionnent me coupe le souffle. Ça marche ! Je veux à nouveau me ruer sur l'ouverture, mais la silhouette qui s'avance me fait plutôt reculer, jusqu'à ce que mes jambes cognent contre le lit derrière moi.

Le costume impeccable, blanc au point d'aveugler, la chevelure argentée aux fils électriques entremêlés, la barbe naissante poivre et sel, il s'avance avec sérénité, mains dans le dos, un sourire aimable aux lèvres.

— Zeus, soufflé-je.

— Méroé ! s'enchante-t-il. Enfin réveillée !

Mais bordel, qu'est-ce qu'il se passe ?! Je pensais que Circé exagérait avec ses « Zeus ne peut que te cibler, toi ». Pourquoi prendre au sérieux une telle menace insensée ? Il veut se servir de moi pour atteindre mes sœurs ? Il croit vraiment que ça peut marcher ? C'est ridicule !

Mon pouls s'emporte et je serre les poings, aux aguets. Je ne dois pas oublier que je n'ai aucune magie pour m'aider. Zeus s'immobilise entre ses deux automates.

— Pourquoi suis-je ici ? Tu romps le Serment du Styx ! l'accusé-je.

— En quoi ? se permet-il de relever avec calme. Je n'ai pas usé de violence. Tu as bu ton verre sans que je te force et lorsque je t'ai demandé si tu souhaitais rentrer, tu as répondu « oui ».

Ébahie, je me mords la langue pour ne pas buter sur chacun de mes mots. Le bâtard a drogué mon verre ! Probablement avec la seconde pichenette qui m'avait interrogée sur le coup. Il nous a observées, Pasiphaé et moi, et il a attendu qu'elle s'éloigne pour prendre sa place.

— Je parlais de rentrer chez moi ! m'exclamé-je, la peur au ventre.

Parce que plus ça va et plus j'ai peur. Je suis isolée ici, seule, sans pouvoir, avec le maître des dieux. Je le sais, pourtant, qu'il peut se transformer. Je m'attendais plus à un animal, mais il a déjà pris la forme du roi Amphitryon pour coucher avec Alcmène et engendrer Héraklès. Il a même séduit l'une des Suivantes d'Artémis en se transformant en sa propre fille. Zeus ne recule devant rien et me voilà à mon tour prise au piège.

— Je te présente ton nouveau chez toi, répond-il sans faiblir. Bienvenue dans mon palais sur l'Olympe.

Il s'avance vers moi, les deux automates sur les talons. Je suis tétanisée.

— Étant le maître des lieux, je t'ai accordé une autorisation exceptionnelle, Méroé. Celle de pouvoir demeurer sur l'Olympe sans être obligée de te nourrir d'Ambroisie.

Seuls les mortels doivent en consommer pour y rester sans être rejetés par l'Olympe. Je ne pourrais pas miser sur cette porte de sortie. Son regard gris braqué sur moi, il tend le bras derrière lui et attrape la pièce de tissu qu'il déplie sous mes yeux. De savoir le lit juste derrière moi me remplit d'effroi. J'essaie de me focaliser sur un fait imparable : s'il tente quoi que ce soit, je me débattrais et si je me débats, le Serment du Styx s'appliquera.

Il faut juste que je... que j'en sois capable. Les reflets d'argent du tissu deviennent troubles devant moi. Mon corps paralysé, incapable de bouger... J'ai déjà subi cet état, et cette fois je n'ai personne pour m'aider. Je dois résister, combattre cette sensation d'immobilisme. À tout prix !

Zeus pose le drapé sur mes épaules, puis le diadème sur ma tête. Il ne masque pas sa satisfaction, avec une lueur lubrique dans ses iris qui m'enrage et me fait froid dans le dos tout à la fois.

Ça n'a aucun sens ! Pourquoi s'intéresse-t-il à moi ? Je pensais qu'il voulait juste nous évincer de la surface terrestre ! Il ne devait pas se chercher une nouvelle épouse ? Avec un super pedigree ? Je ne suis rien d'autre qu'une sorcière qui ne sert à rien ! Il ne peut pas imaginer faire de moi… sa femme ?!

— Comment trouves-tu tes nouveaux quartiers ?

Il part gagnant, en fait. Mais il doit bien s'attendre à ce que je proteste, non ? Je me dégage du mince espace dans lequel le dieu m'a bloquée en deux pas de côté.

— Je n'ai rien à faire là, parviens-je à dire d'une voix forte.

J'espère, en voyant le mince rictus plein d'assurance de Zeus, que le léger tremblement au fond de ma gorge est passé inaperçu.

— Allons, allons. Je sais que tu es intimidée, peut-être un peu fébrile à l'idée de t'unir à moi et à devenir maîtresse de l'Olympe, mais tu t'y feras.

Oh non ! Par Hécate, non !

— Tu es toujours marié à Héra, répliqué-je en songeant que le véritable problème n'est même pas là.

— Ce n'est qu'une question de temps. Tu n'en as peut-être pas encore conscience, mais tu me céderas, et sans que j'utilise la force.

J'ose un sourire, soufflée par ses prétentions.

— Aucune chance.

Il sourit à son tour sans argumenter plus sur le sujet.

— Suis-moi, allons dîner, tu es mon invitée ici.

Et il tend le bras pour que je le suive.

OK. Je suis *prisonnière* de Zeus, un bracelet m'empêche d'utiliser mes pouvoirs et le maître de l'Olympe pense que je vais accepter mon sort, comme ça ? J'ai encore du mal à croire ce qui m'arrive mais une chose est sûre : je n'ai pas le choix. Pour le moment en tout cas. Si je suis sur l'Olympe, je devrais pouvoir croiser une autre divinité et quérir de l'aide, c'est obligé ! Je resserre l'étole sur mes épaules et me mets en marche.

*

Le palais de Zeus est entièrement bâti en marbre – une pierre grecque blanche pailletée que j'avais déjà remarquée dans la chambre – et en or. Des panneaux et des colonnes en or, partout. Des mosaïques de joyaux aux murs, figurant des aigles et des éclairs de toutes les couleurs possibles. Circé s'était demandé, lors de son séjour aux Enfers, à quoi pouvaient bien servir toutes ces pierres précieuses qu'ils minaient sans arrêt. Voilà la réponse.

Zeus me guide à travers son palais jusqu'à une immense salle avec des enfilades de colonnes gigantesques et une estrade sur laquelle trône un unique siège en or et en ivoire. J'ai beau regarder partout autour de moi, il n'y a que les symboles de Zeus répétés à l'infini dans le décor du palais. Rien d'Héra ni des Douze. Je ne sais pas à quoi ressemblait l'Olympe avant, mais Ella nous a raconté qu'une mosaïque figurant les dieux les plus puissants ornait la place centrale, à l'extérieur. Est-ce que leur absence dans la salle du trône de leur roi est normale ? Ou inquiétante ?

On arrive dans une salle à manger plutôt moderne. Je m'attendais à des banquettes pour dîner à la grecque – puisque l'ensemble du palais ressemble plus à une demeure de l'Antiquité qu'à un penthouse de New York –, mais non, pas ici. Zeus a fait installer une table tout en longueur avec deux fauteuils aux extrémités. La vaisselle en porcelaine blanche est marquée d'un aigle doré, les couverts sont en or et les verres en cristal. Des calices pleins d'Ambroisie côtoient l'ensemble. S'il voulait afficher sa fortune au point de me mettre mal à l'aise, c'est réussi. Je m'enfonce dans le siège en pistant les possibilités de fuite autour de moi.

Des automates apparaissent avec des plats et les déposent sous notre nez. On a fait le tour de sa demeure et pas une fois je n'ai croisé d'êtres vivants. Le maître des dieux n'est pas entouré de nymphes ou de créatures qui le servent et avec lesquelles on peut discuter, il n'est cerné que de machines.

— Ces choses ne communiquent pas ? demandé-je alors.

— Non, elles ne sont pas dotées de conscience ni de parole.

Un automate retire la cloche de mon assiette et dévoile un homard rouge en équilibre sur un empilement d'agrumes confis. La vue de l'animal entier me soulève le cœur. Surtout après avoir croisé les tritons de la cour d'Amphitrite.

— Comment savent-elles ce qu'elles doivent faire alors ? poursuis-je, déterminée à glaner un maximum d'informations.

— Héphaïstos les a créées pour qu'elles n'obéissent qu'à ma volonté.

Zeus lève son verre et un automate accourt à son côté avec une carafe de Nectar pour le servir.

Encore Héphaïstos. Si jamais je le croise, celui-là... Je ne comprends même pas pourquoi on ne lui a jamais accordé plus d'attention, vu ce qu'il est capable de faire.

— Va servir mon invitée, commande Zeus.

La machine s'exécute.

— Vois-tu, Méroé, je ne peux certes pas te forcer à quoi que ce soit, devise-t-il en s'appuyant contre le dossier de son fauteuil avec nonchalance. Mais si jamais tu cherchais à t'enfuir, les automates, eux, interviendraient, d'une manière ou d'une autre.

Il laisse planer la véritable teneur de ces interventions, et ça ne m'empêche pas de déglutir avec difficulté. Je lutte contre cette sensation si dure et si incontrôlable d'inertie, moi qui suis pleine d'entrain en temps normal. J'aimerais rugir et frapper ! Comme Circé. Mais je ne parviens à rien.

L'automate me sert un verre et recule. On pourrait penser que puisqu'ils ne répondent qu'à la volonté de leur maître, le mal viendrait de lui, mais je doute que le Serment s'applique ainsi. Thanatos, sous l'ordre de Zeus, a pu attirer Circé dans les Enfers sans que le maître des dieux soit puni.

J'inspire et j'expire. Il faut que je me reprenne, je vais trouver une solution pour me sortir de là. Et en vérité, j'ai déjà un plan en tête. Zeus est impulsif. Il a déjà tenté de foudroyer Hermès sans réfléchir, par pure colère. Si je le provoque, si je l'humilie, les yeux dans les yeux, peut-être que son premier réflexe sera de m'en coller une et non pas d'appeler ses automates. Et dès qu'il lèvera la main, le Serment du Styx devrait s'abattre sur lui, le bannissant de l'Olympe et du Siège pour cent ans, l'isolant dans un endroit perdu sans pouvoir respirer durant une année.

Ça se tente. Je dois mériter ma réputation de « chercheuse d'ennuis ».

J'en suis à cette réflexion lorsque deux visiteurs apparaissent. Je reconnais aussitôt l'un d'eux et m'apprête à bondir hors de ma chaise. Mais une fois la surprise passée, je désespère aussitôt. Apollon est le nouveau fils chéri de son père, Hermès ayant laissé sa place. Ce n'est pas étonnant de le voir ici, dans sa tunique jaune safran qui souligne son teint mat et ses cheveux noirs. Je ne tente même pas un appel à l'aide, on sait toutes que le dieu solaire s'est rangé au côté de son père dans ce conflit latent. Il me jette cependant un œil surpris mais sans réagir. Il devait s'attendre à un plan de ce genre de la part de Zeus.

— Père, Kairos demande audience, et il insiste un peu trop, grogne Apollon.

Un dieu menu et discret se tient à côté de lui, avec une touffe de cheveux volumineuse au sommet du crâne. Il semble agité.

— Zeus ! Tu t'es servi de mon don pour trouver le moment opportun, et de toute évidence, l'enlèvement de la sorcière s'est bien déroulé. Il est temps de considérer ma place parmi les Douze, comme tu me l'as promis !

Quoi ? Un dieu du « moment opportun » ?! Les yeux arrondis, je vais de Zeus à Kairos, stupéfaite du stratagème. Circé m'a tellement surveillée et je passe si peu de temps seule. Toujours entourée de Thanatos ou d'Éros et ses frères, Zeus avait peu de chance de m'approcher sans attirer leur attention.

— Tu as jugé bon d'interrompre mon dîner pour réclamer ta récompense ? reprend Zeus avec une froideur qui ne fait frissonner que moi.

Kairos, lui, n'en démord pas.

— C'est exactement le bon moment, oui, soutient-il.

— Et tu crois pouvoir remplacer le Traître grâce à ce seul conseil ? se moque Zeus.

Il ne prononce plus le nom de son fils, Hermès. Ce dernier est devenu un paria à ses yeux.

Kairos me désigne de la main.

— Elle est là, non ?

Son attitude de petit hargneux plein de prétention me requinque. Il a raison, c'est l'instant parfait. Il m'offre l'opportunité parfaite sur un plateau. Alors je laisse échapper un rire moqueur, suffisamment fort pour qu'il attire l'attention des trois dieux présents. Je me contente de fixer Zeus.

— Tu as dû solliciter un dieu mineur pour programmer mon enlèvement ? Je croyais que le maître des dieux était plus puissant que cela.

La silhouette affalée de Zeus se redresse. Les filons électriques de ses cheveux vibrent et mon cœur part dans une course folle. Jamais je n'aurais cru un jour espérer qu'un homme – ou un dieu – lève la main sur moi.

Zeus pivote soudain vers Kairos qui demeure immobile, surpris par mes paroles, et il ouvre la main. Ce geste suffit à attirer le dieu du moment opportun jusqu'à Zeus sans que celui-ci se lève. La frêle gorge du dieu mineur se retrouve enserrée dans l'étau des doigts du maître de l'Olympe.

— Tu oses m'humilier devant ma promise ?

Il serre si fort son emprise qu'une grimace déforme le visage de Kairos. J'empoigne les accoudoirs de ma chaise avec appréhension. Je ne m'attendais pas à cette réaction !

— Pardonne-moi, Zeus… souffle-t-il.

— Tu auras la douzième place seulement si je le décide ! rugit-il.

Kairos pousse alors un hurlement déchirant, Zeus est en train de griller son visage avec son électricité ! Il le repousse à plusieurs mètres et se contente d'un battement de main pour demander à son fils d'éloigner l'importun. Apollon obéit à la seconde et disparaît avec le dieu blessé.

Le silence retombe comme une chappe de plomb. Je n'entends plus que mon cœur battre à toute vitesse. C'était violent, mais aussi encourageant. Je peux à nouveau le faire sortir de ses gonds sans témoin. Alors je me lève avec lenteur pour me rapprocher de lui, une nouvelle flamme dans le cœur. S'il croit que je vais me laisser faire, il se fourvoie ! Je ne me soumets pas, à personne. Et il l'apprendra vite.

Je laisse glisser le tissu argenté sur le sol, captivant son regard. Tout son éclat de colère se tasse. Il reviendra vite, il faut prendre Zeus au dépourvu. Une fois près de lui, je me hisse sur la table, mon pied frôlant son genou. Un air affable et le tour est joué, je n'ai plus qu'à flatter.

— Donc, tu me veux pour reine.

Zeus, d'abord surpris, finit par se calmer. Il croise les jambes et se laisse aller contre le dossier de son fauteuil.

— Tu as bien compris, oui.

Autant entrer dans son jeu.

— Et je ne dois pas craindre la colère d'Héra ?

Il fronce les sourcils avec un sourire moqueur.

— Non ! Tu es en sécurité ici.

Je me mords la langue pour ne pas rire. C'est absurde !

— Je crains que mes sœurs ne soient pas tout à fait d'accord.

J'espère que mon sous-entendu sur la menace qui va planer sur lui à partir de maintenant ne passe pas inaperçue !

— Tes sœurs sont inoffensives tant que le Serment du Styx tient, déduit-il avec un haussement d'épaules. De même que tu ne dois pas avoir peur d'elles.

Quoi ?

Mon expression de stupeur ne doit pas lui échapper car il poursuit.

— Je suis le dernier de ma fratrie, la loi aurait voulu qu'Hadès règne mais le sort en a décidé autrement. Quant à Poséidon… le frère du milieu, il a toujours écouté ce que le plus fort lui dictait. Il ne tient qu'à toi de devenir plus forte que ton aînée et ta benjamine, jamais elles ne pourront te reprocher quoi que ce soit dans ce cas-là.

Zeus ponctue sa phrase d'un mince sourire qui se voudrait complice mais qui me remplit un peu plus d'effroi. On n'a pas du tout les mêmes relations toutes les trois que ses deux frères et lui ! D'autant plus qu'Hadès a pris parti contre lui, il l'ignore peut-être encore, mais un jour ou l'autre, il l'apprendra et corrigera ce raisonnement insensé.

— Pourquoi moi ? Pourquoi pas une déesse d'une lignée plus prestigieuse ?

Zeus semble soudain content que je m'intéresse à un sujet plus prosaïque sans remettre en question son coup de force. Il tend le bras pour attraper son verre mais je le saisis avant lui avec un mince sourire provocateur et y trempe mes lèvres. Ça lui plaît. Il se rassied au fond de son siège. Jusque-là, je parviens à endormir sa vigilance.

— Hélios a créé la race des sorcières en engendrant Circé, Pasiphaé ou encore Aiêtês, père de Médée. C'est donc que je peux le faire à mon tour. Je suis convaincu que ta sœur, Ella, et mon petit-fils, Deimos, viennent de mettre au monde une nouvelle race. Cette petite Médée est mienne, je lui ai fait don de mon foudre, mais je préfèrerais engendrer moi-même cette lignée, sans que les gènes de cette traînée d'Aphrodite ne l'entachent.

Ce discours me fait froid dans le dos. Une lignée pure, c'est donc cela qu'il cherche. Je bois une gorgée de Nectar en prenant garde de ne pas sombrer dans cet alcool addictif.

— Je ne suis pourtant pas « pure », précisé-je. Les sorcières se mêlent depuis toujours aux humains.

Il sourit tout en capturant ma cheville. Je resserre le verre entre mes mains, surprise, mais parviens à retenir une protestation. Il en profite donc pour remonter le péplos jusqu'au-dessus de mon genou pour caresser mon mollet. Des nœuds dans l'estomac, je lui permets son écart.

— Ce n'est pas un problème, Méroé. Je me suis souvent uni aux humains moi-même. Si tu te laisses faire, tout sera plus simple. Tu auras le trône de l'Olympe, la gloire de te tenir à mes côtés et le plaisir de partager ma couche. Tout ce luxe qui t'entoure sera à toi. Et je te présenterai Eunomie qui se chargera de t'initier aux lois olympiennes le moment venu.

Il ne doute pas un instant que toutes ces choses futiles ne m'intéressent pas ? Il catégorise les femmes en des êtres matérialistes, sans réfléchir une seule seconde. Je retire ma jambe de son emprise.

— Tu oublies une chose, Zeus, dis-je alors, résolue. Je ne te céderai pas et le temps ne changera rien à l'affaire. Tu ne peux pas me faire de mal, mais moi je peux très bien faire ça…

Et je lui jette le contenu de son verre au visage.

C'est comme si le temps s'était arrêté. Ma main tremble et le liquide transparent perle le long de ses cils et de son nez dans un silence absolu. Il doit être sidéré, au moins autant que moi. Je ne me suis jamais posé de question au sujet de la force du Serment du Styx, mais je prie Hécate qu'il s'applique dès que Zeus explosera.

Ce dernier bondit sur ses pieds, renversant son siège au sol. Je frémis d'angoisse, le souffle court. Une décharge électrique jaillit de lui, comme s'il venait d'expulser plusieurs éclairs dans un ciel d'orage. Je saute sur mes pieds pour m'éloigner d'un pas. Il serre les poings, tendu. Il résiste à sa propre colère !

— Petite ingrate ! rugit-il au point de faire trembler les murs en marbre.

D'un pas, il est devant moi et saisit mon poignet. Je couvre mon visage de mon autre bras, apeurée, prête à recevoir un coup, mais à la place, le décor change.

Il nous téléporte ailleurs et me flanque à terre, sur un sol rocailleux et chaud, d'un rouge ocre détonnant avec le blanc immaculé du palais.

— Tu refuses ma largesse ?! Tu ne verras donc pas l'inconvénient d'un petit séjour ici ! Le temps de te rendre compte de la chance qui t'est offerte !

Sa voix hurlante se répercute en plusieurs échos. Je me redresse, les genoux endoloris, cherchant absolument un repère visuel familier, sans le trouver. La caverne dans laquelle on se trouve est démesurée, plongée dans une pénombre entrecoupée de lumière jaune orangé comme seul le feu peut en produire : des torches énormes brûlent contre les parois et un bassin carré, dans lequel plonge une volée de marche, semble rempli de lave en fusion. La chaleur est intense.

Est-ce qu'on est aux Enfers ? Ça ressemblerait bien à ce que Circé nous décrivait. Et ce serait une erreur monumentale de la part de Zeus.

— Où sommes-nous ? interrogé-je alors que le maître des dieux ne décolère pas.

— Zeus ?

La voix grondante et basse me fait tressaillir. Je suis obligée de lever les yeux pour comprendre d'où elle vient. Une silhouette de quatre ou cinq mètres apparaît devant nous, pataude et massive, seulement vêtue d'un pagne en cuir travaillé, plein de poches et d'anneaux dans lesquels sont glissés des outils. Sa peau est proche d'une surface calcaire un peu jaune, très étrange, mais nettement moins que l'énorme tête à la chevelure brune et courte et à l'unique œil marron.

Je recule précipitamment jusqu'à sentir le mur de pierre dans mon dos.

— Je vous abandonne la sorcière, déclare Zeus avec toute l'autorité possible.

L'œil oscille de lui à moi.

— Comment ? Mais… Mais mon maître n'est pas encore rentré !

— Silence, Cyclope ! rugit Zeus. Héphaïstos n'a pas son mot à dire ! Je reviendrai la voir lorsqu'elle se sera calmée !

Et il disparaît, laissant derrière lui un calme qui n'en est en vérité pas un. Ce n'est que là, alors que je halète et qu'une pellicule de sueur me recouvre, que j'entends des bruits éloignés de marteau frappant des enclumes. Ma première impression avait été de voir une caverne dans la pénombre, mais en fait, il y a des parties construites, taillées dans la roche, ainsi que des points de lumière un peu plus loin. On dirait des feux d'où émanent des lueurs brûlantes et des vagues de chaleur qui troublent l'horizon.

— Oh là là, mais que va dire Heph… semble regretter le Cyclope, embêté.

Je reporte toute mon attention sur lui. Si son aspect m'a d'abord effrayée, sa mine inquiète et son allure débonnaire changent mon regard. Je n'en reste pas moins impressionnée par sa taille et cet œil planté juste au-dessus de l'arête du nez.

— Acamas ? appelle une seconde voix similaire.

Un autre Cyclope s'approche, assez semblable au premier, mais avec une chevelure plus dense, rasée des deux côtés et nattée, lui conférant une allure de guerrier nordique inattendue. Pourtant, il semble tout aussi pacifique que son confrère.

— Que se passe-t-il ?

— Zeus vient de laisser une sorcière à la garde du patron, répond Acamas en me désignant d'un doigt pointé sur moi.

— Heph ne devrait plus tarder mais ça risque de le mettre de mauvaise humeur, s'inquiète le second.

OK, OK. Restons calme. Je suis apparemment dans les forges d'Héphaïstos, j'ignore précisément où elles se situent, mais c'est là que je me trouve. En compagnie de deux Cyclopes géants ! Qui ne paraissent pas menaçants, mais inquiets. Je me relève sans quitter mon mur, et glisse les mèches de mon carré derrière mes oreilles.

— Acamas ! Pyracmon ! s'exclame une troisième voix.

Un nouveau Cyclope apparaît, vêtu d'un tablier cette fois-ci, un énorme maillet à la main, un œil bleu et aucun cheveu sur la tête.

— Adnanos ?

— Le patron ! Il arrive !

Les trois géants s'activent : ils s'approchent du bassin de lave et vérifient leur attirail tandis que le troisième s'éloigne à nouveau. Je reste figée, partagée entre la curiosité et la peur. Que peuvent-ils bien attendre *là* ? D'où va-t-il débarquer ?

Toutes les paroles échangées avec mes amies me reviennent en tête : Héphaïstos est « un dieu puissant », « effrayant », « on le dit monstrueux ». Il est surnommé l'Estropié. À quel caractère dois-je m'attendre, au-delà de son aspect ? Pour que Zeus juge cette punition suffisamment terrifiante, au point de me faire regretter son offre ?

J'en suis à cette réflexion lorsque j'aperçois une chose surgir du bassin. Une forme mouvante recouverte de lave qui sèche à mesure qu'elle s'élève. Des morceaux de croûte noire tombent dans la surface incandescente sans pour autant dévoiler la… *chose* en dessous.

Je déglutis. Ce n'est pas un dieu, c'est un monstre !

CHAPITRE V

Il traîne une masse informe derrière lui qu'il hisse hors du bassin avant même de poser les pieds sur la roche.

— Acamas ! Saisis-toi des minerais ! commande la voix grave et éraillée de la silhouette.

Le Cyclope se presse de prendre ce qui doit être un sac deux fois plus gros que son propriétaire, le tout sans se brûler. Il le tire à l'écart en grimaçant tandis que Pyracmon attrape leur maître enrobé de matière en fusion. Comparé à leur taille, le dieu doit faire environ deux mètres. Moins grand, certes, mais imposant. Alors qu'il grimpe les marches pour sortir de la lave – dans laquelle il a l'air de pouvoir barboter sans aucun problème – les morceaux refroidis s'échappent et s'éparpillent sur le sol. Je commence à distinguer deux bras dégoulinant d'une lave rigide ainsi qu'une tête dont aucun trait n'est encore visible.

— Tu as trouvé ce que tu souhaitais ? interroge Pyracmon.

— Un gros filon, oui. Je ramène plein de cuprites, on en obtiendra un cuivre de qualité, parfait pour l'étain que j'avais déjà ramené.

Circé avait parlé des mines dans les Enfers, plus ça va et plus je me dis que c'est là que je me trouve. Je patiente dans mon coin, espérant presque qu'aucun Cyclope ne rappelle au maître des lieux ma présence.

Pyracmon se met à nettoyer la silhouette du dieu en passant sa main sur lui, comme pour l'épousseter. Il envoie balader des morceaux de roches noires avec une facilité déconcertante. Petit à petit l'aspect divin d'Héphaïstos apparaît : des épaules larges et des bras puissants. Rien d'étonnant pour un dieu forgeron. Il a la carrure adéquate pour manier des maillets et des tenailles. Ce qui me coupe le souffle, en revanche, c'est lorsque Pyracmon se met à donner des coups de poing dans la roche qui s'est durcie au bas du corps, et qu'il découvre ainsi une seule jambe.

Dans un équilibre précaire, Héphaïstos se retient à la ceinture du pagne du Cyclope.

— Ma jambe ! réclame-t-il d'une voix forte.

Adnanos revient vers nous, une jambe en métal doré dans la main. J'observe, ébahie, le Cyclope se pencher pour emboiter le membre factice au reste de celui manquant : un haut de cuisse coupé net. Dès que le métal touche la peau du dieu, la jambe semble prendre vie. Elle bouge avec un naturel saisissant ! Héphaïstos se détache de son appui et dégage son visage ainsi qu'une longue chevelure brune qui retombe négligemment sur ses épaules.

— Mettez ce minerai de côté, on s'en occupera plus tard ! On a une vingtaine d'automates à couler et à assembler !

— Oui, patron !

— Tout s'est bien passé dans la mine ? s'enquiert Pyracmon en lui tendant une pièce de tissu couleur rouille.

Oui parce que, sous la couche de lave qui laisse apparemment sa peau intacte et propre, Héphaïstos est nu. Il enroule sa taille dans une sorte de sarong un peu long, toute son attention tournée vers ses Cyclopes.

— Les humains ne creusent pas encore jusque-là. Le filon est prospère, on pourra se servir quand on veut. Quoi de neuf ici ?

D'un geste empressé, il noue une partie de ses cheveux à l'arrière de son crâne et plonge son visage dans un linge humide. Je suis trop loin pour distinguer ses traits, mais le ton de sa voix est impatient. Les Cyclopes partagent des regards sans oser m'en lancer un. Le fait qu'ils ne semblent pas pressés d'informer leur maître de ma présence fait remonter une boule d'inquiétude au creux de mon ventre. L'exploit de cette apparition divine dans un bassin de lave avait fini par l'écraser, mais elle déboule à nouveau.

Que va-t-il dire lorsqu'il me remarquera ? Ou faire ?

— Oh rien de spécial, commente Acamas en haussant les épaules.

— On t'attendait pour allumer les hauts fourneaux, ajoute Pyracmon.

— Et puis, tu ne le sais peut-être pas encore, mais ma fille va bientôt se marier, annonce Adnanos avec un sourire.

Ses deux compères lèvent leur œil au ciel.

— Oh tu nous l'as déjà dit, voyons. Des milliers de fois, grogne Pyracmon.

— Je suis déjà au courant, approuve Héphaïstos.

— J'ai seulement hâte, ce sera une grande fête avec toute la famille ! se réjouit Adnanos. J'espère que nous pourrons compter sur ta présence, Heph ?

Le dieu forgeron croise les bras et grogne une sorte de « oui, on verra ». Pas pressé d'assister aux célébrations du petit personnel ? Tellement pas étonnant. Les Douze et leur ego surdimensionné. Au moins autant que sa carrure ! Il est bodybuildé comme personne, lui, sans être démesuré pour autant.

— Donc, vous n'avez rien à me dire de plus ?

Penauds, ils secouent tous les trois la tête. Soudain, Acamas se redresse.

— Oh ! Si ! Argès, Brontès et Stéropès ont toujours des douleurs lombaires !

— Ça n'a rien de neuf, ça fait un moment, réplique Héphaïstos.

— Le problème persiste, patron, prétexte-t-il, une main sur la nuque.

Le dieu pousse un soupir las tout en se massant les sinus.

— Vous allez me dire qu'aucun de vous trois n'a aperçu *ça*, là-bas ?

Cette fois-ci, il me pointe du doigt, sans même m'avoir réellement regardée. Il a su que j'étais là d'une manière ou d'une autre, peut-être d'un coin de l'œil. Je tressaille, les doigts agrippés à mon péplos. Puis le « ça » finit par m'atteindre.

Ça. Vraiment ? Il est sérieux, le *lava-boy* ambulant ?

— Ah, elle, bredouille Pyracmon.

— Oui, elle, s'agace Héphaïstos. Qu'est-ce qu'elle fout dans mes forges ?

Il se détourne d'eux pour s'avancer vers moi. Je me décolle du mur, prête à répliquer.

— Eh bien, pour tout t'avouer, Zeus l'a ramenée ici en guise de punition, explique Acamas avec maladresse.

Sa phrase immobilise le dieu à quelques mètres de moi. Son visage se dessine un peu mieux : plutôt fin, malgré la mâchoire carrée et la barbe courte. Il a des cils longs et noirs qui soulignent des yeux à la couleur étrange : un ambre doré peu commun. Ses traits sont froncés, ça a l'air d'être habituel.

— Comment ça, « en guise de punition » ? Est-ce que cet endroit ressemble à un cachot ? relève-t-il, remonté.

— Non, non ! appuie Pyracmon. Mais Zeus ne nous a pas laissé le choix. Il veut juste qu'elle se calme ici.

— Heph, elle a le bracelet que nous avons fabriqué en bronze olympien, fait remarquer Adnanos.

Héphaïstos penche la tête sur le côté et me toise en silence un court instant.

— Ah. Alors c'est toi, la *sorcière* que mon père veut épouser ?

Bon. Au moins, il n'a pas caché sa complicité avec Zeus et ne masque pas sa méfiance envers ma qualité de sorcière. Je tends mon bras avec accusation.

— Et c'est à toi que je dois ce ridicule accessoire ? rétorqué-je, plus du tout d'humeur à observer passivement.

Loin de se démonter, Héphaïstos fait apparaître une longue cigarette brune et des flammes jaillissent de ses doigts pour l'allumer. Il produit du feu avec ses mains ! Est-ce que lui aussi, il a besoin de se tempérer comme Deimos ? Je sens bien une odeur de dictame de Crête après tout.

— Mon père a raison, tu devrais te calmer.

L'effet est inverse, je bondis !

— Si ma magie n'était pas bloquée par ton maudit bracelet, je te renverrais au fond de ton puits de lave sans sourciller ! m'exclamé-je, les nerfs à vif.

— La lave n'est pas un problème pour moi, au cas où tu ne l'aurais pas remarqué. Si ta magie ne peut rien faire de plus, que tu aies ce bracelet ou non ne change rien à ta situation.

Oh mais le salopard !

— Ta punition, c'est d'être ici ? ajoute-t-il avec calme.

— Je n'ai pas à être punie ! J'ai été enlevée ! Contre ma volonté !

Les trois Cyclopes ont la réaction attendue : ils grondent des « oh non, ça ne se fait pas, ça » dans leur coin, outrés. Mais puisque leur maître demeure stoïque, ils n'osent pas aller plus loin.

— Ce ne sont pas mes affaires, sorcière, dit Héphaïstos.

Il me détaille ensuite des pieds à la tête, me plongeant dans une rage bouillante.

— Tu n'as jamais vu de femme avant ? Tu as besoin d'un dessin ou ça ira ?

Il hausse les épaules, imperméable à mon coup de sang.

— Ça fait un moment que j'ai besoin d'une aide plus méticuleuse que celle des Cyclopes, mais je ne pensais pas à une sorcière capricieuse, regrette-t-il.

— Hors de question que je fasse quoi que ce soit ! soutiens-je en serrant les poings. Tu ferais mieux de me raccompagner sur terre si tu ne veux pas te mettre la Clairière à dos !

— On ne contre pas une invitation du maître de l'Olympe, rétorque-t-il. Seul un dieu pourrait te sortir de là et ce ne sera pas moi.

Non, c'est certain. Ce n'est pas ici que je trouverai de l'aide. Mais le lieu est grand. S'il s'agit bien d'une forge, il y a forcément des aérations quelque part pour que l'air et la fumée circulent. Et si nous sommes dans les mondes souterrains, je trouverai forcément un ou une alliée !

Je rumine dans mon coin et m'aperçois que le dieu forgeron, lui, me dévisage d'un drôle d'air. Il fait disparaître son mégot et s'approche de moi. La spectaculaire couleur de ses yeux me foudroie : ses iris ressemblent à deux ambres dont la surface flamboierait. J'ai croisé et côtoyé beaucoup de divinités depuis la paix établie entre les sorcières et l'Olympe, mais jamais aucun dieu ne m'avait fait cet effet-là. Héphaïstos m'envoie des ondes si intrusives et étranges que je me mets à trembler sans parvenir à comprendre pourquoi je me sens si ébranlée par sa présence. Sa peau est parcourue de singuliers reflets cuivrés, et son odeur ressemble à celle du feu avec un mélange de… de cèdre et de mandarine.

— Quoi ? soufflé-je.

Il semble absorbé par le contour de mon visage. Au point de le saisir dans sa main. Sans utiliser sa force. Et pourtant, sa peau est si chaude que la sensation devient déstabilisante, proche de la brûlure.

— Qui es-tu ? grogne-t-il, avec intérêt.

J'agrippe ses doigts en grimaçant et me dégage d'un coup. Mon dos percute la paroi de la caverne. Je reprends mon souffle avant de répondre avec rage :

— Je suis Méroé ! Sœur d'Ella et de Circé, fille de Thessa ! Descendante de Circé et de Médée les Premières !

La réaction d'intimidation que j'espérais ne vient pas du dieu – inébranlable au premier abord, mais je trouverai sa faiblesse, il n'a qu'à bien se tenir ! Ce sont les trois Cyclopes qui halètent, indignés. Ce foutu Héphaïstos n'a qu'un demi-sourire moqueur.

— La descendante d'Ulysse ? grommelle Acamas.

Au nom de mon ancêtre, un frisson glacial me parcourt l'échine. Ce n'était peut-être pas une bonne idée d'évoquer Circé la Première. Son amant, Ulysse, celui par lequel notre lignée de sorcière est née – en partie, puisqu'il y a aussi Médée la Première et Jason – a éborgné Polyphème, le Cyclope, au cours de son Odyssée. Un proche, peut-être ?

— Si j'étais toi, je ne me vanterais pas de descendre du roi d'Ithaque ici.

Je blêmis sans oser hocher la tête.

— Allez, suis-moi. Tu vas te rendre utile.

Il s'éloigne et j'ignore pourquoi, mais je lui emboite le pas. Peut-être parce que je n'ai pas tellement envie de me retrouver seule face aux trois Cyclopes déçus. Je ne dirais pas qu'ils paraissent agressifs, mais leur trogne basse et méfiante ne m'inspire pas. Je me retrouve donc dans le sillage du dieu forgeron, au dos saillant. Tous ces muscles qui roulent sous sa peau sont impressionnants. Non seulement il construit des armes redoutables, mais je ne me frotterais pas à lui en combat singulier non plus.

On traverse la grande salle au bassin de lave qui semble être une sorte de téléporteur pour Héphaïstos. J'ignore comment c'est possible et ça ne m'est d'aucune aide. Les feux que j'avais aperçus de l'autre côté servent à réchauffer le métal pour le forger, si j'en crois la présence de grosses enclumes à l'échelle des Cyclopes. Il y a des pierres d'affûtage aussi, pour aiguiser des pointes de flèches et des lames d'épée. Certaines pièces sont en cours de fabrication et le métal brille de mille feux.

Une fois la forge passée, je ralentis, impressionnée. On se retrouve devant une arche évidée dans la roche, haute d'une dizaine de mètres, peut-être plus ! La salle suivante est encore plus vaste que la première, et pour une bonne raison : elle accueille, sur la droite, quatre hauts fourneaux gigantesques alignés. On dirait des silos coniques. Ils ne sont pas encore allumés, mais j'imagine déjà la chaleur étouffante qu'ils doivent dégager en temps normal. Chacun d'eux possède une ouverture à un mètre du sol, probablement pour verser la matière servant à le chauffer, ainsi qu'une outre en peau animale, à sa base, replète et pleine d'air qui doit agir comme un soufflet lorsque l'on appuie dessus. Toujours à l'échelle des Cyclopes. Jusque-là, je ne pourrais pas faire grand-chose !

De l'autre côté, les fourneaux ont un trou de coulée avec une rigole pour recueillir le métal en fusion, issu des minerais versés dans une ouverture sur le dessus. Des matrices de moulage sont déjà sur place. Je devine les pièces composant les automates qui doivent en sortir. C'est une véritable usine !

— Et là-bas ? demandé-je en apercevant, tout au fond à gauche, de nouvelles arches.

— C'est l'antre d'Argès, Brontès et Stéropès, répond Acamas. Ils s'occupent du montage des automates, puis Héphaïstos leur insuffle l'animation.

Surprise que ce ne soit pas Héphaïstos qui me réponde, j'acquiesce, reconnaissante quelque part que les Cyclopes aient déjà mis de côté mon ascendance. Leur maître, lui, est occupé à inspecter ses fourneaux.

— « Insuffler l'animation » ? Qu'est-ce que ça veut dire ?

— Leur donner vie, en quelque sorte. Les automates ne peuvent qu'obéir, ils n'ont pas de volonté propre.

— Ah, je vois.

Ça expliquerait que des automates puissent agir mais sans parler ni sans décider quoi que ce soit. Héphaïstos doit avoir des pouvoirs bien spéciaux pour être capable de cela.

Je retourne sur mes pas. Du côté gauche de la salle, la paroi de la caverne a été égalisée, elle ressemble à un long mur droit. Trois marches ont été creusées, toutes trois menant à une magnifique porte à double battant en bronze doré. Cette fois-ci, l'ouverture semble être à taille humaine. Je m'en approche et observe le travail méticuleux du décor avec une admiration que j'aimerais refouler : on dirait que des flammes ont été martelées en relief dessus. Je suis sûre que mon père aurait eu de quoi dire devant ce spectacle.

— Viens par là, m'appelle la voix bougonne du dieu forgeron.

Mais il croit vraiment que je vais lui obéir comme ça ? D'un claquement de doigts ?

— Que veux-tu que je fasse ici ? répliqué-je en croisant les bras. Je vais juste me contenter d'être chiante. Ce n'est pas un problème pour moi, *au cas où tu ne l'aurais pas remarqué*, dis-je en reprenant ses paroles.

Les trois gros yeux des Cyclopes, happés, se tournent vers leur maître, guettant son retour. Les épaules d'Héphaïstos se raidissent. J'attends qu'il réplique, mais il paraît déjà saoulé. Il pivote vers Adnanos.

— Pourquoi vous n'avez rien dit à mon père ? Il le savait pourtant, que cette situation ne me conviendrait pas !

— Il ne nous a pas laissé le choix, s'empresse d'expliquer Acamas.

— Quand est-ce qu'il vient la reprendre ?

Ils haussent tous les trois les épaules.

— Par tous les volcans des Enfers, maugrée-t-il en nous tournant le dos pour poursuivre sa traversée de la salle. Pourquoi moi ? J'avais rien demandé, et surtout pas une sorcière insupportable qui se vante d'être une emmerdeuse.

Trois arches sont visibles au fond, c'est vers là-bas qu'il se dirige.

— Il est toujours comme ça ? grogné-je.

— Oh il est plutôt de bonne humeur en fait, répond Pyracmon en hochant la tête.

— Il peut vraiment être pire, oui, approuve Adnanos.

Super, je suis tombée sur l'ultime *grumpy* de l'Olympe !

— Suis-le, allez, murmure Acamas, nerveux à l'idée que je ne bouge pas.

Comme de toute façon, je n'ai pas le choix, autant aller jusqu'au bout du tour. Au fond, c'est une dernière pièce qui s'étend sous mes yeux, plus petite et moins haute. Un foyer brûle tranquillement dans un coin, une longue table avec des bancs trône au milieu et un gros cellier recèle un amas de nourriture et d'ustensiles sur le côté.

La cuisine. Il m'emmène dans la cuisine, le rustre des cavernes. Rien n'est à ma taille, tout est trop grand, c'est le lieu de repos des Cyclopes. Même si je le voulais, je ne pourrais pas accrocher de marmite sur la crémaillère du foyer. Tout est hors de ma portée… Même la station de tubes pneumatiques d'Hermès que j'aperçois sur le mur avec un frisson d'excitation. Il faut que je l'atteigne ! Si je pouvais envoyer un message, Hécate viendrait me chercher, elle peut se téléporter n'importe où !

Sauf que je ne sais toujours pas où je suis.

— Où sommes-nous ? Aux Enfers ? lancé-je.

Héphaïstos a un éclat de rire moqueur.

— Nous sommes dans les souterrains de l'Olympe.

Quoi ? On est toujours sur l'Olympe ? Ou plutôt, *dans* l'Olympe ?

Je reçois soudain un gros sac en toile de jute à la figure.

— Prends ça, tu vas t'installer ici pour dormir, déclare le dieu forgeron. Tu auras de la paperasse à trier, entre les commandes des dieux et les livraisons aux Enfers, je n'ai plus le temps de tout faire.

— Je n'ai pas tellement changé d'avis, de mon côté, précisé-je.

— Si tu ne travailles pas, tu ne mangeras pas.

C'est à mon tour d'avoir un éclat de rire plein de railleries !

— J'ai déjà fait deux jours de randonnée le ventre vide ! Je n'avais qu'un seul cookie de ma sœur Ella avec moi, UN SEUL ! Et pas n'importe lequel, le choco-noisette, les Érinyes tueraient pour lui ! Et je ne l'ai même pas mangé ! Je l'ai gardé en cas d'urgence ! Je n'ai vraiment pas peur de toi ni de ton ultimatum, sache-le ! lancé-je, tête haute.

Héphaïstos s'approche de moi et s'arrête juste sous mon nez, m'obligeant à lever les yeux au point d'en avoir mal à la nuque. Ce trouble intense déjà éprouvé tout à l'heure revient me balayer. Je tente de garder consistance, mais ce n'est pas la chose la plus facile qui m'ait été donné de faire ! Et puis son parfum, là, de cèdre et de mandarine fumés me chatouille si fort les narines que j'ai envie de plaquer mes mains sur son torse sculptural pour le repousser d'un ou deux mètres. Mais même sa peau a tout l'air d'un terrain miné. Elle vibre de chaleur.

Il faut qu'il dise ce qu'il a dire et qu'il recule, vite !

Dès qu'il ouvre la bouche, mon cœur s'emballe à toute vitesse.

— C'est ce qu'on verra, Trésor.

CHAPITRE VI

Le matin, je me réveille le dos perclus de douleurs à force de dormir à même le sol, la toile de jute n'apportant rien d'autre que des démangeaisons. Le principe sympa du camping est de pouvoir trouver un lit de mousse ou d'herbe suffisamment agréable pour passer une nuit légère. Mais ici, la pierre des forges fait une bien piètre couche. Comme tous les matins depuis trois jours – c'est du moins le temps que j'estime avoir passé ici –, je sens les bonnes odeurs de la cuisine me torturer les sens. Les Cyclopes petit-déjeunent d'une sorte de bouillie de céréales cuite, mêlée à du lait et de la bière, et parsemée d'épices pour débuter la journée. Pas de café à l'horizon, à mon plus grand désarroi. Puis ils partent travailler chacun à leur poste, le plus souvent près des foyers et du bassin de lave, pour marteler des armes métalliques. Lorsque leur aide est indispensable, ils quittent leur enclume et leur maillet, et se portent volontaires auprès des grands fourneaux pour y jeter le minerai et remplir les matrices d'un bronze liquide incandescent. C'est un ballet infini de géants que l'on pourrait croire maladroits mais qui se révèlent si soigneux que chaque objet sortant de leurs mains est d'une perfection divine.

C'est leur rythme journalier qui m'a fait prendre conscience du temps qui passait. Car au bout de plusieurs heures après la bouillie de céréales, les Cyclopes retournent dans la cuisine et avalent des tranches de viande à peine grillée sur le foyer principal et avalent des litres de bière fraîche contenue dans le cellier. Vient ensuite un moment de battement durant lequel ils se racontent des anecdotes ou sombrent dans une sieste réparatrice, en équilibre sur un banc, le menton calé contre les paumes de leurs mains. Enfin, c'est le retour au travail, le plus souvent motivé par Héphaïstos. Et l'après-midi peut ainsi durer des heures. J'ignore quand elle se termine réellement, mais je distingue très bien la masse du labeur accompli peser sur leurs énormes épaules. Le dos courbé par l'effort, les Cyclopes s'autorisent à rentrer chez eux. Car je l'ai découvert le premier jour : ils ne vivent pas dans les forges. J'ignore encore où, mais ce n'est pas ici. Et rien de plus normal, ils évoquent souvent leur famille, il faut avoir la place de les accueillir.

Chaque nuit, je demeure donc seule dans les vastes salles des souterrains de l'Olympe. Du moins, en apparence. Car Héphaïstos, lui, reste dans le coin, mais toujours en retrait. La nuit, il est invisible. Il ne réapparaît que le lendemain, au moment où les Cyclopes débarquent dans la cuisine.

Impossible d'en savoir plus sur le dieu forgeron.

Je crois qu'il m'évite, en plus. Tant mieux, ça me donne la liberté de me balader et de fouiller les lieux.

Donc, comme chaque matin, après que les Cyclopes se sont mis au travail, je fais le tour de la table à la recherche de miettes abandonnées, refusant de demander quoi que ce soit aux trois travailleurs. Mon estomac crie famine, je n'ai droit qu'à de l'eau tiède qui a un goût métallique affreux. Ensuite, je tente encore et toujours de retirer le bracelet qui annule mes pouvoirs, en vain. Ma dernière tâche matinale consiste à toiser avec envie la station de tubes pneumatiques. Impossible de bouger les bancs ou les meubles pour monter dessus, tout est trop lourd pour moi. J'ai bien essayé de grimper au mur en enfonçant mes doigts dans les interstices de la roche, mais c'est trop douloureux. Et impossible au bout de deux mètres d'effort.

Les bruits de pas derrière moi me font pivoter. Héphaïstos passe le matin pour attirer jusqu'à lui, grâce à ses pouvoirs, une pinte d'Ambroisie et une pomme dans laquelle il croque avec un plaisir sadique, sans me quitter des yeux.

— Toujours pas ?

Il se croit malin ? Avec sa chemise en lin échancrée sans manches ? Ses bracelets de force en cuir orné d'anneaux d'or ? Son sarong ocre, bordé de bandes cuivrées ? Monsieur qui sait s'habiller mais qui reste insupportable ?

— Non, toujours pas, non, rétorqué-je.

Alors Héphaïstos déguste lentement son fruit, sous mes yeux, me provoquant des gargouillis douloureux. Quel enfoiré. Je le savais bien, qu'il fallait se méfier de ce dieu trop absent ! Réfugié dans les jupons de son père.

— Tu parviens à dormir la nuit ? lancé-je, en colère. Aucun scrupule à servir un tyran ?

— Je ne fais que mon travail, Trésor, déclare-t-il en tournant les talons.

Rha ce « Trésor » sorti de nulle part me hérisse le poil !

Je m'élance derrière lui. Le coup de me narguer avec la nourriture, c'est la seule interaction qu'il s'autorise avec moi, marmonnant que je ne sers vraiment à rien. Il est temps de changer ça. Après tout, Zeus n'est toujours pas revenu – les dieux ont une notion du temps bien différente de la nôtre. Et j'ai beau avoir parcouru la forge dans tous les sens, je n'ai pas vu d'issues. Les Cyclopes s'éclipsent sans utiliser de porte.

— Tu te crois neutre dans cette histoire ? lancé-je en le talonnant.

— Je ne fais que des automates.

Des automates qui n'ont aucune volonté propre ni aucun don de parole. C'est bien que Zeus ne veut plus s'entourer de dieux ni de déesses susceptibles de le contredire ! C'est comme s'il ne cherchait plus qu'à instaurer un nouvel ordre, avec sa lubie de nouvelle lignée. Héphaïstos est complètement irresponsable d'accepter ça !

— Qui servent et isolent Zeus !

— À nouveau, Trésor, je ne fais que mon travail. Je me fiche du reste !

Il s'arrête devant un haut fourneau, nerveux, les mâchoires serrées.

— Recule, grogne-t-il en retirant sa chemise.

Ses longs cheveux bruns retombent sur son épaule. C'est un détail remarquable, mais pas autant que sa jambe métallique vivante qui attire toujours mon regard. Est-ce seulement pour cela qu'il est surnommé l'Estropié ? Sa démarche est quasi naturelle. Il a bien une sorte de léger déséquilibre, mais ça ne frappe pas immédiatement. Pourquoi dit-on qu'il est « monstrueux » ? Ce ne serait pas le premier qualificatif qui me viendrait en tête de mon côté.

— C'est un peu trop facile, continué-je, agacée par mes digressions. Et arrête de m'appeler « Trésor » !

— Tout ce qui m'intéresse, c'est ça ! s'agace-t-il en frappant la surface de son fourneau. Mes forges et mes créations. Tout le reste ne me concerne pas ! Et maintenant, recule.

Je croise les bras.

— Je n'irai nulle part, je te suivrai tous les jours pour te demander encore et encore de me ramener à la Clairière de Springfall, près de New York !

— Je ne te le dirai pas une quatrième fois, recule ! tempête-t-il.

— Hors de question !

Il plonge ses mains dans l'ouverture du fourneau en jurant et produit une telle éruption de flammes à l'intérieur, si puissante et brutale, qu'elle provoque un souffle brusque et m'envoie au sol, me léchant au passage. Je pousse un cri en me recroquevillant. Voilà pourquoi il retirait sa chemise, pour ne pas la cramer ! Sa peau cuivrée, elle, ne subit aucun dommage.

Le haut fourneau se met à chauffer et à rougeoyer à un tel point que je vais devoir reculer. Je me redresse, le souffle court, Héphaïstos est accroupi près de moi, l'œil critique.

— Je t'avais prévenue.

Il tend la main et tapote ma cuisse. Les yeux ronds, je finis par comprendre qu'il écrase une fumée suspecte de mon péplos. J'éprouve encore une sensation de brûlure incroyable sur le visage et les bras, mais je le repousse quand même en grognant.

— C'est bon, merci, je suis tout à fait capable de me débrouiller seule.

— À l'évidence, oui. J'ai toujours des papiers à trier, sinon.

Je me relève et m'éloigne de quelques pas, titubant suite à ma chute et regrettant heure après heure la perte de ma magie. Ça me frustre tellement ! J'aurais déjà envoyé balader cette prison si j'avais mes pouvoirs. J'aurais gelé ces foutus fourneaux au passage… et j'aurais pris un bain aussi. La température des forges n'est pas sans conséquence.

— Est-ce qu'il y aurait moyen de me fournir de quoi faire une toilette ? Me changer ? lancé-je de loin.

Héphaïstos ne prend même pas la peine de me regarder, il m'ignore et allume les trois autres fourneaux.

— Hé !

— Acamas ! Pyracmon ! Adnanos ! appelle-t-il d'une voix si forte qu'elle se répercute dans les moindres recoins de la caverne.

Les trois Cyclopes accourent, toujours prêts à plaire à leur patron.

— Heph ?

— Versez des minerais et activez les outres, on peut lancer une nouvelle production d'automates.

Et aussitôt, ils obéissent. Leur maître, lui, ne s'attarde pas. Il grimpe les trois marches de son perron, pousse la porte de son atelier et la referme derrière lui. Il surveille le travail et inspecte les pièces, mais la plupart du temps, il part se boucler dans son repaire et ne réapparaît que de temps en temps, pour reprendre ses tâches ou discuter avec ses ouvriers.

J'ai fouillé les salles qui me sont accessibles dans ses forges, mais pas encore cet endroit-là. L'occasion ne s'est pas présentée.

Je change de cible et contourne les fourneaux pour rejoindre la salle d'assemblage. Je pourrais m'apitoyer sur mon sort et craquer, mais j'ai une tolérance hors norme, comme diraient mes amies du cercle des sorcières. Pourquoi pleurer ? C'est une perte de temps. C'est aussi pour cela que j'aime les randonnées et l'endurance qu'elles exigent… et que je me lance souvent dans des plans un peu brutasses et téméraires. Voilà pourquoi je fais tout pour établir un lien amical avec les trois Cyclopes du fond.

— Bonjour Argès, Brontès et Stéropès ! m'exclamé-je joyeusement avec un gargouillis d'estomac.

Les trois créatures qui travaillent ici lèvent le nez de leur tâche et sourient. Ils sont encore plus grands que les trois autres, et aussi beaucoup plus âgés. Malgré des visages pleins de rides, un crâne sans plus aucun cheveu et un unique œil voilé de blanc, ils tiennent encore une belle cadence et font preuve d'une minutie extraordinaire ! Ils sont tous les trois des enfants illégitimes d'Ouranos, le grand-père de Zeus, Poséidon et Hadès, et ont des milliers d'années.

Ils sont adorables aussi. Beaucoup trop gentils ! Même si leur unique œil leur joue des tours, ils gardent au fond de leur pupille une énergie insoupçonnable.

— Méroé ! s'enchantent-ils sans bouger de leur station assise.

Ils assemblent les automates à la chaîne, installés sur des coussins tassés par le temps, et les reposent en ligne de l'autre côté de la table. De temps en temps, un de leurs confrères plus jeunes passe les chercher pour les mener à la dernière étape, celle de l'animation. J'espère encore avoir l'occasion de voir ça, mais s'il faut compter sur Héphaïstos, dieu asocial et bougon par excellence, mes chances s'amenuisent.

— Comment allez-vous ce matin ?

— Toujours ces atroces douleurs lombaires, grimace l'un d'eux.

Oui, bon. J'ai retenu les trois noms, mais pas du tout qui est qui. Ils se ressemblent beaucoup trop. Alors je fais tout pour éviter de les prononcer.

— Laisse-moi te masser le bas du dos, lui proposé-je en me plaçant derrière lui et en enfonçant mes coudes dans sa peau.

Il soupire d'aise et les deux autres attendent avec impatience leur tour.

— Vous pouvez tenter une tisane à la lavande, au saule blanc ou à la camomille, ce sont des anti-inflammatoires naturels.

— Je demanderai ça à mes enfants ce soir.

— Ou à Héphaïstos, corrigé-je. Après tout, c'est votre patron, il doit prendre soin de vous !

— Oh mais c'est le cas, proteste le second avec gentillesse. Au moins, ici, nous sommes utiles et nous pouvons œuvrer assis.

Ou ne plus œuvrer du tout ! Après tant d'années de bons et loyaux services, la retraite devrait pourtant les guetter.

— Vous n'avez jamais pensé à vous arrêter ?

— Pas depuis que Zeus nous a pardonnés, après la guerre qui a opposé les Titans aux dieux.

Ah oui, cette fameuse et ancienne guerre… Les Cyclopes ont bien sûr pris le parti de leur père Ouranos contre lequel s'est élevé Zeus.

— C'est pour cela que nous avons forgé les trois armes des souverains olympiens, explique l'un d'eux avec une fierté palpable.

J'abandonne aussitôt le massage pour appuyer mon menton sur le rebord de leur table basse, débordante de curiosité.

— Les trois armes des souverains olympiens ? soufflé-je.

— La kunée, le trident et le foudre.

Oh bon sang ! Je suis en compagnie de ceux qui ont forgé ces armes légendaires pour les trois rois : la kunée, le casque qui rend invisible, pour Hadès ; le trident, une fourche dont j'ignore encore tout, pour Poséidon ; et le foudre, capable de détruire un dieu, pour Zeus. Je ne peux pas passer à côté de cette opportunité inouïe !

— Et une baguette ? Ça vous dit quelque chose ?

On ne sait rien de l'arme de Circé la Première. Peut-être a-t-elle été forgée, elle aussi, par les Cyclopes ? Notre ancêtre était la fille d'un Titan, après tout !

— Une baguette ? répète le premier, perplexe.

— Une arme qui canaliserait la magie ? tenté-je.

— Oh peut-être… murmure le second.

Je trépigne ! Une piste, enfin ! Dans l'endroit le plus inattendu !

— Vraiment ? Et vous vous souvenez à quoi elle ressemble ?

— Mais on n'a jamais fabriqué de baguette, conteste le troisième. Ça ne me dit rien du tout, ta mémoire te joue des tours, Brontès.

— Oh ? Peut-être.

Je me rembrunis.

— Et vous en avez déjà entendu parler ? Par hasard ?

Ils essaient, je le vois, mais des milliers d'années se sont écoulées.

— Désolé, Méroé.

Je ravale un soupir déçu.

— Bah, ce n'est pas grave. Merci.

Je reprends les massages et les écoute parler de tout et de rien. De leur vie auprès des leurs et de ce travail qui leur tient tant à cœur. Ça semble être un trait commun aux Cyclopes : cette douceur de vivre et cette dévotion. Il n'y a pas d'amertume dans leurs propos. Si bien que leur présence finit par être réconfortante. Et qu'en plus, je grappille une miette de leur galette de seigle – et je parle d'une miette de Cyclope ! Je la dévore, soulagée de me mettre quelque chose sous la dent.

Acamas apparaît sur le pas de l'arche avec toute sa bonhomie. Ils en ont tous, mais lui, c'est un degré au-dessus de tous les autres.

— Je viens chercher des automates prêts, annonce-t-il avec un sourire.

— Vas-y, sers-toi, pousse l'un des trois vieillards.

Il s'approche des lignes produites et s'ébahit du résultat.

— Ils sont beaux !

C'est vrai qu'ils sont rutilants, le métal doré est impeccable. Les trois vieux Cyclopes, en plus de leur montage, les frottent toujours pour accroître l'effet de brillance.

— Mais si impersonnels, commenté-je de mon côté. Pourquoi ne pas les faire plus réalistes ? Avec un visage ?

Acamas n'est pas surpris par ma remarque, ce qui me fait penser qu'elle a déjà dû surgir, au moins entre eux.

— Parce que Heph refuse de leur en donner un, tant qu'il n'aura pas trouvé le bon.

Étrange.

— Ça veut dire qu'il le cherche ?

— Depuis toujours, oui, répondent les trois vieillards.

Ah, je suis super intriguée maintenant. À part le fait qu'il soit un dieu irresponsable et irascible – et canon, on ne va pas se mentir, il n'est pas désagréable à regarder, il faudrait juste qu'il la ferme un peu plus –, je n'ai pas identifié d'autres points d'intérêt chez lui. Jusqu'à maintenant. Pourquoi cette quête ?

— Montre-lui, Acamas ! lance soudain l'un des vieillards.

Le jeune Cyclope a un mouvement de recul, presque craintif.

— Oh non, si Heph le découvre…

— Il n'en saura rien, on fera le guet, lui assure Brontès.

Lui, s'il ne change pas de place à table demain, je le reconnaîtrai.

— Elle comprendra mieux le maître si tu lui montres, surenchérit Argès ou Stéropès.

Acamas a l'air de se ronger les sangs et je n'ose pas l'encourager, de crainte qu'il abandonne, bien trop curieuse de voir ce que je ne suis pas censée voir ! Il finit par acquiescer et se dirige au fond de l'atelier, derrière les lignes d'automates prêts.

— Viens, Méroé.

Je le suis, impatiente. On s'arrête devant la paroi de la caverne. J'ouvre la bouche pour questionner mon guide, mais il ne m'en laisse pas l'occasion. À la place, il pousse un morceau de roche en relief, à trois mètres de haut, et un passage se crée devant moi.

— Oh par Hécate, il y a des passages secrets !

— C'est la réserve, murmure Acamas en se saisissant d'une torche allumée au mur.

Mais ça veut dire qu'il y a d'autres endroits cachés dans ces forges, et dont j'ignore tout ! Je plaque mes mains sur mon visage. Si les filles du cercle étaient là, elles n'en pourraient plus, elles non plus !

Acamas s'enfonce dans l'obscurité. Contrairement à l'ensemble de la forge, il fait frais ici, et noir. Aucune source de lumière. Je talonne le Cyclope.

— Vous entreposez quoi ici ? murmuré-je, impressionnée par le silence et la probable immensité qui nous entourent.

— Tous les ratés et autres objets brisés ou inutilisables. On pioche parfois ici pour refondre le métal, répond Acamas en éclairant son côté.

Des morceaux de corps et de jambes d'automates gisent en tas, avec des brisures ou des défauts au démoulage. Il y a aussi des armes, trop anciennes j'imagine, des trépieds bancals et parfois sur roulettes. Héphaïstos a l'air d'avoir un côté inventeur. Est-ce que c'est ce que voulaient me faire comprendre les Cyclopes ? Ou alors ils soulignent simplement le penchant pointilleux du dieu qui recommence encore et encore ses objets jusqu'à ce qu'ils soient parfaits ?

— Là, regarde, me dit soudain Acamas.

On s'arrête et il tend le bras devant lui. La lueur de sa torche se réverbère dans un métal doré un peu passé. Un gros morceau de métal. Si gros que je mets bien quelques secondes à comprendre qu'on est devant un pied aussi gros que le Cyclope lui-même !

— Qu'est-ce que c'est ? demandé-je en approchant, intriguée.

Acamas me suit et peu à peu les flammes se reflètent sur le métal et révèlent la silhouette d'un géant assis, tête baissée, mains posées à plat sur le sol. Si grand que je ne perçois pas tout à fait le haut de l'ancien casque grec qui le coiffe.

— Pas « qu'est-ce que c'est », me corrige Acamas avec cérémonie. Mais « qui est-ce » ?

Et il a raison. Contrairement à tous les automates, celui-ci, outre sa taille gigantesque, possède des traits humains. Un corps parfaitement imité, avec ses muscles, ses veines et ses proportions.

— Qui est-ce ? enchaîné-je alors, abasourdie.

— C'est Talos, l'ultime création d'Héphaïstos. Il protégeait la Crète, il y a très longtemps. Jusqu'à ce que le héros Jason débarque sur l'île avec ses Argonautes. Talos s'est mis à décrocher des roches entières de la montagne pour les jeter sur les marins. Il en a tué certains. Mais il ignorait que Médée, la puissante sorcière, se trouvait à bord de l'*Argo*. Elle a tout de suite compris ce qu'il fallait faire pour le neutraliser. D'un sort, elle lui a retiré le clou planté dans son talon qui retenait en lui tout l'ichor lui donnant vie.

Liant la parole au geste, Acamas contourne le pied pour me désigner l'énorme clou verdâtre. J'en suis bouche bée ! C'est LE Talos des mythes ! Le géant intouchable que seule Médée la Première a pu mettre hors d'état de nuire. Elle a été plus maligne que Jason sur ce coup. Et même qu'Athéna qui soutenait le héros. Et puis, un autre détail du récit du Cyclope se répète dans ma tête.

— Il était rempli d'ichor ?

— Oui, celui d'Heph lui-même. Talos était comme son enfant, sa créature.

Ah. Ça expliquerait pourquoi les sorcières ne trouvent pas grâce à ses yeux.

— C'est ce qui lui conférait une volonté propre et un éclat de vie que n'ont pas les automates que nous fabriquons, ajoute Acamas. Depuis que Talos a été fauché, Heph n'a plus jamais attribué de figure à ses inventions. On pensait qu'il avait abandonné, mais en vérité, il essaie sans être jamais satisfait. Ça fait des siècles et des siècles qu'il cherche un visage sans le trouver.

Je hoche la tête, vraiment piquée par ce côté que je ne soupçonnais pas chez le dieu forgeron. Ça le rend tout de suite plus… profond qu'il ne semble l'être.

— Pourquoi ne donne-t-il pas son ichor pour les automates ?

Acamas hausse les épaules.

— Talos et les automates sont façonnés d'un seul et même métal : un bronze dont les composants proviennent tous de l'Olympe. C'est un matériau spécial, qui n'obéit qu'à la volonté du maître des lieux. Ton bracelet est de cette même matière, c'est pour cette raison qu'il retient tes pouvoirs.

Je scrute à nouveau l'objet, épouvantée par cette révélation. Héphaïstos donne peut-être un pouvoir d'animation aux automates pour qu'ils puissent *agir*, mais ils n'obéissent qu'à un seul maître. Voilà pourquoi la cage qui retient Circé la Première, les empousas et Méduse, au Tartare, est incassable. Tant que Zeus est le maître ici, impossible de l'ouvrir. Et impossible de retirer ce foutu bracelet.

Les minerais qu'Héphaïstos est allé chercher sur terre en passant par son bassin de lave doivent servir aux armes et aux commandes de décoration qui affluent des dieux.

— Partons, Heph n'aime pas que nous traînions ici, décide Acamas.

Je le suis sans protester. Ça me semble normal que le dieu n'apprécie pas que ses aides – et pire, moi – s'attardent auprès du corps de Talos.

— Je comprends que ce ronchon d'Héphaïstos ne m'apprécie pas, étant donné cette histoire avec Médée la Première. Mais vous, Cyclopes, vous ne semblez pas m'en vouloir de descendre d'Ulysse.

Acamas me jette un regard perplexe. On finit par se faire à cet œil unique. Il renferme l'expression d'une âme entière sans qu'on en doute.

— De l'eau a coulé sous les ponts, voyons. Polyphème n'est plus depuis bien longtemps. Et puis, notre ancêtre a tout de même dévoré des membres de l'équipage du roi d'Ithaque.

Je déglutis à ce souvenir du texte de *L'Odyssée.*

— Oui, ça fait relativiser.

— C'est sûr. Polyphème avait un sale caractère.

Je dodeline de la tête.

— Comme votre maître, hein.

Acamas soupire.

— Certes. On ne peut qu'espérer qu'un jour, Heph sorte de son désir de vengeance.

Sa phrase me plonge dans l'inquiétude alors qu'il referme le passage derrière nous pour reprendre son travail. Quelle vengeance ? La mort de Talos ? Est-ce pour cela qu'il aide aveuglément son père ? Il faut que j'en apprenne plus sur le dieu forgeron.

À part les infos que m'ont distillées mes amies et le fait qu'il soit le dieu le plus râleur que j'aie croisé, je ne sais rien de lui. En vérité, je m'y prends comme un manche. Je me trompe sur toute la ligne avec mon geôlier. Au lieu de gueuler, je ferais mieux d'en revenir à ma meilleure technique : arrondir les angles.

CHAPITRE VII

J'attends le soir, lorsque les Cyclopes rentrent chez eux et désertent les forges. J'inspecte mon reflet dans une pièce d'automate : je crois qu'on peut abandonner l'idée du charme, vu mon état. Et puis Héphaïstos a l'air bien imperméable à tout ça. Il suffit d'aller dans son sens, sans trop en faire. Si en plus, je gagne de quoi remplir mon estomac, je veux bien trier deux ou trois papiers – et pourquoi pas, on ne sait jamais, perdre une ou deux commandes en route.

Je grimpe les trois marches du perron et frappe à la porte du repaire. La nervosité me prend à la gorge. Je n'arrive pas à chasser cette image monumentale de Talos, affaissé dans l'obscurité. Comme le dieu forgeron ne répond pas, je me hasarde à pousser l'un des deux battants. Je m'attendais à une porte close, mais non, elle s'ouvre.

Prépare-toi, *lava-boy*, j'arrive !

— Toc toc ! lancé-je en m'infiltrant à l'intérieur. Je n'ai pas entendu de réponse alors je… Ouah !

Les forges sont bien aménagées, oui, mais on ne peut pas dire que ce soit ultra confortable ni radieux. Alors qu'ici, tout est à mon échelle pour commencer, et en plus ça a tout l'air d'une caverne aux merveilles avec un amas d'objets métalliques dispersés partout et des pièces de tissus colorés qui apportent une lumière et une chaleur différentes des autres espaces de la caverne. Tout au fond de la grande pièce, au plafond pas très haut, un foyer allumé sert à travailler le métal comme en témoigne la petite forge à gauche. Un ensemble impressionnant d'outils sont exposés au mur ou posés près d'une grosse enclume. Une table en bois avec son tabouret occupe l'espace juste à ma gauche, dans la continuité de la forge. Là, il y a une montagne de capsules et de papiers à lire et à trier. J'imagine que c'est ce qu'il voudrait que je fasse. Trois casiers sont fixés au mur, au-dessus : un pour la terre, un pour l'Olympe et un dernier pour les Enfers, afin de classer les commandes selon leur expéditeur.

De l'autre côté du foyer, un grand lit en bois recouvert de coussins et de couvertures dans tous les tons chauds possibles et inimaginables : du violet au jaune or. Ce sont les mêmes tons qui colorent les tapis au sol de ce côté-là de son lieu de vie. Et alors, en plus de ce coin d'un cosy absolu, il y a une baignoire. Oui ! un beau bassin en étain qui me fait immédiatement de l'œil !

— Je peux savoir qui t'a donné l'autorisation d'entrer ? grommelle la voix d'Héphaïstos.

Je tourne un regard hébété vers le dieu forgeron, à ma droite. Dans ce coin-là, juste de l'autre côté de la table couverte de courrier, il y a un atelier avec de grands établis, des feuilles de papier griffonnées et des modèles sculptés dans de la terre et du plâtre pour créer les matrices. C'est sûr que l'élaboration d'une telle production demande un sacré travail en amont. L'une de ses pièces, près de lui, est recouverte d'un tissu. Il n'a pas envie qu'on voie sur quoi il bûche ? Il ne pensait vraiment pas qu'un jour ou l'autre, je viendrais jusque-là ? Certes, ses Cyclopes ne réussiraient jamais à se glisser par la porte, mais ce n'est pas un problème pour moi.

— J'avais envie de… Ouah !

Impossible de terminer ma phrase, la vue des objets exposés sur le mur, au-dessus de son atelier me tient en haleine.

— Mais c'est le bouclier d'Achille ! m'exclamé-je en reconnaissant le décor entièrement détaillé dans *L'Iliade*. Je croyais qu'il avait été déposé sur son bûcher, après sa mort ! Tu l'as récupéré ?

Héphaïstos me scrute, ses yeux incroyablement dorés arrondis par la stupéfaction. La bouche droite, les cheveux ramenés en arrière avec des longues mèches s'échappant ici et là et les mains sur la taille, il ne masque pas du tout son impatience. Moi, ça me ravit. Je sais que j'étais partie pour arrondir les angles, mais quelque chose me pousse à le provoquer sans que je parvienne à l'endiguer.

— De toute évidence, grogne-t-il, les dents serrées.

— Si seulement Pasiphaé était là ! Elle serait dingue ! Elle nous a souvent récité des passages entiers, elle connaît le texte par cœur.

— Non mais je rêve…

— Oui je sais, c'est invraisemblable. Mais c'est ainsi, elle est douée.

— Je ne parle pas de ton amie, je parle de ta présence ici !

— Je m'ennuyais et je… Ouah !

Je sursaute en apercevant une grosse pomme en or posée à un autre endroit, marquée de lettres en grec ancien que je peux déchiffrer malgré mon faible niveau en langues anciennes.

— « À la plus belle » ? C'est la Pomme de la Discorde[2] ?! Je croyais que c'était un vrai fruit !

---

2. La déesse de la discorde, Éris, est celle qui a jeté la pomme d'or - appelée aussi : Pomme de la Discorde - au milieu des déesses et des dieux, provoquant ainsi Héra, Aphrodite et Athéna qui se la disputèrent, entraînant la guerre de Troie.

— Non, c'était une commande d'Éris, et arrête de changer de sujet.

Je n'arrive pas à retenir un sourire, ce qu'il repère tout de suite et ses yeux s'enflamment.

— Pourquoi Aphrodite ne l'a pas gardée ? C'était elle, la gagnante, pourtant.

Mon erreur est grossière. Je n'avais pas pensé une seule seconde au fait qu'Héphaïstos était le premier époux de la déesse de la beauté et du désir. S'il était juste impatient et grincheux jusque-là, il se décompose et sa peau se trouble d'une vague de chaleur qui ne m'inspire rien de bon.

Oh bon sang, j'avais oublié qu'ils étaient mariés tous les deux !

— Désolée, soufflé-je, embêtée.

Je suis peut-être allée trop loin sur ce coup-là. Je ne mesure pas à quel point ce sujet est susceptible de le rendre plus dur ou brutal, même s'il n'a pas fait preuve de violence avec moi.

— Qu'est-ce que tu veux ? répète-t-il avec froideur.

Un gargouillis répond mieux que moi.

— J'ai faim, ajouté-je, penaude.

Comme il ne dit rien, j'ai l'impression qu'il prend le temps de réfléchir. En fait, il a le choix puisqu'on s'est évités autant que possible depuis mon arrivée ici : soit il m'envoie paître et il est déterminé à juste me laisser crever de faim dans ses forges, se foutant bien du rapport qu'il devra rendre à Zeus ; soit il me nourrit et il est donc obligé de communiquer un minimum avec moi.

— Tu acceptes de travailler, c'est ce que tu veux dire ?

— Ai-je le choix ? m'agacé-je en me mordant la langue pour ne pas partir dans une tirade de protestation.

— Non.

Au moins, c'est clair.

— Et puis, je me disais, puisque tu as tout ce qu'il faut ici, je ferais bien une toilette.

Il fait un pas en avant et croise les bras, son regard brûlant me parcourant à nouveau. Pfiou, ses biceps compacts, là, c'est beau quand même. Comme l'échancrure de sa chemise, on dirait une invitation à aller plus loin.

— Mmh. Oui, tu en as besoin.

La claque ! Je m'empourpre et me retiens de lui sauter à la gorge. C'est un peu de sa faute si je suis dans cet état.

— Attends-moi là.

Il part fouiller son merveilleux bazar, je l'aperçois attraper un seau et le plonger dans une eau contenue dans une sorte de gros tonneau, près du feu, probablement pour remplir la baignoire. Je me détourne de lui et jette un coup d'œil sur son travail en cours, recouvert d'un voile. J'ai trop envie de satisfaire ma curiosité, mais je ne cède pas. Je suis déjà limite avec lui. À la place, toute mon attention est aspirée par un objet bien particulier, posé près de son poste de travail. J'en ai les bras ballants.

— Une cafetière…

En laiton et en cuivre, somptueuse. Et si complexe ! Je suis sûr qu'on peut faire des *lattes* avec.

— Suis-moi, souillon, intervient Héphaïstos, le gros seau plein à bout de bras, talonné par un trépied roulant.

— Euh mais… tu as une cafetière ? interrogé-je en le suivant.

Il passe la porte et rejoint l'un de ses hauts fourneaux qui s'éteint peu à peu. Le trépied rebondit sur les trois marches en secouant la pièce de tissu pliée qu'il contient dans sa vasque.

— Oui, et elle fait même les *lattes*, confirme-t-il d'une voix résolue.

Par Hécate, c'est le bonheur, ça !

— Et je pourrais en boire un ? En travaillant ? requiers-je, des étoiles pleins les yeux.

Il s'immobilise, j'en fais autant.

— Pourquoi pas.

Oh mais il n'est pas si méchant, finalement je n'ai pas à le craindre tant que cela.

— Mets-toi là, m'indique-t-il en désignant un point devant lui.

Je bouge, sur mon nuage. L'image et l'odeur de ce lait chaud au bon goût de café me mettent l'eau à la bouche. Ça et un sandwich grillé... avec des œufs, de la salade, du bacon et du fromage, une sauce salée dégoulinante... Mon estomac hurle !

— Et maintenant ? balbutié-je, perdue dans mes rêveries culinaires.

La seule réponse que je reçois est le seau d'eau en pleine face. Prise au dépourvu, je me raidis sur place, les paupières crispées. Le liquide est peut-être chaud, mais c'était si imprévu que ça me fait l'effet d'une douche glacée. Le péplos me colle à la peau et j'ai du mal à rouvrir les yeux pour mitrailler le salopard qui m'a fait ça.

— Voilà, tu es propre, déclare Héphaïstos. Tu n'as qu'à sécher près du fourneau et te changer avec le linge du trépied. Ensuite, tu reviens me voir et tu te mets au travail.

Et il tourne les talons.

Non mais c'est moi qui rêve... comment on peut être si rustre ? Je mets quelques minutes à me reprendre, à retirer le péplos pour me frotter avec et à me caler près du four qui procure une chaleur plus douce que d'habitude. Je sèche vite et attrape le fameux linge : l'une de ses chemises en fait. Alors OK. Elle lui va très bien, à lui, je n'ai pas de doute là-dessus. Mais à moi, elle me tombe à mi-cuisses.

Quant au col en V, c'est limite s'il ne dévoile pas toute ma poitrine dès que je bouge un peu.

— Quel sale petit voyeur…

Les cheveux encore humides, je dépose le péplos en boule sur le trépied qui me suit dans l'atelier d'Héphaïstos. Je trouve ce dernier occupé à déployer un paravent en bronze pour séparer son établi du reste de la salle. Asocial jusqu'au bout des ongles ! Il lève la tête vers moi et je capte très bien ses iris accrochés par le décolleté. Mais bon, *lavaboy*, tu ne pouvais pas t'attendre à grand-chose d'autre !

Héphaïstos se redresse et je suis sûre de voir son teint cuivré brunir un poil plus sur ses joues. Donc, il peut être troublé par une femme, c'est bon à savoir.

— Tu n'avais rien de plus court ?

Il m'adresse un air indécis.

— Tu veux quelque chose de plus court ?

Est-ce que je le perturbe à ce point-là ?

— C'était de l'ironie.

Il soupire en levant les yeux au ciel.

— Tu crois vraiment que je vais déambuler comme ça, au milieu de tous tes Cyclopes ? ajouté-je en grommelant.

— Le trépied va laver ton péplos, tu pourras le remettre demain, réplique-t-il en m'approchant. Quoi qu'il en soit, ils ne te trouveraient pas à leur goût, Trésor.

Le dieu ajoute cela avec un rictus moqueur qui déploie un ensemble de contradictions en moi : l'agacement et l'amusement, l'envie de le réduire au silence et celle de répliquer sur le même ton, l'offense et le charme. Il tapote le tabouret devant la table remplie de courrier. Je le rejoins en traînant les pieds. J'ai l'impression d'être à nouveau cette gamine qui refusait de faire les devoirs distribués par nos guides.

— Contente-toi d'ouvrir les messages, de les lire et de les ranger selon l'expéditeur et selon le but : nouvelle commande ou suivi d'une commande déjà passée.

Bon, bon, ça n'a pas l'air bien compliqué. Mais je déteste le travail de bureau. Quelle perte de temps ! Même lui, ça le gonfle. Il préfère créer dans son coin.

— Ça ne te dérange pas que je lise tes messages ?

Sur le coup, il semble ne pas comprendre le fond de ma question.

— Que veux-tu que ça me fasse ? Tu crois vraiment que les dieux m'écrivent pour me raconter leur vie ? Si jamais c'est le cas, t'embête pas, jette la lettre au feu.

OK.

— Et ça te va d'être aussi… seul ? Pourquoi un trépied à roulettes au lieu de nymphes qui pourraient te seconder ?

Il pose sa grande main sur ma tête et la tourne en direction du foyer, au fond. Le trépied s'agite, sa vasque tourne sur elle-même et des bulles s'envolent à cause du mouvement.

— Qu'est-ce que tu vois ?

— Un trépied qui se prend pour une machine à laver.

— Et qui se tait, surtout. Les miens sont tous des idiots égocentriques, aucun d'eux ne m'inspire confiance. Et encore moins les sorcières, me prévient-il en me relâchant.

Il fait quelques pas pour s'éloigner et reprendre son travail, mais je me rends compte que j'ai beaucoup trop de questions à lui poser.

— On peut faire une pause-café ?

— Tu n'as même pas commencé ! gronde-t-il en passant derrière le paravent, coupant court à tout échange.

Je soupire et m'installe, pas du tout motivée. La montagne de capsules est aberrante. J'en ouvre une, déroule le message et me mets à sonder la salle des yeux, espérant apercevoir une station de tubes pneumatiques. Il pourrait parfaitement utiliser celle de la cuisine, peu importe la hauteur pour lui. Mais ce serait bien plus pratique s'il en avait une ici. J'imagine, en tout cas. J'alterne entre lire des messages et observer les alentours, histoire de ne pas attirer l'attention d'Héphaïstos par un silence trop prononcé.

Les lettres finissent par éveiller ma curiosité. Elles sont toutes impersonnelles. Aucun expéditeur ne demande de nouvelles au forgeron, ils vont toujours droit au but avec des commandes pour leurs habitats, ou des annonces de livraisons de minerais et de pierres précieuses en provenance des Enfers. Ça m'étonne moins que le dieu forgeron ne soit pas pressé de les ouvrir et de les traiter.

Shtouk !

Le bruit me surprend, si bien que je bondis sur mes pieds. Je connais ce son, c'est l'arrivée d'une capsule ! J'entends Héphaïstos grogner et surgir sur le côté. À grands pas, il se rapproche de son lit et attrape la lettre dans la station. Elle borde sa couche, comme moi qui conserve mon téléphone près de mon oreiller la nuit. J'imagine bien Hermès la planter juste là, sous le nez du dieu forgeron qui déteste tout le monde !

Il revient vers moi sans l'ouvrir et la balance sur le tas avant de retourner à sa tâche.

Très bien. Je sais où est la station à ma portée et j'ai des capsules vides à disposition. Je peux réutiliser le morceau vierge d'une feuille de papier ayant servi de courrier, il ne me faut plus que de quoi écrire. Le cœur battant, je fouille la table. Il y a des crayons du côté de l'établi, certes, mais si je pouvais en trouver un de mon côté et griffonner quelques choses pour mettre ce SOS en sécurité, il ne me resterait plus qu'à trouver l'opportunité pour l'envoyer. Je m'affale sur la table pour envoyer ma main dans l'angle du bureau posé contre le mur, derrière les tas de messages, et espérer croiser la route d'un stylo abandonné là. Ce serait logique étant donné la fonction du poste de travail.

Ma tunique improvisée me dénude drastiquement.

Si jamais le bruit que je fais l'interpelle et qu'il décide de jeter un œil, je vais lui offrir un spectacle qu'il n'est pas près d'oublier !

— Je te préviens, quand je me penche, la chemise remonte et on voit tout à l'arrière ! N'en profite pas ! lancé-je alors.

— Toujours pas intéressé, Trésor.

Je souris. Il répond facilement en fait. Et à chaque fois.

Et ô chance, mes doigts sentent sous leur épiderme le bois d'un bâtonnet. Je me relève, un crayon salvateur dans la main. Mon cœur s'emballe d'excitation. Je gribouille un message court et alarmiste, l'enroule et ajoute le prénom d'Ella dessus avant de le glisser dans une capsule. Je suis sûre qu'elle l'aura, son manoir est jonché de stations ! Elle pourra prévenir la Clairière et ça en sera fini de cette captivité ridicule !

Un fracas survient subitement de l'autre côté du paravent. Je me fige, apeurée. On dirait que le dieu forgeron vient de tout envoyer balader. Est-ce qu'il a remarqué quelque chose ? La gorge nouée, je guette une nouvelle réaction.

— Je n'arrive à rien, s'agace-t-il.

Je me dépêche de planquer la capsule au fond de la table. Héphaïstos apparaît, les sourcils froncés et la mâchoire en étau.

— Viens, assez pour ce soir. Tu vas manger et me laisser tranquille.

Je ne sais pas ce qui lui prend. Est-ce que j'ai réussi à l'embêter même sans rien dire ? Je devrais me poser plus de questions mais l'évocation du repas me happe et je le suis sans broncher. Il se déplace à grands pas jusqu'à la cuisine, bougonnant des « c'est impossible » et « le sort se fout de moi ». D'un claquement de doigts, il fait apparaître des lattes métalliques qui forment un escalier menant au foyer de la cheminée des Cyclopes. Je me dépêche de le suivre pour me caler dans un coin, contre le mur en pierre.

Tout en tendant le bras en direction du cellier, faisant venir à lui les ingrédients pour les jeter sur une poêle improvisée, il grogne des paroles incompréhensibles, plein d'une humeur massacrante, son état ordinaire. Dommage. Si je n'étais pas préoccupée par sa colère inexplicable, je profiterais mieux du spectacle des flammes dansant sur sa peau, s'aventurant au plus près de lui, comme si elles étaient hypnotisées par sa présence et prêtes à tout pour se frotter sur lui.

Et puis les odeurs de viande, de fromage et d'aubergines grillées me font oublier tout ça. Je n'en peux plus d'attendre. Je m'approche de lui, affamée. J'espère qu'il me réserve bien une part et qu'il ne va pas juste me narguer et me refiler un vieux morceau de pain sec.

— J'ai faim, gémis-je, mains sur mes joues.

— Je croyais que tu pouvais survivre sans même dévorer ton seul et unique cookie ?

Oh ça sent mauvais. Il va me faire le coup du plat merveilleux pour lui et le dévorer sous mes yeux.

— Oui, eh bien, j'ai grignoté le choco-noisette sur les bords, en fait. Mais il a conservé une forme ronde !

Héphaïstos secoue la tête avec un sourire.

Ça me provoque des chatouilles dans la poitrine. C'est la première fois que je le vois sourire, et même si son expression est moqueuse, elle illumine ses yeux aux longs cils et déride ses traits colériques d'une belle manière.

— Une sorcière qui raconte n'importe quoi, étonnant, relève-t-il avec ironie.

Je ne commente pas. Je ne voudrais pas trahir Acamas qui m'a montré le corps de Talos abattu par Médée la Première. Cela dit, la remarque ne surgit que maintenant dans mon cerveau. Comment ça se fait que l'endroit n'ait pas été ravagé par Hécate il y a cent ans ? Quand elle a détruit l'Olympe ? Je voudrais le questionner, mais il invoque une assiette en terre cuite, verse la moitié de sa préparation et me la tend.

— C'est vraiment pour moi ? douté-je une seconde.

— Si tu n'en veux pas, tu peux aller te coucher, réplique-t-il en retirant son offre.

Je m'empresse d'attraper l'assiette.

— Non, non, non ! Je prends ! Merci !

Je recule et m'assieds contre le mur pour dévorer la nourriture avec les doigts, quitte à me brûler. Mais c'est si bon, si fondant et salé, que je perds le fil de mes interrogations le temps de vider mon assiette. Héphaïstos s'est installé sur le rebord de la cheminée pour manger de son côté, me tournant le dos. J'observe d'un œil sa carrure majestueuse et l'épingle à cheveux dorée qui brille sur sa tête.

Quel curieux mélange… entre le raffinement de ses créations et son tempérament bougon et enflammé. Le temps de me lécher les doigts et je me lève pour m'installer auprès de lui. Son sarong est ouvert sur sa jambe factice qui captive mon regard. Je la trouve merveilleuse, dans tous les sens du terme.

— Qu'est-ce que tu regardes ? grogne-t-il.

Je lève vite les yeux.

— Rien. Je me demandais comment ça se faisait que tout soit en bon état ici. Vous n'avez rien dû reconstruire avec les Cyclopes ?

Deuxième sourire. Avec un paquet d'arrogance derrière.

— Hécate n'est jamais descendue jusqu'ici, se vante-t-il. On a dû installer la forge dans une montagne en Grèce lorsque les dieux ont été bannis de l'Olympe, mais votre déesse n'a jamais pu pénétrer l'endroit, même s'il y a un conduit qui mène à l'extérieur pour l'aération.

Quoi, quoi, quoi ? Un conduit ? Je ne l'ai pas du tout remarqué ! Il faut que je fouille à nouveau.

— Comment ça se fait ? Je croyais que les divinités pouvaient se téléporter n'importe où sauf aux Enfers.

— C'est également le cas ici. On cumule un certain nombre de richesses et on produit de l'armement, que crois-tu qu'il se passerait si tout le monde pouvait débarquer pour se servir ?

Le retour du grincheux.

— Produire des armes pour Zeus, ce n'est pas un problème, par contre ?

— Il est le maître de l'Olympe et mon père.

Moui. Heureusement que physiquement ils ne se ressemblent pas du tout. Mais je ferais mieux de ne pas oublier ça.

— Et c'est papa qui contrôle les allées et venues ? me moqué-je.

— Non, c'est moi. *Mes* forges, *mon* contrôle ! râle-t-il en sautant du rebord.

Je me rue dans l'escalier improvisé avant qu'il ne disparaisse. Et je fais bien : Héphaïstos range tout d'un claquement de doigts.

— Dors ! Tu as du travail qui t'attend demain ! rugit-il en sortant de la cuisine sans se retourner.

Je m'allonge sur mon sac en jute et grimace en regrettant mon péplos. Il recouvrait bien plus de peau que cette chemise. Le ventre plein, je sens mes paupières s'alourdir, mais j'ai l'esprit bien trop préoccupé pour m'endormir. Si je préviens mes sœurs, personne ne pourra entrer ici. Elles sauront où je suis, ce sera déjà ça.

Je reste couchée une bonne heure et finis par me relever. Je dois fouiller à nouveau les forges pour trouver le conduit, ça m'obsède ! Je refais le tour complet des salles auxquelles j'ai accès. Cette fois-ci, je sonde les hauteurs. Je ne l'avais pas fait la première fois, puisque de toute façon tout ce qui est à plus de deux mètres est hors de ma portée sans aide. C'est donc ainsi que je capte, dans la salle au bassin de lave, à cinq mètres peut-être, une ouverture en biais qui a l'air de remonter à la verticale dans la paroi. Je ne peux rien en faire dans l'immédiat, seulement me souvenir de sa présence.

En retournant dans la cuisine, je longe les hauts fourneaux et ralentis près des portes de bronze. Il dort peut-être. Je peux toujours essayer de m'introduire dans son repaire et envoyer ma capsule. Le nez sur la porte, je me rends compte que… je ne le crains pas. Je devrais pourtant, non ? Il est le geôlier, le collaborateur de Zeus… Mais il ne s'est jamais montré violent malgré son mauvais caractère. S'il me surprend, j'inventerai quelque chose, même stupide. Et je suis persuadée qu'il ne lèvera pas la main sur moi. Il ne faut jamais surestimer les hommes – ou les dieux – mais je vais prendre le risque et tout miser sur mon instinct.

Je pousse très lentement un battant. Mon action ne produit aucun grincement, aucun bruit. Je jette un coup d'œil à l'intérieur, c'est calme. Les torches sont éteintes, il n'y a que le feu du foyer qui projette des lueurs tremblantes un peu partout dans la salle. Mon péplos est étendu devant pour sécher, le trépied à roulette doit se reposer dans un coin. Pas de mouvement, Héphaïstos est couché sur le dos, endormi. Sur la pointe des pieds, j'avance de quelques pas. La vue de sa jambe métallique, posée au pied du lit, m'immobilise. Je ne pensais pas qu'il l'enlevait pour dormir, elle a l'air de faire partie de lui. Je m'en approche en guettant le dieu du coin de l'œil. Ça fait un moment que j'ai envie de la toucher, juste pour comprendre comment elle peut paraître aussi vivante. Car comme je le supposais, isolée de son porteur, elle est rigide et tiède, sans vie, alors qu'elle paraît faite de chair et de sang une fois emboîtée. Je la pensais remplie d'ichor, comme Talos, mais non, elle est creuse et vide. Le métal, lui, est épais.

Bon, la station n'est plus très loin, autant envoyer la capsule… Maaais en même temps, je profiterais bien du sommeil d'Héphaïstos pour regarder ce qu'il fabrique dans son atelier. Je m'éloigne doucement et passe derrière le paravent de bronze. Près d'un petit cheval en bois qui paraît aussi vieux que le monde, je soulève la pièce de tissu et vois des essais de visage en plâtre et en bronze. Ah, sa fameuse recherche de visage qui… Une seconde. Ce visage.

J'en saisis un et le décortique.

— Mais… C'est moi ?

CHAPITRE VIII

Le salopard est en train de reproduire mon visage ! Voilà pourquoi il se cache ! Non, mais là, c'est trop. Je repose le visage, piquée à vif, et retourne près du lit en modérant ma démarche énervée pour ne pas réveiller le dieu forgeron. Juste à côté de lui, le cœur battant à tout rompre, effrayée et enragée tout à la fois, refusant de suivre les lignes impeccables de son torse beaucoup trop canon – parce que ça devient un peu trop fréquent, ce regard indiscret et béat, ça suffit ! *Tiens-toi Méroé !* Ce n'est pas parce que les gouttelettes de sueur qui roulent de la gorge aux pectoraux se permettent ce chemin ultra sexy que tu peux en faire autant ! –, je tends le bras pour glisser mon message dans la station.

Sa main surgit d'un coup et attrape mon poignet, me faisant lâcher la capsule et sursauter en même temps.

— Oh par Hécate !

— Qu'est-ce que tu fous ? Tu pensais vraiment tromper ma vigilance ? rugit-il en s'asseyant sur le lit, le drap posé sur ses genoux.

Il me repousse d'un geste et se baisse pour attraper la capsule. Si je n'avais pas découvert son travail en cours, j'aurais tout fait pour déblatérer une excuse, mais je bous un peu trop pour ça. Et je n'ai pas le temps d'exploser car Héphaïstos soulève son drap pour se hisser sur son unique jambe et atteindre sa jambe au pied de son lit. Au passage, il est nu. Et il me paraît, d'un seul coup, d'une force incomparable et d'une vulnérabilité que je ne voudrais pas ressentir. Je pivote, troublée. Alors que je ne veux pas être troublée ! Je veux être en colère ! Je secoue la tête et formule la réponse qui est restée entravée dans ma gorge.

— La question, c'est qu'est-ce que tu fous, toi ?! m'exclamé-je.

— Comment ça ?

— Avec ma tête ! Pourquoi tu copies mon visage ?

Aucune réponse directe. Intriguée, j'envoie un œil par-dessus mon épaule et tressaille. Le dieu est toujours aussi nu, planté de face, bras le long du corps et une expression incrédule sur le visage. Je détourne les yeux en gémissant. Bon sang, maintenant que je l'ai bien vu à poils, c'est foutu. Je ne suis qu'une faible femme, moi… Et lui, il a vraiment tout ce qu'il faut, là où il faut. Il a même des cheveux aussi sauvages que soyeux ! C'est déloyal ! Sans compter que son odeur de cèdre et de mandarine se balade beaucoup trop sur la chemise que je porte !

— Moi, je copie ton visage ? finit-il par dire, perplexe.

— Exactement, oui, et rhabille-toi ! bredouillé-je, le feu aux joues.

Couvre cette queue que je ne saurais voir, lava-boy !

— Je suis chez moi, Trésor, rappelle-t-il, agacé.

Soit, ce n'est pas faux. Allez, je suis capable de le fixer sans baisser les yeux, je ne dois pas en douter. À petits pas, je tourne sur moi-même et demeure pétrifiée, bouillante et interdite. L'autre problème, c'est qu'il a un regard intense. Je veux bien le soutenir un instant, mais forcément, je vais finir par craquer. Je n'ai pas l'impression qu'il sonde mon âme, mais plutôt qu'il pourrait m'enflammer de loin. Je me mords la langue… et craque. Mon regard baisse et je grommelle tout en me sentant rougir comme une pivoine au printemps.

— OK, c'est bon, s'impatiente Héphaïstos en attrapant un sarong pour le nouer autour de sa taille.

Il attrape la capsule et en sort mon message. La peur revient au galop, il aurait une preuve que je veux faire appel aux sorcières, ça risque de mal tourner. Pourtant, Héphaïstos ne déroule même pas la lettre, il la jette dans le feu et balance la capsule vide dans son bazar ambiant. C'est dire à quel point il s'en fout !

— Ça, c'est réglé. Quant à ton visage, il n'est pas si incroyable que cela.

Le soufflé qu'il m'envoie me fait bondir. Je pars derrière le paravent et reviens avec l'un des visages en bronze.

— Et ça ? Tu l'expliques comment ?

— Ce n'est pas toi.

Quel toupet ! Je brandis sa copie près de moi pour qu'il ne puisse pas nier plus longtemps.

— Ne te moque pas de moi ! C'est un plan sordide de Zeus pour mettre ma tête à ses automates, c'est ça ?

— Ce n'est pas ton visage, répète-t-il, de plus en plus nerveux.

— On a pourtant la même arête du nez, les mêmes arcades sourcilières et le même dessin des lèvres !

Il s'approche de moi en trois pas pour me dévisager. Je ne comprends même pas qu'il feinte la réflexion, c'est pourtant indéniable. Il s'empare pourtant de mon menton pour m'étudier de plus près, son pouce effleurant mes lèvres. Je déglutis. La dernière fois, il m'avait brûlée, mais ce n'est pas le cas maintenant. Sa peau est chaude, plus que la moyenne, mais je n'ai pas envie de me dégager pour me sauver.

Son expression reflète une profonde réflexion qui se délite. Il éprouve un certain déni qui déboule sur une rage teintée d'un désespoir qui me dépasse. Qu'est-ce qui lui prend, au juste ? C'est quoi cette histoire de visage ?

Sa main libre s'empare de la pièce en bronze et il la compresse entre ses doigts, faisant fondre le métal qui perle sur le sol.

— Ça suffit, on va en finir.

Pas le temps de protester. En un battement de cil, on se téléporte à l'extérieur des forges. La chute de température est vertigineuse ! Il fait nuit et un vent balaie mes cheveux. Je tangue sur mes jambes alors qu'il me relâche. Toutes mes idées s'embrouillent. Je ne comprends rien du tout ! Que fait-on là ? Que veut-il ? Je plaque mes mains sur mes bras, glacée. Héphaïstos, lui, ne cille pas.

— Va-t'en !

— Q-quoi ? Mais comment ?

— Il reste peut-être des plumes d'Hermès dans les ruines de sa maison, là-bas.

Les petites plumes d'argent que produit Hermès permettent aux mortels de voyager sur l'Olympe et donc d'en partir, c'est ma meilleure porte de sortie. Héphaïstos me désigne les ombres de murs abattus, plus loin. Je plisse les yeux pour mieux les apercevoir, la situation est si inattendue et inespérée, que ma vue se trouble. Je veux exiger de plus amples explications mais Héphaïstos a disparu.

Incroyable. Il s'est éclipsé, c'est tout. Je regarde partout autour de moi, estomaquée. Je devrais pourtant me réjouir, mais je n'en crois pas mes yeux. Est-ce qu'il va revenir d'un coup et me ramener *manu militari* dans les forges ? Je dois vraiment accepter cette opportunité sans broncher ? Il part sans rien me dire de plus ?

Je mets bien cinq minutes à m'éloigner de l'endroit où on a atterri. L'Olympe semble déserte. Ella nous avait raconté à quoi ça ressemblait – à savoir un champ de ruines – et on peut dire que ça a bougé depuis. Le palais de Zeus, central, en haut d'un monticule, est radieux ! Je m'attendais à des torchères classiques, mais non. Il a installé l'électricité chez lui. Il la génère, après tout ! La façade à colonnes de son palais est éclairée par des guirlandes lumineuses blanches et un aigle gigantesque couronné d'éclairs en néon coiffe le fronton. Dans la nuit, on ne voit que ça. D'autres demeures semblent rebâties, mais elles ne bénéficient pas du même traitement extérieur.

Je me déplace en longeant les restes de muret et de nuée entremêlés. Des arbustes, des chênes et des oliviers ont été plantés et m'offrent des boucliers plutôt efficaces pour passer inaperçue. C'est d'ailleurs derrière l'un d'eux que je me réfugie subitement alors que deux silhouettes mécaniques surgissent. Des automates ? Qui marchent en cadence ? On dirait qu'ils patrouillent. Je croyais qu'ils n'étaient là que pour servir Zeus, mais j'ai un mauvais pressentiment, à les voir passer, leur tête impersonnelle se déployant de gauche à droite.

J'attends qu'ils disparaissent avant de poursuivre mon chemin. J'arrive sur la fameuse grande place à la mosaïque. Elle a été restaurée, tout comme les statues des dieux qui la cernent. Elle flamboie, même. Des lueurs miroitent sur les couleurs claires et sur l'or. L'Olympe a son propre pouvoir qui nourrit les dieux et qui s'en nourrit en retour. C'est probablement à cause de ce lien que le métal issu de son sol permet au maître des lieux une totale obéissance.

Un éclat de voix me fait sursauter. Je me rue derrière un socle de statue et tends l'oreille. La discussion me paraît de plus en plus claire, et deux halos tamisés s'approchent, l'un blanc, l'autre jaune. Artémis et Apollon, les jumeaux lunaire et solaire, échangent des paroles tendues.

— Ne parle pas trop fort, on sait jamais, supplie Apollon.

— Mais de quoi tu parles ? Qu'est-ce qui se passe ? s'agace Artémis.

Tous deux sont enveloppés dans un manteau lumineux à leur couleur, elle avec ses cheveux argentés et lui noirs. Ils n'ont vraiment rien en commun et j'ai entendu dire plusieurs fois que leurs rapports étaient compliqués. Je l'espère bien, parce que je ne suis pas près d'oublier qu'Apollon n'a rien fait pour m'aider.

— Pourquoi tu as pris ton arc et tes flèches cette nuit ? renchérit Artémis. Qu'est-ce que tu me caches ?

— Zeus m'a donné une mission, mais je t'en supplie, n'en parle pas, ne dis rien !

La panique habite la voix du dieu solaire. Il sonde autour d'eux, craignant un intrus dans son échange avec sa sœur.

— Quelle mission ? Tu ne me précises rien, de toute façon.

Il attrape le bras de sa sœur et baisse d'un ton.

— Parce qu'elle est dangereuse, Artémis. Tout risque de changer. Tu ne dois rien dire ni prendre parti, pour personne.

— Apollon, je…

— Je ne plaisante pas ! insiste-t-il. Ce que je prévois a déjà fonctionné par le passé, durant la guerre de Troie, mais ce soir, l'échelle sera différente. Il y aura des répercussions.

— Alors ne le fais pas ! appuie-t-elle. On a eu de nombreux sujets de discorde tous les deux, n'en rajoute pas !

— Zeus m'a assuré que ce sera temporaire…

Artémis lui saisit les bras et plante son redoutable regard dans le sien.

— Pourquoi lui obéis-tu si tu as peur ? Tu ne peux pas être si faible, frère.

Je ne distingue pas réellement la réaction du dieu. Il commence par ne rien dire, puis il se dégage de l'emprise de sa sœur.

— Ne me prends pas pour un lâche ! Je fais ça pour toi aussi et pour notre mère.

— Je ne t'ai rien demandé !

— Zeus a toujours été bon avec nous !

— Zeus dépasse les bornes et tu le sais !

— Tais-toi !

Son éclat de voix retentit sur la place et coupe court à la dispute. Leurs souffles sont emportés.

— Ne fais rien d'idiot, frère, dit plus calmement Artémis.

— Et toi, fais attention à ce que tu dis.

Il se détourne d'elle et disparaît.

Je demeure cachée, mon cœur cognant si fort ma poitrine que je n'ose même pas bouger un doigt. Artémis n'a jamais pris parti et elle semble bien trop en colère pour m'aider sans se poser de question. J'ai plus de chance d'atteindre la maison d'Hermès et de la fouiller.

— Suivantes ! appelle la déesse, sur les nerfs.

Ses nymphes apparaissent autour d'elle, toutes auréolées d'argent.

— Partons à la chasse ! commande Artémis en les entraînant avec elle dans une de ses longues balades en forêt.

Je patiente quelques minutes, histoire de retrouver mon souffle, avant de reprendre ma route. Qu'est en train de faire Apollon ? Pour que tout risque de changer ? Pleine d'angoisse, je me presse en direction des ruines. J'ai hâte de rentrer pour tout raconter à Hécate et à mes sœurs. Penser à elles me réchauffe le cœur. La magie me manque, mais pas autant que mon entourage bienveillant. Surtout après ces trois jours passés avec le râleur complexe qu'est Héphaïstos ! Les Cyclopes me manqueront un peu, eux et leur gentillesse infinie, mais le sale caractère de ce *grumpy* ambulant de dieu forgeron, pas du tout !

Un Caducée brisé identifie l'ancien propriétaire des lieux. Il n'en reste que des amas de pierres, des moitiés de mur et des bases de colonnes. Je ne sais pas comment je suis censée trouver des plumes là-dedans, sans lumière qui plus est. Mais je suis déterminée à me sortir de là ! Hécate trouvera une solution pour me défaire de ce maudit bracelet. Je prendrai Pasiphaé dans mes bras – je suis sûre qu'elle doit culpabiliser dans son coin. Je demanderai aussi pardon à ma sœur Circé pour avoir sous-estimé la menace.

Je fouille chaque recoin et commence à désespérer – c'est évident que l'endroit a été nettoyé de ses objets s'il en restait – quand un trou dans un éboulement attire mon attention. En vérité, c'est un tout petit éclat argenté dans le trou noir qui capte mon regard. Je grimpe par-dessus la colonne effondrée et me précipite près des énormes morceaux de pierre amassés. Ce sont bel et bien des plumes d'Hermès dans un coffre en bois à moitié détruit que j'aperçois ! L'ouverture n'est pas assez large pour que je m'y faufile, mais je peux y glisser mon bras pour tenter d'en attraper une. J'ai cru que la nuit me desservait, c'est tout le contraire. Grâce à elle, la lueur de la plume est tout à fait visible. J'étire le bras de toutes mes forces. Je les sens presque !

— Par Hécate, je peux le faire… Allez !

J'enfonce mon épaule dans le trou, le bout de mon index frôle la lame de l'une d'elles.

— C'est le moment parfait pour t'interrompre.

La voix me fait bondir. Je sors mon bras et le tends devant moi en voulant instinctivement jeter un sort de défense.

Une personne se tient là, en tunique grecque longue, la silhouette frêle et une touffe de cheveux qui me fait tiquer. Je le reconnais, c'est Kairos, le dieu du moment opportun. Le sale petit rat fouineur !

— Ramène-moi chez les miennes et tu comprendras ce qu'est réellement le bon moment, répliqué-je, prête à tout pour me sortir de là.

— Non, non. Le meilleur choix pour moi est de te ramener à Zeus.

— Pourquoi ? Il t'a grillé le visage et humilié !

Kairos passe sa main sur sa joue guérie, comme s'il était encore marqué par cet épisode. Malheureusement pour moi, lui aussi semble résolu.

— Ce qui m'intéresse, c'est la douzième place parmi les dieux. Les dieux du Temps ont trop longtemps été spoliés de toutes ces récompenses et des largesses de Zeus. Et si pour cela, je dois livrer une sorcière quelconque, je le ferai.

Ces paroles m'emplissent de rage et d'amertume. J'étais si proche du but !

— Tu n'es qu'un dieu faible, mineur et pathétique ! Tu crois pouvoir prendre la place d'Hermès ? Tu ne lui arrives même pas à la cheville.

— Sale peste, crache-t-il en faisant un pas vers moi.

J'en profite pour lui envoyer mon poing dans sa pommette, il bouge à peine alors que je serre les dents de douleur ! Frapper un dieu : quelle idée à la con.

— C'était complètement idiot, affirme-t-il en attrapant mon bras pour nous éclipser.

*

Kairos ne m'a pas lâché le bras alors qu'on est plantés au beau milieu de la salle du trône. Je fixe le bracelet à mon poignet, désabusée. Comment j'ai pu manquer cette chance de fuir ? Avais-je réellement le choix, d'ailleurs ? Kairos sent le moment opportun, quoi qu'il en soit, il serait intervenu, que je sois arrivée plus tôt ou plus tard auprès des plumes d'Hermès.

— Méroé ! s'exclame Zeus en débarquant, robe de chambre blanche sur le dos. Je dois avouer que je suis surpris sans l'être.

— Je t'ai ramené la sorcière, précise Kairos, toujours aussi empressé de plaire à son maître.

— On a compris, *Captain Obvious*, grogné-je, agacée par cet opportuniste.

Iris avait raison. Cette douzième place vacante est une porte ouverte à tous les lèche-bottes de l'Olympe. Et son pouvoir, à ce sournois, est redoutable.

— Je t'en suis reconnaissant, Kairos. Je ne l'oublierai pas, sache-le, déclare Zeus, satisfait.

Ça a l'air de rassurer le dieu mineur qui me relâche et recule à mesure que son maître avance vers nous. Ce dernier a l'air bien trop calme pour avoir un geste malheureux. Je serre les poings, la gorge nouée. Des phrases tournent en boucle dans ma tête : *Méroé, imbécile ! Tu n'es qu'une incapable !* Et que penser d'autre ? Je ne suis même pas foutue de profiter d'une telle occasion pour quitter cette prison.

— Tu peux nous laisser.

— Je reste à ton service, Zeus, répond Kairos en courbant l'échine avant de disparaître.

Zeus pousse un soupir et croise les bras. Bien évidemment, ma tenue ultra courte ne lui échappe pas. Il me reluque de bas en haut, d'un œil approbateur, et me plonge dans un tel embarras et une telle colère que si mes pouvoirs étaient encore là, je cramerais tout.

— Que vais-je faire de toi ? devise-t-il d'une manière tout à fait rhétorique.

— Me relâcher ? proposé-je.

— Tu ne vois pas encore toutes les bonnes choses dont tu bénéficieras auprès de moi, mais ça viendra.

Ma mémoire m'envoie seulement l'image du bain dans la chambre de son palais. J'avoue, là, je plongerais bien dedans. Mais lui, il me dégoûte toujours autant.

— Comment es-tu sortie des forges ? interroge-t-il en nouant ses mains dans son dos.

Mon cœur manque un battement. Je pourrais dénoncer Héphaïstos et semer la zizanie entre eux, mais… j'ai une barre en travers de l'estomac qui me répète que c'est ma faute. Héphaïstos m'a aidée et j'ai raté.

— J'ai grimpé le conduit d'aération, lancé-je en le regardant dans les yeux.

Toute personne normale, vivant sur terre, comprendrait que c'est impossible, mais Zeus non, apparemment pas. Il ne remet pas en question ma parole. Parce qu'il juge son fils incapable de le trahir, j'imagine. Surtout Héphaïstos, le fidèle forgeron qui l'aide à créer ces automates par dizaines. Et peut-on même parler de trahison ? J'ai juste saoulé le dieu au point où il m'a jetée dehors.

— Je vais devoir agir pour prévenir ce genre de comportement, décide-t-il en m'agrippant.

Et nous revoilà dans les forges, près du bassin de lave.

— Héphaïstos ! appelle-t-il d'une voix si forte que de minuscules éclats de roche se détachent des parois et du ciel de la caverne.

Je n'ai pas hâte de le voir se lamenter de mon retour. Si de manière générale je suis plutôt positive, je commence à me dire que je suis bel et bien piégée cette fois, seule, moi qui suis toujours si entourée. Ella et Circé ont vécu des épreuves où elles se sont senties isolées, elles aussi. Je devrais pouvoir puiser dans leur force juste en fermant les yeux, mais je ne me retrouve que face à un vide sidérant. Je ne leur ressemble pas.

Méroé, imbécile. Tu n'es qu'une incapable.

Héphaïstos finit par apparaître, pas si étonné que cela de la situation.

— Que se passe-t-il ? grogne-t-il.

— Tu devrais mettre une grille à ton conduit d'aération, suggère Zeus.

Le dieu forgeron a une grimace et ses yeux ambrés vont de son père à moi avec perplexité.

— Une grille, se contente-t-il de répéter avec prudence.

La nervosité me gagne. Pourvu qu'il ne dise rien ! Ce serait idiot, mais il pourrait inventer une version où je l'ai forcé ou manipulé pour se dédouaner.

— Pour éviter que ma fugueuse de fiancée ne tente une nouvelle évasion.

« Fiancée » ? Il est passé à un niveau supérieur, là, non ?

— Oui. Bien sûr, je vais m'empresser de le faire, cède Héphaïstos de sa voix rauque.

— Bien. Et aiguise ta vigilance, aussi, conseille plus froidement son père.

Héphaïstos acquiesce sans masquer sa lassitude.

— Tout est bien calme ici, se rend soudain compte le maître de l'Olympe.

— C'est la nuit, rétorque Héphaïstos qui n'a pas l'air d'avoir très envie de s'attarder.

— Augmente la cadence. Tes monstres peuvent bien allonger leur temps de travail.

Les paroles de Zeus sont si choquantes que je tourne vers lui un regard écœuré. Comment peut-il parler ainsi des Cyclopes, si dévoués à leur tâche ? Eux qui se contentent de si peu et qui tiennent tant à leur dieu forgeron ! Ce dernier, aussi heurté que moi, serre les poings et la mâchoire, mais il ne bronche pas pour autant.

— Méroé, très chère, les choses vont vite bouger. Je te laisse ici, le temps de finir d'organiser tout pour notre union.

Mais il est persuadé qu'on va se marier ?

— Je refuserai, rappelé-je, agacée par son assurance.

— Que tu refuses ou non, ça ne changera pas grand-chose, réplique-t-il d'un ton rude.

Je déglutis avec peine. Qu'est-il en train de préparer ? Ça a forcément un lien avec ce qu'Apollon manigance et qui va changer la donne… Mais à quel point ? Comment ?

— En attendant…

Il lève la main et un automate en bronze olympien déboule près de lui, se démantèle d'un coup et les morceaux métalliques créent les maillons d'une chaîne qui s'attache à mon bracelet pour le relier à un nouveau bracelet qui se dessine au poignet d'Héphaïstos. On reste tous les deux pantois, Héphaïstos et moi, alors que Zeus s'enorgueillit de son œuvre. Il nous a laissé quoi, quatre mètres de mou ?

— Ainsi, je serai sûr que tu ne t'éloigneras plus.

Héphaïstos est plus prompt que moi à réagir.

— Hors de question ! Tu ne peux pas m'attacher à ta prisonnière ! Elle va me ralentir dans mon travail !

— Tu devrais pouvoir gérer une sorcière inoffensive, tempère Zeus.

— Je vais devoir la traîner partout !

J'aimerais plussoyer, mais je doute que Zeus y accorde un quelconque intérêt. C'est surtout moi qui vais devoir me coltiner le sale caractère de mon geôlier ! Et puis, le maître des dieux accorde une confiance sans pareille à Héphaïstos. Si j'étais lui, je n'attacherais pas ma fiancée récalcitrante à mon fils sexy. Grossière erreur ! Et loin de moi l'envie de déraper, mais c'est tout de même étrange que ça ne lui effleure pas l'esprit.

— Même si vous m'enchaînez, ce sera toujours non ! soutiens-je avec force.

Zeus s'approche de moi, je recule de quelques pas jusqu'à ce que la chaîne se tende. Héphaïstos ne bouge pas d'un pouce. Le maître des dieux ne me touche pas mais il plante son regard glacial dans le mien, me forçant à ployer la tête en arrière. Tout mon être se pétrifie. Encore cette sensation effroyable de sidération ! Toutes mes entrailles se nouent dans la douleur.

— Ne cherche pas à me contrer davantage, sorcière. Tu écarteras les cuisses et tu finiras par prendre du plaisir, comme toutes les chiennes que j'ai croisées, persuadées qu'elles aboieraient et qui ont finalement gémi.

Son souffle sur ma bouche me terrifie autant que ses paroles. Il disparaît et j'ai pourtant l'impression qu'il est encore là, collé à moi sans pour autant me toucher, s'introduisant par tous les pores de ma peau jusqu'à faire trembler mes os. Zeus a perdu son vernis de politesse pour passer à un autre niveau de menace.

Le bruit des maillons métalliques me surprend presque lorsque je les entends s'entrechoquer. Héphaïstos s'approche de moi, ses traits froncés mais plus d'inquiétude que de colère.

— Allons dormir, il nous reste encore une poignée d'heures.

Sa voix est plus calme, si grave qu'elle me réchauffe de l'intérieur. Il ramasse la chaîne et m'entraîne jusqu'à son repaire. Impossible pour moi de reprendre nos piques pour le moment, je suis bien trop angoissée et abattue.

— Tu me rends nerveux à te taire comme ça, finit-il par soupirer en approchant de son lit. Tu avais pourtant une opportunité rêvée, comment tu as fait pour rater ton coup ?

Je ne suis qu'une incapable.

Cette pensée sort du plus profond de mon mal-être, la même que lorsque j'avais accepté d'épouser Deimos : puisque je suis incapable d'avoir des sentiments, je suis parfaite pour ce genre de mission. Quelque part dans ma tête, elle raisonne encore à cet instant : épouser Zeus, est-ce que ce serait une véritable perte ? Ce n'est pas comme si je quittais quelqu'un ou si je manquais à un compagnon. Une pensée morbide qui me force à relativiser pour ne pas m'enfoncer dans le bourbier de ses menaces : des viols à répétition. Qui font que j'ai peur de lui, plus que jamais. Je veux retrouver ma sécurité.

— Je sais, c'est bon, marmonné-je, la gorge nouée et les yeux remplis de larmes.

Héphaïstos n'ajoute rien. Il me tend un coussin et un drap pourpre, ce qui améliore mille fois ma couche par rapport à la toile de jute dans la cuisine. Je me couche sur le tapis, près du lit, m'enveloppe dans le linge et tourne le dos au dieu. Je l'entends retirer sa jambe et se coucher de son côté sans pour autant tirer mon bras enchaîné.

Le feu du foyer crépite et finit par me bercer.

CHAPITRE IX

Un jet d'eau fraîche m'asperge subitement le visage. Je me réveille en sursaut. Le trépied à roulettes redresse sa vasque et recule.

— Ça fait un moment que je t'appelle, sans succès, indique la voix d'Héphaïstos.

Je me frotte le visage, fatiguée.

— Je ne suis pas du matin, maugréé-je.

— J'ai du travail, je dois rallumer les hauts fourneaux.

Il agite la chaîne pour que je m'active, mais je prends mon temps. J'ai dormi comme une masse, agrippée à l'oreiller. Dommage que cette nuit ait été si courte. Je me lève sans entrain, m'étire et ébouriffe mes cheveux. J'ai fini par avaler mon échec de la veille et j'ai une résolution nouvelle en moi : Héphaïstos m'a aidée une fois, il peut recommencer. Je n'ai rien d'autre en réserve et on est attachés l'un à l'autre, littéralement. Donc, je vais le pousser à bout, *encore !,* et récolter le fruit de mon dur labeur.

— Je dois m'habiller et je…

Comme à son habitude, il m'envoie le péplos au visage.

— Merci, grogné-je. Mais avec la chaîne, je ne peux plus enlever la chemise.

Héphaïstos rejoint sa forge, m'entraînant sur quelques pas, attrape une paire de grands ciseaux en acier, revient vers moi, attrape la bretelle de la chemise sur mon épaule et la coupe. Je la retiens, abasourdie par le flegme du dieu forgeron. Il repose son outil et me tourne le dos.

— Dépêche.

Je me change en grommelant. Une chance que le péplos se noue sur les épaules, je pourrai l'enfiler sans incident. Une fois que je suis prête, Héphaïstos veut passer les portes en bronze mais je freine en apercevant la cafetière.

— Oh, tu m'as promis un café, hier, si je travaillais.

— Je n'ai jamais fait de promesse, réplique-t-il en poussant le battant.

J'attrape la chaîne pour le retenir, il parvient tout de même à me traîner sur un mètre.

— Un cafééé ! insisté-je.

Il lève les yeux au ciel avant de les tourner vers moi avec sa folle impatience.

— S'il te plaît ? ajouté-je avec une moue suppliante.

— Oh par tous les volcans des Enfers, soupire-t-il en cédant.

Je me presse à son côté pour observer le moindre de ses gestes. Sa cafetière est si merveilleuse, avec ses tuyaux en laiton, ses gros réservoirs à eau et à lait en forme de bulbe, et son odeur de café en grains directement moulus dedans.

— Tu veux un *latte*, Trésor ?

C'est la chose la plus gentille qu'il ne m'ait dite jusqu'ici. Je me mords la lèvre pour ne pas le taquiner à ce sujet – d'autant plus qu'il me scrute, en quête d'une réponse – mais je ne peux pas m'empêcher de sourire, touchée. Ça le fait tiquer, je le vois dans ses iris enflammés.

— Oui, merci.

Il se détourne vite de moi, attrape un gobelet en terre cuite noir, estampillée des trois têtes de Cerbère, et met sa machine en marche. Il n'est pas très bavard, c'est le moins que l'on puisse dire. Mais il ne me plonge pas non plus dans un état de sidération craintive. Héphaïstos est… fascinant. Il est beau sans le savoir, c'est certain, et doué. Il n'y a qu'à voir cette prodigieuse machine ou encore son trépied à roulettes qui le suit, prêt à le servir. Il se sert un café noir et le boit plus vite que moi. Il ne me presse pourtant pas, il rassemble ses papiers sur son établi et prépare son travail à venir. Je n'ose pas le relancer sur la copie de mon visage. Est-ce que j'ai rêvé ? Possible. J'avais faim, j'étais fatiguée et soucieuse… En tout cas, il ne semblait pas savoir de quoi il en retournait.

— Je suis prête, dis-je en reposant le gobelet.

Il abandonne tout et on sort dans la grande salle aux fourneaux. Ce n'est qu'à ce moment-là que je me dis que quatre mètres ne sont pas suffisants pour ne pas être grillée par son allumage. Héphaïstos enfonce ses mains dans l'ouverture sans réfléchir, je ravale mon souffle pour témoigner de mon incertitude, quand il lance :

— Planque-toi derrière moi.

— Quoi ? Aussi près ? Non !

— Tu ne crains rien près de moi, l'inverse reste à démontrer, si tu veux tenter ta chance.

OK, OK. Je me réfugie dans son dos, fébrile. Puisque la chaîne l'empêche d'enfiler une chemise, il est parti pour parader torse nu, en plus. Il dégage déjà une chaleur très attirante malgré celle qui pèse dans la forge. Ce n'est vraiment pas la même. La sienne est caressante. On se sent en effet en sécurité au plus près de sa personne. Je plonge pourtant mon visage dans mes mains juste avant qu'il allume le fourneau. Une éruption de flammes bouillantes m'encadre sans me toucher pour autant. Le corps d'Héphaïstos absorbe tout le reste.

Il se redresse et le seul commentaire que je puisse faire est un « Wow » accompagné d'yeux ronds. Il arbore un sourire satisfait et j'ai tout de suite envie de lui en réclamer un autre quand les voix d'Acamas, Pyracmon et Adnanos nous interrompent.

— Heph, Méroé ! nous saluent-ils.

Ils sortent tous les trois de la cuisine et ralentissent en apercevant la chaîne. Ils se jettent des coups d'œil avant que Pyracmon prenne la parole.

— Est-ce qu'on doit poser la question ?

— Non, laissez tomber, répond Héphaïstos.

Les Cyclopes lèvent les mains sans discuter, mais ça se voit que ça les intrigue et qu'ils se mordent les lèvres pour s'éviter d'insister.

— J'allume les fourneaux et il faudra les remplir de minerais. Les moules sont prêts, normalement. Je vous laisse vous en occuper, Acamas et Pyracmon ?

— Oui, patron, répondent-ils en chœur avant de se dispatcher dans la salle pour exécuter les tâches commandées.

— Heph, appelle Adnanos en se rapprochant, l'air penaud. Tu sais que le mariage de ma fille est demain. Je me disais que peut-être…

— Ne t'en fais pas, Adnanos, le coupe Héphaïstos avec gentillesse. C'est mon travail du jour. Je vais m'occuper de la pièce que tu souhaites pour cette célébration.

Le visage d'Adnanos se détend et son œil devient même humide d'émotion.

— Merci, Heph.

— C'est normal. Lorsque le nouvel ordre olympien sera en place, Zeus m'a promis que les Cyclopes auraient plus de reconnaissance.

Il dit cela, mais il serre aussi les dents. Il n'a pas oublié les paroles de son père hier. Pourtant, il épargne Adnanos et n'évoque pas ce « monstre » inquiétant. Donc Héphaïstos coopère en espérant que ses Cyclopes soient mieux reconnus parmi les divinités ? C'est irréaliste, de mon point de vue, mais ça a le mérite d'être noble de sa part.

— Je te confie les pointes de flèche d'Artémis, elle en attend une centaine, dit Héphaïstos.

— Compte sur moi, répond Adnanos en s'éloignant.

— Heph ! interpelle Acamas depuis le fond de la salle. Argès, Brontès et Stéropès veulent voir Méroé !

Le dieu forgeron m'interroge du regard sans me laisser l'opportunité de répondre.

— Étant donné la situation, ils vont devoir se passer d'elle pour le moment ! s'exclame-t-il.

Un court silence suit, rompu par Acamas.

— Ils vont être très déçus ! Très, *très* déçus !

Héphaïstos se pince les sinus, plein d'agacement et d'hésitations.

— Je leur masse les lombaires, prétexté-je pour l'inciter à accepter.

— Il ne manquait plus que ça pour me ralentir dans mon travail, grogne-t-il.

— Ça veut dire que c'est moi le boulet dans l'histoire ? douté-je avec provocation.

— Aucun doute là-dessus.

*

Il s'est incliné et on y est resté une bonne heure, à discuter avec les trois vieillards. Ils voulaient me remercier pour la recette de la tisane qu'ils sirotaient tous sans refuser une friction bienfaisante au bas de leur dos en bonus. Héphaïstos s'est apaisé et je dirais même qu'il a profité de leur compagnie, plus que d'habitude. Puis on s'est enfermés dans son repaire, Héphaïstos m'a fait une place sur son établi avec un tas de courrier à trier et la journée s'est écoulée dans une ambiance studieuse. De temps en temps, il réapprovisionnait mon coin tout en me permettant de ranger les courriers dans les bons casiers, puis on sortait faire le tour des travaux en cours auprès des Cyclopes.

C'est en le regardant véritablement à l'œuvre que j'ai pu faire le distinguo suivant : il y a le travail à la chaîne des forges, pour impliquer les Cyclopes dans la boucle de la production, et il y a l'artisanat spécifique d'Héphaïstos pour la création de pièces uniques grâce à ses pouvoirs. Il a travaillé sur les dessins préparatoires d'une lampe pour le mariage de la fille d'Adnanos et les a légèrement revus et corrigés. Puis il l'a sculptée dans de la glaise et elle a pris la forme d'une conque. En fin d'après-midi, j'ai abandonné ma tâche pour ne pas déranger ses gestes du côté de la forge. Il a fait fondre du bronze pour le verser dans un moule qui adoptait une forme très vague de la lampe modèle. Si au départ je ne comprenais pas cette soudaine approximation, tout s'est éclairé lorsqu'il s'est mis à changer la forme du métal avec ses propres mains. Ce matériau si dur et solide ressemble à de la pâte à modeler sous ses doigts. Il a pu recréer la conque creuse en affinant tous les détails avant de la percer d'une multitude de trous en intervenant directement sur l'objet.

Un travail d'orfèvre fascinant. J'ai eu l'impression de revivre ces heures passées dans le garage de mon père.

Héphaïstos a rangé ses outils et laissé sa création sur son établi. Les Cyclopes sont rentrés chez eux. « Hors de question de les faire travailler plus longtemps », refuse le dieu forgeron. Il n'a pas l'air de craindre Zeus car, selon lui, il ne porte, en vérité, aucun intérêt à l'organisation des forges.

Le calme nous entoure. C'est décidé, je le travaille au corps ce soir. Je l'ai laissé tranquille toute la journée, il a baissé la garde, c'est le bon moment.

— Est-ce que je peux prendre un bain ? lancé-je en zieutant la grosse baignoire posée dans un coin.

Héphaïstos attrape la baignoire à bout de bras, comme si elle ne pesait rien, et il la dépose près du feu avant de la remplir d'eau tiède. Il ne râle même pas ? Curieux. Il plonge sa main sous la surface et réchauffe le bain d'un geste. Puis il se relève et se contente de tirer un tabouret et son matériel de sculpture pour s'occuper en me tournant le dos. Son trépied lui apporte de l'eau nécessaire pour travailler la glaise.

Alors là, je suis hébétée.

— Pourquoi tu ne discutes pas ? C'est suspect. T'as l'intention de te rincer l'œil ?

Ma remarque l'électrifie alors qu'il était d'une sérénité trop étrange pour être vraie.

— Quoi ? Non !

— Ce ne serait pas si étonnant pour un Olympien, ajouté-je. Ce sont tous des voleurs de culotte.

Il se met à bouillir d'agacement.

— Mais tu n'en portes même pas !

— Ben non ! Sinon tu les volerais !

C'est si absurde et drôle que je serre les dents.

— Et d'ailleurs, comment tu sais que je n'en porte pas ? relancé-je en croisant les bras.

Son visage se décompose d'embarras et de colère tout à la fois. S'il avait été un mortel, je suis certaine qu'il aurait balbutié avec maladresse. Cependant, Héphaïstos a des milliers d'années. Sa timidité – s'il s'agit bien de cela – est touchante, mais il ne manque pas d'une assurance acquise avec l'âge.

— Ton péplos laisse tout entrevoir, finit-il par dire.

Je baisse les yeux sur ma tenue. OK. D'accord. Le tissu est translucide.

— Tu pouvais aussi regarder ailleurs, marmonné-je, le visage rougi.

— Tu veux dire comme toi qui as souhaité que je me rhabille parce que tu n'arrivais pas à me regarder dans les yeux ? rétorque-t-il d'un ton accusateur.

Touché. Je me contente alors d'un petit sourire fautif et d'un mordillement de lèvre qui lui fait secouer la tête.

— Prends ton bain, Trésor, me conseille-t-il en me tournant le dos.

Je fais tout pour ne pas rire et retire mon péplos avant de m'immerger dans l'eau avec bonheur. Tous mes muscles se détendent. C'est si bon que je plonge et reste quelques secondes immobile, profitant de cette sensation confortable de délassement. Je n'entends plus que le bois qui craque dans le foyer et les mains d'Héphaïstos qui façonnent l'argile. C'est si paisible que toutes les angoisses accumulées dans ma tête s'estompent.

— Va chercher de l'eau, commande la voix basse du dieu.

Le trépied s'éloigne, ralentit près de moi et repart. Il me ramène un savon avant de déguerpir pour obéir à son maître.

— Merci, lui dis-je, amusée.

Héphaïstos jette un œil par-dessus son épaule.

— Je parlais au trépied.

Il échappe un son guttural un peu gêné.

— C'est à moi de te remercier, pour les Cyclopes. Peu de gens accepteraient de passer du temps avec eux.

Sa remarque m'envoie des frissons partout dans le corps. Même en disant cela, il paraît renfrogné, mais il y a de la gentillesse au fond de ses paroles. Si bien qu'il me laisse sans voix. Moi qui ai toujours quelque chose à dire. Il reprend son travail sans rien ajouter.

— Ils sont adorables, finis-je par répondre. Ils parlent beaucoup de chez eux mais je n'arrive pas à comprendre où c'est précisément.

— Ils vivent auprès du père de leur lignée, Poséidon, sous la mer.

— Sous la mer ? Mais ils parlent de plage et de lumière du jour.

— Le palais de Poséidon se trouve sous un dôme qui reflète la surface.

— Ouah…

Ça a l'air incroyable. En tout cas, toutes les images que ma tête façonne donnent envie. Je me savonne pensivement et profite de l'eau chaude jusqu'à ce qu'elle tiédisse.

— On peut remettre de l'eau chaude ? interrogé-je en ramassant mes genoux sous mon menton.

Héphaïstos se redresse et se nettoie les mains dans la vasque de son trépied.

— Oui, on va changer l'eau. Mais pour *mon* bain.

Oh non, pas déjà…

— Je peux te faire une petite place aussi, lancé-je, les pommettes cramoisies.

— C'est ma baignoire, aux dernières nouvelles, affirme-t-il, le regard fuyant.

— Très bien, alors *tu* peux me faire une petite place ? S'il te plaît ?

Il attrape une pièce de tissu et me la tend.

— Sors, si tu ne veux pas bouillir.

Je m'enroule dans le linge et me hisse en dehors de la baignoire métallique. Héphaïstos plaque ses mains dessus et l'eau s'évapore soudain en un gros nuage. Je recule autant que la chaîne me le permet. Il remplit à nouveau la baignoire et me la désigne du menton.

— Vas-y.

Il m'accepte dans son bain ? Décidément !

Héphaïstos se rapproche de son lit pour retirer son sarong et sa jambe factice. J'en profite pour plonger dans l'eau tiède et me ramasser dans mon coin en réprimant des frissons. Peut-être pas plus mal, la fraîcheur. Ça va me calmer. Non, parce que bon, j'étais partie pour le travailler au corps, *lui*, et non pas craquer en le regardant se dénuder. *Encore*. Je détourne les yeux en me sermonnant. Héphaïstos s'aide du trépied pour s'avancer jusqu'à la baignoire et y entrer. Il provoque un remous et une hausse de la température qui me surprend. C'est vrai qu'il chauffe l'eau. Et qu'il me chauffe, moi.

Il replie sa jambe et allonge ses bras sur le rebord, la tête calée contre la paroi métallique. Bon, bon. Pas de quoi être nerveuse, allez ! Je prends un bain avec Héphaïstos, le dieu des volcans et des forges, rien d'insurmontable ! Minute, j'oublie le principal : il est dans le camp ennemi.

— Tu prenais des bains avec Aphrodite ?

Question *random* qui jaillit par nervosité !

Héphaïstos redresse la tête, ahuri.

— Quoi ?

— Tu as été marié à Aphrodite, non ?

— Et mon propre frère Arès l'a séduite, rappelle-t-il avec rudesse.

— Ce n'était peut-être pas une raison suffisante pour les piéger tous les deux et les exposer aux yeux de tous.

Je me mords la langue en bout de phrase. Cet épisode punitif m'a toujours marquée : pour dénoncer l'adultère aux yeux de tous les Olympiens, Héphaïstos, mari trompé, a lancé un filet imparable sur Aphrodite et Arès, en pleine action. Toutes les déesses et tous les dieux ont ensuite été rameutés pour assister au spectacle humiliant des deux amants nus et enlacés.

Voilà peut-être pourquoi je n'arrive pas à m'arrêter sur ce sujet. Et aussi, parce qu'Héphaïstos semble être si éloigné de ce genre de personnage, il ne dégage rien de malveillant. Mais l'amour – soi-disant – fait faire des choses stupides, après tout.

Le dieu forgeron fronce les sourcils, curieusement étonné par mon propos, avant de grogner :

— Ne parle pas de ce que tu ignores.

J'acquiesce, penaude. Je cherche la petite bête pour me prouver qu'il n'est pas si attirant que cela. Mais même avec cette tactique, je n'ai qu'un seul désir en tête, là, maintenant : coucher avec lui. Ça sort vraiment de nulle part. Et peut-être que j'ai juste envie de me faire du mal en choisissant un partenaire inaccessible. Ou alors je veux me prouver de quoi je suis capable… Je ne sais pas. Tout me semble confus à son sujet. Il est le fidèle de Zeus, mais avec des valeurs plus proches de nous que des celles du maître de l'Olympe. Son physique d'ours musclé mal léché me fait frémir et j'aime les attentions qu'il finit par avoir, juste comme ça. Le sexe a souvent représenté pour moi un instant d'oubli et de plaisir que je ne refuserais pas à cet instant.

— Et puis, je te rappelle que tu prends un bain avec moi alors que tu seras bientôt ma belle-mère.

C'est dit sur un ton revêche mais aussi… moqueur.

— Oui, ça devrait me donner le droit de te punir et de te mettre une fessée.

Ça le faire rire, et moi aussi. Ma situation est désespérée, parce que son rire est magnifique, contenu, détendant tous ses traits. Ça lui arrive donc aussi. Et il est plus taquin que je ne le pensais. J'ai peut-être réussi à percer son armure, au final.

— T'es célibataire ? interrogé-je, profitant de cette lancée.

— C'est quoi cette question ? marmonne-t-il.

— De la curiosité.

— Je n'ai personne.

— Même pas une nymphe infernale ? Ma sœur m'a raconté que tu avais ton petit succès dans les mondes souterrains.

La gêne s'abat sur son visage.

— Non, non. Surtout pas.

Il doit encore avoir des sentiments pour Aphrodite. Voilà pourquoi il a la pomme d'or, pourquoi il ne veut pas parler d'elle, et pourquoi il n'a personne dans sa vie.

— Pourquoi pas ?

— Tu es vraiment trop curieuse, Trésor.

Le trépied revient vers lui, deux petits verres en bronze posé au fond de sa vasque. Héphaïstos tend la main pour en attraper un.

— Merci.

Puis le trépied se tourne vers moi. Est-ce que le compagnon mécanique du dieu est en train de nous offrir un verre ? Je le saisis pour le sentir. Ça a l'air fruité.

— Qu'est-ce que c'est ?

— Une liqueur de mûres, faite par les Cyclopes.

Elle se boit cul sec, sucrée et fruitée comme il faut.

— Et toi ?

Le rebond d'Héphaïstos me surprend tellement que je toussote après ma gorgée. Je repose le verre.

— Moi ?

— Personne ?

Son regard ambré braqué sur moi me trouble complètement. Ça l'intéresse vraiment ? Ou il espère me mettre mal à l'aise ? Il en faudrait plus dans ce cas-là.

— Personne. Rien de sérieux en tout cas.

— Pourquoi tu es si peu bavarde face à Zeus ? Tu me tiens tête sans problème pourtant.

Sans transition. Je me glace de l'intérieur. La question ne me blesse pas, mais le fait qu'il ait remarqué cette sidération qui me ronge, si. La gorge sèche, je baisse les yeux.

— Disons que je vais faire comme toi et botter en touche sur ce sujet.

— Très bien, dit-il en reposant sa tête en arrière.

Le silence reprend ses droits. Je n'ai pas envie d'en finir sur cet échange. Alors, avec une nervosité proche d'un trop-plein d'émotions, je reprends la parole.

— Mais sinon, je suis une bonne entremetteuse…

Il soupire un « par tous les volcans des Enfers, elle ne s'arrête jamais ».

— Je peux te caser avec la personne idéale !

Il me jette un regard noir qui me pousse à poursuivre.

— Éros m'a adoubée, me vanté-je.

Cette fois-ci, il a un demi-sourire malin.

— C'est *la* raison pour laquelle tu ne me rendras jamais ce service, Trésor. Toujours se méfier des dieux de l'amour, ils ne font que des conneries.

Bon. Même les enfants d'Arès et d'Aphrodite ne trouvent pas grâce à ses yeux. Et ce n'est qu'à cet instant que le souvenir du collier maudit d'Harmonie me revient en tête. Ce fameux collier qu'il a lui-même fabriqué pour le mariage de la fille d'Aphrodite avec le mortel Cadmos. Ça remue beaucoup de choses en moi. Est-ce que le temps qui a passé est un argument pour pardonner ça ? Était-il réellement capable de ça ? Quelles zones d'ombre cache-t-il ?

— Je vais sortir du bain. Ne regarde pas, hein, préviens-je.

— Tu n'es pas si irrésistible, tu sais, dit-il en fermant les yeux.

Quel arrogant…

Je me lève et enjambe le rebord, puis je m'abaisse près de son oreille pour murmurer :

— Toi non plus.

Il sourit, amusé, je m'enroule dans le linge que j'ai laissé à terre et tire sur la chaîne pour enfiler mon péplos. Malgré toutes les émotions contraires que j'ai éprouvées ce soir, je me sens apaisée. Inquiète, mais apaisée. Je m'allonge sur le tapis et me blottis contre l'oreiller. Héphaïstos risque de me faire bouger en sortant du bain, mais je vais prendre le risque, trop fatiguée pour résister au sommeil.

CHAPITRE X

Le bruit de la chaîne me réveille. Je lève la tête, surprise de l'autre son inhabituel que j'entends : un gémissement douloureux. Je m'assieds, l'attention en alerte. Héphaïstos a les mains crispées sur le haut de sa cuisse, à la jonction avec sa jambe factice. Son visage est déformé par la souffrance.

— Ça va ?

— Ne t'approche pas, gronde-t-il.

C'est exactement ce qu'il fallait dire pour que je m'approche. Je regrette tous les jours de ne pas avoir accès à ma magie, là plus encore. Je pourrais le soulager pour le faire parler d'un tour de main, mais je ne peux que m'asseoir près de lui et guetter.

— Il reste peut-être de la tisane du côté d'Argès, Brontès et Stéropès ? supposé-je.

Je ne peux pas me déplacer, puisqu'on est enchaînés, et il n'a pas la tête à me répondre, crispé sur sa jambe. Je jette un œil sur le trépied sur roulettes et il s'élance en dehors du repaire, les deux battants de bronze s'ouvrant devant lui. Un jour, il faudra que le dieu me raconte tout au sujet de ce trépied magique.

— Ça ne suffira pas, dit Héphaïstos.

— Ça peut aider, le contré-je avec autorité.

— Il faudrait que je change le métal, ça fait trop longtemps depuis la dernière fois. Le raccordement devient douloureux.

Je peux l'imaginer. Il faut que les nerfs se raccrochent à cet objet si spécial. Au fil des minutes, Héphaïstos se détend alors que la sueur perlait sur son front cuivré. Le trépied revient, plein d'énergie. Il transporte un bol rempli de tisane, les Cyclopes doivent déjà être à la tâche.

— Il n'y a que des plantes dedans, le rassuré-je.

Il la boit sans discuter. Moi, je veux tout savoir.

— Est-ce que tu as insufflé l'animation dans ta jambe ?

— Non, j'ai mis mon ichor dans le métal. La jambe s'anime à mon contact.

Ah, je comprends mieux. Contrairement à Talos qui en était rempli – et qui donc, avait un talon d'Achille avec son bouchon –, Héphaïstos a changé de technique. Mais elle n'est pas dénuée de douleurs.

— Est-ce que… est-ce que je peux la toucher ? demandé-je d'une petite voix.

Héphaïstos fronce les sourcils, peu emballé. Il peut refuser, bien sûr. Mais je suis si fascinée par ce don qu'il a !

— Désolée, non, ce n'était pas…

Il s'empare de ma main et coupe court à mon bredouillage. Le dieu pose mes doigts sur sa jambe, je retiens ma respiration.

— On dirait de l'épiderme, me rends-je compte, abasourdie.

De la vraie chair chaude. Alors que le métal était dur et tiède lorsque je l'ai touché non raccordé. Talos devait avoir la même apparence avec l'ichor en lui, un véritable être vivant ! Il a seulement dû bénéficier d'une animation en plus pour se mouvoir seul, comme le trépied.

— Tu es un magicien, soufflé-je avec un sourire.

Gêné, il secoue la tête.

— Un artisan, me corrige-t-il.

Je lui souris, amusée par son humilité. J'ai rencontré beaucoup de dieux et de déesses avec des capacités incroyables, oui. Mais lui, il utilise ses mains, il façonne, crée. Il y a quelque chose de… tangible et d'extraordinaire tout à la fois.

— Tous les artisans ne sont pas comme toi.

Je remonte ma main jusqu'à la jonction, le cœur battant. Sa peau prend le relais sans aucune autre différence que la couleur. Je sème des frissons derrière moi. C'est comme si le temps se suspendait. Je suis happée par ces quelques secondes durant lesquelles j'aimerais ressentir autre chose que de la fascination, mais ce n'est bien que cela. J'ôte ma main, la gorge nouée.

— Comment un dieu a pu subir ce genre de blessure ? interrogé-je en m'éclaircissant la voix.

Héphaïstos se rembrunit et se redresse.

— Pour ça, il faudrait demander des comptes à celle qui prétend être ma mère.

Ça sonne comme le point final de notre discussion. Il s'éloigne en boitillant, me poussant donc à le suivre. Qu'a bien pu faire Héra ? Il me semblait qu'elle voulait le sortir de l'emprise de Zeus qui semble bel et bien ancrée en lui… en vérité, il évoque souvent son père, mais ne parle jamais de sa mère.

Peu à peu, sa démarche retrouve sa stabilité. On sort pour allumer les hauts fourneaux, comme chaque matin.

— Le programme est chargé aujourd'hui, m'annonce-t-il. Les Cyclopes partiront plus tôt pour le mariage de la fille d'Adnanos et une délégation des Enfers nous rend visite. Elle n'a pas souhaité en informer Zeus. Étant donné ta situation, et pour ton bien, je te conseille de ne rien répéter au maître de l'Olympe et de la fermer.

Il a l'air de me menacer, mais il n'en a pas besoin ! Quelle occasion inespérée ! S'il y a Némésis ou Thanatos, la délégation me reconnaîtra et pourra alerter la Clairière. Et même sans aucun d'entre eux, je pourrais faire passer un message.

— OK, OK, accepté-je en me gardant bien de discuter.

— Je vais te garder à l'œil, me prévient-il.

Je simule ma bouche bouclée pour bien aller dans son sens. Il ignore que les Enfers sont nos alliés et moi, cette fois, je ne laisserai pas passer ma chance.

*

Héphaïstos s'est bricolé une cape rouge qu'il a nouée sur l'épaule avec une épingle dorée, semblable à l'un des manteaux de voyageur d'Hermès. Ses longs cheveux bruns retombent sur ses épaules avec toute l'élégance sauvage des forges. On attend la délégation dans la salle au bassin de lave. Adnanos travaille de ce côté-là, ses coups de marteau sur une lame pour la façonner ponctuent les secondes qui passent. Dès qu'il plonge le fer dans le feu pour le réchauffer, un groupe apparaît en face de nous : une déesse se dresse sur le devant, inconnue au bataillon, et une poignée de nymphes de diamant, émeraude et rubis se tient à l'arrière. Je déchante un peu à la vue de l'envoyée. Elle a ce côté vantard et imposant des déesses infernales, avec sa chevelure en crête noire, sa peau écarlate, ses grandes ailes gris cendre et son sourire féroce. Mais je ne l'ai jamais vue avant.

Ça ne signifie pas que je ne peux rien tenter.

— Heph ! s'exclame-t-elle en tendant les bras tout en s'approchant.

— Éris, bienvenue, répond le dieu forgeron en acceptant son accolade.

Rha bon sang, ils ont l'air proches, ça ne m'aide pas. Et puis, Éris… si mes souvenirs sont bons, Circé ne l'a pas croisée durant son passage aux Enfers. Je crois que je me serais souvenue de cette rencontre avec la déesse de la discorde elle-même, la responsable de la pomme d'or et de la guerre de Troie. Je jette un œil aux nymphes, espérant trouver une aide providentielle – on s'entend bien avec les nymphes, nous les sorcières – mais je suis vite déçue. Elles ont surtout l'air excitées par la présence d'Héphaïstos et trépignent, collées les unes aux autres, les poings sous le menton, gloussant d'une voix hyper aiguë.

Le « sex-symbol des Enfers », qui avait rendu si perplexe Circé, prend tout son sens.

— Qu'est-ce que tu traînes ? s'intrigue Éris dès qu'elle aperçoit la chaîne à son bracelet de force.

— C'est une nouvelle sorte de punition, grogne Héphaïstos.

Je dois avoir un regard noir car la déesse sourit.

— Pour elle ou pour toi ?

— Pour moi, définitivement, appuie-t-il, la faisant rire.

Je ravale une protestation et avance d'un pas.

— Je suis une sor…

Pas le temps de finir ma phrase, moi qui pensais les prendre de court, Héphaïstos a levé un doigt et du bronze bondit sur ma bouche pour la masquer, m'empêchant de m'exprimer. Éris hausse les sourcils, surprise, mais sa bouche affiche vite un demi-sourire un poil sadique.

— Ça me plaît tout ça, approuve Éris. Il faudra qu'on en reparle, pour les châtiments.

— Sans problème. Alors, que me vaut le plaisir de ta visite ? enchaîne Héphaïstos.

Éris, sans nous quitter des yeux, alors que je tente de retirer le masque de toutes mes forces, tend le bras derrière elle.

— Je viens avec une commande de Leurs Grandeurs Hadès et Perséphone…

Elle s'immobilise, grimace et pivote la tête d'un mouvement vif. Les nymphes n'ont pas quitté leur état de groupies et ne semblent pas remarque l'évident mécontentement de la déesse. Cette dernière tourne les talons, ses ailes se mettant à fumer de colère.

— Oh ! On se calme ! rugit-elle en partant dans une tirade d'engueulades.

Héphaïstos en profite pour tirer sur la chaîne et me rapprocher de lui.

— Je t'ai empêché de faire une grosse bêtise. Éris ne te viendra pas en aide, alors tiens-toi bien, me prévient-il à voix basse.

La déesse revient vers nous, exaspérée.

— Je répète ! Je viens avec une commande de Leurs Grandeurs Hadès et Perséphone ! s'exclame-t-elle en tendant la main derrière elle.

Les nymphes avancent toutes en même temps et l'une d'elles pose un rouleau de papier au creux de la paume d'Éris. Elles se mettent à sautiller et à souffler des « Héphaïstos » pleins de fièvre et d'admiration. Une autre se penche vers la déesse qui tente de ne pas leur accorder son attention en déroulant la lettre, et murmure quelque chose de discret à son oreille.

— Ouiii, s'agace Éris en fermant les yeux. Vous pourrez demander des autographes aprèèès !

Je pouffe dans mon masque et sans réserve, si bien que je m'attire les regards outrés des nymphes et un coup de coude d'Héphaïstos. Éris se racle la gorge et débute sa lecture.

— « À Héphaïstos, maître des forges olympiennes, l'Invisible Hadès et la bien-crainte Perséphone te saluent. Par l'entremise de notre envoyée, Éris, Discorde infatigable, nous souhaitons te passer commande d'une cinquantaine d'épées de feu… »

Elle s'interrompt et lève les yeux des lignes manuscrites.

— C'est pour réarmer les Hécatonchires aux cent bras, explique-t-elle. Ça fait des siècles qu'ils râlent avec leurs vieux glaives moches, il était temps d'en changer. Et comme la surveillance du Tartare est au centre des priorités de l'Invisible Hadès et de la bien-crainte Perséphone…

Je trouve qu'elle s'embarrasse de beaucoup de détails pour noyer le poisson. Sa commande titille ma méfiance et ma curiosité. Pourquoi s'embêter à réarmer les Hécatonchires qui gardent le Tartare ? C'est sûr que les souverains des Enfers ont autre chose à faire. Ces armes-là, elles sont pour la fronde, pour armer les divinités infernales et les sorcières.

Éris reprend sa lecture.

— « Éris a toute notre confiance pour répondre à de possibles questions… » et ce sont les mots directs de Leurs Grandeurs, t'as vu la confiance ? se vante-t-elle.

Héphaïstos acquiesce avec complicité, mais je perçois très bien l'étincelle moqueuse au fond de l'ambre dorée de ses iris.

— « … les détails de la commande sont précisés ci-dessous, tout comme notre offre pour honorer ton travail. Nous saurons faire preuve d'une grande générosité et nous te saluons, ô noble forgeron. Bien infernalement, Hadès et Perséphone, Roi et Reine des Enfers, Seigneur et Dame des Souterrains. »

Elle referme le rouleau et le confie à Héphaïstos.

— Acceptes-tu ?

Héphaïstos s'en empare sans hésiter.

— Bien sûr, je suis l'ami des Enfers. Je vais faire passer ta commande en priorité, tu devrais recevoir des nouvelles rapidement.

Éris incline la tête avec satisfaction.

— J'ai pourtant une question, reprend Héphaïstos. Pourquoi le faire dans le dos de Zeus ?

Ah, Héphaïstos a relevé cette requête peut-être incongrue pour les forges olympiennes. Mais Éris ne se démonte pas, elle hausse les épaules.

— Hadès n'a pas que de bonnes relations avec son frère, tu dois bien comprendre ça, toi ? Ce n'est pas toujours l'amour fou avec Arès, hein ?

— Certes, grommelle Héphaïstos.

— Et puis, si Zeus savait pour la commande, il ferait payer plus cher pour empocher une part, c'est déjà arrivé et tu le sais. Hadès en a assez. Les Enfers payeront ton travail et celui des Cyclopes que nous respectons. Pas la vanité de Zeus.

Son discours parfait fait mouche.

— Très bien. Je garderai la commande secrète. Mais sache que si Zeus la découvre, je le renverrai vers Hadès sans discuter.

Cette tension entre les frères et entre les deux divinités à cet instant fait pétiller les yeux sombres d'Éris. J'en frissonne d'inquiétude. Ça signifie que la situation s'envenime jour après jour, pour que la Discorde infatigable jubile comme ça.

— Nous sommes donc d'accord.

Des piaillements surexcités surgissent derrière elle. Les nymphes ont compris que la discussion officielle prenait fin. Éris lève les yeux au ciel et croise les bras, impatiente.

— Bon, désolée, Heph, je sais que tu hais tout le monde, mais Hermès le fourbe, qui est de retour aux Enfers, a organisé un concours avec les Disputes pour gagner une rencontre avec toi. Voilà le résultat.

Elle se décale sur le côté et les nymphes se pressent juste sous le nez d'un dieu forgeron défait. Elles sautillent avec des posters et des stylos, ou en pointant du doigt un point sur leur poitrine, près du cœur.

— Et tu as accepté ? grogne Héphaïstos avec un mouvement de recul.

— Hermès m'a achetée à coups d'oboles. On ne se refait pas, prétexte-t-elle.

— Même de loin, il m'emmerde, celui-là, grogne-t-il en s'exécutant.

Il signe les posters et appose le bout de ses doigts sur leur surface précieuse, au point de laisser une marque. On dirait une sorte de tatouage mais qui garde son empreinte à lui.

Je ne vais pas me gêner pour lui rappeler cet instant en continu dès que la délégation nous aura quittés.

*

Et je m'en suis donné à cœur joie toute la matinée ! Jusqu'à la préparation du départ des Cyclopes en début d'après-midi, dans cette même salle au bassin de lave. Je crois qu'Héphaïstos a fini par regretter le retrait du bâillon.

— « Ô Héphaïstos ! Marque mon sein ! Héphaïstooos ! » m'amusé-je en imitant les nymphes.

Acamas, Pyracmon et Adnanos se bidonnent sans oser éclater de rire. Après tout, leur maître est juste derrière moi, la lampe en forme de conque dans les bras, le regard noir.

— Ça suffit, réprimande-t-il en confiant sa création à un Adnanos ravi.

— Elle est magnifique, Heph ! Elle trônera sur la table des mariés !

— Tu m'en vois ravi, répond le dieu, rassuré.

Les Cyclopes admirent son travail et congratulent leur maître quand un éclat de tonnerre retentit dans la caverne. Zeus apparaît à quelques mètres, dans son costume blanc. Je perds toute envie de plaisanter. Héphaïstos ne perd pas son calme, mais je le sens se tendre à côté de moi. Il murmure à ses Cyclopes un « Ne dites rien, quoi qu'il arrive ». Le roi de l'Olympe a-t-il déjà entendu parler de la visite des Enfers ? Il pourrait les pousser à reprendre le travail malgré leur départ imminent. Alors, les Cyclopes reculent d'un pas et demeurent murés dans le silence. Héphaïstos, lui, va à la rencontre de son père.

— Zeus ? Que me vaut ta visite ? Comme tu le vois, ta prisonnière n'a pas bougé.

— Bien. Je venais voir où tu en étais de tes réflexions, Méroé.

Il s'avance vers moi et un rush de panique me remonte la gorge. Mon cœur s'élance douloureusement dans ma poitrine. Je ne veux pas rester figée, surtout après qu'Héphaïstos a remarqué ma paralysie en la présence de Zeus. Ne pas leur donner raison, ni à l'un ni à l'autre.

— Elles sont toujours au même endroit : je refuse de t'épouser ou de ployer la tête. Hors de question que tu fasses de moi ta chose ! m'enflammé-je.

Zeus serre les dents, il perd déjà patience et tant mieux. Il a l'air nerveux plus que d'habitude. Que se passe-t-il sur terre, au juste ? Comment tournent les choses ? Je voudrais le questionner et tenter de cueillir une ou deux informations, mais il ne m'en laisse pas l'occasion. Zeus a enfin le geste que j'attendais : il m'assène une gifle si brûlante que les forges entières se figent. J'entends les chaînes bouger et les Cyclopes haleter, révoltés.

Je finis par reprendre mon souffle, hébétée.

— Tiens, s'aperçoit Zeus. Finalement, je peux lever la main sur toi sans craindre de châtiment, le Serment du Styx a des limites à découvrir.

Je ne parviens même pas à le regarder en face. Ma joue brûle et un sursaut de colère et d'humiliation me torture le ventre. Si j'avais ma magie, je lui aurais cramé le visage avec un sort de feu ! Mais l'impuissance que j'éprouve à cet instant précis me marque au fer rouge.

— Je repasserai très vite, décide Zeus en disparaissant.

Les larmes me piquent les yeux. J'enrage d'avoir autant de témoins de mon échec. Les Cyclopes se ruent vers moi, pleins d'inquiétude.

— Méroé, tout va bien ?

— As-tu besoin de quelque chose ?

— Demande-nous, on fera !

Leur empathie me réchauffe le cœur mais je reste choquée et incapable de parler. Si je l'ouvre, seules des insultes vont jaillir ! Héphaïstos finit par se rapprocher, la mine fermée, le front plissé.

— Je suis désolé, Méroé, dit-il à voix basse.

Quel aveu de faiblesse face à ce père qu'il sert ! Et en même temps, pour la première fois, il me montre de la sympathie face à ma situation qu'il a toujours éludée.

— Heph, je… j'hésitais, mais finalement, il faut peut-être que je t'en parle, bredouille Adnanos.

Ses compères redressent la tête.

— Tu vas le lui dire ?

— Me dire quoi ? s'intrigue le dieu forgeron.

Adnanos se fait chahuter une seconde avant qu'Héphaïstos insiste.

— Parle, s'il te plaît.

— Tu sais, l'occasion que tu espérais. Il se peut qu'elle se présente ce soir.

Tout le corps d'Héphaïstos se raidit, il ouvre de grands yeux et se met à réfléchir à toute vitesse.

— Enfin une opportunité et je ne peux pas en profiter parce que je suis enchaîné à une sorcière ! s'agace-t-il.

Non seulement il me fâche, mais il scandalise ses amis qui protestent.

— Même si tu pouvais te déplacer, tu ne peux pas la laisser seule ! s'indigne Acamas. Elle est en danger ici !

— Tu devrais peut-être l'emmener avec toi ? suggère alors Adnanos, d'une petite voix.

Je commence à saisir pourquoi Adnanos évoque ce qu'il ne devrait apparemment pas évoquer : c'est pour moi, pour m'éloigner d'ici. Héphaïstos passe ses mains sur son visage, plongé dans une réflexion urgente. Il doit mesurer le pour et le contre sans que je comprenne réellement les tenants et les aboutissants de cette histoire.

— Très bien, se décide-t-il. Partez devant. Je me prépare et on y va.

Les trois Cyclopes m'accordent des sourires heureux et leur unique paupière bat vite. Peut-être une sorte de clin d'œil à la Cyclope. Puis ils disparaissent. Héphaïstos ne prend toujours pas la peine de m'expliquer quoi que ce soit, il est trop fébrile pour ça. Il se rue dans son repaire, je le talonne de fait.

— Je peux savoir ce qui se passe ?

Il fouille son atelier et enfile une besace en cuir qu'il fourre de plusieurs outils et de petits lingots métalliques.

— Rapproche-toi, dit-il ensuite.

Je m'avance, méfiante. Je ne l'avais encore jamais vu si impatient ! Il m'attrape par la taille pour me serrer contre lui et on s'éclipse. On se retrouve d'un coup sur le rebord de l'Olympe, le vent de face, avec le vide sous nos yeux.

— Qu'est-ce qu'on fait là ?! paniqué-je.

Héphaïstos me garde blottie contre lui.

— Accroche-toi, on va sauter.

CHAPITRE XI

— Espèce de malaaade ! hurlé-je dans son oreille, agrippée à son cou car ma vie en dépend.

On est en chute libre dans le ciel, tête la première, fendant l'air à toute vitesse. Le corps d'Héphaïstos a beau être chaud, je ne sens que la morsure violente de la bourrasque qui nous entoure.

— Fais le plein d'air !

— Quoi ?!

— Fais le plein d'air ! répète-t-il.

Je regarde en bas, la mer approche beaucoup trop vite à mon goût !

— Oh par Hécate !

J'aspire un maximum d'oxygène et me prépare à me briser tous les os sur la surface maritime. Miracle divin, on plonge sans dégâts et toujours avec autant de célérité. Je serre si fort Héphaïstos que je crains de l'étrangler. Son bras s'imprime dans mon dos à mesure qu'on s'enfonce dans les profondeurs. On va mourir noyés, comme deux idiots. Ou plutôt, non, *je* vais mourir noyée comme une idiote ! Je ferme les yeux et espère qu'une fois aux Enfers je pourrai accuser Môssieur Sex-Symbol de la pire des morts au tribunal !

Alors que mes poumons se mettent à brûler et que l'eau est aussi glaciale que l'obscurité, nos deux corps pénètrent dans un obstacle semblable à du caoutchouc épais. On le traverse pour retrouver un vide rempli d'air respirable et de soleil. Pourtant on continue de chuter, même si la vitesse a été amortie par le barrage. Soudain, nos corps ralentissent et percutent du sable avant de rouler dedans.

Tout est à l'arrêt, mais je n'arrive pas à me décrisper. Les bras toujours enroulés autour du cou d'Héphaïstos, le corps affalé sur lui, encore terrifiée par cette cascade.

— On est arrivés, Trésor, déclare-t-il avec un calme olympien qui me tape sur le système.

— Je m'en fous !

Il relâche mon dos pour décrocher mes bras de force et me repousse délicatement sur le côté. Je roule sur le dos, des palpitations encore bien brutales dans la poitrine. Héphaïstos se redresse et vérifie si tout son matériel l'a bien suivi.

— On ne pouvait pas se téléporter jusqu'ici plutôt ? râlé-je, aveuglée par la lumière.

— Si, on aurait pu.

Sa réponse me coupe le sifflet. Je retrouve une position assise, révoltée.

— Mais !

— Mais ça aurait été moins drôle, s'amuse-t-il, dégoulinant d'eau de mer.

Grosse brute !

Je veux me lancer dans une tirade énervée quand la vue de mon environnement me coupe dans mon élan. Ce que j'avais interprété comme un obstacle dans une sorte de caoutchouc est en réalité un dôme transparent immense au-dessus de nos têtes. C'est comme se retrouver sous la voûte céleste, avec une réflexion du soleil, mais le bleu du ciel est en réalité le fond de la mer, d'un bleu un peu plus sombre, avec ses ombres d'animaux qui passent.

— On est sous la Méditerranée ? murmuré-je, estomaquée.

— Oui, non loin de la Crète. Dans le royaume de Poséidon.

Je pivote. Derrière moi s'étend une cité incroyable, avec, au sommet d'une colline centrale, le palais d'or du dieu des mers et des océans. Tout semble bâti de sable durci, de nacre et de corail. Des arbres étranges, comme des bouquets d'algues, apportent de la couleur ici et là. Des motifs de tridents et de chevaux sont visibles un peu partout, peints sur de hauts murs, ou sculptés dans un calcaire recouvert de touches de couleurs.

Une brise me caresse le visage, je ramène mes cheveux derrière mes oreilles.

— Comment ça se fait qu'il y ait du vent au fond de la mer ? Et pourquoi fait-il jour ?

— Une sorte de tour de passe-passe de Poséidon pour que la lumière et la météo de la surface soient reproduites ici. Hadès a fait à peu près la même chose aux Enfers en simulant la succession du jour et de la nuit.

J'essore mon péplos, sachant qu'il va vite sécher étant donné le vent sec et chaud d'ici. Les forges sont spacieuses et les Cyclopes les rendent agréables, mais j'avoue que cet air marin, cet espace et ce reflet de soleil m'enchantent.

— Allons-y, me presse Héphaïstos en retirant son manteau pour le caler sous son bras.

Le dieu forgeron à la plage… j'avoue que ça ne manque pas d'intérêt.

— Restons discrets, il ne faut pas que Poséidon sache que nous sommes là.

— Pourquoi ?

— Crois-moi, c'est mieux.

Et il se met en marche. J'aurai tôt fait de connaître la réelle raison de notre arrivée ici. Il a parlé d'une opportunité immanquable, je finirai bien par comprendre.

On longe la plage pour ne pas entrer dans les premières rues de la cité. Le quartier des Cyclopes s'étend au bord de l'eau, là où tout est trois à quatre fois plus grand : les maisons en briques crues, recouvertes d'un enduit peint, la place en sable tassé qui se transforme en plage à mesure que l'on se rapproche de la mer et les tables sur tréteaux posées en arc de cercle à cet endroit. Des guirlandes de lampions éteints – des bouteilles en verre appartenant aux humains – sont tendues au-dessus de la place et des branches d'olivier décorent chaque porte des maisons.

Il règne une agitation joyeuse ici. La célébration du mariage est en pleine préparation. Des Cyclopes, vêtus de pagne ou de robe échancrée, déposent des assiettes et des couverts sur les tables. Des odeurs de cuisine – du poisson grillé, je dirais – s'échappent de la grande maison à l'arrière de la table centrale. Sur cette dernière, je reconnais immédiatement la lampe en forme de conque qu'Héphaïstos a conçue. Et devant la table, un autel en pierre est en train d'être monté pour la cérémonie.

— Heph ! Méroé ! appelle Adnanos en nous faisant signe.

Il paraît tout heureux de nous voir. Outre un pagne propre, il a enfilé un collier de perles nacrées, de perles en verre et en or assez impressionnant.

— Tout va bien ? s'enquiert-il.

— Oui, oui, on a bien atterri.

Je grimace à l'évocation de cette étape terrifiante de notre arrivée. Adnanos le remarque et change vite de sujet pour me faire penser à autre chose.

— Venez plutôt voir ce que le seigneur Poséidon nous a offert, de grosses boîtes !

Il nous guide le long de la plage jusqu'à un assemblage de… conteneurs colorés, montés les uns sur les autres, rouillés aux angles et parfois recouverts de coquillages.

— On les a percés de trous pour que les enfants jouent dedans.

Et effectivement, des enfants Cyclopes, aussi grands que moi, grimpent dessus, passent à travers les fenêtres et les transforment en cabane ou en cité à prendre. J'en vois même jouer avec des balles fabriquées à partir de plusieurs sacs plastiques roulés en boule et maintenus par des élastiques. Poséidon a tout l'air de leur réserver les ordures qui traversent la mer… Les Cyclopes les détournent et les recyclent, certes, mais ça reste de la pollution offerte par le roi.

— J'ai apporté mes outils, si vous avez des choses à réparer, se propose Héphaïstos.

— Oh, ça tombe bien, on a des gonds de porte et des tuyaux d'arrivée d'eau qui peinent un peu.

Et on se lance dans une tournée des maisons pour régler les petits tracas quotidiens. Choses que les Cyclopes pourraient très bien faire seuls, mais qui leur coûtent plus de temps qu'à Héphaïstos. En un tour de main, il fait fondre et répare un trou dans une canalisation attaquée par le sel, retaille un couteau, embellit une lampe… Il en profite aussi pour demander des nouvelles, savoir comment se porte la famille, s'ils ont besoin qu'il porte leur parole à Poséidon ou à Zeus. Le dieu forgeron milite pour les droits des Cyclopes, en quelque sorte. Il fait preuve d'impatience quand il s'aperçoit de mauvais traitements ou d'injustices alors que les Cyclopes témoignent d'une résilience constante. Ils se contentent de ce qu'ils ont.

On finit par la maison d'Adnanos où l'agitation redouble. Les géants vont et viennent, avec de la nourriture, du vin de mûres, de la vaisselle et des linges. À l'étage, la fille du Cyclope se prépare avec sa mère, Aspasie, qui déboule de temps en temps pour slalomer entre les meubles en bois et attraper des morceaux de corail rouge qui sèchent sur la table. Il y a tant de passages que je frôle plusieurs fois le piétinement. Héphaïstos finit par grimper sur un tabouret avant de m'y hisser à côté de lui avec la chaîne.

— Adnanos, vous vivez sous la mer depuis longtemps ? m'intéressé-je. Je pensais pourtant que les Cyclopes vivaient en Italie.

— Depuis que la présence de l'humain s'est étendue partout, oui. Notre père à tous, Poséidon, nous a fait une place ici.

— Mais vous n'avez toujours aucun pouvoir décisionnaire, grommelle Héphaïstos.

— Ce que nous espérons, Heph, c'est une vie tranquille. Et c'est ce que nous avons ici.

Avec les poubelles des humains en récompense.

— Vous avez déjà entendu parler d'une île répondant au nom d'Aiaía ?

Qui ne tente rien n'a rien… Après tout, je n'avais posé la question qu'aux trois vieillards Argès, Brontès et Stéropès, mais pas aux trois plus jeunes.

— Aiaía ? répète Adnanos. Le nom me dit vaguement quelque chose…

Le sol tremble à nouveau, Aspasie, son épouse, revient, un grand sourire aux lèvres. Elle a l'air de prendre notre conversation au vol.

— Aiaía, l'île des sorcières !

Enfin ! Le nom parle à quelqu'un !

— Oui ! m'exclamé-je. Où est-elle ?

Malheureusement pour moi, elle hausse les épaules.

— Je l'ignore, désolée. Il faudrait que tu poses la question à Poséidon ou à Amphitrite.

Je me rembrunis.

— Je te le déconseille, me glisse Héphaïstos à l'oreille. C'est bien trop risqué pour toi.

— En quoi ça empirerait les choses pour moi ? rétorqué-je en brandissant mon bracelet tenant la chaîne.

— Tu ignores bien de quoi sont capables Zeus et ses frères.

Je me mords la lèvre pour m'éviter de rugir contre cette fatalité.

— Notre fille est prête ? demande Adnanos.

— Elle est prête, répond Aspasie. On n'a plus qu'à attendre l'arrivée du fiancé !

— On va vous laisser et nous installer dehors, propose Héphaïstos. De toute façon, on ne peut pas aller au palais de jour, on attendra ce soir.

Donc son opportunité a un rapport avec la maison de Poséidon ? Intéressant. Dangereux ou pas, je vais tenter ma chance, c'est certain.

— Pas si vite ! l'arrête Aspasie. J'ai prévu une parure pour ta compagne.

On doit avoir la même mine perplexe puisque la Cyclope finit par me désigner comme si c'était évident qu'elle parlait de moi. Avec le dieu, on réplique en chœur :

— Ah mais, il n'est pas mon compagnon.

— Pas du tout, non, elle n'est pas ma compagne.

— Mais… pourquoi vous êtes enchaînés alors ? C'est pourtant le principe du mariage.

— Je ne le qualifierais pas ainsi, personnellement, grommelé-je.

— Méroé est plus mon gentil boulet, précise Héphaïstos avec une taquinerie évidente.

Je lui envoie quand même mon poing dans son torse mais je me fais plus de mal à moi-même qu'à lui. Aspasie plisse son œil unique avec un sourire goguenard.

— Moui, bien sûr. Quoi qu'il en soit, on a réuni les perles les plus petites pour en faire une pèlerine.

Et Aspasie brandit un réseau de perles qui ressemble à une toile d'araignée. Elles sont peut-être petites pour elle, mais pour moi, ce sont des perles rondelettes et pesantes. La parure retombe juste en dessous de ma poitrine tout en soulignant mes courbes. Je la trouve à tomber ! Sans compter que chacune des billes est différente, toutes ont un petit défaut.

— Merci, c'est magnifique, la remercié-je, émue.

Je jette un œil à Héphaïstos, il détourne vite le sien. Il a le droit de mater, je ne vais pas m'en offusquer. Il a eu moult occasions dans les forges sans le faire.

Le son de plusieurs conques et de tambours retentit à l'extérieur. Ça doit être l'arrivée du fiancé car la fille d'Adnanos et d'Aspasie descend à son tour, enveloppée d'une cape en soie recouverte de morceaux de corail, de bien plus grosses perles que celles de ma pèlerine, de coquillages précieux et de disques en métal doré. Sa tenue de mariage est spectaculaire.

Adnanos nous conseille de nous placer sur la table des mariés pour la cérémonie. Héphaïstos nous y téléporte tous les deux, parmi les verres et les assiettes gigantesques. On est aux premières loges, face à l'autel, alors que le soir tombe et que la lumière orange se reflète dans toutes les bouteilles des guirlandes. Les deux promis se réunissent et c'est une vieille dame Cyclope qui officie. Je suis l'échange de leurs vœux, le cœur fondu de tendresse pour eux alors que je ne les connais même pas ! Mais leurs sentiments l'un pour l'autre ne font aucun doute. Ni leur bonheur. Tout cet amour me noue la gorge. Ça doit être renversant tout de même, cette impression de ne faire qu'un. Cet écho de soi que l'on retrouve chez l'autre.

J'écrase des larmes dans mes yeux avant qu'elles ne roulent sur mes joues.

— Je ne t'imaginais pas aussi sensible, murmure Héphaïstos.

Il paraît surpris, mais aussi bien parti pour me taquiner. Ça se voit à son mince demi-sourire.

— Oui, eh bien, ça me fait toujours de l'effet, les mariages, réponds-je avec le plus de rudesse possible dans la voix. D'ailleurs, tu as bien forgé l'anneau de mariage de ma sœur Ella avec Deimos ?

Héphaïstos croise les bras, serein.

— Oui, une commande, et après ?

— Tu ne l'as pas maudit, contrairement au collier que tu as fait pour le mariage d'Harmonie avec Cadmos. Pourquoi ?

Cette fois-ci, il pivote vers moi, stupéfait.

— Quoi ?

— Le collier d'Harmonie, me répété-je. La fille d'Arès et d'Aphrodite. Constitué de grosses perles en bronze ou en or.

— J'ai fait le collier parce que c'était une commande, rien de plus, insiste-t-il. D'où sors-tu un mensonge pareil ?

Bon sang, je n'arrive pas à savoir s'il ment à la perfection ou s'il dit la vérité. Je pencherais pour la seconde solution, mais j'ignore bien pourquoi. Il a l'air blessé par son histoire avec Aphrodite, c'est certain, mais au point de punir sa fille ? Je n'arrive pas à l'imaginer.

— Et à la fille d'Adnanos et d'Aspasie ? Tu n'as rien à offrir ? Je peux te passer commande pour elle ?

— J'ai fait la lampe.

— Pour la célébration, mais pas pour la mariée.

Il soupire et me fixe droit dans les yeux. Je soutiens son regard sans crainte.

— Je suis très forte à ce jeu-là, le provoqué-je.

— Rha très bien, cède-t-il sans chercher plus loin.

Il observe les alentours et finis par tendre la main devant lui, paume ouverte. Des milliers de grains de sable se réunissent là, en petits tourbillons. Il referme ses doigts dessus et chauffe sa main au point qu'elle devienne rougeoyante. Lorsqu'il l'ouvre à nouveau, une boule de verre mou apparaît. Il la façonne en forme d'œil avec tous les détails. Plus ça va et plus je me rapproche de lui. Héphaïstos tire une épingle de ses cheveux pour la passer au travers de sa création et la transformer en perle à enfiler. Je crois le travail terminé, mais non. Il la rapproche de sa bouche et souffle dedans. La parure se met à étinceler comme une étoile, son iris bouge et sa paupière bat. Il vient de lui insuffler l'animation !

— Est-ce que la commande te convient ? me demande-t-il en me présentant son œuvre.

— Elle est merveilleuse.

— Et sans malédiction.

Je hoche la tête, un peu gênée. Je ne sais plus trop quoi en penser.

— Elle plaira à la mariée, sans aucun doute.

*

Et le cadeau a plu. La mariée a improvisé une couture pour la garder sur sa cape, et même au milieu de toutes les petites merveilles qui la parent, on ne voit que la perle en verre d'Héphaïstos dessus. On a pu dîner sur la table des mariés et des parents respectifs, et profiter des poissons grillés, du fromage frais assaisonné à l'huile d'olive, des fruits et du vin de mûres qui monte particulièrement vite à la tête. Dès que la nuit est tombée, les guirlandes de bouteilles se sont allumées ainsi que la lampe en forme de conque, projetant au-dessus d'elle un faisceau de lueurs douces parfaites pour une nuit de fête.

Un petit orchestre joue de la flûte, du tambour et de la lyre depuis un moment, quand, au milieu du dessert – des gâteaux au miel somptueux cuisinés par Aspasie –, un air particulier retentit, accaparant l'attention et suscitant la réjouissance de tous.

— C'est l'heure de la danse des Hasards ! proclame Adnanos. Heph, tu dois te joindre à nous !

Tous les Cyclopes hurlent leur approbation.

— Non, non, non ! Je ne peux pas danser, refuse le dieu forgeron.

J'ai bien envie de le laisser se dépatouiller tout seul. D'autant plus que la tablée se met à taper des poings sur le bois pour l'encourager, nous faisant bondir à chaque coup tant le plateau tremble. C'est aussitôt repris par l'ensemble des invités. Il tourne un visage défait vers moi, comme s'il espérait une aide providentielle.

— Je ne suis pas contre, me contenté-je de dire.

— Bien sûr, grogne-t-il avant de lever les mains pour en placer une. D'accord ! D'accord ! Va pour la danse des Hasards !

Tout le monde applaudit et des couples se forment sur la place. Héphaïstos prend ma main et nous éclipse parmi la foule tout en disant : « Tu l'auras voulu. » J'ai hâte, moi, ça ne doit pas être si compliqué. Le dieu forgeron enroule le gros de notre chaîne autour de son bras pour qu'elle ne nous gêne pas. Puis on se positionne côte à côte mais pas dans le même sens, chacun un bras en travers du ventre de l'autre.

— Et maintenant ?

— Tu choisis la flûte ou le tambour ? répond-il sans transition.

— Quoi ?

— Choisis.

— OK, la flûte alors.

Au même moment, une flûte et un tambour se mettent à jouer et Héphaïstos nous fait tourner sur nous-mêmes, pas trop vite, sur le rythme musical.

— Dès que la flûte s'arrêtera, il faudra que je te soulève et qu'on tourne, puis on changera de sens, m'explique Héphaïstos.

— Et si c'est le tambour qui s'arrête ? m'amusé-je.

— Ce serait à toi de me soulever, on peut s'en passer.

— Pas si vite ! Défi accepté !

— C'est ce qu'on verra, dit-il avec un sourire détendu.

Alors on tourne et toute la fébrilité ambiante se fait sentir. Car il y a une règle dans la danse des Hasards et elle est dans son nom : rien n'est écrit. Tout peut changer d'une seconde à l'autre. Et dès que la flûte s'arrête, les coups de tambours me transperçant la poitrine, Héphaïstos accroche son bras autour de ma taille et me soulève pour tourner. Tout mon corps se plaque contre le sien, mes bras appuyés sur ses épaules, ses cheveux me frôlant. Cette proximité troublante est bien plus intense maintenant que lors de notre chute libre depuis l'Olympe. Peut-être le vin de mûres, ou l'apaisement des tensions durant le banquet.

Tout se suspend autour de nous et soudain il me repose et on change de sens. J'inspire un maximum d'air, doutant de plus en plus de la pertinence de cette danse. Je pensais m'amuser, mais en vérité, j'encaisse mes pulsions de désir pour lui. C'est vraiment une attirance sexuelle forte que j'éprouve, il faut bien l'admettre. On peut flirter, sans prise de tête, mais il reste dans le camp adverse et j'ai tendance à omettre cette information.

Dès que le tambour s'arrête, on s'immobilise et Héphaïstos me défie de son regard doré.

— Tu veux vraiment tenter ? Ça marche pour les Cyclopes qui ont des tailles semblables, mais je suis un dieu, rappelle-t-il.

— Je tente ma chance, lui assuré-je en me collant à lui.

Bien sincèrement, j'ai plus l'impression de trouver une excuse pour me lover contre lui que de vouloir prouver que j'ai le physique pour décoller du sol un dieu de deux mètres. J'essaie pourtant mais il ne bouge pas d'un pouce. Je le sens sourire juste au-dessus de moi. Son corps est si chaud, si solide et parfumé… J'ignorais que la mandarine et le cèdre étaient compatibles à ce point ! Ouais non, je suis là pour le lever… LE SOULEVER. *Ne t'égare pas, Méroé !*

— T'es adorable, Trésor.

Je le relâche, rouge vif.

— Bon, bon, on va juste changer de sens.

— Oui, c'est mieux, confirme-t-il.

Comme il l'avait prévu, le rythme accélère un peu. Il me prend dans ses bras quelques fois de plus et on tourne toujours plus vite. Je m'embrouille dans les pas, on se rentre dedans plusieurs fois, on s'esclaffe sans plus nous préoccuper des enjeux. Héphaïstos a un rire rauque qui me fait vibrer. Il devrait l'exprimer plus. À force de grognements, on oublie que son sourire est extraordinaire.

Lorsqu'il me porte à nouveau, ses deux bras campés au bas de mon dos, j'enroule les miens autour de son cou et on demeure ainsi, sans poursuivre la danse. Ses yeux flamboient, ses chairs sont brûlantes. Mes doigts s'égarent dans ses cheveux. Je n'ai plus envie de résister et je sais qu'il me regarde de la même manière, je l'ai déjà remarqué.

Nos bouches sont si proches, essoufflées, prises dans l'instant… Elles s'approchent et pourtant, il me repose doucement, sans pour autant me repousser. Il paraît troublé lui aussi, encore bien plus que moi. Il est tout à fait conscient de ce que nous allions faire et c'est ce qui semble l'interroger sur le coup.

— Tu es promise à mon père.

Le souffle rocailleux qui énonce sa phrase se plante dans ma poitrine. Je ne pensais plus à Zeus, et je n'ai jamais pensé à lui de cette manière. D'un autre côté, Héphaïstos me prouve qu'il a au moins envisagé un baiser, même s'il l'a interrompu. Je ne sais pas quoi lui dire. Pour moi, c'est clair et net : non, je ne suis pas la promise de Zeus. Mais ai-je le droit de le plonger, lui, dans cette confusion ?

— Allons boire, propose-t-il en nous éclipsant sur la table des mariés.

Il nous sert du vin de mûres et on s'assied sur le rebord de la table. Les Cyclopes continuent de danser dans la plus grande joie.

— Je voulais juste…

— Ce n'était pas une bonne idée, m'assure-t-il.

Je plonge dans mon verre, rembrunie. Elle ne venait pas seulement de moi.

— Je l'ai désiré, moi aussi.

Je lève les yeux sur lui, surprise par sa confession.

— Tu ne me laisses pas indifférent, Méroé, murmure-t-il, le regard bas. Mais je ne suis pas pour toi, et tu n'es pas pour moi.

Il est étrangement clair et conscient de chacun de ses mots, comme s'il était convaincu d'être la personne que l'on ne choisissait jamais au bout du compte. Ça me plonge dans un abîme d'incompréhension. Est-ce juste un rejet poli ? Ou un discours assumé ?

— Et pourquoi ça ? interrogé-je, la voix cassée.

— Tu le vois bien, grogne-t-il en passant sa main sur sa jambe métallique. Je ne suis pas intact.

— Personne ne l'est, protesté-je.

— Mais pas les dieux, insiste-t-il.

Je me mords la lèvre pour me retenir de le secouer.

— Est-ce qu'on a besoin d'être comme les autres pour exister ?

Héphaïstos plie sa jambe pour s'appuyer sur elle.

— C'est toujours un plus, Trésor, lance-t-il avec nonchalance.

L'irruption d'Acamas m'empêche de le contredire. Cette interruption me laisse un goût amer dans la bouche.

— Heph, si tu veux aller au palais de Poséidon, je crois que c'est le bon moment.

CHAPITRE XII

Acamas nous accompagne jusqu'à la sortie des quartiers des Cyclopes en nous livrant toutes les informations utiles. Je lui confie la pèlerine en perles pour qu'il la rende à Aspasie. Je ne peux pas me permettre d'accepter un tel bien et même si j'ignore encore ce que je vais devenir, il y a de grandes chances pour que je rentre aux forges avec Héphaïstos. Il n'est pas question que Zeus la voie.

La partie de la cité que nous traversons est à nouveau à notre échelle. Elle est parcourue de torches et de coquillages remplis d'huile pour brûler une mèche lumineuse, de canaux qui se partagent la route avec un sol de calcaire blanc à fossiles, et de façades beaucoup plus travaillées que les demeures modestes des Cyclopes. On dirait Venise, en fait, avec des corniches et des encadrements de fenêtre à moulures. Mais avec un réseau bien plus grand de cours d'eau, qui s'invitent même dans les rez-de-chaussée des maisons.

— C'est le quartier des tritons, dit Héphaïstos alors que nous sommes silencieux depuis le départ.

Tout s'explique. Les tritons peuvent à la fois vivre sous l'eau et à sa surface.

— Et pourquoi j'ai l'impression qu'on va s'infiltrer chez Poséidon ?

— Parce qu'on *va* s'infiltrer chez mon oncle.

— Pourquoi ? Vous vous entendez mal, tous les deux ?

— Là n'est pas la question. Et baisse d'un ton, on approche du palais.

Au premier coup d'œil, je constate que le bâtiment ressemble à celui de Zeus, avec ses colonnes, ses hauts murs, ses frontons et ses probables cours intérieures, mais tout est en or. C'est si impressionnant une fois proche que ma mâchoire se décolle. Chaque vasque éclairante qui cerne l'édifice projette ses flammes sur la surface, la rendant vivante. On dirait les yeux d'Héphaïstos.

— Par ici, indique-t-il à voix basse.

Il s'approche d'un mur et pose sa main à plat dessus. Il fait surgir des lattes qui forment un escalier jusqu'au sommet. On s'y engage et à mesure qu'on monte, les marches disparaissent. Il exécute le même prodige de l'autre côté. On atterrit dans un jardin d'oliviers très tranquille. Ce qui me fait penser qu'il connaît très bien le palais pour avoir sélectionné l'endroit parfait d'une entrée discrète.

— Quand Acamas disait que tout le monde serait occupé à la préparation du « grand dîner », il parlait de quoi ? murmuré-je.

— Zeus et Hadès sont là, répond Héphaïstos en se faufilant dans les couloirs de service du palais.

Je ralentis de mon côté, estomaquée.

— Quoi ?

Lorsqu'il se rend compte que je ne suis plus, la chaîne tendue, il s'arrête, impatient. Il est pressé, mais j'ignore encore bien pourquoi !

— Ce n'est vraiment pas le moment de traîner dans le coin ! soufflé-je.

Si Hadès me voit et qu'il est seul, pourquoi pas. Mais si Zeus est avec lui, le roi des Enfers ne fera rien pour moi, afin de ne pas se griller. Il préviendra les sorcières, mais je ne suis pas sûre de ce dont serait capable Zeus de son côté.

— Ce n'est pas pour eux que je suis là, ajoute Heph en me traînant à sa suite.

On poursuit notre route en suivant les parcours des services. Je n'aperçois donc que des morceaux de salles monumentales composant le palais. De l'or partout, oui, mais aussi des pans entiers de murs transparents qui renferment des poissons et une végétation sous-marine riches en couleurs. On débouche sur une salle bleue immense, sous un dôme peint figurant Poséidon, Amphitrite et tout leur clan. C'est grandiose, mais pas autant que la carte en relief étalée sur un vaste socle rond, au centre de la pièce.

Héphaïstos poursuit sa route comme si de rien n'était, mais je freine à nouveau en me dirigeant vers cette merveille.

— Méroééé, se lamente-t-il en tirant sur la chaîne.

— Une seconde ! Je veux regarder !

Il cède mais en traînant les pieds. Une fois au bord de la carte, je comprends qu'il s'agit du bassin méditerranéen en creux, avec l'indication des îles en surface mais surtout des profondeurs maritimes et de toutes leurs particularités physiques. On se croirait dans un musée de sciences naturelles. Près de la Crète, une maquette de la Cité de Poséidon la symbolise. Elle n'est pas seule : d'autres endroits éparpillés sont indiqués.

— Qu'est-ce que c'est ?

— La carte des Mondes engloutis, répond Héphaïstos. Elle répertorie les trophées de Poséidon, si tu préfères.

OK, OK. Restons calme ! Je force le dieu forgeron à faire le tour avec moi. Je fouille des yeux le plan détaillé et finis par tomber, de l'autre côté, sur un panneau en nacre avec une légende et, à côté de chaque nom, deux tubes en or. Excitée, la tension au plus haut, alors que mon compagnon de route s'agace du temps perdu, je me perds dans la liste.

— L'Atlantide ! m'exclamé-je en sautillant.

Posée au milieu de la mer Égée ! La cité légendaire ! Baïes près de Naples, Héracleion au large de l'Égypte…

— Là !

— Chuuut, supplie Héphaïstos.

Mais impossible d'entraver mon enthousiasme.

Aiaía ! Là, écrit en toutes lettres. Aiaía, l'île des sorcières perdue. Aiaía fait partie des trophées de Poséidon. Voilà pourquoi elle demeurait introuvable !

— C'est ce que j'ai toujours cherché, dis-je, émue.

— Une île perdue ? finit par s'intéresser Héphaïstos.

— *Notre* île, souligné-je. Comment fait-on pour y aller ? Elle est encore entière ?

— Poséidon laisse traîner des restes aux yeux des humains, mais lorsqu'il choisit une île ou une cité, il l'englobe entièrement sous un dôme dans les profondeurs. Elles sont conservées dans l'état avec une simulation de climat pour entretenir la faune et la flore.

— C'est un collectionneur, en quelque sorte ?

— On peut dire ça. C'est aussi un moyen d'afficher son pouvoir sur les mers et sur quelques lopins de terre qu'il s'accapare. Il y a toujours eu une zone floue entre lui et Zeus, au sujet de la surface terrestre.

— Je vois.

Je réfléchis à toute vitesse. Héphaïstos est ici pour une bonne raison et il ne lâchera rien. Si je le soutiens, il sera peut-être plus prompt à m'aider en retour.

— Tu pourrais nous y emmener ?

J'y vais *cash* parce que je suis trop emballée pour réfléchir plus. Il faut que nous y allions, il le *faut* ! Si je retrouve la baguette et que je parviens à l'envoyer aux miennes, peu importe ce qui peut m'arriver ensuite. J'aurais accompli mon devoir.

— On ne peut pas s'y rendre comme ça, ces lieux sont verrouillés, même pour les Olympiens. On ne peut y aller qu'avec une clé.

Il désigne les bâtonnets dorés dotés de deux embouts joints.

— Et ce n'est pas du tout pour cela que nous sommes là. Tu te mettrais Poséidon et Amphitrite à dos en plus de Zeus.

Il fait demi-tour et commence à s'éloigner. J'ai un sursaut en attrapant l'une des clés d'Aiaía avant que le panneau ne soit plus à ma portée. J'ai le cœur qui martèle ma poitrine, les doigts serrés sur le tube. Qu'il le veuille ou non, ce soir, on finit sur l'île de mes ancêtres.

On sort de la salle. Je vais tout de même lui accorder une chance d'aller jusqu'au bout. Je suis curieuse de comprendre ce qui le motive. On repart dans des couloirs de services, intercalés entre les pièces de réception et qui offrent parfois des ouvertures discrètes pour guetter les demandes des maîtres. Des voix fortes nous font ralentir. On jette un œil dans une fente que je peine à atteindre, si bien qu'Héphaïstos me hisse près de lui.

Les trois frères sont réunis autour d'un foyer, installés dans de gros fauteuils bleu ou corail, un verre d'alcool entre les mains. Hadès, l'aîné, tout vêtu de noir, les cheveux blancs retenus en bun au-dessus de sa tête, paraît inquiet. Poséidon, que j'avais déjà croisé au mariage d'Ella, a opté pour un costume violet éblouissant, avec une branche de corail épinglée près du cœur. Il passe une main dans sa chevelure sombre et terne – entre le brun et le bleu marine – visiblement préoccupé. Quant à Zeus, dans son éternel costume blanc, il affiche toute sa superbe et son assurance.

— Ça n'est encore jamais arrivé, réfléchit à voix haute Hadès avant de boire une gorgée d'alcool.

— Peut-être que nous faiblissons malgré notre lien rétabli avec l'Olympe, suppose Poséidon.

— On peut être blessé, voire mourir, avec ou sans l'Olympe, corrige Hadès avec fermeté. Mais on ne tombe pas malade. Pas spontanément. Perséphone n'a jamais été souffrante et la voilà clouée au lit, fiévreuse.

Quoi ? Perséphone ? Malade ? Elle est accueillie au manoir d'Ella, et elle allait bien lorsque je l'ai croisée. Que s'est-il passé ?

Zeus fait tourner le liquide ambré dans son verre.

— Les sorcières ? lance-t-il d'un haussement d'épaules.

Quel salopard ! Même Hadès le foudroie d'un regard impatient.

— Et alors ?

— Perséphone s'est liée avec Circé pendant son séjour aux Enfers, elle loge chez sa sœur Ella… Les empousas ne manquent pas d'occasions pour frapper.

— Mais quel menteur, chuchoté-je, révoltée.

— Doucement, me prévient Héphaïstos.

— Tu oublies que nous sommes en paix avec Hécate, rappelle Hadès. Elle ne s'attaquerait pas à mon épouse ni ne permettrait à aucune des siennes de le faire. Et puis, pour quelles raisons ?

— La mainmise sur les Enfers ? suppose Poséidon. Hécate était une amie de Perséphone, non ? Elle pourrait envisager de la remplacer ?

Hadès laisse échapper un rire incrédule.

— Tu te ridiculises, frère ! Remplacer Perséphone…

— Qui demeure à son chevet, si elle n'est pas là ? interroge Zeus.

— Ton petit-fils Deimos et son épouse, Ella, réplique Hadès. J'y serais également si tu n'avais pas insisté pour que nous soyons là.

— Donc, une sorcière, conclut Poséidon.

Hadès bondit sur ses pieds, nerveux.

— À quelle heure sers-tu ton dîner ? Je ne veux pas m'attarder.

Poséidon et Zeus échangent un étrange regard dans son dos. Héphaïstos murmure à mon oreille :

— Allons-y.

— Non, attends, lui demandé-je.

Je dois en savoir plus. J'espère que Zeus n'a pas découvert la tromperie de son frère aîné.

— Mon cher frère, je peux peut-être te proposer quelque chose, déclare Zeus en se levant à son tour. Nous en avons discuté en amont, Poséidon et moi. Il y a une solution pour Perséphone.

Hadès se retourne lentement, méfiant.

— Une « solution » ?

— Elle pourrait s'en tirer si le Serment du Styx était levé.

Une chape de plomb retombe sur la pièce alors que mon souffle se coupe. Hadès scrute son frère, les traits fermés. Zeus, lui, ne perd rien de son assurance.

— Quel est ce chantage, frère ? reprend le roi des Enfers.

— Ce n'est pas un chantage, voyons. Seulement un échange de bons procédés.

Cette fois-ci, Hadès fait un pas menaçant dans sa direction. Poséidon se lève aussitôt pour s'interposer.

— Allons, tempère-t-il. Il est temps de privilégier ta lignée et l'Olympe.

— Toi seul pourrais annuler ce Serment et nous libérer, sermonne Zeus.

— Non, te libérer, *toi* ! corrige Hadès.

— Prends garde à tes paroles ! s'exclame Zeus, un ton plus haut.

Hadès impose le silence quelques secondes avant de reprendre :

— C'est toi. Tu as empoisonné mon épouse.

— C'est réversible, veut rassurer Poséidon. Une flèche d'Apollon l'est toujours.

Son aîné l'attrape par le col.

— Tu es de mèche dans cette traîtrise ?!

— Je fais ce qu'il y a de mieux pour nous, se défend Poséidon.

— Ce sont des temps terribles qui requièrent des mesures terribles, assène Zeus avec un calme froid. Si tu veux que ta chère Perséphone survive, lève le Serment du Styx.

Hadès relâche son frère et leur tourne à nouveau le dos, furibond. A-t-il réellement le choix ? Comment laisser sa bien-aimée mourir pour sauver la vie de sorcières qu'il ne connaît pas ? Des angoisses sourdes me traversent. Zeus a bel et bien envoyé Apollon frapper Perséphone de sa flèche, je l'ai vu partir de l'Olympe avec cet objectif en tête. Son projet avait déjà fonctionné par le passé, à Troie. Je comprends mieux, Apollon a en effet provoqué une épidémie en décochant plusieurs flèches dans le camp des Grecs. « Il y aura des répercussions », a-t-il dit. Et quelles répercussions !

Dos au mur, Hadès fait apparaître une coupe remplie de l'eau noire du Styx. La coupe qui avait servi au Serment prêté sur l'Olympe devant Athéna. Le regard droit et irascible, Hadès verse l'eau dans le feu du foyer. Les flammes prennent une teinte sombre durant quelques secondes.

— Le Serment du Styx ne tient plus.

— Sur ton ichor, réclame Zeus.

Hadès brise la coupe sur le rebord du foyer et se fend la main au-dessus du feu.

— Sur mon ichor.

Alors, Zeus fait apparaître une flèche dans sa main, celle responsable de la maladie de Perséphone, se blesse la paume sur la lame puis la jette dans le feu. Les sorts ou les serments sur le sang sont toujours les plus puissants et inviolables.

— Tu n'as plus rien à craindre pour ton épouse.

La tension est au paroxysme. J'halète, les poumons douloureux.

— Tu vas trop loin, Zeus, affirme Hadès avant de disparaître.

Zeus, lui, termine son verre tout en surveillant d'un œil sa blessure se refermer. Poséidon paraît plus préoccupé.

— Était-ce nécessaire ?

— Ça l'est toujours. On va dîner ?

Héphaïstos me repose sur le sol.

— C'est une catastrophe ! m'affolé-je alors que le dieu forgeron m'entraîne dans le couloir. Zeus est libre de s'en prendre à Hécate et aux nôtres !

Hadès va les prévenir, certes, mais peut-on tenir face au maître de l'Olympe ? Je rattrape mon compagnon de galère en courant.

— Il faut que je retourne chez moi ! C'est important !

— Pas tant que je n'aurai pas fait ce pour quoi je suis là, grogne-t-il en scrutant chaque pièce.

— Que cherches-tu ici ? Que veux-tu, bon sang ? m'agacé-je en tirant sur la chaîne.

Il finit par s'arrêter dans le couloir après un dernier coup d'œil dans l'un des interstices de service. Éructant la satisfaction, il me répond enfin :

— Je veux tuer Héra.

Puis il s'élance droit devant lui pour sortir du corridor, m'obligeant à m'élancer à sa suite malgré ma stupéfaction.

— Tuer Héra ?! Mais pourquoi ? Est-ce ainsi que Zeus veut s'y prendre pour se débarrasser de sa femme ? C'est ridicule ! Tu ne peux pas faire ça ! Tu n'es pas fait pour tuer, tu n'es pas une brute !

Héphaïstos ne commente pas. Sa colère est si aveugle et absurde que je tente par tous les moyens de l'arrêter, sans y parvenir. On débarque alors ensemble dans un salon comme deux boulets de canon. Amphitrite et Héra, qui discutaient là toutes les deux, bondissent sur leurs pieds, surprises. Héphaïstos s'arrête. Personne n'ose rien dire tant notre arrivée est inattendue. Héra pose ses yeux sur son fils, puis sur moi, hébétée.

— Méroé ? bredouille-t-elle. Mais… que signifie tout cela ?

Amphitrite me dévisage et penche la tête sur le côté. Elle doit me reconnaître malgré ma piètre performance à sa porte, au manoir d'Ella.

— C'est à moi que tu vas t'adresser ! lance Héphaïstos, à bout de souffle.

Héra reporte son attention sur lui. Elle le fuit parce qu'elle semble peiner à soutenir sa rage manifeste. Elle est si troublée, si confuse et sans voix, alors que la colère de son fils se dégonfle et laisse place à un chagrin que je n'avais pas anticipé. Un chagrin profond et sensible, beaucoup plus important que je ne l'aurais imaginé. Qu'a-t-il bien pu se passer entre eux ?

— Héphaïstos… ne peut que dire Héra d'une voix tremblante.

— Mère. Mais peut-on seulement te nommer ainsi ?

Je crois qu'il se calme, mais en longeant ses bras du regard, je m'aperçois que son poing droit, fébrile, prend une allure métallique et s'allonge comme une épée. S'il a perdu de sa colère en parole, elle prend forme autrement.

— Je ne m'attendais pas à te voir, bredouille Héra.

— Veux-tu que j'appelle la garde ? coupe Amphitrite avec méfiance. Ton fils semble menaçant.

— Comment pourrais-je ne pas l'être ?! rugit-il en levant son bras armé.

Je ne peux pas juste regarder ça ! Alors je saute sur son dos et enroule mes bras autour de son cou, le déstabilisant pour de bon.

— Oh non, tu ne feras rien ! crié-je.

— Lâche-moi, Méroé ! s'agace-t-il.

— Pas question de te laisser faire une telle bêtise !

Je ne réfléchis pas. Je joins mes mains sur la clé d'Aiaía et tire les deux embouts qui s'écartent, laissant échapper une lueur bleue éclatante qui nous aspire, Héphaïstos et moi.

Un quart de seconde plus tard, on roule sur une plage.

CHAPITRE XIII

Aiaía. L'île de Circé la Première.

Je m'agenouille, tout est plongé dans l'obscurité de la nuit mais l'odeur n'est pas la même que celle de la Cité de Poséidon. Là-bas, c'était l'animation qui prenait le pas sur la nature : les matériaux de construction, la cuisine, les parfums fabriqués… Ici, c'est la garrigue qui règne, les odeurs de végétation sèche mêlée à la mer. Pas un bruit autre que les rouleaux de la mer et les grillons discrets. Aiaía est inoccupée depuis des siècles. Elle est vallonnée, des forêts de pins occupent les creux, la demeure des sorcières doit être plus en hauteur.

— Comment as-tu pu… ?

Héphaïstos se redresse à son tour.

— Tu n'aurais jamais dû faire ça ! rugit-il.

Il m'extirpe de ma contemplation.

— Je t'ai empêché de commettre la pire erreur de ta vie, répliqué-je.

— Tu ne sais rien de ma vie ! Et tu nous as coincés ici !

— On n'est pas coincés, j'ai encore la clé ! m'agacé-je en brandissant le bâtonnet aux deux embouts rentrés.

— Mais tu n'as pas pris la clé de retour, si ?

Je ravale une réponse nerveuse.

— Quelle clé de retour ? Une porte, une clé, c'est le principe. Depuis quand il en faut une seconde ?

Héphaïstos pousse un cri en levant les bras au ciel et en se mettant à tourner sur lui-même. Je suis larguée.

— Une clé pour l'entrée du tunnel et une clé pour la sortie au bout, sinon on reste coincés dedans, explique-t-il en hachant chacun de ses mots.

— Oh. Oups.

Le dieu forgeron soupire en se lamentant. Je comprends mieux pourquoi il y avait deux clés pour chaque destination. Bon, je refuse de me laisser aller. J'ai enfin de l'espoir qui bat mes tempes ! Je suis sur Aiaía, et après ce dont j'ai été témoin de la part de Zeus, il n'est plus question de perdre du temps. Une fois que j'aurai retrouvé la baguette, on pourra quitter l'île, j'en suis persuadée.

— Partons explorer !

Je fais trois pas dans le sable mais mon boulet ne semble pas près de bouger.

— Ça ne changera rien de rester là ! souligné-je en tirant sur la chaîne.

Héphaïstos s'assied sur le sol, jambes repliées, dos tourné.

— Oh par Hécate, mais c'est pas possible, grommelé-je en revenant vers lui.

— Je n'irai nulle part, bougonne-t-il.

— Et tu comptes attendre là indéfiniment ?

— Il fait nuit, réplique-t-il en haussant les épaules.

— Tu es quasiment une torche humaine ! Tu peux produire de la lumière !

Il se contente de regarder l'horizon en silence.

— Tu te rends compte de ce qu'il s'est passé ce soir ?! Zeus a piégé son propre frère pour lui faire lever le Serment du Styx qui protégeait les sorcières ! Je ne vais pas attendre ici sans rien faire !

Aucune réaction, il est muré dans le silence. J'ai envie de l'étriper mais ça ne changera pas grand-chose à ma situation. Je m'éloigne de trois pas et me laisse choir à mon tour, en lui tournant le dos. Je passe mes mains sur mon visage, frustrée. Si proche du but et je bloque à cause d'un râleur qui a voulu tuer sa mère ! Je suis bien trop énervée pour trouver le sommeil. Je m'allonge dans le sable et fixe le ciel. Ou plutôt, la surface du dôme et donc les fonds marins qui nous entourent, avec cette lueur de lune miraculeuse qui s'y reflète. Les silhouettes de plusieurs baleines passent au-dessus de nous, très lentement. Le calme du spectacle tasse un peu mon irritation. La fraîcheur aussi. Ici, il n'y a pas la chaleur environnante des gens ou des foyers, des torchères ou du soleil.

Je me redresse. Il y a du bois flotté autour de nous. J'en ramasse plusieurs morceaux dans le périmètre de la chaîne et pose tout avant de me mordre la lèvre. Cet ours mal léché d'Héphaïstos ne va pas m'aider et il n'en a pas besoin, je vais donc tenter d'allumer du feu avec mes propres moyens. Quand je fais de la randonnée, il y a des choses que je n'emporte pas puisque je peux les remplacer par ma magie : un sort de flamme contre les allumettes, un sort de direction contre une boussole, ou encore un sort de soin contre les pansements.

Ça ne peut pas être si compliqué que ça ! Il suffit de frotter deux bouts de bois l'un contre l'autre jusqu'à ce que ça chauffe. Je m'y attèle plusieurs bonnes minutes. Sans parvenir à émettre la moindre étincelle.

— Je déteste ma vie, marmonné-je avec l'envie de bombarder mon voisin silencieux de bois flotté.

Et puis, soudain, une flamme jaillit du frottement que j'exécute. Je me renverse en arrière, impressionnée et fière. Je tourne une tête revancharde vers le dieu muet quand j'aperçois son index rouge dirigé vers mon tas de bois. Ça vient de lui, en réalité. Dépitée, je me rapproche du feu sans le remercier. C'est la moindre des choses, après tout.

Au bout d'un moment, je lève à nouveau les yeux vers Héphaïstos. Une fois ma colère passée, je ne pense qu'à ses paroles au banquet. « Tu ne me laisses pas indifférent. » Ça tranche tellement avec son comportement dans le palais de Poséidon. Il paraissait animé par une haine sans limites. Une haine et un tourment indescriptibles.

— Je peux te poser une question ? lui demandé-je, rongée par le besoin de saisir ce qui se trame dans sa tête.

Il se contente de m'accorder un regard.

— Pourquoi tu veux tuer Héra ?

Je m'arrange pour ne pas colorer mon ton d'un quelconque reproche, je veux juste qu'il me donne sa version. Ça doit l'atteindre quelque part puisqu'il s'avance jusqu'au feu, près de moi, pour reprendre un échange plus cordial.

— Parce qu'elle a beau être la femme qui m'a mis au monde, c'est elle qui m'a jeté hors de l'Olympe quand j'étais enfant. Parce qu'elle me détestait.

À ses paroles, mon estomac se glace. J'en reste muette, si bien qu'il me scrute, comme s'il attendait une réaction de ma part. Mais à la place, je balbutie. On a sauté depuis l'Olympe tous les deux mais son corps, adulte, a agi comme un bouclier pour moi et il savait très bien ce qu'il faisait, comment ralentir ou quand accélérer. Un enfant, aux pouvoirs encore novices, n'aurait jamais pu maîtriser une telle violence.

— Je ne comprends pas, finis-je par prononcer. Tu avais quel âge ?

Il hausse les épaules.

— Deux ou trois ans, je ne me souviens plus. Je ne conserve que la douleur de la chute, ajoute-t-il en touchant sa jambe métallique.

C'est donc ainsi qu'il a perdu sa jambe. À deux ou trois ans. Mon cœur se serre si fort que je déglutis pour éviter de fondre en larmes. Comment peut-on faire ça à un si petit être ? Héra est-elle capable d'une telle chose ? J'ai du mal à y croire, mais en me repassant les images de leur face-à-face dans le palais de Poséidon, Héra semblait ressentir de la culpabilité. Elle détournait les yeux, ne s'est pas adressé à lui en premier. Amphitrite m'a déjà prouvé que les déesses aussi pouvaient faire preuve de cruauté, ce serait naïf de penser le contraire. Et si Héra est notre alliée aujourd'hui, elle a des milliers d'années de vie et d'actions derrière elle. Elle s'est déjà battue contre Aphrodite par le passé.

— Quelqu'un t'a recueilli ? … Ou tu es resté seul ? formulé-je, inquiète pour l'enfant qu'il a été.

— Thétis et Eurynomé, des déesses maritimes, m'ont retrouvé et élevé durant quelques années, répond-il avec une nostalgie et une tristesse mêlées l'une à l'autre.

Je comprends mieux pourquoi le dieu du feu se sent si à l'aise dans le monde des mers et des océans. Et ça me rassure de savoir qu'il n'est pas resté seul à un si jeune âge, après un tel traumatisme. Si l'instant est plutôt grave, j'ai envie de sourire avec tendresse en l'imaginant gamin, avec deux mamans. C'est peut-être pour ça qu'une indéniable gentillesse habite son cœur, tout au fond de lui. Son désir de matricide m'étonne donc davantage.

— Pourquoi tuer Héra maintenant ? Pourquoi ici ? relancé-je.

— Parce que tu es là.

J'ouvre de grands yeux, stupéfaite.

— Lorsque mon père m'a parlé de toi, il y a deux mois, en disant qu'il allait se remarier, il a dit qu'il devrait s'occuper d'une manière ou d'une autre d'Héra…

Il baisse les yeux. Ça se voit que ce choix le torture, qu'il se débat avec cette folle idée de meurtre ! Il n'en est pas convaincu mais elle doit représenter une finalité à son tourment.

— Je me suis dit que j'avais enfin la possibilité de l'atteindre, termine-t-il. Héra passe beaucoup de temps sur terre et elle est toujours très entourée. Au palais de Poséidon, je savais que j'avais des alliés avec les Cyclopes et qu'elle ne se déplacerait pas avec sa cour.

— Je vois, lui accordé-je. Mais je n'arrive pas à le croire.

— Mon père fait tout pour me garder en sécurité, rebondit-il, nerveux. Il me protège dans les forges.

C'est surtout pour cette raison qu'il est si isolé de tous et qu'on le voit si peu aux Enfers.

— Mais Zeus vient d'empoisonner Perséphone, la femme de son propre frère, Hadès ! Pour parvenir à ses fins ! répété-je, sachant pertinemment qu'Héphaïstos est lié aux souverains des mondes souterrains.

Héphaïstos grimace, perdu. Il a tout entendu, lui aussi. Ça ne peut pas le laisser indifférent.

— C'est ce que j'ai toujours connu, grogne-t-il. Les dieux de l'Olympe sont cruels et moqueurs, ils l'ont toujours été avec moi. Jusqu'à ce mariage avec Aphrodite…

Il soupire, je me garde d'intervenir, je lui laisse la parole.

— Arrangé par Héra, déesse du mariage, bien sûr, ajoute-t-il. Uniquement pour m'humilier. Moi, l'Estropié qui boîte, avec la déesse de la beauté et du désir, la plus belle d'entre toutes, et qui ne m'a jamais aimé.

Il serre les dents. Je ne pense pas que ce soit l'amour qui l'anime à cet instant, mais plus un sentiment brut de rejet, celui qui crève le cœur et qui ronge jusqu'à l'âme. Je n'ose pas épiloguer sur le sujet. Et pour dire quoi, de toute façon ? Héphaïstos m'a livré assez de raisons pour que je compatisse. C'est vrai, oui, les divinités peuvent être cruelles et mauvaises. Mais il y a du bon, et il en fait partie. S'il avait tué Héra, la torture mentale qui se serait abattue sur lui l'aurait englouti.

— On est sur Aiaía, reprends-je avec douceur. Il y a un artefact très puissant caché ici. Si on le retrouve, on pourra sortir de là.

Héphaïstos acquiesce.

— Et après ?

— Après, je nous libère de la chaîne et je t'invite à boire un café sur terre. Il y a beaucoup, *beaucoup* d'idiots chez les humains, mais ils ont aussi inventé l'irish coffee. C'est donc que tout n'est pas à jeter.

Je lui arrache un maigre sourire. Il s'allonge de son côté, je me couche du mien, et on se laisse bercer par le bruit des vagues.

*

Le lever du jour et la lumière éclatante du soleil simulée sous le dôme nous réveillent. Je bondis sur mes pieds, exaltée. J'aime toujours un bon café pour débuter la journée, mais là, la perspective de retrouver la baguette est plus forte ! Je passe mon péplos entre mes jambes pour le rabattre sur le devant et l'épingler au niveau du ventre avec l'une des deux fibules qui retiennent le vêtement sur mes épaules. J'attache donc d'un nœud les deux bretelles libres l'une à l'autre, parée à l'exploration. Héphaïstos traîne un peu, mais il ne discute heureusement pas. On grimpe ensemble le sentier dallé qui disparaît peu à peu sous le sable avant de traverser la forêt de pins et de cyprès.

— Il faudra trouver de l'eau, fait remarquer Héphaïstos.

— Les sorcières devaient avoir une source potable près de chez elles.

— En espérant qu'elle ne soit pas tarie.

Je lui jette un regard de côté, critique.

— Je dis ça pour toi, moi je n'ai pas besoin de boire.

— Ta sollicitude me touche, répliqué-je avec ironie, avant de reprendre la route.

J'observe tous les détails. Je regrette tellement de ne plus avoir mon portable avec moi ! J'aurais pu prendre des photos pour montrer tout ça aux sorcières de la Clairière : le petit chemin qu'ont emprunté nos aïeules, les restes de rubans noués aux branches d'un chêne et de genévrier odorant.

— Tu aurais une paire de ciseaux sur toi ? demandé-je en approchant de l'un d'eux.

Héphaïstos fouille sa besace et sort un petit lingot de bronze – il en a gardé sur lui pour effectuer des petits travaux chez les Cyclopes. Il le chauffe au creux de sa main et le modèle entre ses mains avant de me tendre une serpette en forme de croissant de lune, aussi tranchante qu'une lame de rasoir. Je la saisis, touchée. Le métal est encore chaud.

— Merci, dis-je avec un sourire.

— Pourquoi tu perds du temps à faire de la cueillette ? grommelle-t-il, gêné.

Je coupe des branches de l'arbuste sans aucune peine grâce à l'outil.

— Le genévrier de cette île descend de celui que Médée a ramené de son voyage aux côtés de Jason. C'est avec l'une de ses branches et un sort qu'elle a endormi un dragon, raconté-je en brandissant la branche sous son nez.

Au nom de mon ancêtre, Héphaïstos détourne les yeux. *Talos*, j'oubliais… Bon sang, ne pas évoquer Médée.

— C'est surtout un bon désinfectant si on le brûle en bouquet, ajouté-je en reprenant la marche. Et son huile est un excellent cicatrisant.

— Et après ? s'impatiente-t-il.

Je désigne sa jambe avec ma branche.

— Je me dis qu'un onguent à base de genévrier pourrait adoucir la jonction et faire en sorte que le bronze et la chair fusionnent sans moindre mal. Si on ajoute du miel et du pavot, ça pourrait marcher.

Cette fois, il m'observe, perplexe. Il penche entre l'incrédulité et la reconnaissance, je crois. Peut-être. Les sorcières savent se battre contre des géants, des dragons et des dieux, mais elles savent surtout utiliser la nature autour d'elles pour apaiser les maux.

On fait quelques pas en silence avant qu'il ne reprenne la parole.

— Pourquoi avoir quitté cet endroit ? Il paraît si propice pour vous.

— On raconte que le monde s'était beaucoup trop rétréci, réponds-je avec un haussement d'épaules. Les humains débarquaient de plus en plus fréquemment ici, la nouvelle de l'existence de notre communauté s'est étendue. L'endroit n'était plus très sûr. J'imagine que Poséidon a joué au vautour et s'est jeté sur Aiaía dès qu'elles sont parties.

— Ça lui ressemblerait.

— Quelque part, heureusement. Sinon on ne pourrait pas foui…

Je m'interromps en même temps que mes pas. À l'orée de la forêt, le chemin grimpe une colline sur laquelle les murs de la demeure de Circé la Première sont encore visibles au milieu de chênes. Tout autour d'elle, sur les pans de la hauteur, des terrasses parfois effondrées se déploient. Certaines sont envahies d'herbes hautes et de plantes en tout genre qui se déversent sur les terrasses du dessous, d'autres ont encore les descendants des arbres fruitiers cultivés par les sorcières, pleins de pêches et d'abricots. Tout est à l'abandon et pourtant tout semble vivant. Ma vue se trouble.

Dans mon cœur, je sens une force étrange et familière, une présence laissée par nos ancêtres qui me remue au plus profond de mon âme de sorcière.

Tu es chez toi.

Comme si la voix de Circé la Première murmurait à mon oreille.

— C'est une ruine, constate Héphaïstos.

Je lui envoie ma branche dans le bras.

— Chut ! Ne gâche pas mon plaisir.

On grimpe le chemin tout en notant que nous ne manquerons pas de nourriture si besoin. En tout cas, le dieu forgeron pense ainsi : préparer un campement pour ce soir, manger un morceau et dormir sur une vraie couche. Mais moi, non. Trouver la baguette et prévenir les miennes, c'est ça, mon programme !

Près du sommet, une source se déverse dans un bassin qui irrigue les terrasses en continu depuis des siècles. On marque un arrêt pour se désaltérer et se rafraîchir. Héphaïstos en profite pour créer une bouteille métallique et la remplir. Moi, j'observe la demeure, le cœur battant. J'aimerais que mes sœurs soient là, que mes amies soient auprès de moi ! Leur compagnie me manque, plus encore à présent.

La maison a conservé son portique, mais le fronton est à moitié abattu et les colonnes envahies de plantes grimpantes. On franchit le seuil, la grande salle avec son foyer sur la droite et sa table en chêne massif au centre, est encore là, des trous dans la toiture en plus. C'est ici-même que Circé la Première a invité les marins imprudents d'Ulysse à se restaurer avant de les transformer en porcs. Je suis parcourue de frissons ! Les murs sont épais et conservent ainsi la fraîcheur des lieux. La sensation de me balader dans une mémoire vivante fourmille en moi.

On explore la maison en en faisant un tour rapide : la cour centrale qui dessert ce qui devait être des chambres, une cuisine avec son fourneau, une salle d'eau. Une porte donne sur l'arrière de la demeure et une place, cerclée de maisons plus petites et plus modernes, ainsi que d'une étable – la porcherie sans doute ! L'endroit est envahi de végétation et les toits souvent éventrés par le temps.

— Tu veux commencer par quoi ?

Un vertige me parcourt. C'est immense. Et il ne reste pas grand-chose comme ameublement. À part fouiller les décombres, je ne vois pas quoi faire d'autre.

— La demeure de Circé, proposé-je alors.

Et on retourne la maison, de fond en comble. Mais à part des restes de vaisselles, de pots et de bouteilles, on ne met la main sur rien. On passe aux maisonnettes autour de la place, Héphaïstos relevant les poutres et les morceaux de mur d'une main. Rien. Je cueille des herbes envahissantes que je reconnais au passage, comme si ça justifiait ma présence ici. Une trappe finit par attirer mon attention, mais elle ouvre sur une cave à moitié enfouie. Les heures passent, mon estomac gargouille et je gronde. Mon compagnon n'ose rien dire pour m'interrompre. Même lorsque je me laisse tomber sur le sol, fatiguée et bredouille.

— Comment retrouver une aiguille dans une botte de foin ?

— Peut-être que ton artefact n'est plus ici, hasarde Héphaïstos.

— Il est forcément ici, c'est ce que nous ont légué nos aïeules. Circé la Première l'a caché ici avant de partir en Égypte avec Méroé la Première à l'époque romaine.

— À cette époque, les humains enterraient leurs trésors avant de fuir une invasion, peut-être qu'elle a fait de même ici.

Je fronce les sourcils, peu convaincue.

— Mais on n'a pas été envahies.

— Peut-être mais c'était une coutume de l'époque, ton ancêtre l'a peut-être tout simplement suivie.

Je me mordille la lèvre. Peut-être.

— Et où elle aurait creusé ? C'est si vaste.

— Là où on n'aurait pas idée de s'aventurer tout en restant proche des habitations. Mais si la communauté des sorcières est restée ici, pourquoi cacher cet artefact ? Personne n'avait le droit d'y toucher ?

C'est une question que je me suis déjà posée, et j'ai une idée derrière la tête. Aucune sorcière n'a jamais utilisé de baguette, seule Circé la Première en possédait une. À mon avis, nos ancêtres ont conservé l'idée qu'aucune d'entre elles ne pourrait s'en servir. Elles l'ont donc laissée dans sa cachette, le temps que Circé la Première revienne. Jusqu'à ce que ma sœur aînée la rencontre au Tartare et que notre ancêtre utilise ces mots précis : « Vous avez pu vous débrouiller sans. » C'est donc qu'on y a accès.

— Probablement un malentendu, balayé-je.

Héphaïstos secoue la tête en marmonnant. J'observe mon environnement et tique sur un lieu en particulier :

— La porcherie. Si je devais enterrer un trésor dans un endroit sûr, que personne n'oserait fouiller, ce serait la porcherie.

Je bondis sur mes pieds et on se précipite dans l'enclos défoncé. De l'herbe a poussé partout, ainsi que des arbustes de myrte fleuris de blanc.

— Il y a du métal dans ton artefact ? me demande le dieu forgeron.

J'ignore en quoi est faite la baguette, mais Circé la Première a évoqué « des trésors », il doit sûrement y avoir d'autres objets précieux.

— C'est possible, oui.

Héphaïstos s'accroupit et pose sa main sur le sol. C'est vrai qu'il est capable de sentir le métal dans les éléments. Ingénieux…

— Une minute ! m'aperçois-je soudain. Pourquoi tu n'as pas proposé ça avant ?

— C’est ta quête, pas la mienne, Trésor. Mais bon, là, on tourne en rond et j’en ai assez.

Mais qu’il est pénible !

Heureusement pour lui, la terre tremble à quelques pas de nous.

— Là.

On s’agenouille à cet endroit pour déterrer l’herbe et creuser le sol. Au bout de plusieurs mottes, un bouchon et un col en céramique apparaissent. Je pousse un cri d’excitation. Le trésor de Circé la Première est enfin là, dans une marmite en terre cuite scellée !

CHAPITRE XIV

Je sors les objets un par un, vite. Héphaïstos a étalé son manteau sur le côté pour qu'on les dépose délicatement dessus : des coupes en or, des couteaux de cérémonie, des tablettes en or et en plomb pour inscrire des formules… c'est bien du matériel ancien de magie, mais ça ne peut pas qu'appartenir à Circé la Première. Pourquoi cacher des objets aussi banals ? Je déchante au fur et à mesure. Et une fois la marmite vidée, je m'affaisse. Pas de baguette. Pourtant je sais qu'elle est là, quelque part ! Je le sens au plus profond de mes entrailles, mais pas dans cette cachette de sorcière.

Je me relève et tourne en rond, frustrée.

— Par Hécate ! Tout ça pour ça !

J'envoie mon pied dans un rondin sec de la clôture et le brise en poussant un hurlement.

— Je ne suis même pas capable de faire ça !

Je serre les poings et tente de me calmer. L'après-midi est chaud. Et j'ai faim et soif.

— Allons souffler un moment, propose Héphaïstos en rassemblant mes bouquets d'herbes, le genévrier et les objets précieux dans son manteau. On va prendre des fruits et de l'eau en passant.

— Pour aller où ? grogné-je.

— On va retourner sur la plage, cet endroit est sinistre.

Je n'ai même pas la force de discuter. Il a raison sur un point : sortir de cette mémoire vive va me faire du bien. On ramasse des abricots gorgés de soleil et on redescend avec moins d'entrain. Je suis mon compagnon de chaîne dans ses recherches de matériaux sans m'intéresser à ce qu'il a en tête. Peut-être qu'on devrait parcourir l'île. Peut-être qu'il y a d'autres constructions ailleurs ?

Héphaïstos dépose tout à l'ombre d'un pin parasol, à l'orée de la plage. L'air marin et le bruit des vagues me détendent un peu.

— On va nager et tenter d'attraper du poisson, décide Héphaïstos.

— Nager avec une chaîne ? marmonné-je. C'est nul, comme idée.

— Je la porterai, mais tu devras plonger avec moi.

— Tu vas juste me tirer vers le fond.

— Je croyais que tu étais une aventurière de l'extrême, capable de survivre des jours avec un seul cookie ? me provoque-t-il à nouveau avec mon exploit choco-noisette.

Il parvient à m'arracher un sourire et dans la foulée, il retire son sarong. Je lève aussitôt les yeux.

— C'est toi qui vois, si tu veux tremper ton péplos.

Il n'a pas tort, le tissu sèche plus lentement que la peau. Je pousse un soupir bruyant mais ma tension revient au galop.

— OK, OK, mais tu marches devant et tu ne te retournes pas !

Héphaïstos me tourne le dos.

— Tu sais que j'ai déjà vu des femmes nues, tu ne m'apprendrais rien.

Soit, mais lui, il m'apprend qu'il a un fessier musclé et rebondi qui vaut vraiment le coup d'œil ! C'est qu'il donne grave envie de planter ses griffes dedans ! Une vague de chaleur me remonte jusqu'au cerveau et redescend dans mon bas-ventre. On va nager nus, tous les deux, dans de l'eau transparente. Je n'ai jamais été complexée par mon corps, il suffit que je me détende. Ça ira mieux une fois dans l'eau. Je retire mon péplos et frissonne dans la brise qui m'enveloppe.

— On peut y aller.

Nos pieds s'enfoncent dans le sable chaud jusqu'à l'écume blanche et salée. Si Héphaïstos avance avec assurance, j'ai tendance à ralentir pour m'habituer à la fraîcheur. La mer n'est pas glaciale, mais le contraste avec l'air est frappant. Je grimace au départ, puis une fois immergée, l'agréable mouvement de la houle me rassure. Héphaïstos retient le gros de la chaîne métallique autour de son bras, nous rapprochant sensiblement.

— Je vais être obligée de lâcher du lest pour qu'on puisse nager sans encombre, me prévient-il.

— Allons-y.

Et on plonge tous les deux. Ses gestes sont amples et rapides, il parcourt plusieurs mètres en une poignée de secondes, me traînant dans son sillage. Je suis peut-être de nature aventureuse, mais je n'ai pas l'habitude de plonger. Je regarde le moindre de ses muscles tiraillés par l'effort sous le prisme de l'eau, juste en dessous de moi. Il guette les proies, mais il n'y a que de tout petits poissons qui fuient à notre approche, rien de très comestible. Je retiens mon souffle comme je peux mais je n'ai vraiment pas les mêmes capacités que le dieu qui m'accompagne. Au moment où mes poumons m'alertent, je tire sur la chaîne pour lui signaler que je dois remonter.

Il pivote aussitôt et ne semble pas s'interroger davantage sur la raison de mon appel, je le vois changer de direction, foncer droit sur moi, attraper ma taille et nous faire remonter à toute vitesse. On gagne la surface et je peux reprendre mon souffle, avec difficulté car son bras solide est calé dans le haut de mon dos, me plaquant contre son torse puissant et me compressant les poumons par la même occasion. J'agrippe ses épaules d'une main et rabats mes cheveux en arrière de l'autre.

— Ça va, Trésor ?

Je me retrouve vraiment à quelques centimètres de son regard d'ambre et de ses lèvres, dans l'eau tiède de la Méditerranée, la poitrine blottie contre sa peau brûlante. On s'est déjà pelotés en dansant hier, là il n'y a plus personne autour de nous et on est déjà nus. Comment penser à autre chose qu'à l'embrasser ?

— Oui, oui, réponds-je, la voix enrouée par le désir.

— On ne va peut-être pas recommencer. Je n'ai rien vu d'intéressant de toute façon.

— Je n'irais pas jusque-là, m'amusé-je en posant ma main contre son cœur.

Pfiou, lava-boy*, tes pectoraux sont magistraux.*

Il s'humecte les lèvres, le regard fuyant, et desserre son étau. On ne peut pas dire que je sois opaque sur mes intentions, mais il freine à nouveau. Pourtant, je lui plais !

— On en a déjà parlé.

— Mais je ne serai jamais à Zeus, jamais !

Son bras dans mon dos se raidit, tout comme ses traits.

— J'espère bien, grogne-t-il à voix basse.

Sa confidence m'emballe ! Il avait choisi jusqu'ici de rester neutre. Plus ou moins.

— Un baiser, c'est quoi, hein ? soufflé-je.

— Le début des emmerdes, affirme-t-il avec un mince sourire.

J'éclate de rire. Parce qu'il a de l'humour, en plus !

— Embrasse-moi, réclamé-je.

— Tu es si jeune, bien trop jeune pour moi.

Pas à ce point-là ! À mes yeux, il fait trente-deux ou trente-cinq ans. Il en aurait dix de plus que moi, à tout casser, même si je ne connais pas son véritable âge. Ce n'est pas un écart incroyable.

— Tu es de la même génération qu'Hermès, le contré-je.

— Oui, il est mon *petit* demi-frère, un gamin.

Rha bon sang ! Il réplique seulement pour gagner du temps. Il ne m'a pas lâchée et son souffle accélère. Lui aussi, il en a envie.

— Embrasse-moi, répété-je. Prends ce risque.

Son sourire, à la fois touché et excité, est le plus beau que j'aie jamais vu. Il pose son front contre le mien. Cet instant de grâce, durant lequel je sais qu'il va me céder, se grave dans mon cerveau. Tout mon corps frissonne d'impatience.

— *Katadesmos*, murmure-t-il avant de poser ses lèvres sur les miennes.

J'ignore tout du sens de ce mot grec, mais je prends le baiser. Je change aussitôt de position pour en profiter au mieux et presse mes jambes contre ses hanches. Mes bras se nouent autour de son cou. Il conserve l'un des siens dans mon dos, mais sa main libre se plante sur le haut de ma cuisse pour la caresser et m'embraser tout à la fois. Ça me stimule tellement que j'en mords sa lèvre inférieure. Il a le goût de sel et sa barbe courte est si douce que j'y plonge mes doigts. Il s'attaque à son tour à mes lèvres en les mordillant avant que sa langue ne quémande le droit d'entrer. Je l'accueille avec un gémissement. Oh par tous les dieux, il embrasse si bien ! Il explore ma bouche et entame une danse si sensuelle avec nos langues qu'il parvient à me combler et à m'exciter davantage en même temps.

— Retiens ton souffle, dit-il avant de reprendre possession de ma bouche.

Je tente de faire le plein d'oxygène entre deux baisers et il nous fait plonger tous les deux sous la surface. On se laisse couler lentement et des bulles d'oxygène s'échappent de notre jeu. C'est comme si notre survie dépendait de ce bouche-à-bouche torride ! Mon cœur s'emballe, de peur de ne plus avoir assez d'air à charrier dans mes veines. Je devrais m'en préoccuper, mais la chaleur corporelle d'Héphaïstos augmente et m'enferme dans un cocon d'abandon insaisissable.

On remonte à temps à la surface. Je n'ai qu'envie de sourire alors qu'il chasse mes cheveux de mon visage et que je fais la même chose sur le sien. Bon, je suis déjà accroc à ses baisers. L'attrait de la nouveauté, probablement.

— J'ai envie de toi, grogné-je.

— Moi aussi.

Sa confirmation me fait trépigner. Avant de perdre toute raison dans ses bras, je fais un rapide calcul de mon cycle. Ça fait des jours que je n'ai plus accès à mon contraceptif. Ça devient risqué.

— Je dois te dire quelque chose avant, déclare Héphaïstos.

— Quoi ?

— Je suis stérile, il ne risque pas d'y avoir d'accident.

Il devait se poser la même question que moi au même instant. J'acquiesce, perplexe. Il ne semble pas troublé ni attristé par ce fait, il se contente de l'énoncer pour moi.

— D'accord, lui dis-je en fondant sur ses lèvres.

Il en profite pour nous éclipser sur la plage. Nos deux corps nus passent de l'eau au soleil. Je suis lovée dans ses bras, sans toucher terre. D'un geste de la main, il invoque son manteau qui abandonne tout ce qu'il transportait pour s'étendre à nos pieds. Héphaïstos tombe sur ses genoux pour m'étendre sur le tissu rouge. Le soleil dans les yeux, les oreilles bourdonnantes d'eau et de désir, ma tension grimpe à mesure qu'il dépose des baisers dans mon cou. J'enroule mes doigts dans ses cheveux et il en profite pour tapir mes seins dans ses paumes. Sa peau est de plus en plus chaude, son massage sensuel me fait cambrer le dos.

— Oh Heph ! soupiré-je.

Il quitte mon cou qu'il émaillait de morsures délicieuses pour me regarder. Le surnom m'est venu comme ça.

— Désolée.

— Non. Tu peux m'appeler Heph, me dit-il avec un sourire charmé.

J'ai vraiment brisé un mur chez lui.

Il suçote la pointe de mes seins, me faisant soupirer et espérer davantage, avant de s'égarer sur mon ventre et de descendre toujours plus bas.

— J'ai envie de te lécher depuis ce bain qu'on a pris aux forges, avoue-t-il d'un son rauque en se redressant. Tu me le permets ?

Je m'accoude, la respiration raccourcie. Il se tient droit, devant moi, si grand et musclé, son sexe engorgé et massif, des gouttes d'eau se mêlant à la sueur. Ses longs cheveux ramenés sur une épaule et son regard doré me font craquer. J'ai du mal à répondre tant je deviens nerveuse.

— O-oui, oui, j'en ai très envie, bredouillé-je.

J'ai toujours été la plus à l'aise des deux au lit, avec mes amants de passage. Mais là… je perds tous mes moyens. Je n'ai jamais couché avec un dieu, et encore moins avec un tel personnage.

Il se penche et sème des baisers le long de mes cuisses jusqu'à mon pubis. Je pose mes jambes sur ses épaules pour lui offrir le meilleur accès, et il en profite en embrassant à pleine bouche mon intimité, m'arrachant des gémissements salvateurs. J'agrippe le manteau de toutes mes forces. Sa langue fait des ravages ! Elle s'enfonce en moi avant d'écarter les plis humides de mes petites lèvres et de tourner autour de mon clitoris. C'est nerveux et avide, comme s'il refusait de me laisser une seule seconde de répit.

— Tu as le goût de miel, Trésor…

Je n'ai jamais autant apprécié un surnom qu'à cet instant. Lui, il a une bouche merveilleuse ! Ses mains se lancent sur d'autres territoires, remontent sur mon ventre et mes seins, alors j'en profite pour les capturer et lier nos doigts ensemble. Il accepte cette prise un court moment avant d'en reprendre possession et de se redresser en déposant ses lèvres derrière mes genoux. Mon cœur bat mes tempes au point d'en être fébrile. J'en veux plus ! Et je veux le toucher, lui.

Je m'agenouille devant lui pour plonger contre son torse. Me frotter à lui, mordiller ses muscles, goûter sa peau salée et la caresser… Sentir chacune des contractions de son dos et de ses bras, sa poitrine fiévreuse, tout est enivrant ! J'attrape sa queue, il gémit dans mon oreille au contact et plante ses mains sur mes fesses.

— Comment tu me veux ? demandé-je, pleine d'impatience.

Il m'embrasse en guise de réponse avant de s'asseoir sur son manteau.

— Viens, dit-il en m'attirant à lui.

Je m'installe à califourchon, repoussant la chaîne sur le côté pour qu'elle ne nous dérange pas. Quelle idée de la part du maître de l'Olympe ! M'enchaîner au dieu le plus incroyable que je n'aie jamais vu… Je ne pourrais jamais assez le remercier. Grâce à cette entrave, on s'est rapprochés jusqu'à prendre un bain ensemble et à en être là, tous les deux, bouche contre bouche, sur Aiaía.

Je guide son sexe à l'entrée du mien et l'accueille en moi avec douceur, jusqu'au bout. Je me sens si comblée que je m'arrête là. J'halète contre l'épaule de mon partenaire qui lâche des sons rocailleux dans mon oreille, ses deux mains campées dans mon dos. Tout palpite, sa queue et mon intimité. Je veux profiter de cette seconde incroyable avant de me mettre à bouger.

— Méroé…

Ses mains sont partout, pincent mes lobes d'oreille, caressent mes cuisses et mes seins, s'enfoncent dans mes cheveux… Il sème des effets de brûlures sur mes chairs qui m'excitent davantage, et j'accélère, les yeux fermés. J'adore ça, cette phase où je m'abandonne à l'autre. Je joins mes mains dans son dos pour me blottir au plus près de lui, et mordille son cou et son épaule au milieu de mes gémissements. On bouge en rythme tous les deux. C'est si bon ! Et curieusement si… évident ! J'ignore pourquoi mais tout me semble évident avec lui. Peut-être que c'est enfin l'expérience qui me manquait ? Celle qui va tout débloquer en moi ?

Il encadre mes joues pour me redresser et je ralentis. Ça me sort de mon cocon de plaisir mais cette pause me permet de souffler. Ses doigts parcourent mon visage avec une délicatesse inattendue, comme s'il travaillait le bronze pour le modeler. L'arête de mon nez, mes pommettes, mes lèvres… il touche chacun de mes traits. J'ouvre les yeux, le spectacle qui se dévoile me noue la gorge d'émotion. Des lames de bronze coulent de son front jusqu'aux mâchoires, à travers son regard devenu métallique. Mes sœurs avaient déjà évoqué ce point : le masque d'or de leurs conjoints. C'est qu'Héphaïstos me désire *vraiment*. Un mélange de contentement et de culpabilité me bat les veines. J'espère mériter ce désir et m'en montrer digne, moi qui suis incapable d'éprouver de sentiments.

— Tu es si belle, Méroé.

— Tu ne vois pas ce que je vois.

On ne peut que s'embrasser à cet instant. Héphaïstos me fait basculer sur le dos sans me relâcher. C'est lui qui reprend le rythme et il est vif. Il me pénètre de plus en plus vite, me permettant de planter mes griffes dans ses fesses d'une fermeté à toute épreuve ! Et avec un plaisir que je ne dissimule pas. Je susurre des « vite, plus vite » en remontant mes genoux et en contractant mes muscles sur lui. Il s'exécute en haletant. Son pouce rencontre mon clitoris et plus rien d'autre ne compte que la jouissance qui s'abat sur nous. L'orgasme intense resserre toute mon intimité sur sa queue. Il se déverse en moi, chacun de ses gémissements dans mon oreille me faisant vibrer.

Je mets plusieurs secondes à redescendre de cette vague immense que nous venons de monter. Héphaïstos ralentit et finit par s'arrêter sans quitter mes bras. On demeure ainsi, lovés l'un contre l'autre, au soleil, essoufflés et comblés.

*

Le soir est tombé. Je ne ressens plus l'angoisse de ma quête suspendue. On a somnolé à l'ombre du pin et mangé des fruits, allumé un feu cerclé de pierres et regardé des dauphins s'attarder contre la paroi du dôme. La sérénité me gagne, je repartirai du bon pied demain. On discute tout de même du possible emplacement de l'artefact, devisant au calme.

— On n'a pas exploré toute l'île, me rassure Héphaïstos.

— J'ai la sensation qu'il se cache dans la demeure de Circé la Première, mais je ne peux pas me l'expliquer.

— Peut-être qu'il faut desceller les dalles du sol. Il a peut-être bel et bien été enterré.

J'acquiesce, convaincue que nous n'avons pas encore tout fouillé. Je profite de ce temps pour trier ma cueillette, la couper grâce à ma serpette de bronze et faire des bouquets avec des rubans de tissus, découpés dans le bas de mon péplos.

— Qu'as-tu ramassé ? me demande Heph, intrigué par mon activité.

Il ne l'aurait pas été plusieurs jours auparavant, c'est certain. Mais je lui ai reparlé des tisanes qui apaisent les douleurs des Cyclopes et qui pourraient l'aider, lui. Mes plantes ont l'air de l'intéresser.

— Du *môly*, indiqué-je en brandissant des plants aux longues feuilles vertes qui s'élargissent au bout, aux racines noires et à deux ombrelles de fleurs aux pétales blancs. On raconte que c'est cette « plante de vie » qu'Hermès a donnée à Ulysse quand il est arrivé ici. Elle aurait bloqué la magie de Circé et empêché le roi d'Ithaque de se transformer en porc, comme ses compagnons. On n'en trouve plus sur terre, il me semble. C'est une occasion unique d'en ramener à mes guides pour qu'elles l'étudient.

Héphaïstos approuve sans relever le fait que j'envisage un retour chez moi et non pas de me rendre à Zeus.

— Et celle-ci ? relance-t-il en désignant des tiges dont les feuilles larges finissent par des fils en spirales.

— Du *népenthès* égyptien, son eau-de-vie fait oublier les chagrins.

Ça le fait sourire.

— La plante ou l'alcool ?

— Un peu des deux, j'imagine, m'amusé-je.

— Est-ce que tes plantes ont un lien avec ton tatouage en forme de lotus ? demande-t-il en désignant la fleur au coin de mon œil.

Je me mordille la lèvre. On s'engage sur un terrain un peu glissant pour moi, mais j'aime bien parler avec lui. Je ne me suis jamais sentie menacée en sa présence, toujours en sécurité. Je range mes herbes tout en lui répondant :

— En quelque sorte. C'est un symbole de renaissance et de promesses.

— Une signification bien particulière, remarque-t-il. Quel sens a-t-il pour toi ?

Mon estomac se noue à l'idée d'évoquer ce passé-là. Mais j'ai envie de lui faire confiance. Et ça éclairera une autre question qu'il m'avait déjà posée et à laquelle j'avais refusé de répondre.

— Quand j'avais seize ans, j'ai accepté l'invitation d'un garçon un peu plus âgé. Je ne sais pas vraiment ce qui m'attirait chez lui, peut-être le fait qu'il était très populaire à Springfall… Il avait une aura captivante et il m'avait choisie. Ça m'a conquise, ajouté-je avec un sourire.

Héphaïstos le partage pour m'encourager à poursuivre.

— J'avais si hâte, mais plus ça allait et plus je déchantais. Il se montrait empressé, tactile, au point de me mettre mal à l'aise. En fin de soirée, il m'a isolée dans une ruelle peu passante…

Je déglutis, la gorge soudain nouée. Pourquoi je remue tout ça ? Pourquoi raconter ce moment de ma vie que j'aimerais tant effacer ?

— J'étais paralysée, avoué-je en détournant les yeux. Il posait ses mains sur moi, et je ne parvenais à rien.

La violente colère que je subis encore déboule en moi et trouble ma vue quelques secondes.

— J'avais mille façons de me défendre avec ma magie et je n'ai rien pu faire. J'étais sidérée.

— Comme tu l'es face à Zeus, comprend Héphaïstos avec une empathie qui m'apaise.

Je hoche la tête.

— Heureusement, mon agresseur n'a pas pu aller plus loin. Pasiphaé, mon amie, nous suivait de loin. On a toujours pu compter l'une sur l'autre. Elle a commencé par le bousculer, il l'a frappée si fort qu'elle est tombée par terre. Alors elle a répliqué d'un sort qui l'a envoyé sur plusieurs mètres. Et moi… Je n'ai rien fait, j'étais toujours… tétanisée. Il m'a fallu du temps pour accepter ce qu'il s'était passé et reprendre confiance en moi. C'est à ce moment-là que j'ai fait ce tatouage.

Je pousse un soupir, soulagée d'avoir passé cette étape.

— Ce qui ne m'immunise apparemment pas contre cette sensation aujourd'hui, ajouté-je avec fatalisme.

— C'est un instinct de survie comme un autre, tempère Héphaïstos. Même s'il est effrayant.

— Peut-être, oui.

— Tu as eu tout de même quelques répliques bien corsées face à Zeus, me rassure-t-il.

C'est vrai que je parviens à lui répondre. Je n'ose pas relancer le dieu forgeron sur le sujet. Que pense-t-il réellement de son père qu'il sert avec tant de fidélité ?

On garde le silence un moment, les yeux perdus dans les flammes dansantes du feu. Quelque chose me taraude pourtant encore.

— Pourquoi tu n'arrives pas à trouver le bon visage pour tes automates ?

Heph hausse les épaules.

— Je cherche un idéal qui se balade dans ma tête, mais je n'en suis jamais satisfait.

Il marque une pause avant de me toiser.

— Et non, ce n'est toujours pas toi.

— Je n'ai rien dit, me défends-je en riant.

— Mais tu le penses très fort.

— Peut-être que j'avais tort. Peut-être, insisté-je.

— Mmh.

Sa main plonge dans le feu pour retourner une bûche. J'enchaîne.

— Ça veut dire quoi : *katadesmos* ?

Il paraît perplexe, mais je n'ai aucune idée du sens de ce mot qu'il a susurré avant de m'embrasser tout à l'heure.

— Tu ne connais pas ce terme ? doute-t-il d'un sourire.

— Non.

— Tu demanderas à ton amie si maligne, dit-il avec une part de mystère qui me fait rire doucement.

Ça signifie donc qu'il n'envisage pas de me ramener sur l'Olympe. Et aussi que nos chemins vont se séparer, tôt ou tard. C'était du très bon sexe et je l'ai désiré très fort, je le désire encore, même. Pourtant… je n'ai pas de déclic particulier. Rien qui ne me ferait regretter une séparation autre qu'un regret amical. Et je m'en veux de n'éprouver que cela. Je ne comprends pas. Je suis pourtant très attirée par son caractère écorché, de grosse brute au cœur d'or. Peut-être que les sentiments ne viennent qu'avec le temps ? Que le coup de foudre n'est qu'une légende urbaine ?

CHAPITRE XV

— Méroé, réveille-toi.

J'entrouvre les yeux. Héphaïstos murmure, c'est ce qui finit par m'inquiéter. Je veux me redresser, mais il me fait signe de ne pas bouger. C'est l'aube, une lumière rasante transperce le dôme. Les bancs de poissons sont encore très visibles de l'autre côté de la paroi. On a éteint le feu avant de nous endormir, pour ne pas risquer qu'il se propage. Heph m'a gardée contre lui et son corps chaud, en plus de son manteau, sont largement suffisants pour ne pas avoir froid la nuit.

— Que se passe-t-il ? chuchoté-je.

— Là-bas, regarde.

Je lève les yeux sur la plage. Au loin, deux tritons armés de trident se déplacent en guettant les alentours. Ma poitrine se glace sous l'effet de la panique.

— Ils ont dû remarquer la clé manquante, commente Héphaïstos. On va s'éclipser dans les hauteurs.

— Mais ils ont une clé de retour, on pourrait la leur prendre, contré-je.

— Ils ne sont sûrement pas seuls. S'ils nous voient ou si on parvient à les mettre hors d'état de nuire, soit ils rentreront pour chercher des renforts, soit leur absence attirera l'attention. Il vaut mieux qu'ils ne nous trouvent pas.

Héphaïstos écarte les pierres qui entouraient notre feu pour ne pas attirer l'attention avec un camp établi là, et il saisit sa besace. On avait déjà tout rangé dedans, mes trouvailles comme ses outils. Il nous téléporte donc dans les hauteurs pour que nous puissions surveiller les déplacements des tritons. Au bout d'un moment, deux nouveaux tritons rejoignent les premiers en débarquant du sentier. Ils ont donc aussi fouillé la demeure des sorcières. Le soleil s'est levé et je commence à craindre qu'ils restent quand des éclats de lumière bleue les engloutissent.

— Ils sont partis, mais ils ne sont sûrement pas dupes, déclare Héphaïstos. Ils ont peut-être remarqué nos traces, nous devons nous presser. S'ils reviennent avec Poséidon ou Amphitrite, on aura moins de chances.

— Allons-y, oui.

On ne prend plus le temps de nous rendre jusqu'aux ruines à pied, Héphaïstos nous éclipse là-bas. L'atmosphère trouble et familière me reprend à la gorge.

— Tu veux que je soulève les dalles du sol ? propose le dieu forgeron.

— Je ne sais pas, grommelé-je en faisant les cent pas. Réfléchis, Méroé ! Que penseraient Pasiphaé, Panthéa et Endora ? Pourquoi elles ne sont pas là avec moi ? Ce sont elles, les cerveaux, moi je ne suis que des bras !

— Méroé, grogne Heph. Ce n'est pas le moment de te dévaloriser à ce point, fais-toi confiance ! Que te dicte ton instinct ?

Je m'immobilise, les mains sur les joues. Je ferme les yeux et respire plus calmement. Circé la Première a caché sa baguette chez elle avant de partir. Par prudence. En attendant son retour. À l'abri des humains mais pas des siennes… Donc, elle n'aurait pas creusé un trou. Elle l'a cachée avec ce dont je manque à cet instant : la magie. Le bracelet à mon poignet m'empêchera de trouver ce que je cherche. J'ai besoin de lancer un sort !

— Il n'y a vraiment aucun moyen pour toi de retirer ce fer ? demandé-je à mon compagnon.

— Il ne tient que par la volonté du maître de l'Olympe, je ne peux rien faire, rappelle Héphaïstos.

J'enrage ! Il y a tant d'enjeux ! Le Serment du Styx a été balayé et les alliés de Zeus peuvent revenir à tout moment ! Je n'ai plus le temps de trouver une solution impossible, je dois agir, maintenant ! Je plaque ma paume sur la table en chêne massif.

— Heph, coupe ma main.

Il a un mouvement de recul, stupéfait.

— Quoi ? Non !

— Fais-le ! exigé-je, le cœur emporté.

Je n'ai jamais connu une telle résolution, brûlante et incisive. Toutes mes entrailles s'embrasent, tout me confirme que j'ai raison.

— Hors de question ! refuse-t-il.

— Si tu ne m'aides pas, je devrais le faire moi-même ! S'il te plaît !

Je plonge mes yeux dans les siens pour le supplier. Mais il est trop hésitant. Il sait ce qu'il en coûte.

— C'est la seule solution, Héphaïstos, insisté-je.

— Mais tu vas souffrir.

— Pas autant que si Zeus me retrouve ou tue les miennes, lui assuré-je.

Il serre les dents et fait un pas vers moi. Son corps cuivré flamboie.

— Je ne veux pas le faire…

J'ouvre la bouche pour protester, il me coupe la parole aussitôt.

— Mais je le ferai pour toi.

L'une de ses mains devient incandescente, au point de se transformer en métal doré. Il répète ce qu'il a fait devant sa mère : sa main se transforme en lame jaune orangé. Je frissonne d'appréhension en la voyant s'approcher, mais je ne bouge pas d'un pouce. Héphaïstos pose sa main sur la mienne pour l'immobiliser et, avec une lenteur hypnotique, il lève son bras armé.

— Je vais trancher le plus proprement possible et cautériser par le feu dès que le bracelet sera retiré. Tu risques de perdre connaissance, me prévient-il.

J'acquiesce, la peur au ventre.

— Vas-y.

Il inspire.

— Heph ?

Sans bouger, il jette un coup d'œil sur moi.

— Merci.

Il affiche un rictus grimaçant, l'air de dire « ne me remercie pas tout de suite ». Je ferme les yeux pour me concentrer sur le sort que je dois prononcer pour la baguette. *Les sorts ou les serments sur le sang sont toujours les plus puissants et inviolables.* Un sort sur le sang que je vais verser, c'est ça. Le sang d'une sorcière pour découvrir l'objet le plus puissant de notre ancêtre. Un échange équivalent.

Une brise légère frôle mon visage avant qu'une douleur insoutenable ne s'abatte sur moi. Elle me remonte le bras droit comme une décharge électrique, me contractant tous les muscles. Je serre les dents de toutes mes forces avant qu'un cri ne franchisse mes lèvres et que des larmes m'embuent les yeux. Mes jambes tremblent si fort qu'elles se dérobent et je tombe à genoux.

— Tiens bon, Méroé ! entends-je vaguement près de moi.

Mes oreilles bourdonnent. La fièvre me prend d'un coup.

Le sort. Le sort sur le sang. Vite !

Montre-moi la voie de notre ancêtre, dévoile l'objet caché, j'offre le sang de tout mon être, pour la baguette de Circé.

Je m'effondre en arrière, sur le dos, prise d'une faiblesse qui me glace et me brûle tout à la fois. La silhouette trouble d'Héphaïstos s'agenouille près de moi. Sa main tient ma blessure et provoque un nouvel accès de douleur insupportable.

Pourtant, là, sous mes yeux, juste au-dessus de moi, une lueur mauve danse et dessine dans les airs un trait. Peu à peu, le trait se solidifie et devient du bois. Un bois sombre et teinté de violet. Un violet qui s'enroule autour de lui sous la forme d'étincelles.

La baguette de Circé apparaît.

D'une main gauche tremblante, je l'attrape et au moment où ma peau entre en contact avec elle, un souffle balaie tout autour de moi et je perds connaissance.

*

Lorsque j'ouvre les yeux, ma respiration est sifflante. Tous mes muscles sont raidis. Mes doigts sont crispés sur la baguette que je maintiens contre moi, comme si j'avais peur qu'elle m'échappe. Je suis encore dans le hall de la maison de Circé la Première. J'ai l'impression de sentir ma main droite, confuse. La douleur est encore là, mais comme assourdie. Je plie lentement le bras et la vue du tissu qui oblitère la plaie me donne un haut-le-cœur. Mes doigts ne sont plus là et pourtant j'ai l'impression de les bouger…

— Méroé, bois ça.

Héphaïstos apparaît à côté de moi. Il m'a allongée sur le sol, son manteau sous moi. Il me redresse délicatement et présente un gobelet en terre cuite près de ma bouche. L'odeur de lavande et de thym me rassure. Il a écouté toutes mes divagations sur les plantes et leurs capacités. Je bois quelques gorgées. Le liquide chaud dévale mon œsophage jusqu'au ventre, semant du réconfort.

— Merci, murmuré-je, partagée entre la terreur de cette blessure qui me marquera à vie, et soulagée de tenir la baguette contre moi.

— Repose-toi, me conseille-t-il avant de se lever. Deux heures sont passées, j'en ai encore besoin d'une avant que nous envisagions de partir.

Je l'observe avec perplexité, découvrant au passage que la table en chêne a été rasée. Le mur et la toiture de la salle sont percés de trous énormes. Je ne m'attendais pas à un souffle aussi violent lorsque j'ai saisi l'artefact. Je reporte mon attention sur le dieu forgeron : il a allumé un feu dans le foyer et y a posé un récipient fait d'une sorte d'argile cuite. Il balance dedans les objets en or que nous avons découverts hier. Il utilise ensuite la serpette de bronze et entaille son poignet au-dessus de la marmite épaisse. L'ichor illumine tous ses traits en dégoulinant. Mais qu'est-il en train de faire, au juste ? Il y a un autre bloc d'argile posé près de lui, avec un trou sur le dessus.

Héphaïstos referme sa plaie et plaque ses mains sur la surface du récipient pour le chauffer. Les craquèlements de l'argile le font râler.

— Allez, tiens !

Ça me rassure de l'entendre grogner comme ça, j'en sourirais presque si j'en avais la force. Mes paupières s'alourdissent. La tisane m'aide à sombrer à nouveau dans un sommeil réparateur. Je n'ai que le temps de voir Héphaïstos verser un liquide en fusion dans le bloc.

*

— Trésor ?

J'ouvre à nouveau les yeux. L'heure dont il avait besoin est peut-être passée.

— Comment te sens-tu ? s'enquiert-il en touchant mon front pour traquer la fièvre.

J'ai l'impression de ne plus en avoir.

— Bien, murmuré-je, épuisée.

— Tu te souviens de notre discussion de tout à l'heure ?

J'hésite. J'ai pu aligner trois phrases construites depuis le sort qui m'a coûté la main ?

— Non, pourquoi ? Qu'est-ce que j'ai dit ?

Il secoue la tête avec un sourire mystérieux.

— Tu as un peu déliré, rien de grave. Tu peux t'asseoir contre le mur ?

Je hoche la tête. Je me sens affaiblie et une douleur vibrante ne m'a pas quitté le bras, mais je ne veux pas qu'on s'attarde non plus. Je tente de m'appuyer sur mon bras droit avant de grimacer, au bord des larmes.

— Attends, laisse-moi t'aider, se dévoue Héphaïstos.

Il m'attire à lui pour me caler contre le mur frais de la maison. Retrouver une position quasi verticale me file des vertiges. Le dieu forgeron glisse une écharpe autour de mon cou et pose avec la plus grande douceur mon bras dedans. Elle me soulage de son poids inerte.

— Je vais regarder la blessure, me prévient-il.

Il retire le tissu et l'odeur me fait frémir.

— Ça sent l'huile de genévrier ? m'aperçois-je.

— Je suis allé chercher du bois tout à l'heure, confirme-t-il.

— Mais… il faut le brûler à une certaine température pour en extraire de l'huile, ça prend beaucoup trop de temps.

Héphaïstos affiche un mince sourire avant d'enflammer sa main.

— Tu oublies à qui tu t'adresses, Trésor.

Je souris, émue. Il a pris soin de moi jusqu'à se souvenir de la capacité cicatrisante de cette huile.

— Montre-la-moi, murmuré-je.

Il attrape un morceau de céramique incurvée dans laquelle une flaque d'huile fumée gît. Difficile d'en faire en grande quantité, mais il en a tout de même tiré ! Je pointe la baguette dessus en tremblant.

— *Accrois ta véritable faculté et retire toute douleur à Méroé.*

Un filet de lueur violette plonge dans l'huile et la fait briller. J'aurais pu prononcer une meilleure formule, mais j'ai donné tout ce que j'avais. Héphaïstos découvre ma blessure que je suis incapable de regarder, et trempe un morceau de son manteau dans le liquide pour l'enduire. Aussitôt, une onde fraîche remonte mon bras et apaise la moindre de mes souffrances. Je renverse ma tête en arrière avec un soupir. Quel soulagement !

— Ça cicatrise bien plus vite, remarque Héphaïstos.

Je ne ressens plus de douleur et j'ai retrouvé ma magie, tout ne peut qu'aller. Même si, dans un coin de ma tête, ne plus être enchaînée à Héphaïstos va bizarrement me manquer.

— Méroé, si tu le souhaites, je t'ai fabriqué une main avec les trésors de tes ancêtres, m'annonce-t-il en me montrant une réplique de ma main en or. J'ai rajouté du cuivre pour la solidité, c'est pour cette raison que sa couleur n'est pas aussi éclatante que l'or pur.

— Et de ton ichor ? avancé-je en me souvenant de son acte.

— J'en ai rajouté, oui. Pour que tu retrouves des sensations, comme pour ma jambe et pour Talos. J'ai aussi récupéré un peu de ton sang, pour m'assurer que la main te réponde. Méroé, je n'ai jamais créé ce genre d'objet pour quelqu'un d'autre que moi. J'ignore si ça marchera.

Il semble préoccupé par un possible échec, d'autant plus qu'il a fait avec les moyens du bord. Son assurance d'artisan en a pris un coup. Mais moi, je suis beaucoup trop touchée pour douter de lui. J'ai fait un sacrifice et il a tout mis en œuvre pour en adoucir les conséquences.

— Je veux bien essayer, balbutié-je, la voix cassée par l'émotion.

Il approche la main de ma blessure, elle semble pleine et rigide, avec un embout pour y glisser mon poignet sectionné. Dès qu'elle est emboitée, je tressaille. De drôles de sensation me parcourent le bras, semblables aux picotements de l'électricité statique.

— Est-ce que tu peux bouger les doigts ?

J'ordonne au pouce métallique de se plier, mais rien ne se passe. Durant de longues secondes. Puis, il vibre une fois et ça suffit à Héphaïstos pour souffler.

— Tu es un magicien, m'amusé-je, émue.

— Un artisan, corrige-t-il avec un sourire. Continue, ça va venir.

Et il a raison, au fur et à mesure, tous mes nouveaux doigts me répondent, même si c'est encore ténu. Héphaïstos dépose des abricots et de l'eau fraîche pour que je me restaure, le temps qu'il rassemble nos affaires. Les larmes aux yeux, je grignote et recouvre mes esprits. Je me sens encore affaiblie, mais sur la bonne voie.

— Là ! rugit une voix à l'extérieur.

On se fige tous les deux, interloqués. Un triton surgit sur le pas de la porte, trident pointé sur nous. Non, sur moi. Les écailles turquoise et or rutilantes, son regard passe vite d'Héphaïstos à moi. Il hésite ?

— Tu ne crains plus rien, fils de Zeus ! lance-t-il alors. La sorcière t'a manipulé, notre souverain olympien nous a prévenus !

Hein ?!

Aussi hébété que moi, Heph n'ose pas encore bouger. Mais quelque part, si les tritons sont persuadés de cela, ce n'est pas plus mal. Je force mes jambes à me hisser contre le mur. Héphaïstos a déjà nos affaires dans sa besace et moi, j'ai la baguette de Circé. ET j'ai très hâte d'aller plus loin avec elle. Je la pointe sur Heph en lui faisant un clin d'œil discret.

— Zeus ne récupérera pas son fils ! lancé-je. Il est à moi, je l'ai ensorcelé !

Héphaïstos roule ses yeux dans leurs orbites.

— Rends-toi, sorcière ! s'agace le triton.

Je dirige la baguette vers lui et espère faire tomber une ou deux pierres de la bâtisse près de lui pour l'effrayer. Seulement voilà, avec cette unique pensée, la baguette agit et projette une telle énergie sur l'entrée qu'elle dévaste le mur en entier, colonnes et fronton compris. Le triton, lui, semble décoller dans les airs et disparaître.

— Par tous les volcans des Enfers, souffle Héphaïstos.

J'abaisse la baguette, ahurie.

— Oh non, je suis en train de détruire la maison de Circé la Première, balbutié-je.

— Tu t'en voudras plus tard, me presse Heph en me rejoignant.

Il sort la clé d'entrée d'Aiaía.

— Tu peux l'enchanter maintenant, non ?

Je la saisis et déclame une formule totalement improvisée.

— *D'un aller tu as été la clé, ramène-nous à présent en sécurité.*

D'autres voix surgissent dehors, et en grand nombre. Héphaïstos me soulève dans ses bras tant je vacille sur mes propres jambes.

— Prête ? me demande-t-il.

— Prête, dis-je en enlaçant son cou pour tirer les deux embouts.

L'éclat lumineux bleu nous téléporte aussitôt.

On apparaît dans l'eau, sous le vrai ciel. La houle nous secoue mais avec douceur. Si durant une poignée de secondes, je crains de nous avoir jetés à l'eau sans perspective, on finit par apercevoir une plage à quelques mètres, avec la silhouette d'une villa à plusieurs étages et aux vastes terrasses baignées de soleil. Je m'accroche à Héphaïstos qui fronce les sourcils.

— Ne me dis pas que tu m'as emmené… à Cythère ?

J'ai pensé « sécurité, proche ».

— Euh, oups ?

CHAPITRE XVI

On s'extirpe de l'eau pour ramper sur la plage, presque étonnés, une nouvelle fois, de ne plus être attachés. Je m'allonge sur le sable, épuisée, le bras droit encore immobilisé par la blessure.

— Tu aurais pu choisir n'importe quelle destination, mais non ! râle Héphaïstos.

— Je ne pouvais pas nous faire débarquer à Springfall, parmi les miennes. Tu serais déjà mort.

— Parce que tu crois que ce n'est pas ce qui m'attend ici ? Arès me déteste !

Il ne masque pas son impatience. Et curieusement, elle s'infiltre en moi avec une facilité étonnante.

— Oui, parce que tu les as piégés sous ton filet, Aphrodite et lui, et exposés aux yeux de tous lorsque tu as appris qu'elle te trompait, résumé-je, l'humeur piquée.

— Ah oui, c'est évidemment ce qu'ils racontent ! s'indigne-t-il.

— Parce qu'il y a une autre version ?

Il s'apprête à me répondre, acceptant l'escalade nerveuse de l'échange, quand la voix autoritaire de la maîtresse de l'île retentit derrière nous.

— Qu'est-ce qu'il se passe ici ?

On se relève. Au ton sec d'Aphrodite, je commence à douter de mon idée. Ou plutôt de mon instinct. Je n'ai pas pris le temps de réfléchir, je savais juste que Cythère n'était pas loin et que je m'y sentais à l'abri. J'avoue que je n'ai pas songé une seule seconde au passé commun d'Aphrodite et d'Héphaïstos.

La déesse se tient debout, dans un paréo grenade et un haut de maillot de bain doré, sa volumineuse chevelure bouclée et sombre au vent, et des lunettes de soleil sur le nez. Elle les retire d'un geste, ses grands yeux noirs se plantent sur moi.

— Méroé ? Qu'est-ce que tu fais là ? Avec *lui* ?

Elle désigne mon voisin d'un doigt accusateur sans lui accorder d'attention. Je déglutis. Oh bon sang… J'ai couché avec son ex qui me plaît. Pourquoi j'ai choisi cette destination ? J'ai envie de crever, c'est pas possible !

— Aphrodite, grogne le dieu forgeron.

— Héphaïstos, rechigne-t-elle.

— Je ne reste pas, Méroé est en sécurité, je vais…

— Comment oses-tu ? l'interrompt-elle avec force. Tu poses le pied chez moi pour faire immédiatement demi-tour ? Est-ce que je m'aventure dans tes forges pour espionner tes occupations et rentrer aussitôt chez moi ?

Elle ne peut pas savoir que la position d'Héphaïstos est à présent branlante dans ce conflit. Il a pris des risques en m'aidant, même si les tritons ne semblaient pas convaincus de sa coopération.

— Je ne suis pas là pour t'espionner, s'agace Héphaïstos.

— C'est à moi d'en juger !

— Aphrodite, discutons, proposé-je pour endiguer les tensions. Il s'est passé beaucoup de choses.

Elle soupire, exaspérée. Je ne l'avais encore jamais vue comme ça, elle qui est toujours si sarcastique et protectrice. La voilà fébrile et agressive.

— Méroé, envoyons d'abord un message à tes sœurs pour les rassurer. Elles sont très inquiètes de ta disparition.

La déesse tourne les talons pour rentrer dans sa villa. Je supplie Héphaïstos du regard de nous suivre. Il pourrait très bien s'éclipser, mais ce serait juste confirmer qu'il est une menace pour Aphrodite et la fronde. Je refuse qu'il se mette en danger de la sorte. Et je ne peux pas accepter que le moment des adieux soit déjà arrivé. C'est trop tôt.

Il me fixe sans broncher, les épaules droites, contrarié jusqu'au trognon, mais il finit par se dégonfler, soupirer et marmonner :

— Je le savais que ce baiser était le début des emmerdes.

*

On se retrouve tous les deux face à Aphrodite et son clan, dans une grande salle, une table longiligne en marbre blanc entre nous. Moi qui étais ravie de retrouver la villa de Cythère qui se déploie au bord de la mer, avec ses terrasses, ses jardins et ses piscines, ses pergolas de vignes, ses palmiers, ses citronniers, ses rosiers et ses fontaines… Tout excite les sens ici, tout exalte le plaisir. Pour l'avoir parcourue plusieurs fois, lors de mes recherches d'Aiaía, j'avais hâte de profiter du confort des intérieurs bling-bling, remplis de coussins et de banquettes. Mais je ne m'attendais pas à ça. La baguette et la clé d'Aiaía dans la main gauche, la droite encore en écharpe – et je fais tout pour la cacher, pas prête à en parler –, j'observe l'assistance muette en face de nous.

Aphrodite a pourtant pris le temps d'envoyer une capsule à la Clairière pour prévenir de ma présence ici, mais elle s'est surtout empressée d'appeler tout le monde. Il ne manque que Dionysos et Ariane, partis quelques jours à Dubaï, là où le dieu a ses habitudes. Personne ne pipe mot, la tension qui règne est à couper au couteau, malgré la brise extérieure qui apporte les senteurs de l'hibiscus rose et du frangipanier fleuris. J'en ai des haut-le-cœur, encore bien trop faible pour subir ce genre de choses. Ça doit inquiéter Éros qui me lance des regards effarés mais qui demeure derrière sa mère, comme s'il avait peur de bouger.

— Tu pourrais au moins offrir un siège à Méroé, finit par s'agacer Héphaïstos, bras croisés, la mine sombre.

— Oh non, ce n'est pas la peine, bredouillé-je en espérant ne rien envenimer.

— Ne me dis pas ce que je dois faire chez moi ! rétorque Aphrodite avant de tendre un index sur le côté pour faire apparaître un banc contre le mur. Assieds-toi, Méroé, tu as une mine affreuse.

Je peine un peu à quitter le côté d'Héphaïstos, mais je n'ai pas assez de force pour faire front. Je prends place. Psyché, cachée derrière son mari, me rejoint sur la pointe des pieds, soulagée d'esquiver l'affrontement. Je ne peux pas la juger, si Éros semble inquiet, ce n'est pas le cas d'Antéros qui a les bras croisés et le regard bas, ni d'Harmonie qui fixe le dieu forgeron d'un air dédaigneux. Le pire restant Arès, les muscles gonflés à bloc, les mâchoires écrasées, prêt à foncer dans le tas sans réfléchir si Phobos ne se tenait pas à côté de lui, attentif au moindre geste de son paternel. Moi, je garde la main sur la baguette, au cas où.

— Bon, qu'est-ce qui se passe de si urgent ? soupire Deimos en apparaissant, Héphaïstos derrière lui. Médée vient de dire son premier mot, je n'ai pas que ça à faire.

Personne ne tique sauf Éros.

— Oh ? C'est vrai ? Elle a dit quoi ?

— Agape. La digne fille de son père, se vante-t-il avec fierté.

Antéros lève les yeux au ciel.

— Elle a cinq mois, elle a juste dit « aga ».

— Tu n'étais pas là, grogne Deimos. Je peux savoir pourquoi vous m'avez fait venir ?

Ils désignent tous Héphaïstos d'un mouvement du menton. Deimos commence donc à pivoter mais son regard s'accroche sur moi au passage.

— Méroé ? Qu'est-ce que tu fais là ? Ella est folle d'inquiétude, ça fait des jours que tu as disparu.

Je n'ai pas le temps de répondre que Psyché le pousse à finir son demi-tour. Ce qu'il fait, intrigué. Et il tombe donc sur Héphaïstos qui perd patience.

— Ah, se contente de dire Deimos en sortant son étui à cigarettes.

Il rejoint Phobos et Arès pour leur proposer ce calmant naturel mis au point par ses soins. Son jumeau en accepte une. Quant à son père, il en attrape une poignée pour la coller dans sa bouche, la poitrine se soulevant, le souffle rageux. Ça me rassure que Deimos et Phobos soient tous les deux là pour retenir le dieu de la guerre.

— Peut-on en venir au fait ? relance Héphaïstos.

— Qu'as-tu à voir avec la disparition de Méroé ? interroge alors Aphrodite.

— Rien, réponds-je à sa place. C'est Zeus qui m'a enlevée, Héphaïstos m'a aidée.

Un peu malgré lui au départ, mais tout de même. L'annonce trouble Aphrodite et sa famille, mais ils ne sont pas si étonnés que cela. C'est ce point qui intrigue visiblement Héphaïstos. Après tout, même s'il connait les tensions qui agitent l'Olympe, il ignore tout de la fronde.

— Méroé est en sécurité à présent, n'est-ce pas ? s'enquiert-il.

— Méroé sera toujours en sécurité, ici, confirme Aphrodite.

— Tu as humilié mes parents et maudit ma sœur, tu n'as rien à faire ici, l'Estropié, gronde Antéros.

Héphaïstos ferme les yeux quelques secondes avant de répliquer en serrant les poings :

— Je n'ai rien fait de cela.

— Ne te moque pas, pas sous mon toit, contre Aphrodite. Tu as offert un collier maudit à ma fille le jour de son mariage, tous les malheurs qui ont suivi sont de ton fait !

Harmonie recule soudain d'un pas, posant ses mains sur sa gorge, comme si elle cherchait la parure qu'elle ne porte pas à cet instant. Éros enlace ses épaules pour la garder auprès de lui. Arès, en revanche, ressemble de plus en plus à un taureau prêt à charger dans une arène.

— J'ai créé le collier, oui, parce que c'était une commande. Mais je ne l'ai pas maudit ! s'exclame le dieu forgeron.

Le clan d'Aphrodite semble se lasser de sa défense.

— Tu vas peut-être oser me dire la même chose sur le filet que tu as fabriqué pour nous humilier ?! enrage Arès.

Deimos pose sa main sur le torse de son père pour le contenir. Les deux frères, Héphaïstos et Arès, ne pourraient pas être plus différents. J'ai beau chercher des points communs, je n'en vois aucun. À part Aphrodite.

Le corps du dieu forgeron se met à rougeoyer.

— Oh j'ai fait le filet, oui, et j'avais bien l'intention de m'en servir parce que mon propre frère couchait avec ma femme !

Phobos tend à son tour le bras en entrave dès qu'Arès fait un pas en avant. J'ai le cœur qui s'emballe avec appréhension. J'espère qu'Heph ne va pas se laisser emporter. Et qu'il ne ressent plus rien pour Aphrodite, même si là, je me permets de douter. Sa déclaration se plante dans mon cerveau et remue l'idée qu'il l'aime encore.

— Mais j'ai renoncé à le faire au dernier moment, ajoute-t-il.

Sa voix s'abaisse en disant cela. Il regarde Aphrodite et soupire.

— J'ai bien compris que tu étais malheureuse avec moi. C'est notre père qui est allé jusqu'au bout seulement pour t'humilier, *toi*, Arès, parce que tout le monde sait que Zeus te déteste.

Une sueur froide dégouline le long de mon échine. Pourquoi a-t-il fallu qu'Héphaïstos balance une chose pareille ! Une boule d'énergie, pugnace et brutale, jaillit du dieu de la guerre. Cette fois, Deimos lui agrippe fermement le bras.

— Pauvre fou ! rugit-il. Tu n'es même pas le fils de Zeus !

Sa déclaration plonge la salle dans la surprise et l'incompréhension.

— Tu n'es que celui d'Héra ! ajoute Arès.

Interloqué, Héphaïstos a un mouvement de recul.

— Menteur, lâche-t-il.

— Pourquoi vis-tu isolé de tous, à ton avis ?!

Mais enfin… Comment est-ce possible ? Comment Héra aurait pu enfanter sans un père ? Je cherche Aphrodite des yeux et ne croise que le doute.

— Ça suffit, interrompt-elle. Héphaïstos, tu peux rester parmi nous sur Cythère, le temps que nous tirions tout cela au clair.

Troublé, le dieu forgeron recule. Il m'adresse un regard empli d'hésitation. J'espère si fort qu'il reste que mes lèvres prononcent la supplique sans aucun son. Il a l'air de la capter car il incline la tête avant de faire demi-tour.

— Je préfère la plage, si vous me cherchez, dit-il en s'éloignant.

— Allons courir, père, propose Deimos. Ça va te faire du bien.

Arès, encore gonflé de colère, finit par acquiescer et se transformer en un gros chien blanc majestueux. Deimos prend sa forme de chien-loup noir et Phobos de chien-loup gris argenté. Les trois dieux se ruent en direction de la porte.

— Pas de bêtises ! les prévient Aphrodite, stoppant net leur course.

Le chien blanc baisse la tête en grognant avant de repartir. La déesse s'approche de moi, Psyché nous laisse pour rejoindre Éros, Antéros et Harmonie.

— Viens, allons discuter.

Elle me guide jusqu'à la chambre qu'elle me cède chaque fois que je viens ici. Une part de moi déterre un sentiment de sécurité en voyant le grand lit, la terrasse intime et le petit bassin d'eau parfumée pour la toilette. Aphrodite claque des doigts et plusieurs tenues apparaissent sur le lit. La porte se referme derrière nous.

— Tu es en sécurité ici, me dit-elle avec une bienveillance chaleureuse.

— Merci, réponds-je, touchée.

Je pose la baguette sur le lit et m'assieds, la fatigue pesant sur mes épaules. Aphrodite reste debout, à quelques mètres de moi.

— Tu n'es pas obligée de te confier à moi, ni à personne, mais sache que tu peux tout me dire et que rien ne franchira cette porte si c'est ce que tu désires.

Moi qui pensais souffler, la peur revient au galop ! Est-ce qu'elle a compris que quelque chose se tramait entre Héphaïstos et moi ? Quelque chose se trame vraiment ? J'ai envie de lui et de sa compagnie, mais je n'irais pas jusqu'à dire que j'ai des sentiments pour autant. Oh là là, je vais me mettre Aphrodite la Céleste à dos !

— Tu n'as pas à avoir peur, ni honte, ni à te sentir coupable de quoi que ce soit, rappelle-t-elle en s'accroupissant devant moi.

Je déglutis, la main gauche moite, l'autre inerte et sèche, déconnectée de mon appréhension. Est-ce qu'elle est gentille pour mieux me faire avouer ? Ne voir que la déesse futile de la beauté est une bien stupide erreur, elle est aussi redoutable qu'Athéna.

— Hum, j-je ne sais pas si je dois en parler, confessé-je, en me sentant blêmir.

— Tu as été enlevée par Zeus. Est-ce qu'il t'a… fait du mal ? formule-t-elle avec douceur.

Oh. Bon sang, je n'y étais pas. Et alors que le soulagement m'envahit, la gifle brutale et les menaces très claires du maître des dieux me reviennent en tête avec leur vague de craintes.

— Rien d'insurmontable, réponds-je pour ne pas amoindrir ce que j'ai tout de même vécu. Il ne m'a pas touchée, il m'a surtout menacée. Il veut se débarrasser d'Héra pour se remarier avec une sorcière et engendrer une « nouvelle race », comme le bébé d'Ella et de Deimos. Il faut la prévenir.

Aphrodite se redresse en tapotant ma main, rassurée pour moi, mais inquiète de la situation.

— Il veut donc aller plus loin qu'un divorce.

— Invite Héra ? proposé-je avec une idée en tête.

— Ici, avec Arès et Héphaïstos sous le même toit ? doute-t-elle, perplexe.

C'est exactement pour cette raison, oui. Avec Arès dans le coin, Héphaïstos ne tentera rien. Même si je suis persuadée qu'il a abandonné son projet de matricide.

— Oui, elle doit parler à ses fils.

Aphrodite dodeline de la tête, pas très motivée.

— On doit la mettre en garde, insisté-je. Sa vie est en danger !

— OK, très bien, cède-t-elle. Je vais lui envoyer un message pour qu'elle vienne ce soir.

— Pourquoi pas maintenant ? m'étonné-je.

Aphrodite croise les bras et fait les cent pas.

— Il s'est passé quelque chose d'important durant ton absence. Le Serment du Styx a été levé, Hadès nous a prévenues…

Je me presse de hocher la tête.

— Je le sais déjà. Zeus a fait empoisonner Perséphone pour l'obtenir d'Hadès. Ça n'a pas l'air d'agiter grand-monde, remarqué-je alors.

— Au contraire, corrige Aphrodite. Hadès nous a déconseillé d'agir. Zeus peut guetter les réactions à la nouvelle, on risquerait de nous dévoiler, nos identités et ce que nous sommes en train de faire. Alors nous faisons comme si de rien n'était, à Springfall, comme au Siège ou encore ici. Nous inviterons Héra à dîner ce soir et non pas à venir sur le champ pour ne pas attirer l'attention. Cela dit, Hécate et les souverains des Enfers ont avancé leurs pions dans la Clairière, à l'abri des regards.

Voilà qui me confirme la présence d'Éris aux forges pour une commande discrète d'armes même si elle devance la levée du Serment. Les préparations sont plus que jamais en cours.

— Qu'as-tu vu de l'Olympe ? me demande Aphrodite avec intérêt.

— Pas grand-chose, si ce n'est des automates patrouilleurs. Zeus m'a assez vite jetée dans les forges pour me punir.

La déesse hausse les sourcils, surprise, mais préfère passer à un autre point.

— En parlant d'automates, Athéna nous a dit qu'ils se sont emparés de tous les services au sein des demeures divines, et qu'ils ne répondent qu'à Zeus. C'est le plus inquiétant. L'Olympe est en train de se verrouiller autour de lui.

Je ne ressens que le besoin pressant de défendre Heph à cet instant.

— Héphaïstos honore une commande, dis-je avec un haussement d'épaules.

Le regard perçant d'Aphrodite se pose sur moi.

— Les automates sont en bronze olympien, ils obéiront au doigt et à l'œil de celui qui contrôle l'Olympe : Zeus. S'il souhaite les transformer en soldats, il le fera.

Mais ce n'est pas l'intention d'Héphaïstos pourtant : de créer des soldats.

— Mon ex-mari, en acceptant les commandes, coopère. Tu comprends ?

On dirait une mise en garde bien rude. Je n'ose plus rien dire et me contente de baisser la tête. Aphrodite se rapproche de moi.

— Fais voir ta main, requiert-elle avec moins de dureté dans la voix.

Je sors mon bras droit de mon écharpe. Je me la cachais si bien à moi-même que son naturel me frappe soudain. Je bouge les doigts, les écarte et les rapproche, aussi simplement que sur la main gauche. Aphrodite l'observe avec attention. Elle ne me demande pas ce qu'il s'est passé, mais je sais que j'ai son oreille attentive quoi qu'il en soit. « Sache que tu peux tout me dire », je pense que ça concerne également cette blessure.

— Est-ce que tu as mal ?

— Plus vraiment.

— Grâce à la baguette ? suppose-t-elle en la désignant du menton. Tu as donc fini par la trouver ?

— Oui, une longue histoire…

— Que tu me raconteras plus tard. Tu as besoin de te reposer.

Je ne cache pas ma hâte de prendre au moins un bain. Aphrodite frappe dans ses mains et des mets apparaissent sur la commode avec de la citronnade.

— Je reconnais le travail d'Heph, dit-elle en parlant de ma main tout en s'apprêtant à sortir. Il a au moins ce talent-là, en plus de n'avoir jamais été très intrusif. Mais il espérait beaucoup de moi et je n'avais rien à lui offrir.

Son ton est pensif, plus apaisé que toutes ses autres évocations d'Héphaïstos. Et elle a utilisé son surnom. Lui retirant toute intimité pour moi et lui conférant une toute nouvelle dimension pour Heph et elle.

— Fais attention à toi, avec lui, me recommande-t-elle sans être dupe.

Elle referme la porte derrière elle, m'abandonnant enfin à la solitude.

CHAPITRE XVII

J'ai pris un bain d'une heure et enfin apprécié le silence. J'en avais besoin, de ce temps, seule. Ne serait-ce que pour regarder enfin ma blessure en face et éclater en sanglot. Qu'ai-je fait ? Pour une baguette ? Ce ne sera plus jamais *ma* main, mais *une* main. Je me suis coupé d'une partie de moi-même dans un moment d'urgence qui me semble absurde à présent. Je n'oublierai jamais la brise générée par le bras du dieu forgeron s'abattant sur moi, ni l'effroyable douleur. Est-ce que la baguette en valait réellement la peine ? Va-t-elle changer quelque chose dans ce conflit à venir ?

Je m'habille d'un short et d'un top ample. Je bricole une nouvelle écharpe avec une étole colorée et enfouis mes doigts dorés dedans. Je cache la baguette sous mon bras pour la garder contre moi. Je me restaure, mais j'ai plus envie de retrouver Héphaïstos que de traîner ici. Il a été présent dans les pires instants, il m'apparaît comme la meilleure des sécurités maintenant. Malgré mes doutes.

Je sors de ma chambre et de la villa pour gagner la plage. L'après-midi avance et j'ai besoin de me changer les idées. À voir le dos courbé d'Héphaïstos un peu plus loin, assis sur le sable, les pieds dans l'eau, je ne doute pas que lui non plus. De la fumée s'échappe de sa bouche, une cigarette brune coincée entre ses doigts. Il fume rarement, mais je sais déjà que c'est un instant de calme pour lui.

— Pourquoi tu n'es pas parti ? Tu aurais pu rentrer chez toi.

Je prends place à côté de lui.

— Pour toi, pour être sûr que tu sois en sécurité.

Je lui souris en retour, touchée. Par Hécate, c'est le moment idéal pour enfin ressentir le déclic que j'attends depuis toujours ! Il est en train de me dire qu'il tient à me savoir hors de danger. Mais si je suis émue, je n'ai l'impression que d'un sentiment en surface, éphémère et sans importance.

— Tu veux reprendre tes plantes et tes herbes ? me demande-t-il en sortant le tout de sa besace.

Il pose également la serpette et la clé d'Aiaía. Je pourrais la réenchanter pour que nous retournions sur l'île de Circé la Première. Un jour, peut-être. En attendant, je passe la main au-dessus de l'ensemble pour l'envoyer à la Clairière. Tante Zelda saura quoi faire des végétaux, elle gardera le reste jusqu'à mon retour. Toute sorcière peut faire ce genre de tour de passe-passe : renvoyer des objets ou en invoquer d'autres, mais seulement sur terre et non pas entre les dimensions.

— Tu veux que je mette ton sac dans ma chambre ?

— Pour quoi faire ? s'étonne-t-il.

— Pour que tu puisses m'accompagner au village sans être encombré.

Il me dévisage, sceptique.

— Tu ne préfères pas passer du temps avec les jeunes et prétentieux coqs de l'amour ?

Je ne réagis pas au surnom après le face-à-face dont j'ai été témoin.

— Je les apprécie beaucoup comme amis, mais Deimos est marié à ma sœur, Éros est casé avec Psyché, Antéros va même présenter Thanatos à ses parents. Quant à Phobos, il n'est pas pour moi, je le sais déjà. À vrai dire…

Je déglutis. J'ai l'impression de mentir. Alors que c'est ce que je *veux* dire.

— C'est plutôt toi, mon type.

Il sourit, avec gentillesse, mais je sens qu'il n'arrive pas à le croire totalement. Sent-il que je coince, moi aussi ? Ou a-t-il peur de se faire des illusions ? Je n'arrive pas à comprendre moi-même.

— Pourquoi on irait au village ?

— Je t'ai promis un café au milieu des humains. Et j'ajoute que tu devrais prendre une douche avant, souillon, m'amusé-je.

Ma provocation le fait sourire. Il ne monte plus sur ses grands chevaux avec moi, il accepte.

— Tu attends de moi que j'entre dans cette maison pour une toilette ? Je ne suis pas sûr que ce soit une raison valable pour eux.

Je sors la baguette de mon écharpe pour lancer un sort, mais Héphaïstos sursaute à sa vue et la détourne prudemment de lui.

— Ne pointe pas ça sur moi !

— J'allais juste t'envoyer de l'eau.

— Tu as défoncé un mur de pierre par la pensée, avec ça. Je vais m'éclipser dans ta chambre et je reviens.

Il disparaît, je range la baguette et patiente, écoutant le bruit des vagues. Héphaïstos réapparait quelques minutes plus tard, les cheveux ramassés en bun et son parfum naturel de mandarine et de cèdre amplifié par le savon à l'huile d'olive. Il ne porte que son sarong autour de la taille, c'est sûr qu'il ne va pas passer inaperçu. Alors qu'on se met en marche, je prends son bras dans le mien.

— On va peut-être passer par la boutique de vêtements.

— Hors de question, Trésor.

*

— Ne sois pas timide, sors de là, le pressé-je, de l'autre côté du rideau.

— Il va falloir arrêter avec ça, grommelle-t-il sans se montrer.

Un doigt tapote mon épaule, le vendeur brandit une dernière trouvaille, sa collègue trépignant à son côté. Les deux jeunes qui tiennent la boutique ont fini par m'aider dans la quête du vêtement parfait, le visage rougi d'admiration, de l'excitation plein les yeux.

— Ça peut être pas mal, non ? demande-t-il en anglais avec son accent grec.

Même si cette séance d'essayage comble absolument tous mes désirs, j'ai déjà forcé Héphaïstos à enfiler une chemise blanche, un marcel, un tee-shirt noir classique, un sous-pull… – provoquant à chaque fois des palpitations dans la boutique malgré lui –, il est peut-être temps que je lui foute la paix.

— Si tu ne sors pas, on va être obligé de te faire essayer autre chose.

Heph écarte soudain le rideau, saoulé.

— C'est bon, ça va !

L'audience halète devant le spectacle et des jurons sont lâchés, suivis de « beaucoup trop canon » et « jamais vu plus sexy » amplement mérités. Le visage du dieu prend un teint cuivré adorable. Il n'a pas l'habitude d'être complimenté. Déjà, en entrant dans la boutique torse nu, il a emballé. À tel point que personne n'a relevé sa jambe dorée. Il porte à présent un jean délavé et un tee-shirt gris souris et moulant, avec trois boutons ouverts au col. Les bracelets de force en cuir et en bronze à ses poignets sont vraiment la cerise sur tous les gâteaux du monde !

— Ça t'ira ? grogne-t-il.

— Qu'est-ce que t'en penses, toi ?

Il jette un coup d'œil dans le miroir et hausse les épaules. Ça sent la mauvaise foi, il apprécie son allure, c'est certain.

— On va s'arrêter là, dis-je aux vendeurs qui affichent des moues attristées.

J'invoque de l'argent – le mien car les sorcières ne fabriquent pas de monnaie, c'est contre nos règles – et paie à la caisse. La vendeuse tend un sac en papier à Héphaïstos avec son sarong plié dedans.

— Et maintenant, allons boire un café.

On sort dans le village aux maisons blanches pour rejoindre le port sur lequel s'étend le marché. Il y a un petit café près de l'eau, avec deux tables dehors. L'une est déjà prise par deux petits vieux qui boivent de l'ouzo en battant des cartes. La seconde, de l'autre côté de la porte, est libre. On s'installe là, côte à côte, le dos contre le mur. Il n'y a plus qu'à profiter du chahut calme qui nous entoure, du bruit des discussions, de l'odeur des embruns et du poisson grillé au citron ou encore du scintillement du soleil sur les vagues. Le cafetier dépose nos boissons avec deux baklavas sur une petite assiette.

— Pour la demoiselle, dit-il avec un sourire.

— Merci monsieur, réponds-je joyeusement.

— Avec plaisir, c'est l'île d'Aphrodite, ici ! lance-t-il avec un clin d'œil pour mon voisin avant de rentrer dans son café.

Pas la meilleure des remarques à faire. Héphaïstos modère un soupir et boit une gorgée brûlante de sa boisson. J'ai des milliers de questions qui me brûlent les lèvres. Je grignote l'une des gourmandises au miel et à la pistache, lui cédant la seconde, avant de me lancer, profitant de cette pause loin de la villa de son ex.

— Que penses-tu de ce qu'a dit ton frère ?

— Il ment, bien sûr, réplique-t-il sans hésiter. Comment croire que je puisse être le fils d'Héra seule et qu'elle me jette du haut de l'Olympe ? Quel degré de détestation est-ce que ça demande ?

Il se rembrunit. Sa blessure n'est pas près de se refermer. Ce qui est tout à fait légitime, après ce qu'il a vécu, enfant.

— Et Aphrodite… tu l'as aimée ? interrogé-je à voix basse.

Il plonge son regard ambré dans le mien avant de le détourner. Je n'ai pas l'impression qu'il a envie de me mentir, à le voir si prudent sur le sujet.

— Bien sûr que je l'ai aimée. Mais j'ai accepté ce mariage alors qu'elle ne le souhaitait pas, ils ont de bonnes raisons de m'en vouloir.

Puis il se tourne à nouveau vers moi.

— Je ne l'ai jamais forcée à quoi que ce soit d'autre, précise-t-il, inquiet.

J'acquiesce. Je veux bien le croire, Aphrodite m'a précisé qu'il n'avait jamais été intrusif. Il était amoureux et a espéré sans rien décrocher. Cette union ne lui a rien apporté à lui non plus, à part le sentiment de ne pas mériter l'affection de l'autre.

— Je te crois.

Il se détend un peu.

— Vous avez eu de bons moments, malgré tout ? demandé-je alors, très curieuse.

— Avec le recul, non. On ne vivait même pas sous le même toit, elle voulait rester dans son palais, et moi dans mes forges.

— Je veux bien comprendre le choix d'Aphrodite, mais pourquoi toi, tu t'es isolé ?

Il commence par hausser les épaules.

— Au départ, pour lui laisser le temps de s'accoutumer à ce mariage. Et puis, par habitude, je suppose. Je ne sais pas comment j'ai fait pour espérer autant et si longtemps.

Le fait qu'il ait si peu insisté me rassure mais éveille aussi des questions en moi. Avait-il réellement envie de ce mariage ? Ou s'était-il seulement laissé aveugler par cette perspective ?

— Mais tu avais envie d'une vie à deux ?

— Peut-être, répondit-il avec un sourire en coin.

Il retient son « oui », c'est certain, par crainte de revendiquer quelque chose qui pourrait ne pas arriver, peut-être. Je me sens d'autant plus proche de lui. Je crains pour lui à présent, les mots échangés avec Aphrodite me paraissent menacer son futur.

— Tu devrais abandonner les forges et rester sur terre, dis-je sans y croire une seconde.

Héphaïstos laisse échapper un rire incrédule.

— Et je ferais quoi ? J'abandonnerais les Cyclopes à leur sort ? C'est la seule utilité qu'ils ont aux yeux de Zeus. Sans ça, ils ne serviraient plus à rien et il ne leur resterait aucune garantie de sécurité.

Son dévouement pour les Cyclopes, c'est ce qui le maintient là où il est. Ça et la conviction que personne ne veut de toute façon de lui.

— Fais voir ta main ?

Il tend sa paume vers moi, alors je sors mon bras droit de l'écharpe et lui confie son œuvre. Il observe la jonction qui paraît si naturelle que le doré ressemble à de la peinture. Peu à peu, l'objet devient vivant. Il frôle la peau de mon avant-bras jusqu'à la main, du bout des doigts.

— Tu sens ça ?

Ça me chatouille et me réconforte tout à la fois. Il garde ma nouvelle main entre les siennes et son contact m'emplit d'une douce chaleur, comme si l'ichor compris dans sa création le reconnaissait et frémissait à son toucher.

— Tu devras l'enlever de temps en temps, pour vérifier ta cicatrice, m'explique-t-il, bien décidé à me laisser ses instructions. Mais les jonctions seront de plus en plus rapides et faciles. Tu n'auras plus ce temps d'adaptation. Le métal est solide, mais *in fine*, il est périssable. Il faudra la refaire dans quelques années.

Cette façon de rationaliser cette nouvelle main était tout ce dont j'avais besoin.

— Je devrais être plus dévastée que cela, mais en vérité, je ne sais pas quoi ressentir. Suis-je moi-même ?

— Accepter que ta main soit naturelle te prendra du temps. Commence par des gestes quotidiens, tu finiras par oublier et te sentir toi-même sans aucun doute possible.

« Je ne suis pas intact », m'avait-il dit. Il est pourtant l'être le plus entier que j'aie jamais rencontré. Le premier geste quotidien que j'ai envie de faire, là, maintenant, c'est de caresser son visage. Je perçois les cils noirs de ses yeux sous mon épiderme métallique, et les poils doux de sa barbe sur sa joue. Il la porte à ses lèvres pour déposer un baiser sur son dos et je sens tout : leur tendresse comme le frisson qu'elles déclenchent.

— Tu veux un autre café ? me propose-t-il.

— Tu veux rester ici ?

— Je veux profiter de ce moment le plus longtemps possible. Il aura forcément une fin, tôt ou tard.

Je n'ose pas le contredire. Moi aussi, j'ai la même envie que lui.

— Je veux profiter de la fougue de ta jeunesse qui te poussera dans mes bras pour du sexe.

Son ton plein d'humour me fait éclater de rire, les joues cramoisies.

— Arrête de te croire si vieux ! Et qui te dit qu'il y aura du sexe, hein ?

— J'en suis plutôt persuadé, s'amuse-t-il.

— Alors pourquoi tu veux reprendre un café ?

Il se mordille la lèvre, piégé. Je sors quelques euros de ma poche, les dépose sur la table et me lève. Héphaïstos me suit en prenant ma main dorée dans la sienne. Touchée, je plante la baguette dans ma poche arrière, l'étole autour du cou. On sort du village, fébriles, habités de désir l'un pour l'autre. On explore la nature sauvage jusqu'à trouver, en contre-bas, un gros rocher qui plonge dans la mer, offrant dans son ombre un abri aux regards. Héphaïstos nous téléporte contre lui.

Essoufflée avant même de commencer, j'enroule la baguette dans l'étole et la pose sur le sol avant de retirer mon haut. Il fond sur mes lèvres pour m'embrasser, le corps brûlant. Je bataille en tremblant pour défaire son jean et le baisser. Rien que ce geste, en sachant parfaitement qu'il n'a rien en dessous, suffit à mouiller toute mon intimité. Il finit de retirer son bas tandis que je m'occupe de mon short. On se redresse au même moment et il se met à sourire.

— Ah, une des fameuses culottes de Méroé, s'amuse-t-il en se rapprochant de moi.

— Je l'ai gardée pour que tu puisses me la voler.

— Et donner foi à ton accusation ?

Il me soulève contre lui et me plaque contre le rocher. Je n'ose pas le lui dire, mais Héphaïstos, le Voleur de culottes, ça sonne mieux que l'Estropié, pour moi.

— Il faudra bien que tu me l'enlèves.

On se dévore de baisers, ses bras solidement campés au bas de mon dos. Je ne peux pas m'empêcher de me frotter à lui, les genoux repliés contre ses hanches. Il lui en faut vraiment peu pour m'allumer. J'ai l'impression d'être un faisceau de paille sous une loupe. Il fait danser nos langues alors que sa queue, plaquée contre mon entrejambe, durcit de seconde en seconde. Ma main dorée parcourt son dos et son épaule, agrippe ses pectoraux et griffe ses côtes.

Il s'arrête au milieu du baiser, surpris. Il m'interroge d'un regard.

— Je veux qu'elle enregistre tout de toi, soufflé-je. Elle ne t'a pas encore caressé.

Je la fais descendre sur son fessier rebondi pour le cajoler. J'ai un sourire jusqu'aux oreilles alors que son teint cuivré fonce. Sa queue se raidit encore plus et sa poitrine se soulève de plus en plus fort. Il plonge dans mon cou pour me mordre, un gémissement profond m'échappe au même moment. Bon sang, son corps si dur et massif m'excite comme aucun autre ! Il décroche l'une de ses mains pour attraper la mienne et l'amener doucement sur son membre engorgé. Voilà une autre caresse qu'elle n'a pas intérêt à oublier : la finesse de sa peau, la sensibilité du gland dès que je le touche, qui le fait haleter dans mon cou.

— Tu veux que je le suce ? lui proposé-je, emballée.

Il relâche mon cou pour grogner, un sourire charmé aux lèvres :

— Si tu en as envie, oui. Je suis à toi.

Je dépose un baiser sur ses lèvres en hochant la tête. Il me repose à terre, je m'agenouille devant lui. Ma main dorée n'a pas cessé son va-et-vient qui fait accélérer son souffle rocailleux. Il pose une paume contre le mur, la seconde s'enfonce dans mes cheveux sans me contraindre, juste pour toucher ma joue. Je commence par lécher sa queue, de la base jusqu'au bout, puis je plonge son gland dans ma bouche, dessinant des sillons dessus avec ma langue. Mon partenaire divin soupire mon nom, captivé. C'est ce que j'aime dans cette gâterie : m'accaparer toute l'attention de l'autre et lui délivrer du plaisir à mon rythme.

Ma main dorée poursuit sa caresse, j'ai l'impression de la faire mienne au moins autant que lui.

— Méroé, m'appelle-t-il pour m'arrêter au bout d'un moment.

Je me relève et il se réaccapare aussitôt ma bouche. Mais ce n'est que de courte durée : il me fait pivoter et glisse à son tour à genoux derrière moi.

— Tu ne croyais quand même pas t'en tirer comme ça, s'amuse-t-il en agrippant ma culotte pour la retirer.

Mon rire se transforme en gémissement dès qu'il roule mon clitoris sous sa langue. Il s'occupe à son tour de moi, me poussant à poser mon front contre la pierre. Ma main dorée s'échauffe, peut-être à cause de son ichor. J'ai l'impression, en pressant ma poitrine, que c'est lui qui s'en charge tout en sachant que c'est moi. Voilà une nouvelle bonne raison d'apprécier son œuvre ! Au moment où tout mon corps se met à frémir violemment, je prends sa main campée sur ma hanche.

— Heph, attends !

Il n'a pas besoin de précision. Il se relève et me pénètre immédiatement. Le plaisir décuple ! Ses deux grandes mains ne quittent pas ma taille alors qu'il se retire et se réintroduit sans attendre. Des cris franchissent mes lèvres à mesure qu'il accélère et que son corps rencontre le mien avec une passion qui nous anime tous les deux. J'ondule mon bassin, il ralentit, va câliner mon clitoris et on reprend un rythme rapide. Plus ça va et plus je me penche en avant, l'angle de pénétration change et m'attire inexorablement vers l'orgasme. Ma main va chercher l'une des siennes sur ma hanche et nos doigts se lient alors qu'on s'abandonne à nos mouvements. Tout mon corps se tend et se détend alors qu'Heph a encore l'audace de ralentir avant de s'arrêter.

— Je veux voir ton visage, Trésor, souffle-t-il.

Ah, oui. Moi aussi, mais j'étais bien partie pour finir, là. Il se retire, je me retourne et retrouve les lames de bronze qui strient son visage. Aucun regret. Je saute à son cou pour l'embrasser. Il introduit sa queue en moi, je noue mes chevilles dans son dos et il me plaque contre la roche pour reprendre les choses sérieuses, des baisers en plus.

Lorsque tous mes muscles se resserrent sur lui, on jouit tous les deux, lèvres contre lèvres, incapables de nous séparer, même en haut de la vague.

*

Héphaïstos nous a menés en haut du rocher pour qu'on se pose au soleil, alors qu'il descend lentement derrière l'horizon. Je me suis installée contre son torse, entre ses jambes, la tête dans son cou. Ses mains caressent mes genoux et mon dos avec une douceur que j'ai peu connue auparavant. Certaines de mes conquêtes ont voulu plus, mais j'ai toujours rompu toute relation à ces instants-là. Je n'arrive pas à ce stade, d'habitude.

— *Katadesmos*, murmure Heph à mon oreille. C'est pour cela que je n'arrive pas à te résister, Méroé.

Ses paroles n'appellent pas de réponse. Il regarde la mer, plongé dans ses pensées, alors que je me noie dans les miennes.

Je suis là, à essayer d'éprouver quelque chose pour lui, alors qu'il perd son temps avec moi. Je me sens pourtant à ma place, prête à lui accorder plus… et c'est paradoxalement l'émotion la plus superficielle que je n'ai jamais eue. *Pitié, ressens quelque chose de profond pour lui !* Mais mon esprit ne collabore pas. Je pense en boucle : « Tant pis, ce n'est pas lui. Tu ne peux rien forcer et surtout pas le blesser en l'encourageant plus. »

CHAPITRE XVIII

On s'est téléportés sur la plage de la villa d'Aphrodite et Arès. Héphaïstos préfère rester ici, je ne vais pas le contredire. Lorsqu'Héra débarquera, je viendrai le chercher. Je rejoins toute la famille d'Arès et d'Aphrodite sur la grande terrasse, près de la piscine. Un buffet est proposé sur une table, avec du Nectar et de l'Ambroisie pour les dieux. Et des cocktails colorés que je ne vais pas refuser ! J'attrape une margarita et la siphonne à la paille.

Incapable Méroé, qui n'arrive pas à tomber amoureuse du type parfait.

Je devrais poser la question à Éros. Il aura peut-être une réponse…

— Méroé, tu peux venir une minute ? m'aborde Antéros en espérant que personne ne s'interpose.

Je vide mon verre et en saisis un autre avant de le suivre. Je n'ai pas remis mon écharpe. Je tente d'intégrer la main dorée à mon corps. Et puis, je ne sais pas pourquoi, mais j'ai la sensation de partager des fulgurances d'Héphaïstos. Son apaisement et son tracas titillent mes doigts.

Antéros me guide derrière un immense rosier en fleurs, où se cache Thanatos.

— Tu ne voudrais pas le rassurer ? demande le dieu de l'amour réciproque. Il est *mort* d'inquiétude à l'idée d'être présenté à mes parents.

Au trait d'esprit, Thanatos croise les bras et lève les yeux au ciel. C'est donc ce soir qu'ils ont choisi, est-ce réellement le bon moment ?

— Bien sûr que je suis nerveux !

— Ça se passera bien, le rassuré-je.

D'autant plus que les dieux de cette demeure ont autre chose en tête.

— Ils sont adorables quand on les connaît un peu, et très attachés à leurs petits, ajouté-je en battant des paupières en direction d'Antéros. S'ils jugent que tu n'es pas une menace pour leur adorable enfant, ils ne te feront rien.

Thanatos grimace.

— Je suis le dieu de la mort, rappelle-t-il.

— Mais aussi un garçon sensible et doux, corrigé-je.

Il affiche une moue touchée, mais pas complètement convaincue.

— Et est-ce que tu peux le rassurer, lui ? enchaîne-t-il en désignant Antéros.

Ce dernier fronce les sourcils, indécis.

— À quel sujet ? m'étonné-je.

Antéros soupire et me jette un œil suspicieux.

— Au sujet de ce… *truc* entre toi et l'Estropié, grogne-t-il avec méfiance.

Par Hécate, ces fouineurs ont remarqué quelque chose.

— Quel truc ? répliqué-je en tassant ma nervosité.

— Tu n'auras rien de lui et il n'aura rien de toi, m'assure-t-il avec hargne.

Si bien que Thanatos se met à masser ses épaules en lui chuchotant des mots doux à l'oreille pour calmer son ardeur. Je sais déjà que nous ne serons rien, l'un pour l'autre. Mais je reconnais bien là la nature cruelle d'Antéros avec laquelle Thanatos parvient à jongler.

— C'est ici que vous vous cachez, intervient Éros.

Antéros prend le bras de Thanatos.

— Il n'est plus question de nous cacher, on y va, décide-t-il en s'éloignant avec un Thanatos tendu.

Je pensais qu'Éros allait les suivre sans discuter, mais il en profite pour s'adresser à moi seule.

— Notre mère nous a dit, pour ta blessure, et conseillé aussi de ne pas t'embêter avec ça, mais je m'inquiète quand même. Ça va ?

— Oui, oui, ça va, réponds-je en buvant à ma paille.

Je vais me la manger souvent cette question, je le sens. Mais Éros et moi sommes isolés dans un coin, c'est peut-être le bon moment de creuser ce qui ne cesse de me tarauder depuis mes quatorze ans et qu'Héphaïstos intensifie.

— Moi aussi j'ai une question pour toi, embrayé-je en posant ma main gauche sur son bras. Est-ce que tu détectes un problème chez moi ?

L'expression dubitative de mon ami est un premier élément de réponse.

— Un problème ? Que veux-tu dire ? Je ne perçois rien de particulier chez toi.

J'humidifie mes lèvres, d'ores et déjà atterrée.

— Je ne suis jamais tombée amoureuse, exposé-je à voix basse et sans détour. *Jamais*.

Éros se gratte le menton en me scrutant.

— J'admets que c'est étrange venant de toi, il me semblait que tu cherchais activement. Mais ce n'est pas impossible. Ça arrive de ne pas ressentir d'amour pour quelqu'un d'autre. Cela dit, si tu étais aromantique – ce qui n'est pas un problème, je te rassure –, je le saurais, et ce n'est pas ton cas. Tu n'as peut-être pas rencontré la bonne personne, voilà tout. Je pourrais utiliser mes flèches pour t'aider, mais je n'ai pas le droit d'utiliser ce pouvoir-là. On est toujours sous le coup de la punition de Zeus.

Je hoche vite la tête.

— Et je n'aurais de toute façon pas accepté que tu forces quoi que ce soit.

Je préfèrerais que ce sentiment si spécial s'éveille tout seul. Peut-être que l'origine de mon blocage est plus profonde encore. Peut-être que l'agression que j'ai subie à seize ans a tout retenu en moi. Je pensais naïvement qu'Héphaïstos animerait quelque chose, mais j'ai tort.

— Hé, m'appelle Éros en posant ses mains sur mes épaules. Tu veux être notre première cliente ? Je peux partir à la recherche de ta moitié idéale, je vais remuer ciel, terre et Enfers pour la dénicher !

Il parvient à m'arracher un sourire. J'aurais sauté sur l'occasion si je n'avais pas jeté mon dévolu sur Héphaïstos. Peut-être que je peux encore ressentir quelque chose pour lui, avec le temps.

— On verra, dis-je en souriant.

Éros me procure son fameux câlin-doudou qui remonterait le moral à n'importe qui, et il conclut notre discussion d'un ton plus taquin.

— Allons voir Antéros et Thanatos se décomposer devant le conseil familial.

Et c'est bien la scène que nous découvrons en les rejoignant : d'un côté, Aphrodite, Arès et leurs enfants, de l'autre, Antéros et Thanatos, penauds. En revanche, l'atmosphère est nettement moins rigide que le face-à-face entre le clan entier et Héphaïstos. Je rejoins Psyché qui se tient à l'écart, près des cocktails, happée par le spectacle. Antéros semblait nous attendre car il se lance seulement à cet instant.

— Mère, père, je vous présente mon compagnon, Thanatos. Thanatos, ma famille. Tu connais déjà mon insupportable jumeau, là-bas. À côté, les deux autres sont Phobos et Deimos, qu'il ne vaut mieux pas trop chercher. Et puis il reste la meilleure d'entre toutes, Harmonie.

La déesse fait un signe de la main, les yeux grands ouverts.

— Tu es incroyablement beau, Thanatos, dit-elle comme si elle parlait de la météo.

— Hum, merci, répond le dieu de la mort, embarrassé.

— Oui, on peut lui reconnaître ça, bien joué Antéros, approuve Aphrodite.

Une partie de l'auditoire souffle. Psyché me donne un petit coup de coude.

— J'aurais aimé que ça se passe comme ça pour moi, marmonne-t-elle.

— Vous savez déjà ce que j'en pense, se dédouane Éros.

— Moi, à part ressentir sa peur… déclare Phobos en reculant d'un pas.

Thanatos passe nerveusement ses mains sur son bermuda, Antéros enroule son bras autour de son cou.

— Ne crains rien, Ciel étoilé, le rassure-t-il.

— Et moi, je me demande ce que je fais encore là, grogne Deimos en regardant l'heure. C'est pour ça que vous vouliez que je reste ?

Arès, le seul à ne pas avoir encore parlé, les muscles toujours aussi gonflés, finit par avancer de quelques pas, faisant ravaler sa question à Deimos.

— Je me demande quelle qualité tu peux bien avoir pour que nous acceptions de te remettre notre fils, Antéros, à Aphrodite la Céleste et à moi, Arès, Fléau des hommes, assène-t-il avec toute l'autorité possible. Antéros est l'un de nos cinq enfants bien-aimés, tendre et vicieux tout à la fois.

— C'est un compliment, ça, père ? doute son fils en bougonnant.

Arès lève son index pour le faire taire.

— Le temps où nous acceptions que nos enfants se lient à n'importe qui, sans avoir notre mot à dire, est terminé !

Éros et Deimos protestent à mi-voix : « Psyché n'est pas n'importe qui, merci », « J'espère pour toi que tu ne parles pas d'Ella. » Arès doit plutôt évoquer Harmonie sans la distinguer dans ses propos.

— Alors, je t'écoute, Thanatos ?

Au comble de la nervosité, le dieu de la mort bredouille deux ou trois onomatopées avant d'exploser.

— Mon seul pouvoir est de donner la mort !

Il jette un froid insurmontable autour de lui. Ou presque. Arès ouvre de gros yeux avant d'écarter les bras sans violence.

— Gendre, dit-il en enlaçant Thanatos.

Toutes les tensions retombent d'un coup. Aphrodite nous rejoint pour prendre un cocktail et trinquer avec Psyché et moi.

— Cet homme est une *drama queen*, commente-t-elle en secouant la tête.

Elle affiche tout de même un petit sourire charmé. L'amour qui règne en maître entre Arès et elle est incontestable.

Tout le monde peut alors se servir sur le buffet et se détendre. J'ai l'impression de retrouver les soirées coutumières de Cythère, durant lesquelles il n'est que question d'anecdotes marrantes et parfois piquantes, de laisser-aller et d'abandon aux plaisirs terrestres. Je me gave de houmous et de feta, de pain et d'huile d'olive. Il faut bien cela pour éponger les cocktails que j'aligne. Je me sens plus légère, moins contrariée.

— Méroé, je vais rentrer, est-ce que tu veux que je te dépose à Springfall ? me propose Deimos. Ella et Médée sont là-bas, elles seront soulagées de te voir.

— C'est gentil, mais je préfère rester encore un peu.

— Pourquoi ?

Je veux lui répondre quand j'aperçois Héra, dans une somptueuse robe à ses couleurs, des motifs d'œil de paon parsemés sur sa traîne, son diadème à joyaux sur sa tête.

J'aurais pensé qu'elle débarquerait avec plus d'humilité. Mais peut-être qu'elle a aussi besoin de rappeler qui elle est aux yeux de ses enfants.

— Pour ça, réponds-je à Deimos alors qu'Héphaïstos, probablement interpellé par l'aura de sa mère, apparaît à son tour sur la terrasse.

Le temps se suspend. Héra garde ses distances mais toute son attention est tournée vers son fils forgeron. Arès se rapproche pour veiller sur elle. Un cercle se forme avec toutes les personnes présentes.

— Reste, s'il te plaît, murmuré-je à Deimos.

— Oui, je crois que c'est indispensable, répond-il en se plaçant près de son père.

Je choisis le côté d'Héphaïstos, même s'il ne me prête aucune attention, trop occupé à fixer sa mère avec intensité. Pas de poing transformé en lame cette fois-ci, mais il semble peu convaincu du bon qui pourrait sortir de cette rencontre.

— Que fais-tu ici ? questionne-t-il.

— Aphrodite m'a invitée, répond-elle, un masque impassible plaqué sur le visage.

Elle ne laisse plus rien paraître, contrairement à ce qu'il s'était passé dans le palais de Poséidon.

— Voilà des siècles que je n'ai pas eu mes deux fils au même endroit.

— Dis-lui la vérité, mère, encourage Arès, sans participer à un quelconque élan d'émotion.

— Il prétend que je ne suis pas le fils de Zeus, résume Héphaïstos sur le même ton.

Héra pousse un soupir.

— Je vois. Il est temps que je vous dise la vérité, à tous.

Elle impose un silence cérémonieux. Heph serre les poings, pendu à ses lèvres, tandis qu'Arès croise les bras, l'air revanchard. J'ai soudain peur, alors que j'ai toujours eu confiance en Héra. Mais elle semble prête à remuer une boue bien ancienne. Et dévastatrice.

— Héphaïstos est bien le fils de Zeus et le mien.

Arès s'écarte d'elle, abasourdi. Heph relâche ses muscles, rassuré.

— Quoi ? suffoque le dieu de la guerre. Ce n'est pas ce que tu m'as raconté !

— Je t'ai menti, fils, réplique-t-elle sans lui laisser le temps de s'emballer. Je voulais punir Zeus, pour tous ses écarts. C'est également ce qu'il s'est passé lorsque tu étais enfant, Héphaïstos. La dispute était rude, entre ton père et moi.

Elle se détourne du cercle.

— Je t'ai jeté hors de l'Olympe ce jour-là, dit-elle d'une voix spectrale. Je n'ai pas su garder le contrôle. Zeus n'a rien à voir dans cette histoire.

Je n'arrive pas à le croire… J'ai tant souhaité son innocence pour prouver à Heph que c'était impossible. Et voilà qu'Héra confirme cet acte odieux ! Je plaque une main sur ma bouche. Le dieu forgeron recule d'un pas. Ses poings deviennent blancs à force de se serrer et s'enrobent d'une aura trouble, comme un mirage au-dessus d'une route brûlante. Sans cligner des paupières, il fiche son regard sur la silhouette inébranlable de sa mère.

— Tu es mon fardeau, mon enfant. La preuve de mes faiblesses.

Ses paroles se plantent dans mon ventre.

— Tais-toi… souffle Héphaïstos.

La reine des dieux pivote à nouveau face à nous.

— C'est le passé. Il faut oublier…

— *Oublier* ?! s'insurge-t-il.

J'aimerais le supplier de se taire, mais je n'y arrive pas. Impossible d'exiger quoi que ce soit de lui dans un moment pareil.

— Comme il faut oublier cette histoire d'humiliation sous le filet, ajoute Héra d'une voix forte.

Elle regarde tour à tour Aphrodite et Arès dont les traits de figent.

— Héphaïstos a déjà été puni pour cela. Il faut tourner la page.

— Quelle punition ? rétorque Aphrodite avec froideur. Pour nous avoir exposés aux yeux de tous, nus, Arès et moi ?

Deimos et Phobos attrapent chacun un bras de leur père par prudence. Je réfléchis à toute vitesse mais aucune idée ne me vient en tête. Quelle punition ? Travailler seul dans les forges avec des Cyclopes ? C'est tout ce qu'il aime ! De quoi s'agit-il ? Et pourquoi Héra ne dit rien de plus ? Ce silence pesant va me tuer, alors que mon cœur cogne si fort ma poitrine que j'en ai des douleurs dans toute la cage thoracique.

Et puis, au milieu de tout ça, l'un des enfants du couple divin éclate d'un rire glacial et bas.

— Je le referai sans hésiter, l'Estropié, déclare Antéros.

Mon souffle se coupe.

Antéros ? De quoi est-il coupable ?

Je ne dois pas être la seule à ne pas comprendre puisqu'Aphrodite elle-même fait un pas vers lui, décontenancée.

— Qu'as-tu fait que tu ne peux plus défaire aujourd'hui ?

À cause de la punition de Zeus j'imagine…

Héphaïstos, estomaqué, baisse la tête. Si je l'ai déjà vu assailli de doutes et de colère, je n'avais pas encore été témoin d'un tel désespoir qui s'infiltre dans ma main dorée. Son œil ambré me touche une seule seconde avant de fixer à nouveau le sol. D'un cri, il fait jaillir une lame dans mon poing et s'élance sur Antéros.

— Sale vermine !

— Ne touche pas à mon fils !

Arès s'interpose aussitôt. Les deux frères s'attrapent à la gorge pour l'un et à la taille pour l'autre, libérant une onde de choc autour d'eux. Toute l'assemblée prend peur. Éros et Psyché s'envolent, Phobos emmène Harmonie en sûreté alors qu'elle blêmissait face à l'escalade, Thanatos force Antéros à reculer, Héra s'écarte alors qu'Aphrodite affiche une stupeur qui la cloue au sol. Deimos se rue vers moi et me tire par le bras.

— Viens te mettre à l'abri, vite !

— Non ! Je ne peux pas les laisser !

— Tu ne peux rien faire, regarde !

Arès et Héphaïstos se projettent l'un l'autre contre les rambardes et les murs, leur corps éclatant la pierre aussi facilement que du papier. Des gouttes d'ichor giclent ici et là, à chaque coup porté. C'est un combat de mastodontes, aveugle et puissant. Les dommages collatéraux ne leur importent pas du tout.

— Arrêtez ! se met à hurler Aphrodite.

En vain, les dieux n'écoutent personne. Deimos me plaque contre lui pour m'éviter des projections de morceaux de marbre. Un gros *boum* fait trembler le sol. Je repousse Deimos pour mieux voir. Arès vient de plaquer son frère au sol. J'ai déjà vu Arès sous cette forme : sa taille a doublé, sa peau est devenue écarlate et ses cicatrices brillent comme des flammes. Le dieu de la guerre s'est réveillé, comme dans la Clairière lorsqu'il a voulu tuer Ella.

Mon sang ne fait qu'un tour. Je fais un pas dans leur direction, convaincue que je dois intervenir. En un geste, Arès arrache la jambe métallique d'Héphaïstos et l'écrase dans ses mains, provoquant un hurlement de douleur qui envoie bouler ma raison. Je lève les deux bras, la baguette de Circé la Première se dessine miraculeusement dans ma main et je projette une vague d'énergie en direction d'Arès.

— Assez ! crié-je dans un écho impressionnant.

Le dieu de la guerre décolle dans les airs à plusieurs mètres. Il s'éclipse pour revenir parmi nous, sa forme martiale abattue. Médusée, Aphrodite court vers lui pour le retenir. J'abaisse les bras. Héphaïstos se tord de douleur au sol. Si la jambe avait été déboîtée avant, le membre ne serait plus connectée à ses nerfs ni à sa chair. Mais là, un morceau doré demeure accolé au corps d'Héphaïstos et l'ichor de sa jambe se répand sur le sol. C'est comme si on venait de l'arracher à nouveau.

Je me rue sur lui sans savoir quoi faire. Un sort pour refaire sa jambe ? Je lève la baguette mais il m'arrête.

— Non !

— Je peux la réparer !

— Non ! répète Héphaïstos. C'est *ma* tâche !

Aphrodite, Arès et Héra reviennent vers nous.

— On va l'enchaîner dans les salles du bas, avec des entraves dont il ne pourra pas s'échapper, lance la déesse de la beauté, le souffle court.

— Quoi ? Non ! m'insurgé-je.

— On n'a pas le choix ! Pas question qu'il retourne auprès de son père pour produire d'autres automates !

Je cherche l'appui d'Héra mais, la mine sombre, elle approuve le plan de sa consœur frondeuse.

— C'est plus prudent, oui.

*

Tout est retombé autour de moi, mais pas mon pouls. Les dieux rassemblent les débris sans paraître désolés pour la demeure – le nom d'Athéna a été mentionné plusieurs fois pour la restauration – mais beaucoup plus pour la situation. Héphaïstos est retenu dans l'antre de son frère. Aphrodite s'entretient avec Antéros à l'écart, le visage fermé. J'ai le cœur au bord des lèvres. « Qu'as-tu fait que tu ne peux plus défaire aujourd'hui ? »

Qu'as-tu fait, Antéros ?

Je détourne les yeux, une boule au ventre, et croise les yeux d'Héra, debout dans un coin, silencieuse. Son regard se pose sur ma baguette, elle savait que je la cherchais, elle aussi. Elle doit vouloir m'en parler mais sans oser s'approcher de moi. J'ai toujours été très sûre de nos alliances, mais ce visage qu'elle nous offre ce soir me plonge dans l'incertitude. Je ne peux pas lui reprocher des faits qui se sont déroulés il y a des milliers d'années, elle a beaucoup changé depuis. Mais ça me torture qu'elle ait jeté son propre enfant du haut de l'Olympe pour une simple dispute, comme ils en ont tant connu, Zeus et elle. Je devrais l'avertir, lui parler du plan de son époux, mais je n'ai plus la tête à ça.

Les cris d'Héphaïstos résonnent encore dans ma tête et la flaque de son ichor, sur la terrasse blanche, me reste en travers de la gorge.

— *Katadesmos*, murmuré-je à moi-même.

Je ne connais même pas le sens de ce terme. Mais je sais que je dois descendre le voir. Je suis une sorcière. Une descendante de Circé la Première et de l'humain Ulysse. Je ne dois rien aux dieux qui m'entourent, même s'ils sont mes amis et ma famille.

Les doigts serrés sur la baguette, j'entre dans la demeure et emprunte l'escalier menant au sous-sol. Un ensemble de couloirs et de salles s'enchaînent, sans décoration particulière. Parfois des armes sont exposées au mur, parfois des torches indiquent un chemin. C'est le terrain d'Arès, là où il s'entraîne. Aucune folie. Je suis un long couloir jusqu'à une porte entrouverte. Je m'arrête devant, bouleversée. Plus je m'approche de lui, plus son désespoir grandit dans ma main. Que vais-je bien pouvoir lui dire ? Il est resté pour moi, alors qu'il aurait dû fuir. J'aimerais l'emmener loin d'ici et en même temps, je ne peux lui faire aucune promesse.

Je pousse le battant de la grande salle. Héphaïstos est assis sur le sol, contre un mur, au fond, les deux poignets plaqués au-dessus de lui et retenus à la paroi par deux liens en tissu enchantés par Aphrodite. Il se serait déjà téléporté s'il le pouvait. La déesse a ce don de capturer et de garder auprès d'elle les êtres qui croisent sa route. Ce n'est pas étonnant qu'elle puisse faire cela. Ses cheveux se sont échappés de son bun, son tee-shirt est maculé d'or et son jean arraché en même temps que sa jambe. Cette dernière gît à quelques mètres de lui.

J'en ai la gorge serrée. Lui qui redoute tant de ne pas être entier.

Tous ses traits sont figés, ses yeux demeurent baissés mais même de loin, la douleur qu'ils expriment ne m'échappe pas.

— Heph ? appelé-je d'une voix que j'aurais aimé moins tremblante.

Il soupire sans lever la tête. Je m'avance et m'agenouille près de lui.

— Qu'est-ce que tu fais là ?

Sa voix est déjà impatiente. Ça me semble évident que je m'inquiète pour lui, mais il a l'air de me rejeter sans vouloir discuter. Je culpabilise tellement ! C'était mon idée d'inviter Héra pour qu'ils puissent discuter.

— Je peux t'aider.

Il sourit et secoue la tête, plein de lassitude.

— Et tu ferais quoi, hein ? Je suis à ma place, enchaîné dans un sous-sol.

— Je leur parlerai, ils m'écouteront, soutiens-je.

— Arrête.

J'aimerais tant revenir au petit café du village et tout changer. Ne pas être égoïste et lui dire de partir, de rejoindre les Cyclopes. Et non pas de le garder pour expérimenter quelque chose qui n'arrivera pas.

— Tu es resté pour moi, alors je…

— Je n'ai pas besoin de ta pitié, crache-t-il.

— De la pitié ?

— C'est tout ce que tu ressens pour moi, Méroé, déclare-t-il en plantant son regard dans le mien. Même ma propre mère n'en a pas ressenti lorsqu'elle m'a jeté hors de l'Olympe, comme on jetterait une pierre.

Le ton de sa voix s'abaisse, je déglutis difficilement. Je ne peux même pas le contredire, même si je n'aurais pas parlé de « pitié ».

— Je suis désolée, bredouillé-je. J'aurais voulu qu'elle dise le contraire.

— Peu importe, soupire-t-il, la voix cassée.

Ses yeux d'ambre se troublent.

— Va-t'en, ne perds plus ton temps avec moi.

— Tu veux qu'on se dise adieu comme ça ? balbutié-je. Je croyais que tu appréciais ma compagnie…

— Mais tu ne comprends pas ? Antéros m'a maudit ! Personne ne m'aimera jamais ! rugit-il avant de reprendre son souffle. *Tu* ne m'aimeras jamais, peu importe ce que je ressens pour toi !

Ses mots me cisaillent la poitrine. Je me raidis, frappée par ce que je n'arrivais pas à comprendre là-haut. Tout s'embrouille : ma situation, Antéros, ce que ressent Héphaïstos, l'impasse dans laquelle on se trouve, le néant qui m'habite, cette explication qui tombe comme un couperet.

Antéros l'a maudit. Personne ne pourra jamais l'aimer.

— Va-t'en, rentre chez toi, Méroé, me prie-t-il, assombri. Tu n'as rien à faire avec moi, rien n'a jamais eu de sens entre nous.

Je pose ma main sur son bras, il se dégage.

— S'il te plaît, arrête ! Pars !

Je me relève. Il n'y a plus rien à faire, je ne peux rien pour lui et il ne peut rien pour moi. Je recule sans le quitter des yeux, imprimant son image dans ma mémoire, me demandant combien de semaines, de jours ou d'heures, je vais conserver cette impression d'occasion manquée. Un jour, très vite. Pourtant, je tremble lorsque je pivote pour sortir. Je me serais cru seulement triste, en fait je suis en colère. Je déborde de rage, d'incompréhension et de chagrin. Je veux partir loin d'ici, loin des dieux !

Alors que je franchis le pas de la porte, je tombe sur Héra qui s'apprêtait à entrer. Elle semble aussi surprise que moi.

— Je veux parler avec mon fils, indique-t-elle alors que je ne lui demandais aucun compte. Je lui dois une explication.

J'acquiesce. Oui, bonne idée. Je fais un pas pour les laisser seuls avant de m'immobiliser. Je peux aussi la mettre en garde contre les menaces qui pèsent sur elle. Je lui en veux peut-être, mais je vais honorer notre alliance.

— Héra ?

Elle se tourne vers moi, impassible.

— Tu dois savoir : Zeus cherche à te tuer. Il n'a pas l'air de savoir pour la fronde, mais il veut se débarrasser de toi pour épouser une sorcière. Maintenant qu'il s'est défait du Serment du Styx, il va agir. Il faut prévenir Athéna, Aphrodite sait déjà tout.

Ses yeux reflètent sa surprise, pourtant elle fait tout pour maintenir les apparences. Elle soupire et baisse la tête.

— J'aurais dû le savoir, dit-elle avec un mince sourire.

— Zeus est imprévisible, la rassuré-je.

— C'est vrai. Merci, Méroé.

Elle me jette un dernier coup d'œil et me tourne le dos pour entrer dans la salle. Je la regarde s'approcher d'Héphaïstos et s'accroupir auprès de lui. J'espère qu'il aura au moins cette réconciliation-là.

Je reprends ma route, toujours aussi tendue. Je suis un barrage prêt à rompre, fissuré à la vue d'Antéros qui semble me guetter sur la terrasse. Mon ventre se glace à l'idée de lui adresser la parole. Je me dirige d'un pas ferme en direction d'Éros.

— Méroé ! m'appelle Antéros de loin.

— Je veux rentrer chez moi, Éros, maintenant, demandé-je, les dents serrées.

— Tu es sûre ? Deimos est rentré, mais je peux…

Antéros se fraye un chemin jusqu'à nous, je presse le dieu de l'amour.

— Maintenant, s'il te plaît !

Éros attrape ma main et nous éclipse.

*

On se retrouve devant le perron de ma maison, à Springfall. Il y a de la lumière à la fenêtre du salon. L'air est toujours aussi chaud et humide ici, ce n'est pas le même climat qu'à Cythère, Aiaía ou aux forges olympiennes. Le soleil se couche lentement, le jour est encore là.

— Tu savais ? demandé-je avant que le dieu de l'amour disparaisse.

— Quoi donc ?

— Pour la malédiction d'Antéros ?

Il pose ses mains sur sa taille et paraît presque… honteux.

— Je savais, oui. Nous étions adolescents quand nous avons appris comment nos parents avaient été humiliés devant tout l'Olympe. Phobos et Deimos pouvaient terrifier ceux qui osaient encore se moquer de nos parents, mais nous, Antéros et moi, ne possédions pas de pouvoir redoutable. À part celui de priver d'amour divinités, mortels ou sorcières. C'est moi qui devais le maudire au départ, mais j'ai renoncé. Alors…

Éros déglutit.

— Antéros l'a fait.

Je laisse échapper un rire cynique.

— Méroé, que se passe-t-il ? s'intrigue-t-il.

Ma tempête d'émotions balaie toute réponse posée ou construite.

— Antéros m'a rendue incapable d'aimer, voilà mon problème !

Éros esquisse un mot qu'il ne parvient pas à prononcer dans un premier temps.

— Comment c'est possible ? C'est Héphaïstos qui était visé.

— L'amour réciproque d'Héphaïstos, c'est moi ! m'exclamé-je en bouillonnant de l'intérieur. *Je* suis maudite ! Héphaïstos avait raison : toujours se méfier des dieux de l'amour ! Vous avez joué avec moi avant même mon existence !

Éros devient livide.

Ne craque pas tout de suite.

— Méroé, ce n'est pas ce que nous voulions…

— C'est pourtant le cas, m'étranglé-je.

Je respire, sur le point de prendre une décision qui changera ma vie toute tracée.

— Vous feriez mieux de me laisser tranquille à l'avenir, conseillé-je en lui tournant le dos. Cette idée d'agence de rencontre est d'une bêtise sans nom.

Il ne discute pas, même si je perçois sa détresse. Il s'éclipse sans un mot de plus. Je pousse la porte de ma maison, le corps chancelant. Le bruit du battant qui se referme alerte les occupantes. Circé surgit dans l'entrée, Ella sur ses talons.

— Méroé, enfin !

Elles foncent dans mes bras et je me laisse aller contre elles, éclatant en sanglots, meurtrie.

CHAPITRE XIX

Tout a été dit. Ou presque. J'ai passé sous silence les moments intimes avec Héphaïstos et la malédiction d'Antéros, même si ce sont les deux sujets qui pèsent le plus sur mon cœur. Mes sœurs, c'est l'enlèvement de Zeus, la perte de ma main et la découverte de la baguette qui les ont frappées. On est blotties toutes les trois sur un canapé. Deimos est monté pour coucher Médée et nous laisser discuter. Bastet a accouru en sentant ma présence et s'est roulée sur mes genoux en ronronnant. Ma mère, elle, tourne en rond après avoir déposé des tasses de thé sur la table basse. Elle ne décolère pas.

— D'abord Ella, qu'il a essayé de tuer de son foudre à Cythère, ensuite Circé, dont il a ordonné le meurtre, et maintenant Méroé, qu'il veut épouser ! Maudit Zeus ! Je lui arracherai les yeux !

— Et on le fera, rassure Circé, d'une voix ferme. On a la baguette de Circé la Première avec nous.

Elle trône devant nous, fascinante avec ses étincelles violettes.

— Les guides seront soulagées, oui, approuve notre mère. Les choses s'accélèrent.

Elle s'immobilise et pousse un soupir.

— Mais j'ai si peur pour vous trois, avoue-t-elle du bout des lèvres. Il y a toujours des pertes, dans une guerre.

Ce nœud-là, douloureusement serré, n'a pas quitté mon estomac. Ella se lève pour la prendre dans ses bras et la rassurer. Elle doit aussi craindre pour sa propre fille. Le sacrifice de ma main me paraît moins important lorsque je les vois toutes les deux.

— Ne perdons pas espoir, suggère Circé. Nous pouvons encore éviter un conflit armé, nous devons compter sur Aphrodite, Héra et Athéna. Demain, Iris nous rendra visite à la Clairière et nous rapportera des nouvelles de l'Olympe. Après ce qu'il s'est passé avec Méroé, elle sera sûrement en mesure de nous en dire plus. Ella, Deimos devrait rester avec nous.

— Oui, je le pense aussi, confirme-t-elle. Je n'ai même pas eu besoin de tout lui exposer, il est bien sûr avec nous.

Le commandement de Circé et la bienveillance d'Ella m'avaient manqué. Elles me réchauffent l'âme, toutes les deux. Et je boirais bien un peu de thé pour me réchauffer aussi le corps. Je tends la main dorée pour attraper l'une des tasses.

— Attention, c'est brûlant, me prévient notre mère.

Même si ma paume le sent bel et bien, elle ne craint pas la chaleur.

— Ça a l'air d'aller, dis-je, surprise de ne pas pouvoir poser les doigts de ma main gauche sur la céramique.

Mes sœurs et ma mère échangent un regard. Ça les a beaucoup touchées que je revienne blessée de la sorte. Mais au final, j'ai passé le cap de la coupure, la substitution a été rapide et efficace. C'est comme si ma main droite s'était transformée.

— Que veux-tu faire ? interroge Circé en la désignant.

J'imagine qu'elles doivent songer à des sorts ou à une magie bien plus forte avec la baguette, pour que ma main naturelle me revienne. Mais je ne pense qu'au sacrifice qu'Héphaïstos a fait : son ichor et l'acte de trancher qu'il refusait pourtant.

— La garder, bien sûr, réponds-je alors. Elle fait partie de moi, à présent.

Comme il fera toujours partie de moi, lui aussi, malgré la malédiction d'Antéros.

— Racontez-moi ce que vous avez fait de votre côté, vous, requiers-je pour changer de sujet.

On boit notre thé ensemble, tout en papotant, jusqu'à ce que la fatigue nous fasse bayer aux corneilles. On range la vaisselle et on monte se coucher. Toutes m'embrassent une dernière fois avant que je prenne une douche et que je me retrouve enfin seule dans ma chambre, avec Bastet qui ne me lâche plus d'une semelle. Je m'allonge dans mon lit et plonge ma nouvelle main dans la fourrure blanche de ma compagne. Je sens chacun de ses fins poils glisser sur ma peau.

Un artisan, un magicien, un être que je dois oublier.

*

Les trois petits coups à ma porte me sortent d'un sommeil profond. J'ai du mal à ouvrir les paupières. J'ai emmagasiné beaucoup trop de fatigue et peu profité d'un tel confort depuis des jours. Le battant s'écarte avant même que j'ouvre la bouche. Circé entre dans ma chambre alors que je peine à me redresser.

— Debout, debout ! lance-t-elle avec gaîté.

Bon, au moins, elle a appris à frapper. Mais ce n'est pas encore ça.

— On n'est pas aux pièces, je suis vannée, grommelé-je en plongeant ma tête dans l'oreiller.

— Maman a fait des pancakes et on a une réunion à la Clairière. Et je crois bien, en plus, que tu as eu une visite de Jon Junior durant ton absence. On pourrait passer le voir pour lui dire « non » ensemble ? propose-t-elle avec légèreté.

Je relève une mine perplexe.

— T'as l'intention de me coller même à des moments pareils ?

Circé affiche un large sourire tout en battant des paupières.

— Tu as tout compris, petite sœur. Tu auras une sorcière collée à tes basques jusqu'à ce que cette histoire soit terminée.

Je laisse retomber ma tête avec un gémissement.

— Tu sais que Zeus peut aussi choisir une autre sorcière, hein ?

— Je ne sais pas. Tu lui as tapé dans l'œil. Et puis… s'en prendre à toi, c'est s'en prendre à Ella et à moi, pour avoir détourné de lui Deimos et Hermès.

J'ai envie de répliquer qu'Antéros s'est déjà chargé de me punir, mais ça me décourage à l'avance d'en parler. Qu'est-ce que ça changerait ? Aucune magie ne peut lever la malédiction d'un dieu. Seul le dieu lui-même le pourrait. S'il était capable d'utiliser ses pouvoirs !

— Et là, ce sont tes deux tatas qui évoquent probablement des histoires cochonnes en douce, déclare Ella sur le pas de la porte, bébé Médée dans ses bras.

Voilà une bonne raison de me lever. On la rejoint pour gazouiller avec Médée qui ouvre de gros yeux en voyant ma main dorée.

— Tu lui apprends quoi comme ânerie, au juste ? grogne Circé.

— Je veux qu'elle sache tout de ses deux tatas sorcières. Tout, tout, tout, s'amuse-t-elle en battant des paupières.

— Vivement qu'on puisse t'apprendre toutes les bêtises possibles et inimaginables, réplique Circé.

Moi, je me contente de chatouiller ses mini petons trop chou et d'admirer son œil bleu-vert et son œil noir pétiller en conséquence.

— T'es vraiment trop mignonne ! J'ai envie de te dévorer toute crue !

— Encore ? remarque Deimos en arrivant à notre niveau. Mais pourquoi tout le monde veut manger notre enfant ?

— Mais parce qu'elle est beaucoup trop choupinette et potelée ! m'exclamé-je.

Ça n'a pas l'air de convaincre Deimos qui grimace.

— Cronos faisait ça avec les siens, ça n'avait rien d'adorable.

Vu sous cet angle…

— Je vais aller faire son biberon, décide-t-il en descendant.

Ella me sourit avec réconfort.

— Tu auras le droit de la dévorer discrètement, m'accorde-t-elle avant de déposer des cascades de bisous sur les joues de sa fille.

— Allez, nous motive Circé. Maman nous attend en bas.

Mes sœurs sortent de ma chambre et je m'habille d'un short et d'un top avec des nu-pieds avant de les rejoindre dans la cuisine. La bonne humeur règne, ça fait plaisir à voir. Maman garde Médée dans ses bras, heureuse d'avoir ses trois filles et son gendre le plus insaisissable chez elle. Deimos prépare le biberon de sa fille tout en échangeant quelques mots avec notre mère. Circé et Ella sont déjà attablées devant des pancakes et du café. Je les rejoins et revis avec bonheur nos petits-déjeuners d'antan, pleins de bruits et de discussions enjouées, la journée entière devant nous.

En écoutant Circé parler d'Hermès, je songe que mes deux sœurs m'ont écoutée leur dire que j'avais été enchaînée à un dieu durant des jours sans qu'elles me fassent une seule remarque douteuse. Est-ce qu'Héphaïstos représente le niveau zéro de la dangereuse séduction pour elles ? Ce ne serait pas si étonnant pour des sorcières qui ne l'ont jamais vu. Moi, je n'ai pas eu assez de lui. J'aurais bien plongé encore un peu dans ses yeux d'ambre. Sa peau ferme et chaude me manque, son teint cuivré, ses cheveux longs… Même ses foutus grognements avaient quelque chose d'excitant.

— À quoi tu penses ? papillonne Ella.

Vraiment, ça ne vaut pas la peine d'en parler. Ça va passer, comme avec tous les autres.

— À rien, dis-je en me levant. On y va ?

Ella, Deimos et Médée s'éclipsent – Deimos ayant le droit de franchir nos boucliers –, maman, Circé et moi prenons la voiture. La Clairière a de nouveau changé lorsque nous arrivons. Je ne l'avais encore jamais vue aussi agitée. Tout paraît si « normal » à l'extérieur, pour échapper à la vigilance de Zeus. Mais une fois ici, hors de sa vue, les divinités alliées se déploient sans risque. Les Gorgones Sthéno et Euryale, avec leurs quatre ailes déplumées, leur peau kaki et leurs crocs apparents, font des démonstrations d'épées de feu. Les Cyclopes ont donc bel et bien travaillé en l'absence d'Héphaïstos pour créer et livrer la commande des Enfers. Des sorcières s'entraînent à des sorts à leurs côtés, avec les Érinyes et Némésis pour les observer, admiratives. Notre alliance infernale est efficace, c'est le moins que l'on puisse dire.

Zelda nous accueille et me tombe dans les bras, rassurée que j'aille bien.

— Tu as reçu les plants et les herbes que j'ai envoyés ? demandé-je aussitôt.

— Oui, le *môly* est planté et les herbes sèchent dans la cuisine. J'ai aussi mis la serpette dans le jardin mais je ne sais toujours pas ce qu'est cet objet, ajoute-t-elle en brandissant un bâtonnet doré.

— Mesdames, ceci est la clé d'Aiaía, annoncé-je en la saisissant. Il suffit de l'enchanter à nouveau pour nous y rendre. Mais seulement après avoir réglé les choses avec Zeus. C'est trop risqué pour le moment.

Mon annonce a son petit succès ! Notre île d'origine nourrit beaucoup de fantasmes. Je pourrais en confirmer de nombreux, mais aussi en ternir. Il ne reste plus grand-chose. En plus des chaînes qui nous liaient, Héphaïstos et moi.

— On devrait la mettre à l'abri en attendant, suggère Circé.

— On va s'en charger, propose notre mère en rentrant dans la maison avec Zelda.

Circé me prend le bras.

— Allons voir les guides.

On rejoint Circé la Grande et Médée la Jeune qui patientent au milieu de la Clairière, là où nous allons nous rassembler pour écouter Iris. La première guide a ramassé sa longue chevelure poivre et sel autour d'une épingle et s'évente avec un sort de brise, tout en écoutant sa nièce. Cette dernière, seconde guide de la communauté, garde les bras croisés et ses cheveux noirs nattés, tout en énumérant des paroles que je ne perçois pas encore. Elle a conservé son fidèle chemisier à col Claudine, mais en version manches courtes. Lorsqu'elles nous voient arriver, elles abandonnent leur discussion, me sourient et m'enlacent, soulagées de me retrouver.

— Montre-leur, Méroé, me presse Circé, avec fierté.

Je tends les mains devant moi et invoque la baguette. Elle se matérialise sous les regards ébahis de Circé la Grande et de Médée la Jeune.

— La plus puissante des reliques de Circé la Première, souffle l'aînée.

— Tu l'as trouvée, se réjouit sa nièce.

— Mais à quel prix ? remarquent-elles avec inquiétude.

— J'ai dû faire un sort de sang pour sortir la baguette de sa cachette magique, expliqué-je en coupant tout le reste.

Tout le monde n'a pas à savoir ce qu'il s'est passé exactement.

— Un sort de sang, répète pensivement Circé la Grande.

Elle attrape la baguette et tente de jeter un sort de renforcement des boucliers, mais rien ne sort de la relique. J'en ai des sueurs froides ! Elle ne marche déjà plus ?

— Qu'est-ce qui se passe ?

— La baguette de Circé est liée à toi, à présent, me répond Circé la Grande en me la remettant. Toi seule peux l'utiliser et l'invoquer. Tu as sacrifié ta main et ton sang, en retour la baguette est tienne.

Je n'avais déjà pas très envie de m'en séparer, mais de savoir qu'elle est mienne me remplit d'une satisfaction bienvenue. Je lève la baguette et songe à un sort pour fortifier les boucliers, et comme sur Aiaía, je n'ai pas le temps de formuler quoi que ce soit qu'un flot d'énergie sort de la relique. Il frappe les boucliers dont la couleur s'intensifie avant de redevenir transparente.

— Nous avons beaucoup de choses à apprendre de cet objet, déclara Médée la Jeune en hochant la tête, impressionnée.

— Hécate pourra sûrement nous en dire plus, oui, approuve Circé la Grande.

Nos deux guides me posent des questions sur l'île de nos aïeules, jusqu'à ce que ma sœur se détourne de nos conversations pour courir derrière nous. Hadès, Hécate et Hermès viennent d'apparaître tous les trois. Notre déesse passe du temps aux Enfers pour renouer avec son ancien monde. Elle rend également visite aux empousas, ses suivantes emprisonnées au Tartare, à présent qu'elle sait où elles se trouvent. Circé se jette dans les bras d'Hermès, revêtu de son long manteau noir et argent. Ils ne se sont pas vus depuis quelques jours, leur relation à distance n'est pas encore idéale. Ils sont, tous les deux, une autre bonne raison de se battre.

On se rassemble tous, Ella et Deimos sortant de la maison, bébé Médée confiée à notre mère. Il ne manque plus qu'Iris, l'envoyée des trois frondeuses olympiennes.

On s'enquiert de Perséphone et de sa santé, Hadès nous rassure. Hécate, elle, se réjouit de ma trouvaille et écoute mon récit d'une oreille attentive. J'ai enfin réussi quelque chose. Pourtant, je ne parviens pas à me réjouir totalement, l'esprit embrumé par la fatalité qui me touche.

Iris déboule pile à l'heure, mais contrairement à son sourire et à son flegme habituels, elle paraît essoufflée et nerveuse. Elle capte toute notre attention d'un coup.

— L'Olympe est verrouillé, annonce-t-elle. Certains endroits me sont interdits, comme le quartier des Douze. Je n'ai accès qu'à la salle du trône du palais central de Zeus et je ne m'entretiens qu'avec lui.

L'inquiétude s'impose, mais une part de nous demeure placide. On s'y attendait. On ignore ce que prévoit Zeus, mais on sait que l'escalade était inévitable.

— Et Athéna ? s'enquiert Hécate.

— Introuvable depuis hier. Héra me tient à distance elle aussi, pour sa propre sécurité, j'imagine.

— Comment se comporte Zeus ? questionne Hadès.

Iris secoue la tête, perturbée.

— Avec froideur, mais aussi avec une certaine quiétude.

— Le Serment du Styx a été levé, il a de quoi être tranquille, commente Circé la Grande.

— Et pour cela, je vous dois des excuses, déclare Hadès, confus.

— Personne ne souhaite la mort de Perséphone, ici, le rassure ma sœur Circé. Nous devions nous attendre à ce genre de manigances de sa part. Méroé nous a rapporté qu'il souhaite mettre au monde une nouvelle race, ce qui signifie que même les Olympiens ne sont plus en sécurité auprès de lui.

Les divinités présentes acquiescent avec gravité.

— Et au Siège ? interroge Hécate. Comment vont les choses ?

Iris se tourne vers Deimos. Ce dernier a sorti et allumé l'une de ses cigarettes.

— Il ne reste plus que des divinités mineures qui n'ont pas encore eu l'autorisation de retourner sur l'Olympe, ou qui ont raté leur entretien pour décrocher la douzième place laissée vacante par Hermès.

— Peu d'alliés pour Zeus au Siège, donc, conclut Médée la Jeune.

— Mais il en a d'autres sous la main, prêts à tout pour cette place, dis-je alors. Il est en train d'utiliser Kairos, le dieu du moment opportun, en lui promettant seulement d'y réfléchir.

— Le dieu du moment opportun ? marmonne Ella.

— Oh oui, confirmé-je. Et sans surprise, c'est un opportuniste de première.

— Tu m'étonnes.

Je me tourne vers Hadès pour lui poser une question qui me taraude.

— Et Poséidon ?

Le dieu infernal soupire, défait.

— Il servira le plus fort. Pour l'instant, Zeus. Amphitrite et lui ont engendré beaucoup de créatures que Zeus considère comme des monstres. Ils ne prendront aucun risque pour eux.

Comme Héphaïstos.

Ma sœur Circé croise les bras avec angoisse.

— J'ai eu une vision de la Clairière dévastée par les flammes, pendant mon séjour aux Enfers. J'ai peur pour les nôtres.

— Zeus continue de poser beaucoup de questions sur les boucliers, confirme Iris.

— Je voudrais que les sorcières les plus jeunes s'éloignent de Springfall, par prudence, demande-t-elle à nos deux guides.

Ces dernières approuvent. Elles partagent les mêmes craintes.

— Nous pourrions les accueillir aux Enfers, propose Hermès.

— Elles mangeraient quoi ? rétorque Circé avec un sourire.

Hermès hausse les épaules en grimaçant.

— Tant que la loi n'est pas abrogée, on ne pourra rien faire de plus, regrette Hadès. Tout ne dépend pas que de moi aux Enfers.

— On peut tenter quelque chose, nous, déclare Circé la Grande en échangeant un regard complice avec sa nièce.

— Oui, un ou deux sorts pour remplir leurs estomacs avec des aliments terrestres en coupant l'acte de manger dans les mondes souterrains, répond Médée la jeune.

— Soit, autorise Hadès. Perséphone sera heureuse de cette compagnie. Elle s'est réfugiée aux Enfers après ce que Zeus a fait. Ella, si tu le souhaites, tu peux t'abriter dans ma cité avec ta fille.

Ella secoue la tête à la négative.

— Non, je ne quitterai pas Deimos, mes sœurs et ma mère. Et Médée est trop jeune pour être séparée de nous.

— Nous veillerons sur elles, confirme le dieu de la terreur.

Hadès incline la tête. Comme l'essentiel des nouvelles a été dit, Iris repart. Elle ne souhaite vraiment pas s'attarder plus. Elle prend pourtant le temps d'échanger quelques mots à voix basse avec Hécate qui la regarde partir, le cœur gros. Iris prend les plus grands risques, elle est en première ligne. Tout le monde part vaquer à ses occupations, dont la principale : évacuer les petites sorcières. Circé m'ordonne de rester dans la Clairière tout en me désignant trois silhouettes un peu plus loin.

Pasiphaé, Panthéa et Endora trépignent un peu plus loin. Je cours dans leurs bras sans douter qu'elles ont l'ordre de me coller comme personne.

— J'ai eu si peur, si tu savais, me confie Pasiphaé alors qu'on se cherche un endroit calme de la Clairière pour s'allonger dans l'herbe.

J'enlace ses épaules, heureuse de la retrouver. Ici, pas de Zeus sous une autre forme possible, il ne pourrait pas passer les boucliers. Mais je me dis que je ferais mieux d'être plus prudente à l'extérieur.

— Et Phobos ? lancé-je.

Pasiphaé se tend.

— Oh mais tu ne perds jamais le nord en fait ! s'exclame-t-elle, le visage rougi.

— Naaan, m'amusé-je. Et ?

— Et rien, je suis allée le voir quand j'ai compris que tu avais disparu et il s'est éclipsé pour rentrer plus vite au manoir. Un type charmant, s'agace-t-elle.

— OK, OK. Je n'insiste pas.

— T'as pas intérêt, non, me confirme-t-elle.

On s'installe toutes les quatre sur une couverture et elles m'assomment de questions jusqu'à l'heure du déjeuner. Je me fais un plaisir de leur décrire en détail les objets merveilleux de l'atelier d'Héphaïstos, la vie des Cyclopes, la carte des Mondes engloutis, Aiaía… L'après-midi se déroule dans le calme. Je les accompagne dans la bibliothèque et profite d'une sieste réparatrice avant de me sentir pleinement éveillée.

« Tu demanderas à ton amie si maligne. » C'est tout ce à quoi je pense en voyant Pasiphaé, le nez dans un bouquin, une théière chaude près d'elle. Je quitte le fauteuil dans lequel j'étais nichée pour me poster à son côté.

— Hé.

— Oui ?

— Ça veut dire quoi, *katadesmos* ?

CHAPITRE XX

Katadesmos, le dernier mot avant son premier baiser. *Katadesmos*, « c'est pour cela que je n'arrive pas à te résister, Méroé ».

— *Katadesmos*, répète Pasiphaé. Voilà un terme grec ancien que l'on n'entend plus depuis des siècles.

Panthéa et Endora approuvent en suivant notre échange d'une oreille.

— Au sens littéral, ça veut dire « qui attire vers le bas ».

Son explication me fait l'effet d'une gifle. Est-ce que cet idiot de *lava-boy* me comparait à ce point à un boulet ? Je me renfrogne en bougonnant.

— Dans le sens : « attirer aux Enfers », précise alors Pasiphaé. C'était surtout une référence à Hécate lorsqu'elle était rattachée aux mondes souterrains. En fait, *katadesmos* est le lien intangible et inaliénable qui unit une sorcière à sa victime mortelle ou divine.

Voilà qui me noue l'estomac. « Un lien intangible et inaliénable. » Il aurait pu rentrer sur l'Olympe, dans le ciel, mais il est resté sur terre, pour moi. Cette traduction m'emplit de tristesse et me fait sourire tout à la fois. « Victime », tant il a peur de revendiquer ce qu'il désire, alors que je n'avais aucune magie auprès de lui. Pourtant, je nous reconnais très bien dans ce lien : je l'entraîne malgré moi, comme un boulet à sa chaîne.

— Je vais me chercher quelque chose à grignoter, dis-je en me levant. Merci, Pasiphaé, pour tes lumières.

Je me dirige vers la porte.

— Vous voulez que je vous ramène quelque chose ?

Elles déclinent gentiment et je sors de la bibliothèque. Je n'ai pas l'intention de me rendre à la cuisine, mais plutôt de fuir la Clairière pour respirer. Passer par le chemin pour rejoindre la route est inenvisageable. Mais j'ai la baguette qui ne me quitte plus. Je la serre dans mes mains, contre moi, et visualise la ruelle piétonne dans laquelle on a visité le local avec Éros. Je m'y téléporte sans formule. Je tangue sur mes jambes une seconde, soufflée par le prodige.

Je peux m'éclipser. Comme une divinité !

Je fais disparaître la baguette en sachant que je peux l'invoquer à tout moment. Je me détourne de notre boutique et rejoins la rue principale pour me balader. Le café a ouvert son stand à l'extérieur, j'en profite pour prendre un café glacé et le siroter en déambulant. Un coup de klaxon détourne mes yeux du trottoir et le temps de regarder à nouveau devant moi, je fonce sur une silhouette qui surgit de la boulangerie à ma gauche.

Une partie de ma boisson se renverse sur le goudron, on échange un juron avant même de se voir, puis on lève des yeux surpris l'un sur l'autre. Jon. Jon Harper Junior, le fils du boulanger, mon premier copain. De retour à Springfall après des années d'absence. Il met lui aussi une poignée de secondes à me remettre avant de sourire et de se détendre. J'avais oublié qu'il avait les yeux vairons, un noisette et un bleu. Ses cheveux châtains sont un peu plus courts qu'à notre adolescence.

— Méroé !

— Jon, quelles étaient les chances ? m'amusé-je.

Il rit et juste à cet instant, je pense : « Et si c'était Zeus ? » Prudence.

— Je suis content de tomber sur toi, dit-il, presque gêné.

— Oui, moi aussi. Ma mère m'a bien répété que tu revenais dans le coin.

Il se masse la nuque et hoche la tête, embarrassé.

— On dirait mes parents. Je n'avais pas posé le pied dans l'entrée que j'apprenais ton célibat et que je me retrouvais à ta porte pour te rendre visite, le couteau sous la gorge. Sans vouloir te froisser, rajoute-t-il aussitôt.

Je bats l'air d'une main.

— Je comprends. Et c'est bien le cas, réponds-je en haussant les épaules.

On s'arrête là comme pour guetter la réaction de l'autre. Il a toujours été mignon, Jon. Gentil et drôle, bienveillant. Le collégien gringalet est devenu un homme plutôt bien foutu.

— Je devrais peut-être te payer un nouveau café, j'ai été maladroit.

— Non, laisse, je le finissais. Raconte-moi plutôt ce que tu as fait dernièrement, l'encouragé-je.

— Tu allais dans cette direction ? me demande-t-il en pointant la rue devant moi.

J'acquiesce et on se met en route. Il me raconte sa vie à New York, où il a emménagé il y a quelques années, son voyage au Cambodge, les rencontres étranges qu'il a faites, son après-midi à dos d'éléphant, coincé dans une mare de boue, le taxi fou dans les rues bondées, les dégustations d'insectes qui a rendu malade son partenaire de reportage – parce que Jon est devenu photographe et qu'il voyage dans le monde entier pour rapporter ses aventures avec un écrivain. J'écoute tout sans m'ennuyer parce qu'il me fait participer à chaque point. Vraiment, le type attentionné. On pourrait discuter des heures, c'est certain.

— Et toi, que deviens-tu ? Toujours entourée de tes sœurs et de tes amies ? Circé est toujours aussi effrayante ? ajoute-t-il avec complicité.

Ça me revient maintenant, il avait peur de ma sœur qui le fusillait du regard dès qu'elle le pouvait. Bon, ça, Zeus ne peut pas le savoir. Je peux au moins me rassurer sur ce point, c'est bel et bien Jon.

— Hum, rien de spécial, la routine à Springfall. Ella s'est mariée et vit à New York, elle aussi, et Circé l'est quasiment.

— Ella est déjà mariée ? n'en revient-il pas.

— Elle a même une petite fille.

— Wow, je n'ai pas vu le temps passer.

Il se met à ralentir.

— Méroé, et toi ? insiste-t-il. Tu ne m'as rien dit sur toi. Tiens, pourquoi ta main est dorée ?

Et que pourrais-je lui dire ? Les sorcières trouvent leur compte dans une vie simple avec un humain ou une humaine, mais pourrais-je lui raconter mes journées sans craindre qu'il me fasse enfermer ? Un dieu m'a enlevée pour m'épouser de force, il m'a jetée dans des forges souterraines parmi des Cyclopes, j'ai plongé sous la Méditerranée pour assister à un mariage dans la Cité de Poséidon, j'ai rencontré un dieu grognon parfait mais on a été maudits tous les deux par le dieu de l'amour réciproque…

— Un essai de peinture qui a mal tourné, inventé-je, en reculant d'un pas.

Le fait est qu'Héphaïstos est la première personne avec qui j'ai été aussi intime. Je lui ai parlé des plantes, de mes pouvoirs, de mes attentes, sans rien craindre de lui. Cette discussion avec Jon, même si elle est agréable, est juste un retour en arrière.

— Toujours aussi mystérieuse, constate-t-il avec un sourire entendu. Est-ce qu'au moins tu me permets de t'inviter à boire un café demain, ou après-demain, sans le renverser ?

Je pourrais accepter et poursuivre cette mascarade, coucher avec lui et m'amuser – après tout, il repartira suivre le cours de sa vie à New York – mais je n'y parviens pas. À quoi bon ? Je sais déjà qu'aucun coup de cœur ne m'ébranlera.

— Ça aurait été avec plaisir mais je ne suis pas sûre de pouvoir.

Il acquiesce une fois, un peu déçu mais pas abattu.

— Je vois. Je suis content de t'avoir revue.

— Moi aussi, confirmé-je.

Et c'est sincère. Je crois que c'est une page qui se tourne dans ma vie. Je dois juste survivre à la guerre et peut-être reprendre l'atelier de *ginger beer* de maman. Jon traverse la rue et poursuit son chemin de son côté. Mes pas me conduisent jusqu'au garage de notre père, fermé depuis des années. Je pousse la porte et la laisse grande ouverte pour aérer. Il y a encore des carcasses de voitures, des pièces de collection accrochées aux murs, des outils étalés sur des établis. Si ce n'était la couche de poussière, on pourrait croire que papa pourrait débarquer d'un moment à l'autre.

Je me hisse sur le capot d'une Chevrolet Bel Air de 1956. Il travaillait sur ce modèle, avant de mourir. Il l'avait entièrement poncée, il ne restait plus qu'à appliquer un rouge vif parfait pour lui rendre toute sa gloire. Je replie mes jambes sous mon menton et observe mes deux mains, si différentes et si semblables. Qu'aurait bien pu penser mon père de ça ? En réfléchissant bien, Héphaïstos ressemble à toutes ces carcasses. Toutes ont été réparées et toutes ont leur cachet, même si aucune ne semble prête à être adoptée.

Je me demande s'il va bien, attaché et seul au fond de l'antre d'Arès. La main dorée m'avait déjà fourni des impressions de lui, peut-être que si je me concentre sur son ichor contenu à l'intérieur, je saurai comment il se sent.

Je pose ma main contre mon cœur et pense à lui. Je n'en reviens pas qu'un tel *grumpy*, qui m'a jeté un seau d'eau à la figure, me manque. Mais on s'entendait bien, en vrai. On avait cette… complicité spontanée. Et bizarre. J'ai pris mon temps pour percer son armure. Ça m'agace un peu d'avoir fait tout ce travail pour ne plus le revoir, finalement.

Bon, toutes ces pensées sont contre-productives. Et la seule émotion que ma main dorée me communique est une lourde résignation. Rien d'encourageant. Je ferme les yeux pour me concentrer.

— Allez, s'il te plaît, Heph. Envoie-moi quelque chose…

— Pourquoi tu me pries ?

Je sursaute.

— Par Hécate !

Il se tient là, debout devant moi, avec un sarong autour de la taille et son tee-shirt gris débarrassé des taches d'ichor. J'en suis si hébétée que je reste figée de longues secondes alors qu'il semble attendre une explication. Cette fois, c'est certain, c'est Zeus ! Parce que c'est impossible, je ne peux pas invoquer le dieu forgeron d'un endroit où il est retenu prisonnier par Aphrodite ! Et encore moins sans baguette.

Je glisse le long du capot et le contourne pour garder mes distances.

— Es-tu réellement Héphaïstos ?

— Aux dernières nouvelles, oui. Pourquoi m'as-tu appelé ? Que se passe-t-il ?

Le ton est impatient. Ça lui ressemble bien.

— Comment tu as fait pour venir ? interrogé-je sur mes gardes.

— Je ne suis plus prisonnier.

OK. Pourquoi pas, peut-être qu'Aphrodite a changé d'avis devant le manque de menace d'Héphaïstos.

— Que nous a offert le cafetier de Cythère ?

Le test ultime ! Alors qu'Héphaïstos soupire, ses épaules s'affaissent.

— Deux baklavas.

Plutôt convaincant. Mais il me reste quelque chose que personne n'aurait pu voir ni entendre à moins d'être collé à nous.

— Et que m'as-tu dit sur le rocher, au coucher du soleil ?

Une pulsion brûlante me traverse la main et me fait frissonner. Ce radar à émotion du forgeron fonctionne mieux quand il est dans les parages. Je déglutis alors qu'il fait un pas vers moi.

— *Katadesmos*, dit-il à voix basse. C'est pour ça que je suis là.

Ça ne peut qu'être lui. Il a entendu ma prière et il est quand même venu, malgré son rejet. Des bouffées remontent mon bras jusqu'aux joues, mon cœur accélère mais je sais que c'est, en vérité, le sien.

— Tu peux répondre à ma question maintenant ? Pourquoi tu m'as appelé ?

Son irritabilité me donne envie de sourire. Je n'ai aucune raison de l'avoir convoqué. Il me manque, c'est tout.

— Je ne t'ai pas appelé, ce n'est pas parce que je pensais à toi que c'était une invitation.

— « Allez, s'il te plaît, Heph, envoie-moi quelque chose », répète-t-il mes paroles mot pour mot alors qu'il n'était pas encore présent dans le garage.

Je veux bien croire que les dieux entendent les prières, mais aussi précisément ?

— Que voulais-tu que je t'envoie ?

Je m'éclaircis la gorge en croisant les bras. Ma main palpite de nervosité maintenant.

— Rien. Des nouvelles. Je voulais savoir comment tu allais.

Ses yeux d'ambre se plantent dans les miens sans rien dire. Il a ramassé ses cheveux en un bun lâche. Il a transpiré, il devait… travailler ? Il est rentré aux forges ? Aphrodite et Arès ont été aussi magnanimes ?

Heph se détourne de moi pour parcourir le garage et observer les pièces métalliques et les outils de mon père. Il examine tout, sans désordonner les affaires. Juste par curiosité. Et parce qu'il a envie d'être ici, avec moi.

— Tu veux que je regarde ta main, Trésor ?

Je me rapproche de lui, m'assieds sur un établi et lui tends le bras. Héphaïstos s'avance comme s'il marchait sur un terrain miné. Dès qu'il saisit mon poignet, un violent frisson me parcourt. Je ne sais pas ce qu'il est en train de déclencher en moi, mais c'est de plus en plus troublant. Et flippant. Je n'avais jamais accumulé autant d'émotions brutes d'un coup. Il passe ses doigts sur la jonction entre son œuvre et mon bras avant de glisser sa main sur la mienne. Dès qu'il la compresse entre les siennes, des battements lourds et forts de cœur me transpercent la poitrine. On dirait le feu d'un volcan qui bouillonne soudain ! Ça vient de lui et de la main, et ça m'envahit sans relâche.

Oh bon sang ! Mais comment peut-on vivre ça ? C'est presque douloureux tant c'est intrusif. Impossible d'avoir les idées claires.

— Tout semble parfait, dit-il de sa voix la plus rauque.

Celle qui fait vibrer chacune de mes cordes sensibles. Ma main gauche agrippe son col et l'attire jusqu'à moi. Heph se laisse aller. Si bien que c'est lui qui m'embrasse le premier alors que mes lèvres le réclamaient plus que tout. Il encadre mes joues, je resserre mes doigts sur son tee-shirt. Il fallait bien ça pour un tel baiser, si passionné ! C'est comme si nous nous étions perdus de vue depuis des mois. Il me ramène contre lui tout en envoyant au sol les clés à molette qui traînaient près de nous. J'enlace sa taille, comblée de retrouver son torse massif sous mes caresses.

Il cale l'une de ses mains dans ma nuque pour approfondir notre baiser. Je n'en peux plus de désir pour lui ! Tout s'emmêle avec cette ivresse sentimentale étrange qui déboule dans mes veines depuis ma main.

Au moment où je me cambre, laissant échapper des gémissements qui témoignent du plaisir de ce seul échange, Héphaïstos relâche ma bouche. Je reprends ma respiration, le souffle coupé.

— Non, dit-il en reculant d'un pas.

Je le retiens par le tissu si doux de son vêtement.

— Heph…

Il se libère, recule encore et se frotte le visage.

— J'ai déjà vécu un amour unilatéral avec Aphrodite. Mais avec toi… je serais dévasté. Je ne suis pas sûr d'y survivre.

Plus il s'éloigne et plus la tempête se calme en moi, n'abandonnant qu'un désir fruste dans mon bas-ventre.

— Ne me prie pas, parce que je viendrai quand même.

Je hoche la tête, bouleversée.

— Je vais essayer, réponds-je d'une voix cassée.

Il se détourne, prêt à disparaître. Mais j'ai d'autres questions pour lui.

— Attends !

Il jette un œil par-dessus son épaule.

— Pourquoi Aphrodite t'a laissé partir ?

Heph pivote pour me faire face.

— Elle ne m'a pas laissé partir, corrige-t-il. Ce n'était pas Héra, en vérité, mais Zeus qui a pris son apparence.

Son annonce se plante dans ma poitrine.

— Quoi ? soufflé-je.

— Il m'a délivré juste après ton départ, on est rentrés sur l'Olympe et j'ai pu refaire ma jambe.

Par Hécate ! J'ai balancé la fronde, Athéna, Héra et Aphrodite à Zeus ! Je dois blêmir sur place car Heph prend le risque de revenir vers moi.

— Méroé ?

— Je dois rentrer à la Clairière, tout de suite, dis-je, la peur au ventre.

Je saute de l'établi et invoque la baguette. Heph a l'air de vouloir me retenir à son tour. Je prends le temps de l'écouter.

— Je dois te dire quelque chose, avoue-t-il. Zeus m'a répété sa version de l'histoire sur ma naissance alors qu'Arès a l'air persuadé du contraire. Le fait est que je n'ai toujours pas entendu Héra s'exprimer à ce sujet. Et je ne suis pas près de l'entendre, elle est retenue dans une prison de l'Olympe sans aucune visite possible.

— Quoi ? m'étranglé-je.

— Zeus n'utilise pas les automates que je lui crée comme simples serviteurs, mais pour bâtir une armée. Ils sont tous faits de bronze olympien, ils lui obéiront en tout point.

Lui qui n'a jamais souhaité prendre parti, le voilà qui remet en question son père.

— Pourquoi me dis-tu tout ça ? m'enquiers-je.

— Parce que je veux la vérité… et que je doute que Zeus me la livre. Sois prudente, Méroé, me conseille-t-il avant de s'éclipser.

J'aurais voulu lui recommander la même chose mais il ne m'en a pas laissé le temps. Je serre la baguette de Circé la Première contre moi et me téléporte dans la Clairière.

*

Aphrodite est là lorsque je déboule hors de la maison. Mes deux sœurs et Hécate s'entretiennent avec elle. Je me rue dans leur direction, la déesse de Cythère me capte et m'interpelle.

— Méroé !

— T'étais où ? enchaîne direct Circé, bras croisés.

— Partie prendre un café, prétexté-je vite.

— Je t'avais interdit de partir seule ! Et la baguette ne devrait pas te servir à mieux te soustraire à notre vigilance !

— Je sais, je sais ! Pardon Circé, mais la situation est terrible !

— Plus terrible que ce qu'Aphrodite vient de nous apprendre ?

Je fixe à nouveau la déesse qui m'observe d'un drôle d'œil. J'ai peur de ce qu'elle leur a dit. Elle a remarqué quelque chose entre Héphaïstos et moi et ne semblait pas enthousiaste à l'idée. Aphrodite résume ses annonces sans surprise : en descendant voir Héphaïstos dans la journée, ils ont remarqué qu'il s'était échappé. Seul Zeus pouvait rompre les liens qu'elle avait mis en place, et comme Arès ne décolérait pas des mensonges de sa prétendue mère, ils ont tout de suite compris qu'il s'agissait en réalité du roi de l'Olympe sous la forme d'Héra.

— Zeus a repris sa meilleure arme, conclut-elle, préoccupée. Héphaïstos va pouvoir reprendre la forge de ses automates soldats qui peuplent l'Olympe.

— Il ne les a pas créés pour ça, à la base, contesté-je.

— Ne sois pas naïve, Méroé, me reprend Aphrodite.

— Il ne fait qu'exécuter une commande !

Je n'en reviens pas de servir cet argument alors que je ne le comprenais pas moi-même. Mais j'ai fini par entendre Héphaïstos d'une certaine manière.

— Et c'est bien le problème, Héphaïstos ne fait qu'obéir !

— Non, il a été délibérément isolé par Zeus qui se sert de lui ! Et la malédiction de ton fils n'a fait qu'entériner ce fait ! enragé-je. C'est à cause d'Antéros qu'il est rentré sur l'Olympe et qu'il travaille dans son coin !

Aphrodite ravale sa repartie. Elle est furieuse, mais elle sait que j'ai raison.

— Ne te laisse pas berner par Zeus, me conseille-t-elle. S'il a révélé la malédiction, c'est pour mieux jeter le trouble entre nous. Il divise pour mieux régner.

— C'est une bonne raison pour accuser Héphaïstos d'avoir maudit le collier d'Harmonie ou d'avoir jeté le filet sur son frère et sa femme, non ? rétorqué-je, de plus en plus convaincue par cette idée.

Ça a l'air de toucher Aphrodite et de la faire douter.

— C'est comme ça qu'il le garde auprès de lui, surenchéris-je.

Elle pose ses mains sur sa taille et pousse un gros soupir.

— Peut-être.

Ma tension s'abaisse un peu, comme chez la déesse de la beauté et du désir.

— Euh, mais de quoi on parle là ? intervient Circé.

Hécate et Ella semblent aussi perdues que ma sœur aînée. Je détourne aussitôt le sujet pour qu'on ne s'enlise pas dans celui-ci.

— Zeus sait, pour la fronde. Sans le savoir, je lui ai livré les noms d'Héra et d'Athéna, et le tien, Aphrodite.

Cette dernière hoche la tête.

— C'était à prévoir. Zeus pouvait tout découvrir, d'une façon ou d'une autre, tempère-t-elle. Le conflit est ouvert.

— Veux-tu trouver refuge ici ? propose Hécate. La Clairière t'accueillera.

— Non. Je veux rester auprès de mes enfants.

— Deimos a déposé Médée et notre mère chez elle, dit alors Ella. Il ira au Siège ensuite pour garder un œil sur ce qu'il se passe là-bas.

Aphrodite approuve et s'efface sans un mot de plus. Je sens les regards de mes sœurs posés sur moi avec inquiétude.

— Prudence, recommande Hécate. Si Athéna ne se manifeste plus, c'est probablement parce que Zeus la retient…

— Dans une prison sur l'Olympe, avec Héra, complété-je, dévorée par la culpabilité.

— Comment tu sais ça, toi ? s'étonne Circé.

J'inspire et j'expire avec le plus de calme possible.

— Il faut qu'on parle, toutes les trois, dis-je à mes sœurs.

Hécate s'écarte d'elle-même et Circé décide que nous prenions la voiture pour quitter la Clairière. Elle voit bien que je suis tendue et que j'ai passé certaines choses sous silence.

— On va souffler deux minutes, dit-elle en nous faisant sortir de la forêt.

Elle choisit un petit bar calme à l'entrée de Springfall. Avec nos bières, on prend place sur une banquette, Ella et Circé en face de moi, la musique folk du troquet en fond.

— Allez, crache le morceau. Ça ira mieux après.

J'avale une première gorgée de bière pour me donner du courage, mais Ella me devance avec une sacrée descente qui attire notre attention.

— J'ai une fille de cinq mois. Vous les rajoutez aux neuf de grossesse, ça vous donne une idée du temps sans alcool que j'ai passé, se justifie-t-elle.

Circé lui tapote l'épaule pour compatir et elles plantent à nouveau leur regard sur moi. J'aurais pu garder tout ça pour moi, puisque de toute façon, ça ne mènera nulle part, qu'Héphaïstos finira par m'oublier et moi plus vite encore.

Mais mes sœurs sont mes meilleurs soutiens depuis toujours. J'ai besoin d'elles. Le principal, c'est nous trois.

— J'ai craqué pour Héphaïstos.

Déjà, leur laisser avaler ça, on attaquera avec la suite après.

Et je fais bien parce qu'elles s'étranglent à moitié avec leurs pintes.

— Quoi ? parvient à dire Circé. L'ex d'Aphrodite ?

— Est-ce que c'est si surprenant ? J'ai été enchaînée à lui pendant des jours, avancé-je, nerveuse. Il m'a aidée pour ma main, ne m'a jamais fait de mal.

— Oh non, on dirait un syndrome de Stockholm, se désole Ella.

— Dixit celle qui est tombée amoureuse de son époux après un mariage arrangé, grogné-je en retour.

Ella grimace et marmonne un « touché » avant de renvoyer la balle à Circé.

— Mais il est vachement plus vieux que toi, non ?

— Il est de la même génération qu'Hermès, soutiens-je en zappant volontairement le commentaire d'Héphaïstos sur leur écart d'âge.

— Hermès est plus proche de la fratrie de Deimos, corrige Circé.

Rha, ça ne marche toujours pas, cet argument !

— Oui, OK, d'accord, il est plus âgé, et après ? Il fait trente-cinq, max ! On va vraiment compter les milliers d'années des dieux sur lesquels on craque ?

Ella s'accoude sur la table pour s'avancer vers moi.

— Mais euh… Tu craques, *craques* ?

— Il m'attire quoi, bredouillé-je.

J'ai eu tellement de copains de passage sans jamais pouvoir affirmer avoir eu des sentiments pour eux. Là, c'est la même chose, mais comme j'aurais dû en avoir pour lui, j'ai bêtement envie d'y croire. Mes deux sœurs m'observent avec inquiétude.

— Il est dans le camp ennemi, non ? me demande Circé, pas sûre d'elle sur ce point.

Je ne sais pas quoi affirmer à mon tour !

— A priori, mais il a pris des risques pour moi. Et il m'a rendu visite cet après-midi, pour savoir comment j'allais. C'est là qu'il m'a dit qu'Héra était retenue prisonnière. Il ne m'aurait jamais confié une telle chose s'il était véritablement notre ennemi. Et puis, Deimos et Hermès n'étaient pas des personnes de confiance, au départ !

Mes sœurs me concèdent ce point.

— Donc, potentiellement, Héphaïstos est dans notre camp, en conclut Circé.

— Disons que je l'espère, corrigé-je, indécise.

Ella termine le fond de son verre et pose avec mollesse sa joue sur son poing.

— Et du coup, pourquoi on l'appelle « l'Estropié » ?

Ou le Voleur de culottes, un jour ça prendra !

— Parce qu'il lui manque une jambe, c'est insultant, grogné-je.

Ella se met à rougir si fort qu'elle en balbutie.

— Ce n'est pas ce que je voulais dire…

— Je sais, Ella, je sais. Mais tous les autres dieux le voient ainsi.

— Et toi ? Tu le vois comment ? relève Circé.

Pfiou, par où commencer ?

— Il est du genre grand et tout en muscles, avec des yeux ambrés incroyables, une barbe brune et des cheveux longs sexy. Il est… grognon, tranchant et pourtant, il a cette fragilité en lui qui ferait fondre n'importe qui.

Cette fois, je parviens à faire sourire mes deux sœurs.

— Oui, donc tu craques, *craques*, conclut Circé.

— Et vous avez fait crac-crac ? s'amuse Ella, le menton sur ses deux mains, accoudée et déjà pompette.

Là, c'est un peu mon terrain. Je ne suis pas du tout farouche à ce sujet. D'autant plus que mes sœurs n'ont pas l'air de me juger, une fois la surprise passée.

— C'était chaud à chaque fois ! soufflé-je. C'est un dieu du cul, ce type.

Ella glousse et Circé affiche un mince sourire complice. Moi, ça m'émoustille rien que de le dire. Et je repense à sa façon quasi timide d'être en retrait alors qu'il assure tellement derrière. Pas de cœur serré, mais une envie de lui un peu plus forte.

Ne pas penser à lui trop intensément, pour ne pas « le prier ».

— J'essaie d'imaginer ma sœur crusher sur Héphaïstos, réfléchit Circé. Du coup, les nymphes des Enfers ont raison avec leur sex-symbol ?

— Pas qu'un peu, confirmé-je.

— Bon, j'ai hâte de le rencontrer, maintenant.

— Maman, par contre… marmonne Ella.

OK. C'est là qu'il faut refroidir les choses.

— Maman n'a pas besoin de le savoir, il n'y aura rien de plus. Avec personne.

— Qu'est-ce que tu veux dire ?

Je leur expose tout ce que je sais de la malédiction d'Antéros, sans parvenir à masquer toute la colère que je ressens encore pour les dieux de l'amour. J'aimerais me mettre à leur place, adolescents et irréfléchis, mais impossible de comprendre ou de pardonner. Comment même conseiller les autres sur des rencontres alors qu'ils sont capables de maudire pour l'éternité ? Quelle entremetteuse je peux bien être alors que je ne tomberai jamais amoureuse ? À la fin de tout mon déballage, Ella pose sa main sur la mienne.

— Hé, j'ai levé un sort de nos deux guides qui maintenait mes pouvoirs en moi. Rien n'est impossible.

— Mais on parle d'une malédiction divine, contesté-je, peu encline à entretenir de faux espoirs.

— Je suis sortie de l'Érèbe et du Trône d'Oubli par ma seule volonté, ajoute notre aînée en posant sa main sur les nôtres.

— Mais tu es Circé, future guide de notre communauté !

— Et tu es Méroé, notre sœur, affirme Ella. Ne doute jamais de toi !

Touchée, je n'ose plus partager mes incertitudes. Circé termine son verre et prend les choses en main.

— On va recommander une tournée. Je connais un super sort pour dessaouler, on pourra rentrer en voiture.

*

Circé n'est plus ivre, mais Ella et moi, on titube en riant comme des nouilles sur le perron de la maison. Ça nous a fait du bien de discuter de tout et de rien, et de perdre la tête quelques heures. On essaie de ne pas faire de bruit en entrant. Maman a dû coucher bébé Médée dans la chambre d'Ella, alors Circé lui propose de dormir avec elle pour ne pas réveiller sa fille. Moi, j'ai hâte de m'affaler près de Bastet.

En entrant, on se dirige vers le salon. Il y a de la lumière, notre mère doit être là, avec un thé et un bouquin. Ella trébuche dans le tapis à l'entrée et rigole, Circé secoue la tête, je me concentre pour ne pas vaciller à mon tour. On avance toutes les trois dans la pièce et la vision qui s'offre à nous nous cloue sur place.

Pas de mère. Non. Mais une silhouette familière qui tient Médée dans ses bras, tranquillement installé dans le canapé, jambes croisées, tout sourire.

— Enfin, je m'impatientais, déclare Zeus.

CHAPITRE XXI

Je dessaoule d'un coup. Ella aussi, elle se redresse et hurle :

— Rends-moi ma fille, salopard !

Circé l'attrape aussitôt par la taille pour l'empêcher de se ruer sur le maître des dieux. Je serre les poings et la baguette se matérialise dans ma main. Mais tout est trop risqué. Je vois flou, la tension m'envahit, le risque est bien trop grand. Zeus se lève alors que Médée s'agrippe à sa veste de costume blanc. Il pourrait briser son petit corps d'un coup s'il le voulait. Ella en a des larmes de rage.

— Où est notre mère ? questionne Circé, la tête froide.

— Elle va bien, elle est juste occupée ailleurs, répond-il.

— Rends-nous Médée, enchaîne Circé.

— Allons, allons. Je veux juste passer un peu de temps avec mon arrière-petite-fille.

L'idée me frappe tout à coup. Il n'a pas cessé de questionner les boucliers de la Clairière, au point où nous nous sommes focalisées dessus en priorité, alors qu'en fait, il visait un endroit plus simple d'accès : notre maison familiale. On a marché dans son piège comme des débutantes.

— Je vais l'emmener découvrir ses véritables origines.

— Tu l'emmèneras nulle part ! tonne Ella.

Mon pouls s'emballe.

— Si j'étais toi, Méroé, je ferais attention avec ça, déclare Zeus en désignant la baguette. Tu ne voudrais pas qu'il arrive malheur à ta nièce.

Je la fais disparaître sans hésiter.

— Si tu pars avec elle, tu ne t'en tireras pas comme ça, prévient Circé. Son père viendra la chercher.

— Et sa mère viendra t'arracher les yeux, crache Ella, déchaînée.

Zeus affiche un sourire amusé avant de se mettre à rire.

— À vos risques et périls ! s'amuse-t-il en esquissant un geste pour s'effacer.

Ella émet un tel cri de rage et de désespoir, pliée en deux, les doigts crispés sur le bras de Circé, que j'interviens aussitôt.

— Attends !

Zeus m'accorde un regard.

— Je viens avec toi, lancé-je. J'accepte ton offre, marions-nous.

Ella pleure, les deux mains sur sa bouche, les yeux fixés sur sa fille, mais Circé, elle, tourne un air effaré vers moi.

— Qu'est-ce qui te prend ?

Je me range à côté du maître des dieux qui sourit, charmé par l'idée.

— Méroé, enfin raisonnable, dit-il en prenant ma main pour déposer un baiser sur son dos. Tu feras une bonne mère.

Il m'attire à lui pour glisser son bras autour de mon cou. Je me glace de l'intérieur, espérant que mon instinct de survie ne me tétanise pas complètement. Si je fais ce choix, c'est surtout pour agir là-haut et non pas tomber dans une sidération qui n'aidera personne.

— Je ne suis pas dupe, sorcière, mais tu fais le bon choix, pour toi comme pour ta nièce.

Je me contente de rassurer mes sœurs d'un regard. Circé prend Ella dans ses bras et ne bouge pas. Elle a l'air de saisir mon intention. C'est pour cela qu'elle ajoute de son meilleur ton menaçant :

— Tu choisis de te séparer de nous, ma sœur. Cet acte aura ses conséquences.

— Je le fais pour Médée, soutiens-je pour me défendre.

Zeus nous éclipse au même instant.

J'espère que ce dernier échange lui fera abaisser son niveau de défiance. On se retrouve dans la chambre qu'il m'avait octroyée la première fois. Une nymphe céleste nous attend et tend aussitôt les bras pour prendre Médée. Je veux intervenir mais au moment où je fais un pas, un bracelet de bronze se matérialise à mon poignet gauche.

— Ce n'était pas la peine, protesté-je, une fois de plus privée de magie.

Impossible d'invoquer la baguette !

— Disons qu'ainsi tu n'auras plus qu'à te préoccuper de moi.

— Je veux que Médée dorme ici, auprès de moi, exigé-je en constatant que la nymphe a un air absent un peu étrange.

— Soit, accorde Zeus en faisant apparaître un couffin près du lit.

Un aigle pénètre dans la pièce en glatissant et se pose sur le bord du berceau alors que la nymphe y couche Médée. L'animal déploie ses ailes, sa tête inspectant les alentours comme une sentinelle.

— C'est seulement pour sa sécurité.

Et pour m'espionner. La nymphe s'assied près du couffin et chantonne une berceuse.

— La nourrice s'effacera lorsque Médée dormira. En attendant, suis-moi.

Zeus me tend son bras, j'y glisse ma main gauche. Il m'entraîne hors de la chambre, je ne peux m'empêcher de jeter des regards inquiets sur ma nièce qui babille en tentant d'attraper l'aigle. Pourvu qu'il ne lui arrive rien !

— On demandera peut-être à Apollon de regarder ta… prothèse de plus près.

Ma main dorée ? Pas question qu'il y touche !

— Je préfère la garder.

— On verra, ce n'est pas digne d'une reine.

Et ce n'est qu'un aperçu des choix qu'il va se permettre sur mon corps. Je serre le poing, il rêve complètement s'il…

Ma tenue change d'un coup : le péplos blanc pailleté reprend sa place, avec le manteau argenté et le diadème surmonté d'éclairs. Un battant s'ouvre devant nous sur la grande salle du trône bondée. Dès qu'on nous voit arriver, le brouhaha s'estompe et laisse place à des souffles retenus, pleins de surprise. Zeus saisit ma main et me présente à la foule, sur l'estrade de son unique siège de souverain.

— Je vous présente Méroé, fille d'Hélios ! Votre future reine !

Les acclamations ne tardent pas à fuser alors qu'il lève mon bras, me brandissant comme un trophée. J'en ai le cœur qui palpite à vive allure ! Il savait que je le suivrais.

Je reconnais Kairos, le dieu du moment opportun, lèche-bottes de première. Poséidon et Amphitrite, eux, semblent moins enthousiastes, mais ils applaudissent. La déesse des océans m'observe d'un drôle d'œil. Elle ne doit vraiment pas comprendre ce que je viens faire là, après m'avoir croisée avec ses tritons dans le manoir d'Ella et de Deimos, puis dans son propre palais, enchaînée à Héphaïstos, et enfin ici, reine en devenir de l'Olympe. Apollon est également là, soutien indéfectible de son père.

À voir cette poignée d'entre les Douze se réjouir au milieu d'une foule de divinités mineures, je ne me peux que me dire combien Zeus s'est coupé des siens. Hermès, Héra, Athéna, Aphrodite, Hadès et Dionysos sont absents et ne sont pas près d'accepter une telle chose. Artémis n'est pas auprès de son jumeau, sans surprise, puisqu'elle n'avait pas l'air d'apprécier les prises de position de son frère. Il ne manque qu'Héphaïstos. Je le cherche des yeux au milieu de la liesse, espérant fort qu'il soit dans ses forges et non pas ici. Ce qui ne serait pas étonnant.

Pendant une seconde, j'espère apercevoir Iris avant de me rappeler qu'elle n'avait justement plus qu'affaire à Zeus seul. Elle n'est donc pas invitée.

— C'est elle qui a livré le nom des trois traîtresses, révélant la fronde qui se fomentait contre moi ! ajoute Zeus.

Je blêmis. Quelle horreur, il est en train de m'associer à lui de la pire des façons !

— C'est également elle qui me donnera une toute nouvelle lignée de dieux sorciers !

À l'annonce, Apollon se crispe. Je ne sais pas à quoi il s'attendait, cet idiot, mais c'était certain que ce mariage engendrerait des descendants. Des « dieux sorciers », est-ce même possible ? On ne peut engendrer que des filles, Zeus sera vite déçu.

— Nous jugerons Héra et Athéna dans les jours qui viennent. Leurs esprits ont été aliénés par les sorcières, tout comme Hermès et Deimos. Les traîtres tenteront de reprendre la main sur l'Olympe, nous saurons les accueillir !

La foule l'acclame et des automates apparaissent par des portes de service, les bras chargés de plateaux pour servir à boire. En suivant leur route entre les colonnes de l'immense salle, mon regard croise les yeux d'ambre d'Héphaïstos. Il est bien là, dans un coin, tout au fond. Je voudrais me raccrocher à lui et à sa présence sécurisante, mais il baisse les yeux et disparaît. Je lui avais promis que je ne serais jamais à son père, et il me voit soudain ici, prête à me marier…

Zeus m'entraîne à sa suite dans son bain de foule. Il me lâche la main et je remarque que sa cour s'écarte sur mon chemin avec curiosité et défiance. « Glisse une bonne parole pour moi à notre père à tous », me disent certains invités dont j'ignore tout. Je n'ose même pas acquiescer ni commenter.

— À quoi joues-tu ? Sorcière sans intérêt ? m'interroge Amphitrite en me prenant à part.

Elle a rabattu sa longue chevelure violette sur son épaule, un ruban nacré, de la même couleur que sa robe, s'enroulant autour d'eux. Ses yeux noirs se fichent sur moi. Puis-je lui faire confiance ou non ? Finalement, mon meilleur plan est de conserver mon rôle actuel : une sorcière qui va épouser Zeus pour rester auprès de sa nièce. Aussi, je n'hésite pas à lui rappeler à qui elle s'adresse.

— Comment ça, à quoi je joue ?

— Tu penses réellement pouvoir remplacer Héra au Trône d'or ? s'indigne-t-elle à voix basse.

J'ignore tout de leur relation à toutes les deux. Elles devaient au minimum bien s'entendre, c'est certain. Mais qu'y puis-je ? Et puis, elle ne sait rien de notre plan et de notre alliance. Ou du moins, que ce que Zeus a bien voulu raconter.

— Et toi ? Tu as accepté de mettre en danger la vie de Perséphone, reine des Enfers et Dame des Souterrains, rétorqué-je. Interroge ton époux si tu oses prétendre que tu ne comprends pas de quoi je parle.

Ses yeux noirs se mettent à flamboyer. Elle témoigne d'un peu de surprise, mais elle n'apprécie vraiment pas d'être remise en question. Elle ne ressemble pas du tout aux autres déesses que j'ai rencontrées jusque-là. Difficile de s'adresser à elle sans savoir au fond ce qu'elle pense. Je tente de garder en tête qu'elle a été isolée de toute cette histoire et que je dois maintenir un rôle ici.

— Comment peux-tu m'accuser d'une telle chose ? Alors que tu viens de signer l'arrêt de mort et l'envoi au Tartare d'Héra en acceptant cette union ?

Une sueur froide roule le long de mon échine. Je déglutis mais garde consistance. Je me redresse et hausse un tout petit peu le ton, histoire de ne pas me laisser marcher dessus en public.

— Tu devrais t'adresser autrement à ta future reine, Amphitrite.

Ce qui la fige de rage. Aussitôt, deux mains fourbes se plantent sur mes épaules, derrière moi, et glissent le long de mes bras. J'en ai des haut-le-cœur. Zeus ne s'embarrasse pas à demander quoi que ce soit pour toucher.

— Tu parles déjà comme la véritable épouse de Zeus, souverain de l'Olympe, se réjouit-il en m'entraînant. Viens, je vais te présenter ta première dame d'honneur.

Il m'emmène face à une déesse vêtue d'une robe fourreau serrée. Un chignon ne laisse rien échapper de sa chevelure brune. Elle tient entre ses mains une tablette en bois avec des plaques métalliques inscrites à l'intérieur. Dès que nous nous arrêtons devant elle, elle s'incline avec révérence.

— Voici Eunomie, la garante du protocole, présente Zeus.

Tout dans ses traits droits transpire la législation à respecter.

— Fiancée de Zeus Cronide, repousseur de mal et assembleur des nuées, je te salue, dit-elle d'une voix sèche. J'avais préparé un programme à t'enseigner la première fois que tu es arrivée sur l'Olympe sans que nous ayons eu l'occasion d'entamer quoi que ce soit ensemble.

Mon emprisonnement dans les forges puis ma fuite ont l'air de l'agacer bien comme il faut. Pour quelqu'un qui a le respect des règles dans le sang, elle ne me connaît pas encore.

— Et puisque tu es à nouveau parmi nous, sans que j'en aie été informée au préalable, je vais donc reprendre ton apprentissage en main en suivant le nouveau calendrier prévu par Zeus Cronide, repousseur de mal et assembleur des nuées.

Zeus me l'avait évoqué lors de notre premier dîner sans s'appesantir sur elle. Peut-être qu'il tente à présent de réorganiser sa cour et donc d'y établir des lois, et de les suivre lui-même pour ne pas provoquer d'incompréhension. Curieux. Lui qui s'était isolé, le voilà entouré sans pour autant avoir perdu sa supériorité sur eux. Sent-il que son autorité vacille ? La « trahison » d'Athéna a dû lui porter un coup dur. Et peut-être qu'il ne fait que garder les autres auprès de lui pour mieux les surveiller.

Une chose est sûre, il est obligé de tempérer ses impulsions.

— Donc, reprend Eunomie sans masquer que sa mise à l'écart l'a scandalisée. Nous apprendrons le protocole de la nouvelle Cour olympienne ainsi que le comportement que notre reine doit adopter à chaque occasion.

Je me mords la langue pour réprimer tout commentaire. Apprendre à la reine à paraître et à respecter, voilà un programme d'un ennui monumental ! Zeus a-t-il infligé une telle chose à Héra lorsqu'ils se sont mariés ? J'avais tout de même l'impression qu'elle avait du poids dans l'Olympe. Il veut revoir tout ça, pour ne plus se laisser déborder.

— Nous commencerons dès demain par l'instruction, étape par étape, de la cérémonie de mariage qui se tiendra dès que Zeus Cronide, repousseur de mal et assembleur des nuées, aura arrêté une date.

Toutes ces divinités sont-elles mauvaises ? Ou trop embrigadées dans le système ? Elle a l'air caustique mais aux ordres.

— Nous aborderons surtout les rituels de purification avant la nuit de noces, ajoute Eunomie avec un regard critique jeté sur moi.

— Pardon ? ne puis-je m'empêcher de relever.

— Nous devons nous assurer que tu ne portes pas d'enfant pour ne pas brouiller la lignée de Zeus Cronide, repousseur de mal et assembleur des nuées.

— Je ne suis pas enceinte, affirmé-je, glacée.

— C'est à nous de nous en assurer, réplique-t-elle avec froideur. Je demande d'ailleurs à Zeus Cronide, repousseur de mal et assembleur des nuées, de ne pas compromettre sa semence tant que nous n'aurons pas établi ce fait.

Elle ploie la tête avec sa requête. Zeus grommelle mais ne discute pas. Moi, j'ouvre de gros yeux horrifiés. Certes, j'échappe à l'emprise de Zeus sur ce terrain-là jusqu'à l'union, mais je n'en reviens pas de ces façons de faire passéistes.

— C'est un sacrifice que je suis prêt à faire pour ma promise.

Voilà peut-être pourquoi il ne s'était pas empressé de me présenter à Eunomie la première fois.

Zeus reprend mon bras pour me faire parader au milieu de ses soutiens et réaffirmer sa position de maître. Je ne commente pas, mais j'ai le cœur qui bat puissamment.

*

Lorsque je retourne dans la chambre, la nymphe s'est effacée, Médée s'est endormie. L'aigle, lui, n'a pas bougé. Je dois redoubler de prudence. Épuisée, le crâne en feu par une migraine, je me laisse choir sur le lit en retirant le diadème et l'étole argentée. La nuit est calme. Pourtant j'ignore comment je vais trouver le sommeil. Comment me sortir de là avec ma nièce. Comment agir et quoi faire… Il me faut un plan. Je ne doute pas que Circé et Ella vont prévenir tout le monde et qu'ils vont agir, mais Zeus détient plusieurs otages : Athéna, Héra, notre mère Thessa, bébé Médée et moi. Ils ne peuvent pas agir n'importe comment.

Ou alors, mon but en restant ici est de libérer au moins Athéna. On ne la surnomme pas l'Invincible pour rien. Si elle est libre de sa pensée et de ses mouvements, elle saura quoi faire. Je peux demander à Eunomie et Zeus une visite de l'Olympe, histoire de récolter des indices. Je décide d'en rester là et de me coucher pour prendre un peu de repos quand un papillon volette jusqu'à moi et se pose sur ma main. D'abord surprise, je l'observe de plus près grâce à un rayon de lumière blanche provenant de la lune.

— Mais qu'est-ce que…

Il est en métal. Le travail est si fin que ce n'est pas immédiatement visible, mais le papillon a des ailes d'argent et un corps en laiton. Ses deux yeux sont deux minuscules diamants. Il s'envole mais fait du surplace, comme s'il attendait à ce que je le suive. Je jette un œil sur le couffin, l'aigle n'a pas l'air d'avoir jugé l'insecte suspect. Je me lève donc et me dirige jusqu'au jardin embaumé par le laurier rose. Là, derrière le gros chêne central, la silhouette du dieu forgeron me surprend.

— Heph ! soufflé-je.

— Doucement, tempère-t-il à voix basse. Va chercher ta nièce, je vous ramène chez vous.

C'est si inattendu et pourtant si rassurant que je voudrais me jeter sur lui pour l'enlacer, mais je ne peux pas attirer l'attention de l'aigle. C'est bien d'ailleurs pour ça que le dieu forgeron est là, caché dans un coin.

— Je ne peux pas partir avec elle, l'aigle de Zeus le verrait.

Heph fronce les sourcils, surpris.

— Fais un sort pour l'endormir, tu peux bien faire ça ?

Je lui montre ostensiblement le nouveau bracelet au bras gauche, le tout avec une moue impatiente.

— Ce n'est pas du bronze olympien, je l'ai fait avec un bronze classique, précise Héphaïstos en surjouant l'impatience.

Et moi, je n'ai même pas vérifié. Mes épaules s'affaissent. Il l'a fait de lui-même. Et évidemment que Zeus n'a rien remarqué, il s'en moque de son travail. Il est persuadé qu'on lui obéit sans se questionner. J'ouvre la main, le dos tourné à la chambre, et fais apparaître la baguette de Circé la Première.

— Ça change tout, murmuré-je.

— Ne tardons pas, Méroé, me presse Heph.

Je fais disparaître la baguette, déterminée.

— Non, on ne part pas tout de suite.

Le dieu forgeron lève les yeux au ciel. Je suis sûre et certaine qu'il déclame des « Non mais c'est pas vrai ! Elle me les fera toutes, elle ! » dans sa tête.

— Comment ça, « pas tout de suite » ? grogne-t-il.

— On peut encore changer les choses ici.

Il pousse un soupir agacé.

— Tout ce qui m'intéresse, c'est ta sécurité, le reste, je m'en contrefous !

Je veux insister, mais il m'envoie un rush de sentiments à travers la main qui rallume le feu en moi. Mon cœur se met à battre à grands coups, ma gorge se noue, des milliers de frissons parcourent mes entrailles… C'est occultant et troublant. J'essaie de mettre de côté ces sensations qui lui appartiennent, mais ce n'est vraiment pas simple. Ça ressemble à ça, des sentiments amoureux ? Si c'est bien ce qu'il éprouve pour moi ? Quelle douleur…

Tête froide, je dois garder la tête froide.

— Je ne peux pas partir comme ça, refusé-je à nouveau, tout en jetant un œil derrière moi, inquiète en plus du reste.

— On perd du temps, Méroé. Je vous dépose chez les vôtres en sécurité, je retourne à mon travail, et tout rentrera dans l'ordre.

— Attends, attends. Tu m'aiderais, tu mettrais ta vie en danger et tu reviendrais ici sans que je n'aie rien à craindre pour toi ?

— Zeus a besoin de moi. Et il a avalé le fait que tu m'avais manipulé sans rien questionner.

Ou il n'est pas dupe, mais ne peut se permettre d'abandonner son forgeron. Héphaïstos attend toujours la vérité pour prendre véritablement parti. Il est temps de tout faire pour la lui livrer. Je m'avance près de l'arbre et donc près de lui, et pose ma main sur son bras.

— Allons voir Héra. Apprenons la vérité, quelle qu'elle soit.

Il soupire et ses doigts frôlent les miens.

— Tu accepteras de partir ensuite ?

— Ensuite nous ferons tout pour que tout le monde soit en sécurité. Et je vais commencer par bébé Médée.

Je recule à nouveau pour ensorceler l'aigle. La baguette est inutile pour ce genre de sort :

— *Que la sentinelle ailée n'ait plus que pour cible Médée, qu'elle ne fasse plus attention aux environs ni à mes invités.*

Je peux alors m'approcher sans qu'il ne m'accorde la moindre attention. C'est comme si je n'existais pas à ses yeux. Je pose un baiser sur le front de ma nièce et murmure une prière à Hécate pour la protéger durant mon absence. Et enfin, je m'allonge sur le lit, rabats la couverture, et utilise le sort de ma sœur Circé pour laisser derrière moi un double, au cas où quelqu'un s'avise d'entrer pour voir si tout va bien.

— *Qu'une projection demeure là où je ne suis pas, qu'elle s'évanouisse lorsque je serai à nouveau là.*

Je n'ai plus qu'à me lever et à rejoindre Héphaïstos.

CHAPITRE XXII

Héphaïstos nous téléporte dans un endroit inexploré de l'Olympe, situé en contrebas de l'immense quartier des résidences palatiales. On dirait une plateforme de nuées, accessible par un escalier en nuage dans lequel on ne s'enfonce pourtant pas. Elle supporte une grande place circulaire dallée, sous la lueur blanche de la lune, entourée de petits kiosques en pierre, de colonnes décoratives, d'oliviers et d'arbustes fleuris, et surtout d'une statue grandiose de Zeus nu, l'aigle à ses pieds et son foudre à la main. Il semble veiller sur un bâtiment situé au fond : un cube doré avec une seule ouverture.

Heph me mène derrière le mur d'un kiosque alors que deux automates semblent terminer leur patrouille et s'engagent sur l'escalier pour remonter. Ils dégagent des étincelles étranges.

— Qu'est-ce qu'ils ont ?

— Zeus a dû les charger d'électricité, comprend le dieu forgeron avec inquiétude.

— Il en a fait des armes ambulantes.

— J'en ai bien peur, murmure-t-il. S'ils gardaient la prison, j'aurais pu m'en occuper, mais je ne peux rien faire contre les deux gardes là-bas.

Je jette un œil et reconnais les deux jambes en queue d'anguille dans l'ombre, les écailles azur et brillantes de leurs torses ainsi que les tridents métalliques qu'ils croisent pour empêcher toute entrée ou toute sortie.

— Qu'est-ce qu'ils font là ? m'étonné-je.

— Apparemment Zeus et Poséidon ont trouvé un accord pour que des tritons armés se joignent aux forces de l'Olympe.

— Tu ne peux pas nous téléporter à l'intérieur ?

— Non, toute la structure est en bronze olympien. Zeus a veillé à ce que ce soit impénétrable. Et même si on arrivait à entrer, ils pourraient nous apercevoir et intervenir. L'espace est restreint à l'intérieur.

J'ai bien envie d'essayer quelque chose avec ma baguette. Le tout est de n'interpeller personne, car sinon il faudrait retourner dans la chambre pour fuir avec Médée en toute urgence. J'invoque la baguette et la passe devant moi en visualisant, détail après détail, tout l'aspect de la personne que je cible. Mine de rien, c'est Zeus qui me donne cette idée de changer de forme pour incarner quelqu'un d'autre. Héphaïstos a un mouvement de recul, une fois que j'en ai terminé.

— Alors ?

— Alors… c'est bluffant.

Je baisse les yeux sur moi-même. Heureusement que je l'ai croisée plus tôt dans la soirée ! Ma peau est devenue couleur corail, ma chevelure violette et ma tenue nacrée. J'ai même grandi. Amphitrite est colossale, après tout.

Je tends la baguette en direction d'Héphaïstos, mais il la repousse avec prudence.

— Non, non, je reste moi-même.

— Tu es sûr ?

— Je peux très bien accompagner la déesse des océans pour lui montrer le travail que j'ai exécuté à la prison.

Je n'insiste pas et on se met en route. On traverse la place et au fur et à mesure qu'on approche de l'entrée, la lumière jaune de l'intérieur finit d'éclairer les deux tritons en faction. Plus ça va et plus ils me semblent familiers. Ce sont les deux mêmes qui gardaient l'entrée de la piscine chez Ella et Deimos, je reconnais le bracelet à décor de vagues au bras de l'un des deux. Lorsque je finis par arriver devant eux, ils se sont redressés et raidis, mais n'ont pas ouvert le passage non plus.

— Ô bruyante Amphitrite ! lance le premier, frémissant de surprise. Que nous vaut ton honorable visite ?

J'essaie de me mettre dans le *mood* colérique de la déesse en croisant les bras et en affichant une moue peu convaincue. Je me contente de plonger mes yeux noirs dans les siens et de le scruter comme si j'allais le dépecer. Le triton se décompose alors que son camarade a la tremblote.

— Ô Amphitrite, la légère et la bruyante, mère des monstres marins, celle à la quenouille d'or, déclame le premier d'une petite voix.

— C'est mieux, grogné-je. Je viens inspecter la prison qu'Héphaïstos, forgeron de l'Olympe, a fait bâtir.

Malheureusement, aucun des deux ne bouge. Ils partagent cependant un regard apeuré.

— Eh bien ! m'impatienté-je.

— Zeus nous a ordonné de ne laisser entrer personne.

Ah bon sang… Bon, qui ne tente rien n'a rien.

Je m'approche au plus près de lui – et je le dépasse d'une bonne tête à présent – et il se tasse sur lui-même, paniqué.

— Qu'est-ce que j'entends ? Viens-tu d'admettre que tu es prêt à me trahir ? Moi ! La mère des monstres marins ! Prétends-tu vouloir me dénoncer à Zeus une fois ma visite terminée ? Moi ! La bruyante ! Ainsi mes loyaux tritons se retourneraient contre moi et me livreraient à la colère injustifiée de Zeus ? Mérites-tu ce bracelet dont je t'ai fait don, pour bons services rendus ? Je te l'arracherai moi-même si tu *oses* me défier davantage !

J'arrête là ma tirade, le souffle court. J'espère que le ton haussé de ma voix n'a pas attiré l'attention. Le triton lui, s'est recroquevillé sur son trident, effaré.

— J-jamais je ne te trahirais ! se dépêche-t-il de bafouiller. Entre, ô Amphitrite, la légère et la bruyante, mère des monstres marins, celle à la quenouille d'or ! Et sois sûre que je ne dirai jamais rien ! Je le jure sur tous mes enfants !

Son camarade l'imite et ils nous cèdent le passage. J'inspire plus calmement.

— Je n'oublierai pas que j'ai dû hausser le ton pour me faire obéir, mais je n'oublierai pas non plus ta collaboration, finis-je par dire en entrant.

On fait quelques pas à l'intérieur, Héphaïstos a juste le temps de me glisser un « bien joué » à l'oreille avant que nous nous immobilisions devant le spectacle effroyable qui se déploie devant nous.

Il n'y a bien qu'une cage à l'intérieur, prête à être envoyée au Tartare. À l'intérieur, Athéna est retenue sur un trône d'or sans liens visibles ; ma mère, Thessa, expérimente la même entrave. Et au milieu d'elles, Héra, en péplos blanc, est suspendue aux barreaux du dessus par les poignets, deux enclumes sont accrochées à ses pieds, étirant ses bras et son corps avec une force constante.

— Par Hécate, murmuré-je.

Héphaïstos n'en croit pas ses yeux. S'il avait du mal à compatir au destin de sa mère jusque-là, le traitement qu'elle subit le fait blêmir.

— Amphitrite ! Que te faut-il de plus pour nous croire ? lance Athéna.

— Je ne suis pas Amphitrite, dis-je en dévoilant vite mon vrai visage.

— Méroé !

— Doucement, maman, prié-je en reprenant le visage de la déesse des mers.

— Que faites-vous là ? s'enquiert Athéna, tendue.

— On pensait s'entretenir avec Héra, dis-je, confuse. Mais je ne m'attendais pas à vous trouver dans de telles conditions.

— Ne vous en faites pas pour moi, supplie Héra avec détermination. Zeus m'a déjà punie de cette manière et je n'en suis pas morte.

Tourmenté, Héphaïstos s'empare des barreaux pour trouver un appui.

— Pourquoi ?

Les yeux d'Héra s'humidifient. Elle paraît si émue et si rongée par le regret que mon propre cœur se serre. Et si elle donnait la même version que Zeus ?

— Parce que je t'ai enfanté, seule, répond-elle, les yeux rivés sur lui. C'est la vérité. Zeus a passé sa vie à engendrer sans égard pour moi. Je lui ai prouvé que je pouvais très bien me passer de lui pour avoir un enfant. Et je t'ai eu, toi, Héphaïstos.

Un trémolo dans sa voix se fait entendre au même instant.

— Alors Zeus nous a punis, tous les deux : moi, en m'attachant de la sorte au-dessus du vide, sur le rebord de l'Olympe ; et toi, mon tout petit, en te jetant dans ce même vide. Tu as survécu mais ça t'a coûté ta jambe. J'avais si peur que les choses aillent plus loin, que j'ai accepté de dire que tu étais aussi le fils de Zeus, même s'il s'est détourné de toi. Ce n'est qu'en constatant ton don pour le maniement du métal qu'il s'est intéressé à toi, pour que tu le serves. Il s'est arrangé pour t'isoler, en menaçant ta vie auprès de moi et en manipulant le collier d'Harmonie pour te couper de ta fratrie.

Elle marque une pause. Héphaïstos, lui, rougeoie, bouleversé. Autant il avait éprouvé de la colère brute et de la déception lors de son face-à-face avec son père qui avait pris la forme d'Héra, autant là, il semble accepter sans discuter les paroles vibrantes de sa mère. Comme si, au fond, il savait qu'elles étaient vraies. Il appuie son front contre l'un des barreaux, les yeux fermés.

— Et mon mariage ? demande-t-il d'une voix d'outre-tombe.

— Zeus a insisté pour te marier à Aphrodite parce qu'il savait qu'Arès la voulait, bien entendu. Il a creusé le fossé entre vous pour te garder, toi. J'ai cru… j'ai cru qu'elle te rendrait heureux malgré tout, mais c'était une erreur.

Héphaïstos serre les dents, des larmes roulant sur ses joues.

— Il m'a menti toute ma vie, m'a manipulé et maudit…

J'en ai la gorge nouée.

— Jamais je ne t'aurais fait de mal, tu es l'ichor de mon ichor, affirme Héra avec force. Si je participe à cette fronde, c'est aussi pour toi, pour te récupérer.

— C'est vrai, appuie Athéna. Bien souvent, Héra nous l'a répété.

Héphaïstos se détache de la prison pour leur tourner le dos et passer ses mains sur son visage.

— Tu dois nous aider, insiste la déesse de la raison. Zeus est incontrôlable, il sent que son autorité peut basculer, c'est pour ça qu'il s'entoure à présent ! Mais peu à peu, il a perdu le soutien des Douze, tu dois nous rejoindre.

— Et faire quoi ? réplique-t-il en pivotant à nouveau. Même moi, je ne peux pas ouvrir cette cage.

— Je peux tenter avec la baguette, proposé-je alors. Son pouvoir en est capable, j'en suis sûre.

— Non, attends, me retient Athéna. Nous avons l'avantage avec la baguette et Héphaïstos. Il nous faut une stratégie, et donner du temps aux autres. Zeus a Médée, Ella et Deimos viendront la chercher, c'est certain. Et avec eux, toute la fronde. Il faut détourner Zeus de sa préparation à la bataille.

— Ça, je peux m'en charger, déclaré-je alors.

Je m'attire aussitôt les regards inquiets de ma mère et d'Héphaïstos.

— Je suis là pour ça, ajouté-je en haussant les épaules. Il veut m'épouser, je peux l'occuper autant de temps qu'il le faudra.

— Et en faisant quoi ? grogne Héphaïstos avec jalousie.

— Me jeter à son cou, à poil, bien sûr, répliqué-je d'un ton ironique.

Ça n'agace pas qu'Héphaïstos d'ailleurs, Athéna me regarde de travers et ma mère rouspète.

— Je t'ai élevée autrement, Méroé !

— Rho mais je plaisante, maman, dis-je en levant les yeux au ciel.

— Ne t'avise pas de le faire, grommelle Héphaïstos, les pommettes cuivrées.

Je lui souris, amusée.

— Une minute, remarque alors ma mère. Écartez-vous, tous les deux !

— Mamaaan, la grondé-je en écarquillant les yeux.

— Ah non, hein ! D'abord Ella, ensuite Circé, pas toi !

— Mais arrête, prié-je, livide.

— Et Jon Junior alors ? Il est si gentil, ce garçon !

— Hé, interpelle Athéna. Gardez votre querelle pour une prochaine fois.

Son rappel à l'ordre fonctionne et me ramène en tête une autre idée.

— Je peux aussi concocter une potion pour restreindre les pouvoirs de Zeus, proposé-je. L'action d'une potion est plus longue, elle coule dans les veines, il est plus difficile de s'en débarrasser. C'est moins frontal, plus discret et trompeur, parfait pour contrer la vigilance de Zeus.

— C'est risqué, prévient Athéna.

— Peut-être, mais il croit que je n'ai aucun pouvoir, réponds-je en montrant mon bracelet au poignet. Ce n'est pas du bronze olympien, il ne s'y attendra pas.

Athéna affiche une mine appréciatrice.

— Bien joué, Héphaïstos.

— Moi aussi, ça m'arrive de réfléchir, grogne-t-il. De mon côté, si je retire l'animation aux automates, ils ne pourront plus bouger. Mais je ne garantis pas l'usage que pourra en faire Zeus avec l'électricité qu'il leur a insufflée.

— Ce sera déjà un avantage certain, déclare Athéna. Attends le dernier moment pour cela, ce sera un coup dur pour lui et un espoir pour nous.

On acquiesce, motivés. Athéna pousse un soupir résolu.

— Tout peut se jouer demain. Je ne pense pas que ça tardera davantage.

— Soyez prudents, tous les deux, recommande Héra.

Héphaïstos incline la tête, et c'est bien la première fois qu'il ne ressent pas de colère envers sa mère.

— Fais attention à toi, Méroé, me recommande ma mère, émue.

— Toi aussi, maman.

Elle me sourit avec confiance, mais je sais qu'au fond d'elle, elle craint plus que tout pour nos vies à présent. On se détourne pour sortir de la prison, le cœur lourd. Je préserve pourtant les apparences lorsque nous passons la porte. Les deux tritons n'ont pas perdu leur air stressé et demeurent aux aguets. Je marque un arrêt près d'eux avant de poursuivre ma route.

— Votre reine est satisfaite. J'ai demandé à Héphaïstos de vous forger deux bracelets en guise de récompense.

Surpris et heureux, ils se mettent à balbutier des remerciements et des hommages à Amphitrite, reine parmi les reines. On s'éloigne sans se retourner.

— Tu te rends bien compte que je ne vais pas les faire ?

— Tu oses mécontenter Amphitrite ? plaisanté-je.

Il sourit discrètement. Toute la vérité d'Héra doit encore le travailler, mais il n'est pas dans le rejet, c'est une bonne chose.

Dès que nous sommes à l'abri derrière le kiosque, je reprends ma forme et Heph nous ramène dans le jardin de ma chambre. Je vérifie d'abord que tout va bien, puis je fais disparaître mon double endormi. L'aigle, lui, s'est assoupi. Je ne doute pas que, sans mon sort, il se serait réveillé à notre approche pour glatir.

— Tu veux rester un moment ? proposé-je à Héphaïstos en voyant bien qu'il n'est pas pressé de me quitter. Tout ce qu'il faut, c'est ne pas réveiller Médée.

Il ne bouge pas, à quelques pas de moi. Alors je vais vers lui et prends ses mains dans les miennes.

— Reste.

Il cède et pose son front contre le mien. J'aime qu'il soit là, avec moi. Il a appris beaucoup et les paroles d'Athéna tournent en boucle dans ma tête : « Tout peut se jouer demain. » Et si c'était notre dernière nuit ? Notre dernier moment ensemble ?

— Pourquoi ne m'a-t-elle pas dit la vérité avant ? se demande-t-il à voix basse.

— Pour te protéger, Héra craint pour toi, même aujourd'hui.

Je me blottis contre lui, pose ma tête contre son épaule et me laisse envahir par la douce chaleur qui fuse dans ma main dorée. Ces sentiments ne m'appartiennent peut-être pas, mais je veux encore les ressentir, avant qu'ils disparaissent. Demain, tout peut changer. Et même si on gagne,

Héphaïstos ne voudra pas qu'on reste en contact. Nos chemins se sépareront. C'est peut-être mon unique chance d'éprouver cette force et cette brûlure qui le parcourent, de l'endurer avec lui comme une souffrance bienheureuse dont on ne peut réchapper.

— J'ai peur pour toi, murmure-t-il à mon oreille.

— J'ai peur pour toi, moi aussi.

Et il me serre dans ses bras. C'est comme s'enfermer dans une bulle où mon cœur bat sa chamade à lui. J'emplis mes narines de sa merveilleuse odeur d'agrume et de bois, je profite de sa peau ferme, de sa chaleur naturelle, des frissons qu'il sème avec son souffle sur mon épaule.

— Reste, réclamé-je. Pas parce que je te le demande, mais parce que tu le veux.

Je le sens sourire et ses mains s'enfoncent dans ma chair avec une pulsion de possession qu'il ne cache pas.

— Tu es tout ce que je désire, dit-il d'un souffle rauque.

J'encaisse un nouveau déferlement de sentiments, d'une telle passion que mon corps répond aussitôt. J'en ai des bouffées au visage et des décharges dans le bas-ventre. D'autant plus qu'il ne discute pas, ne rajoute aucun « mais c'est impossible ». Il le pense sûrement, mais il est dans le même état d'esprit que moi. Il remonte ses mains pour les glisser sur mes joues, ses pouces frôlent mes cils avant de pincer le lobe de mes oreilles. Je m'accroche à sa tunique échancrée. Il dépose un baiser sur mes lèvres, je me laisse embarquer par son rythme.

— Je te veux, Trésor. Plus que tout dans ce monde, ajoute-t-il avant de m'embrasser encore.

Ses paroles se mêlent à ce qu'il ressent et plus ça va, plus c'est intense. Je suis embarquée dans un manège qui me donne le tournis, qui me fait plaisir et qui m'attriste tout à la fois. Il y a un profond désespoir au milieu de toute cette liesse. Ça m'ébranle jusqu'aux larmes. Je ne sais pas comment il fait pour subir tout cela et rester malgré tout. Heph s'aperçoit de mon trouble et s'interrompt sans me lâcher.

— Quoi ?

Je déglutis.

— Je ressens tout ce que tu ressens à travers la main.

Il a un mouvement de recul.

— Désolé, je l'ignorais…

— Non, l'arrêté-je aussitôt. Je n'avais jamais éprouvé tout ça.

— Je ne peux pas l'empêcher.

— Ne le fais pas. Embrasse-moi.

Il fond sur ma bouche pour la câliner et la mordiller. Je m'abandonne à tout son fouillis émotionnel, bouleversée. Mes sœurs m'ont dit que je pouvais lever cette malédiction par moi-même. Mais peut-être que ça doit venir de lui ? Il doit vouloir que je l'aime en retour et je dois pouvoir le savoir.

Lorsqu'il plonge dans mon cou, je vacille une seconde. Je crois que je n'ai jamais désiré quelqu'un autant que lui à cet instant. J'ai toujours détaché mon envie sexuelle d'un quelconque attachement, mais c'est l'alliance inaliénable des deux qu'il m'envoie en plein cœur. Il fait glisser l'une des bretelles de mon péplos tout en demandant :

— Est-ce que tu veux que j'aille plus loin ?

— Oui, murmuré-je avec un sourire.

La seconde bretelle ne fait pas long feu et la robe glisse le long de mon corps pour s'échouer sur le sol. J'agrippe sa chemise pour la lui retirer et je dénoue son sarong. Il m'entraîne vers le lit, s'assied et m'attire à lui. Me blottir au chaud contre sa peau ! Il n'y a rien de plus excitant que cela. Il me bascule sur le lit et ses lèvres s'aventurent dans mon cou avant de dégringoler sur ma poitrine. Il se lance dans une exploration pleine de mordillements et de baisers vaporeux qui m'embrasent encore. Sa bouche attrape la pointe de mes seins pour les suçoter, si bien qu'elle parvient à m'arracher des soupirs que j'estompe en serrant les dents. Heph poursuit sa route sur mon ventre avant d'emprunter un chemin de traverse sur mon genou, prolongeant une attente qui me tend et m'amuse tout à la fois.

Ses baisers s'égrainent sur ma cuisse. Sa barbe me chatouille plus vivement encore lorsqu'il approche de mon intimité. Je retiens mon souffle, les doigts crispés sur le drap, mais non, Heph change de cap, il passe sur l'autre jambe pour lui infliger le même traitement. Je capte très bien son regard d'ambre qui me guette et tasse mon rire pour qu'il n'éclate pas. Il me provoque, en plus ! Heureusement, pas plus longtemps puisque cette fois-ci, au bout de sa route, il se pose sur mon pubis avant de s'enfoncer entre mes jambes. Je replie les genoux et son premier coup de langue m'électrifie. Ses mains se plantent sur le haut de mes cuisses pour les maintenir et lui permettre de couvrir mes petites lèvres de baisers.

J'aspire de l'air et le bloque au fond de mes poumons pour ne pas gémir violemment. Il s'amuse à titiller mon clitoris, à le lécher et l'aspirer, à repartir plus bas, à enfoncer sa langue en moi, et à revenir à mon bouton de plaisir, le tout avec tant de hasard qu'il m'est impossible de prévoir quoi que ce soit.

Lorsqu'il repart sur mon ventre, j'ai le souffle court et je suis au bord du précipice. Il remonte lentement, baiser après baiser, comme pour apaiser un peu la tension qui s'était installée en moi. Mais dès qu'il arrive face à moi, je me sens tout autant au bord de l'extase. Tout son corps massif contre le mien et sa queue qui palpite sur mon ventre envoient paître l'accalmie. Son visage aux lamelles de bronze et ses yeux dorés témoignent de tout son désir le plus profond.

— J'ai tellement envie de toi, dis-je en tremblant.

J'emprisonne sa taille entre mes jambes et exerce une pression sur ses fesses avec mes mollets pour le pousser à poursuivre.

— Moi aussi, murmure-t-il avec un sourire si sexy qu'il réussit à m'exciter davantage.

— Bon sang, Heph, prends-moi, le prié-je, la respiration coupée.

Il m'embrasse juste à temps pour étouffer un cri tout en s'enfonçant en moi. Je l'accueille entièrement, me cambre aussitôt et plante mes griffes dans son dos. Il ne lâche pas ma bouche alors qu'il se met à bouger avec douceur. J'ondule mon bassin avec lui et on se lance dans un rythme plus intense que rapide.

— Ma sorcière, susurre-t-il entre deux baisers. Je te veux si fort, Méroé…

Il accroît ma fièvre avec ses paroles ! Et ma main dorée qui me brûle, j'ai l'impression de plonger dans la lave sans pour autant en souffrir. Il accélère, une couche de sueur me recouvre, et mon cœur s'emporte, si bien que je ne distingue plus ses battements. Son visage est à présent envahi de bronze et il dépêche son pouce sur mon clitoris pour le caresser. Je me perds dans la vision merveilleuse qu'il m'offre, m'abandonnant à un orgasme qui nous saisit d'un coup. Je resserre mes jambes autour de lui et encadre son visage de mes mains pour l'embrasser et étouffer mes cris. Tous mes muscles se contractent sur lui avec un plaisir qui nous engloutit. Il plonge dans mon cou, je l'enlace et me mords la langue alors qu'il se déverse en moi.

On bouge quelques secondes de plus avant de stopper. Heph se retire et roule sur le côté sans pour autant me lâcher. Je me blottis contre lui, éperdue, un large sourire aux lèvres. Tout son amour me martèle les tempes et la poitrine. C'est assourdissant, enivrant, incroyable ! Je voudrais que ça ne s'arrête jamais.

*

Il reste un long moment à côté de moi, partageant des baisers ou des regards pleins de tendresse qui finissent par s'effriter. Le temps passe et je sais qu'il va devoir partir. Je sais aussi qu'il se force à se redresser, sans un mot. Mais ce que j'ai vécu auprès de lui doit bien pouvoir agir d'une manière ou d'une autre sur cette malédiction, non ? Heph se lève pour enfiler son sarong et sa chemise, je le regarde faire, un trou béant dans mes entrailles. Son désespoir revient me sonner. Il est heureux auprès de moi, et plus malheureux encore de se dire que ça doit s'arrêter. Après tout cet émerveillement de mon côté, je n'éprouve plus que de la culpabilité et du chagrin.

— Je vais envoyer un message à Aphrodite pour les tenir au courant, propose-t-il.

J'acquiesce. Il revient vers moi, je m'assieds, pendue à ses lèvres. J'espère encore, de toutes mes forces. Heph dépose un baiser sur mon front.

— Fais attention, sorcière impétueuse…

Dès qu'il s'éclipse, il ne laisse qu'un grand vide. Tout son amour disparaît avec lui.

CHAPITRE XXIII

Les pleurs de Médée me réveillent en sursaut. Je me redresse sur le lit, le soleil à peine levé. La nymphe apparaît auprès du berceau au même instant. L'aigle agite ses ailes comme pour se débarbouiller. J'attrape le péplos resté par terre pour l'enfiler et surveiller les occupations de la nourrice. Elle change Médée avant de prendre place sur une banquette pour l'allaiter. Ça me torture, j'aimerais savoir si je fais bien ou pas de ne pas intervenir. Quel mal pourrait-il y avoir dans ce lait maternel de nymphe céleste ? Rien, j'espère. Et même malgré ses soins, Médée trépigne et s'agite. Elle comprend que ni sa mère ni son père ne sont là.

Dès qu'elle a fini de boire, je la prends dans mes bras pour la garder contre moi. Ça la calme seulement en surface. Elle me connaît moins que Circé, je suis la tata de passage et je n'ai aucune fibre maternelle. Mais je tuerais pour elle, sans hésiter. Je lui murmure des paroles réconfortantes, en espérant qu'elle assimile au moins le ton. Je répète ma bénédiction à Hécate sur ma nièce et fais quelques pas dans la chambre en la cajolant.

Le double battant de la chambre finit par s'ouvrir sur celle que j'espérais ne pas voir : Eunomie. Son air pincé m'agace déjà. Elle est suivie de deux automates classiques, chargés de pièces de tissu et de robes.

— Fiancée de Zeus Cronide, repousseur de mal et assembleur des nuées, je te salue.

— Méroé, corrigé-je immédiatement.

Je la fais tiquer. Elle n'a pas l'intention de se plier et d'utiliser mon prénom.

— Tu vas laisser derrière toi ton identité pour incarner la reine de l'Olympe tant attendue par Zeus Cronide, repousseur de mal et assembleur…

— Oui, *Zeus*, l'interromps-je. On n'est pas obligées de sortir tous ses titres chaque fois qu'on parle de lui, Eunomie.

Tout son corps longiligne se raidit. Ses lèvres droites et ses yeux arrondis me donneraient plutôt envie de rire. Je n'ai jamais été très obéissante de base, Circé la Grande et Médée la Jeune se sont souvent arraché les cheveux avec moi.

Eunomie inspire et expire avec calme avant de se tourner vers les automates pour changer de sujet.

— *Zeus* a choisi une nouvelle couleur pour toi, reprend-elle en appuyant bien sur le seul nom du maître de l'Olympe.

Une nouvelle couleur ? Il a aussi l'intention de me rhabiller ?

La nymphe nourrice revient vers moi pour prendre Médée. Je la lui cède à contrecœur, embrassant ses joues et lui promettant que tout ira bien. La nymphe se pose dans un coin avec ma nièce et ne bouge plus. L'aigle, qui n'a pas lâché le bébé des yeux, se perche près d'elles, toujours à l'affût.

Les automates déposent leurs piles sur le lit et se mettent à déployer des tenues sous mes yeux. Toutes ont un point commun : leur doré immanquable.

— Zeus a choisi le doré ? marmonné-je.

— Pour honorer ton ascendance avec Hélios.

Je bats des paupières, à la fois perplexe et agacée.

— Je suis la fille de Thessa, descendante de Circé la Première et de Médée la Première. On n'a pas l'habitude de relier notre lignée aux hommes.

— Tu n'es plus au milieu des tiennes, à présent. Choisis donc une tenue et change-toi. Nous avons beaucoup à faire aujourd'hui.

Oui, tant de choses en vrai ! Je dois me presser de retrouver Zeus et de l'occuper. Je ne pense pas qu'une stratégie où je me montre trop gentille soit suffisante. Il sait qu'il me force, il a été témoin de mon choix, je peux peut-être tenter un comportement en demi-teinte : le repousser tout en appréciant sa compagnie. Et pour cela, je vais sélectionner la pire des robes et enfiler un péplos entièrement doré avec une cape accordée.

Pendant que je me change, Eunomie s'approche de mon lit et semble inspecter mes draps. L'appréhension me gagne. A-t-elle remarqué quelque chose de ma nuit passée avec Héphaïstos ?

— Que fais-tu ? interrogé-je.

— Je vais surveiller ton cycle.

Ah bon sang, quelle plaie ! Et en même temps, elle m'offre une parfaite occasion de rebondir.

— Je crois que je dois m'entretenir avec mon promis, déclaré-je en prenant la porte.

Eunomie bondit et se lance à ma suite.

— Très mauvaise idée ! Nous avons tant de choses à apprendre !

— Ça n'attendra pas, affirmé-je en m'élançant dans le couloir.

Je me souviens à peu près du chemin pour rejoindre la salle du trône, on avisera ensuite.

— Zeus Cronide, repousseur de mal et assembleur des nuées, n'a pas donné son accord pour une entrevue ! s'exclame Eunomie en trottant derrière moi.

— Il m'a enlevée pour m'épouser, il va prendre le temps de m'écouter !

Je déboule dans une salle du trône vide.

— Où est-il ? m'impatienté-je.

— Probablement dans la salle du conseil mais…

J'ignore où c'est mais je m'y rends. Eunomie rouspète derrière moi.

— Soit tu me dis où c'est, soit je fouille tout le palais, la préviens-je.

Elle proteste, mais elle ne m'arrête pas non plus. Elle ne doit pas avoir le pouvoir nécessaire de m'entraver, autant en profiter jusqu'au bout. Eunomie accepte donc de me mener dans cette fameuse salle, mais en me déclamant toutes sortes de mises en garde. On déboule au milieu d'une pièce ronde à colonnes, avec une table circulaire au centre. Autour d'elle, la réunion est restreinte : Zeus, Poséidon et Apollon. Des Douze, ce sont eux qui restent au palais.

Ils tournent tous les trois la tête vers nous, surpris d'être interrompus de la sorte. Je m'approche de Zeus tout en jetant des coups d'œil sur la table sans m'attarder. Le plateau offre au regard une marqueterie de pierres colorées figurant une carte de l'Olympe. Toute autre info disparaît dès qu'on s'est avancé vers eux. J'ai cru apercevoir des éléments mobiles en entrant qui n'y sont à présent plus. Zeus se méfie bel et bien de moi. Il me faut une idée en béton pour la potion que j'envisage.

Je me plante sous ses yeux et attends. Je suis sûre qu'il aime les relations frontales, seulement pour avoir quelque chose à conquérir. Il faut juste capituler au bout pour lui faire comprendre qu'il réussit dans son entreprise.

— Eh bien ? s'impatiente-t-il.

J'écarte les bras et tourne sur moi-même, la mine critique.

— Tu me demandes ? rétorqué-je.

Zeus croise les bras, froissant son costume immaculé impeccable. Eunomie, penaude, le visage blêmi, intervient.

— Ô Zeus Cronide, repousseur de mal et…

— Il sait qui il est ! l'engueulé-je avec force.

Le maître des dieux, lui, affiche un mince sourire en coin. J'étais sûre que ce genre de comportement matcherait avec lui. Je n'avais pas pour projet d'ouvrir une agence de rencontre sans raison. Eunomie se renfrogne et croise les bras, vexée.

— Tu t'es permis de choisir mes couleurs, reprends-je alors. J'attends un retour maintenant.

Zeus se détourne de la table pour me faire face.

— Tu es resplendissante, bien sûr.

Poséidon et Apollon soupirent d'impatience et lèvent les yeux au ciel. Ils doivent avoir l'habitude de voir leur frère et père se détourner ainsi de ses tâches. Alors je le récompense d'un sourire charmé sans trop l'appuyer non plus.

— Et donc, vous complotez quoi ? lancé-je en m'appuyant sur la table.

— Rien qui te concerne, grommelle Apollon.

— Je n'ai rien vu de l'Olympe, en vérité, constaté-je devant la carte.

Et c'est vrai. Je ne connais que le quartier principal avec le palais et les demeures des Douze, je repère aussi la plateforme de la prison sur le côté, mais l'Olympe est bien plus vaste. Plusieurs secteurs se trouvent en aval avec des résidences, un grand marché, des jardins, des gymnases, un théâtre et des bains. C'est vrai que les divinités sont plus de quatre cents au Siège, et qu'elles doivent se sentir bien à l'étroit dans leur tour de New York alors qu'elles avaient tant d'espace dans la dimension céleste. Sans compter toutes les créatures qui ont fini par trouver refuge ici au fur et à mesure que l'humanité s'est étendue, comme les Cyclopes. Ici ou dans les fonds marins, près de Poséidon.

— Nous sommes en train de moderniser certaines parties, m'explique Zeus avec fierté.

— Et tu as décidé de mettre un terrain de golf ? remarqué-je, en interprétant une zone verte sur sa propre plateforme.

— Je me suis découvert une passion pour ce sport de mortel, répond le maître des dieux, de plus en plus détendu.

— Tu m'apprendrais ?

Là, je marque des points. La lueur d'intérêt masculine s'allume dans ses yeux : apprendre un truc à une femme ignorante, le top du top ! Je me mets en position de dépendance, c'est tout ce qu'il veut.

— Bien sûr, oui.

— Mais une autre fois ? propose alors Poséidon.

— Pourquoi pas maintenant ? relancé-je. Je croyais que tu étais tout puissant, Zeus. Tu peux bien m'accorder ce temps-là. Tu veux que je sois ta reine, j'ai accepté pour veiller sur ma nièce, certes, mais n'a-t-on pas besoin de savoir également si nous nous entendons bien ? Et si l'Olympe en vaut la peine ? Je veux en voir plus et…

— Une autre fois, me coupe Apollon, agacé.

Je lève un index dans sa direction.

— Je parle, Apollon ! rétorqué-je le plus sèchement possible.

Le dieu solaire, éberlué, jette un œil outré vers son père pour avoir son appui. Mais Zeus est captivé par mon comportement.

— Soit, décide-t-il. Allons sur le parcours.

Son frère et son fils soupirent.

— Et l'attribution des tâches aux tritons, alors ? tente tout de même Poséidon.

— Plus tard, balaie-t-il. Ma promise s'impatiente.

Il tend le bras pour attraper ma taille et me ramener à lui. Certains de mes muscles se raidissent. Je ne serai jamais à l'aise auprès de lui, c'est certain. Eunomie s'approche pour nous suivre, je pourrais au moins compter sur son chaperonnage. Zeus nous éclipse et on atterrit sur une plateforme de nuées un peu à l'écart, vallonnée et sur laquelle est semé un gazon très vert avec, par endroits, des zones de nuages blancs vaporeux pour remplacer le sable. C'est grand et lumineux.

Zeus a changé de vêtement en un clin d'œil. Il porte à présent, et toujours dans un blanc pur, une tenue de golfeur qui le vieillit à mes yeux. Un automate le rejoint avec les balles et les clubs. Je refourgue ma cape à Eunomie qui se tient juste derrière moi, transpirante de crainte devant le protocole mis à rude épreuve. L'automate installe une balle et tend le bon club à son maître alors qu'il m'explique les règles. Je m'ennuie déjà. J'espère que ce temps grappillé portera ses fruits. Zeus tape la première balle et se réjouit de son premier coup. L'automate réinstalle le tout et on me tend un club.

J'imite la position du roi des dieux mais ne prévois pas du tout qu'il prenne autant ses aises. Zeus me contourne et se plaque derrière moi pour corriger ma tenue et mon geste. Je me glace de l'intérieur. Il pose ses mains sur les miennes alors que son corps m'enrobe de toute part. Je l'entends respirer dans mes cheveux et s'appesantir contre moi alors que je déglutis douloureusement, me forçant à ne rien laisser paraître de toute l'horreur qu'il m'inspire.

— Je le savais, chère Méroé, que mes menaces porteraient leurs fruits, me glisse-t-il à l'oreille. Tu finiras bel et bien par te soumettre.

Une pierre me tombe dans l'estomac. Il fait sûrement mention de ses paroles et de sa gifle dans les forges, au moment où j'affirmais que je ne lui céderais rien.

C'est l'intervention d'Eunomie qui le pousse à poursuivre : la déesse garante du protocole se racle si fort la gorge que Zeus soupire et accompagne mon mouvement du bassin pour lever les bras et projeter la balle dans les airs. Zeus ne me relâche qu'à cet instant. Mon cœur, lui, s'emballe et charrie de la peur dans mes veines.

Je joue avec le feu.

*

Après trois bonnes heures d'initiation au golf durant lesquelles j'ai tout fait pour cacher crainte et dégoût, Zeus, de bonne humeur, m'a invitée à prendre une collation en congédiant Eunomie sans lui laisser une seule chance de protester. Ça m'a pétrie d'inquiétude au départ, mais il n'a rien tenté pour autant. Il a choisi le lieu le plus agréable, selon lui : une terrasse avec une pergola recouverte de vigne et de raisins, au chœur d'un jardin rempli de lauriers d'Apollon et de rosiers. On est tous les deux vautrés sur deux banquettes qui se font face, un guéridon au milieu supportant des mets délicats : des gâteaux au miel, des olives, du pain à la semoule et des fruits.

Je picore, l'estomac toujours aussi noué, alors qu'il me raconte ses exploits contre les Titans en veillant à bien se mettre en avant.

— Avant l'Olympe, il y avait Othrys, le royaume des Titans. C'est là-bas qu'ont dépéri les derniers qui ne se sont pas ralliés à nous, ajoute-t-il en levant la main pour claquer des doigts.

Un automate accourt jusqu'à une table devant nous pour plonger une coupe dans un cratère et puiser le vin préparé à la grecque pour l'occasion : une sorte de jus fermenté épais, coupé avec de l'eau. En faisant demi-tour, il renverse et brise une carafe d'eau en cristal. Sans se rendre compte de rien, il poursuit sa route pour servir Zeus qui s'est redressé.

— Stupide automate ! s'agace-t-il en lui envoyant un éclair dans la poitrine.

L'automate bondit en arrière et roule lamentablement, désarticulé et fumant. La surprise me tend, mais j'en ai surtout le cœur brisé à l'idée que les créations d'Heph soient si mal traitées. J'ai pourtant une opportunité d'action et je ne vais pas la manquer.

— Je vais te servir, me proposé-je en me levant.

Ça tasse un peu la nervosité de Zeus qui se réinstalle sur sa banquette.

— N'avais-tu pas un échanson ? interrogé-je pour l'occuper.

Je m'arrête devant le cratère, le cœur battant. Pas de témoin, Zeus est derrière moi, je peux agir maintenant. J'invoque la baguette que je garde plaquée contre ma poitrine tout en attrapant une coupe de mon autre main pour la plonger dans le cratère.

— Ganymède, si, répond-il. Un jeune homme à la beauté étourdissante. Je l'ai enlevé sous ma forme d'aigle pour le ramener ici et en faire mon amant.

Je ferme les yeux et visualise la valériane dans la pharmacopée de la Clairière. Cette plante était déjà connue des Grecs anciens et d'Hippocrate pour ses valeurs soporifiques. Si je booste ses capacités d'un sort, je pourrais endormir Zeus pour quelques heures au moins. Grâce à la baguette, je parviens à faire venir jusqu'ici – une autre dimension –, cet ingrédient qui plonge tout seul dans le cratère.

— Il a remplacé Hébé et bien entendu, Héra n'a pas apprécié que notre fille soit mise à l'écart.

Je récite mentalement un sort avant de faire disparaître la baguette : *Valériane et raisin, endormez le maître des lieux, livrez vos dons certains, et que sans attendre il ferme les yeux.*

— C'est un tort partagé par bien des femmes, poursuit Zeus. La jalousie. C'est ce qui a poussé Hécate dans sa rébellion contre moi, elle était bien évidemment jalouse de ma puissance et de mes possessions.

Je me mords la lèvre de lassitude, à écouter ses lamentations et ses leçons sans fin, avant de revenir vers lui, la coupe pleine dans la main. Je la lui tends et reprends ma place de mon côté. Car non seulement, il se parle à lui-même, mais en plus il s'apitoie sur son sort et déclame que les femmes discutent un peu trop ses avances sans comprendre ce qu'il peut leur apporter. Quel être insupportable d'égocentrisme et de mépris !

— Et penses-tu prendre des maîtresses et des amants lorsque nous serons mariés ? questionné-je, agacée.

Il sourit alors qu'il allait porter la coupe à ses lèvres. Je suis trop bête, je l'ai coupé dans son élan !

— Qu'est-ce que je disais sur la jalousie, s'amuse-t-il.

— Du coup, je peux moi aussi faire des écarts, en conclus-je.

Il sourit davantage mais avec plus de perfidie.

— Si Eunomie était là, elle te répliquerait que l'épouse ne peut pas se permettre d'écart, au risque de souiller la lignée. Donc non, Méroé.

Évidemment. Je prends ma coupe et la lève pour l'encourager à boire et cesser là cette discussion unilatérale.

— À notre union, dit-il avant de boire plusieurs gorgées.

Un lourd soulagement me tombe dans l'estomac. Je me retiens de bondir pour alerter tout le monde, mais le cœur y est. Zeus abaisse la coupe et grimace.

— Quel drôle de goût, constate-t-il.

Je n'ai pas cherché à le masquer car l'effet devrait être rapide. Ma tension grimpe en flèche. Je serre le tissu de ma robe entre mes doigts, pressée.

— C'est dû à la valériane, dis-je alors avec un mince sourire.

Zeus m'accorde un regard stupéfait.

— Une plante narcotique, stimulée par un sort.

Il laisse tomber la coupe qui se brise sur le sol et se redresse, sa colère semblant lutter contre le sort. Ses yeux gris s'assombrissent et il perd toute expression sereine. De mon côté, je me tiens prête. Les secondes me semblent si longues !

Zeus tend la main et fait apparaître des plants aux ombrelles de fleurs blanches et aux racines noires au creux de sa paume.

— Reconnais-tu ceci ?

Un haut-le-cœur me saisit à la gorge. Je blêmis.

— Du *môly*, poursuit Zeus avec calme.

Mais ce n'est qu'une apparence. Sa chevelure se dresse en couronne, parcourue de filaments électriques qui s'élèvent encore plus haut.

— Je la connais parce que c'est la plante que *ma* fille Athéna a recommandée à Ulysse, par l'intermédiaire de *mon* traître de fils, Hermès, pour contrer un sort de sorcière. Quand Poséidon m'a appris que tu avais trouvé refuge sur cette maudite île d'Aiaía, j'ai demandé à la fouiller de fond en comble. Et c'est là que je l'ai dénichée, cette herbe miraculeuse qui a disparu de la surface terrestre.

Il se lève et sa tenue change. Le voilà enveloppé dans une longue tunique grecque blanche, alors que des nuages d'orage anthracite recouvrent l'Olympe.

— J'en ingurgite tous les jours depuis.

Je bondis sur mes pieds, effarée.

— Tu m'as trompé, sorcière ! Mais tu m'as aussi livré un nouveau traître ! s'exclame-t-il en désignant le bracelet de bronze à mon poignet.

Heph…

Tout tombe à l'eau, le pouvoir des sorcières ne sera pas suffisant contre Zeus, je dois agir ailleurs à présent. J'invoque à nouveau la baguette alors que le dieu est en train de faire venir à lui des orages et des éclairs qui déchirent le ciel. Je me téléporte dans ma chambre. La nymphe qui berce Médée sursaute et l'aigle, qui a perçu sa peur, ouvre ses ailes et se met à glatir pour appeler son maître. Je lui envoie une boule de feu sans réfléchir. L'oiseau s'embrase en une seconde. En trois pas, je suis devant la nymphe pour lui arracher Médée des bras. Le bébé se met à pleurer mais je n'ai pas le choix.

— Déguerpis ! Si tu ne veux pas finir comme lui ! menacé-je en désignant la carcasse grillée de l'aigle au sol.

La nymphe, terrorisée, disparaît.

Les poumons en feu, je prends le temps de fermer les yeux et de prier Héphaïstos. Il m'entendra, je le sais. Je le préviens que Zeus sait tout et le supplie d'être prudent. Et alors que le calme ambiant parvient à abaisser d'un degré ma panique, le sol se met à trembler. Des bruits sourds se font entendre dehors.

La bataille commence.

CHAPITRE XXIV

Et qui dit bataille, dit Athéna. Je nous téléporte devant la prison, Médée et moi. Aucun signe des tritons, ils ne sont plus là. J'espère quelque part, pour eux, qu'ils sont loin d'ici, car le tonnerre gronde et j'entends les échos des cris et des coups qui font trembler l'Olympe. J'entre dans la prison où les deux déesses et ma mère n'ont pas bougé.

— Méroé ! s'exclame cette dernière, angoissée.

— Je sens la bataille en cours ! Presse-toi ! lance Athéna, frustrée d'être immobilisée.

Je prends du recul et pointe la baguette sur les barreaux. Je concentre le plus d'énergie possible et ne songe qu'à une seule chose : que ce métal contrôlé par Zeus perde toute propriété et finisse par céder. Un premier sort jaillit de la baguette et s'écrase contre le bronze. Je me redresse, le souffle coupé. Rien n'a bougé.

— Recommence ! Allez ! m'encourage Athéna.

Je tente une nouvelle fois avec un sort prononcé.

— *Que la puissance de Circé fasse voler en éclat la cage dorée !*

Mais rien. Mon bras s'abaisse. J'en ai la gorge nouée d'impuissance.

— On a peut-être mis trop d'espoir dans cette baguette, déclare péniblement Héra.

— Tout ça pour ça, ce n'est pas possible, déploré-je.

— Méroé, essaie un sort de sang, me dit ma mère. Ce sont toujours les plus puissants.

J'acquiesce. Elle a raison, oui !

— J'ai mon sang et celui d'Héphaïstos dans ma main droite, réponds-je.

— Tu crois que Zeus aurait permis que sa volonté soit pliée par le sang d'une sorcière ou l'ichor d'un dieu qui lui est inférieur ? rétorque Athéna.

Ma mère pousse un soupir.

— Et que nous proposes-tu ? s'agace-t-elle. Mes filles sont sur le champ de bataille ! Je ne resterai pas là sans rien faire !

Une boule d'angoisse implose en moi. Ella et Circé sont là-haut et font face à la colère de Zeus que j'ai moi-même déclenchée. Je me sens vraiment la plus inutile des incapables. Je blottis Médée contre moi, désespérée.

— Méroé, regarde-moi, m'appelle ma mère.

Je lève des yeux embués de larmes.

— Aies confiance en toi ! Tu as trouvé la baguette !

— Qui ne sert à rien ! J'ai même mené Zeus jusqu'à Aiaía et au *môly*, il va résister à tous nos sorts.

— Tu as fait bien plus que n'importe qui, tu m'entends ?

Sa voix tremble, émue. J'aimerais la croire aveuglément, mais ça ne change rien au résultat catastrophique de toute ma quête.

— Oui, affirme soudain Athéna. Tu as fait bien plus que tu ne le crois.

Je la dévisage, incrédule.

— Tu as apporté la baguette ici et le seul sang auquel Zeus ne peut s'attendre.

Je mets quelques secondes avant de comprendre le mince sourire confiant de la déesse de la sagesse.

— Médée ?! s'indigne ma mère.

— Zeus ne sait pas tout d'elle ! défend Athéna. Les dieux et les déesses ont souvent eu des enfants avec de simples mortels mais jamais avec des sorcières. Le sang de Médée est différent, je le sais, je le sens !

— Ça pourrait marcher, appuie Héra.

Je couve ma nièce du regard, pleine d'appréhension.

— Je ne vais lui faire qu'une petite entaille, précisé-je en glissant la baguette entre nous pour faire apparaître une fine lame. Pardon Médée, pardon, pardon. Pardon Ella, pardon Deimos.

J'inspire et produis une fine coupure au bras de ma nièce. Celle-ci, d'abord fascinée par les étincelles violettes de la baguette, éclate en sanglot alors qu'un sang cuivré roule sur sa peau. Je reprends aussitôt la baguette pour cibler la cage, surprise qu'Athéna soit sûre d'elle.

— *Que le sang de Médée ne coule pas en vain, qu'il ouvre la cage et les entraves des prisonnières, qu'il les libère de tout contrôle du maître divin, et qu'Athéna, Héra et Thessa retrouvent la lumière !*

Le liquide cuivré s'enroule autour de la baguette et s'abat sur le métal doré en même temps que le sort. Un souffle brutal me fait reculer de plusieurs pas et je fais tout pour protéger Médée contre moi. J'entends le bronze se tordre et se briser derrière moi. Dès que le calme revient, je pivote. Héra est décrochée des barreaux supérieurs et ses pieds ne sont plus enchaînés. Ma mère et Athéna ne sont plus retenues par les trônes d'or.

— Enfin, soupire Athéna, soulagée.

Elle fait immédiatement apparaître sa lance et sa cuirasse, se coiffe de son casque et durcit son égide – la pelisse à tête de Gorgone – pour en faire son bouclier. Héra ne perd pas de temps non plus : elle s'arme d'une cuirasse aux reflets bleu-vert et d'une épée. Maman se jette sur nous pour nous prendre dans ses bras. Je lui confie aussitôt Médée.

— Tu vas rentrer avec elle, lui dis-je.

— Je ne peux pas vous abandonner, refuse-t-elle.

— Tu dois mettre Médée en sécurité.

— Vous êtes sûres ? intervient Athéna. Je sais qu'elle est ma petite-nièce adorée, mais son sang est spécial.

— Justement ! insisté-je.

La présence des plumes d'Hermès dans les ruines de sa demeure me revient en flash. Elles permettent aux mortels de voyager d'une dimension à l'autre, elles tombent vraiment à pic ! Comme je les ai vues et que je sais où elles sont, j'en appelle deux à moi, en coince une dans le petit poing serré de Médée et confie la seconde à ma mère.

— Pense à la Clairière et reste là-bas.

Elle m'enlace une dernière fois en me glissant « Je vous aime, tes sœurs et toi » à l'oreille avant de s'effacer avec Médée. C'est à la fois un soulagement et un crève-cœur.

— Allons-y, ne perdons pas de temps, nous somme Athéna en me tendant sa main.

Elle me téléporte avec elle au beau milieu de la bataille qui fait rage sur la place centrale. Quelle vision chaotique partout autour de moi ! Zeus vole dans les airs, foudre à la main, cerclé d'éclairs qu'il envoie sur notre camp. Hécate en repousse un maximum en produisant des boucliers, assistée par la plupart des sorcières. Les sorts de protection et de déviation envoient plusieurs fois les éclairs sur le camp adverse. Le véritable combat au corps à corps, ce sont les dieux comme Arès, Phobos et Deimos qui l'assurent, face à des tritons menés par Poséidon lui-même. Son trident déchaîne les éléments : des vagues grossissent de nulle part et s'abattent sur eux. Des sorcières répliquent en transformant les flots en vapeur avant qu'elles ne touchent nos alliés. Apollon, lui, décoche ses flèches en hauteur et c'est Némésis et les Gorgones qui se ruent après lui, leurs ailes battantes, brandissant des épées enflammées devant elles. Bon nombre des divinités mineures à la botte de Zeus ont pris part au combat et représentent une menace non négligeable.

Quant aux automates, ils ne sont visiblement plus mobiles mais figés, parfois genoux à terre. Héphaïstos leur a retiré l'animation dans les temps ! Ils génèrent cependant un mur électrique qui envoie au tapis celles et ceux qui tentent de s'en approcher. Athéna et Héra se rangent auprès d'Aphrodite, de Circé la Grande et de Médée la Jeune pour se tenir au courant avant d'entrer dans la bataille. Autour d'elles, les statues et les colonnes qui avaient été sculptées et remontées, volent en éclats. Je cherche mes sœurs des yeux et finis par les apercevoir près du front, Circé, une épée enflammée à la main, tentant de percer le mur d'automates, Ella protégeant ses côtés des attaques.

Je cours vers elles.

— Méroé ! s'exclame Circé.

Ella se jette sur moi.

— Ma fille ?

— En sécurité avec maman, à la Clairière, la rassuré-je aussitôt.

Elle me serre dans ses bras, un sanglot lui échappant.

— Merci d'être partie avec elle !

Je lui raconterai plus tard pour le sang de sa fille, ce n'est pas le bon moment. Notre mère soignera sans mal la fine coupure, quoi qu'il en soit.

— Que puis-je faire ? demandé-je, prête à l'action.

— Impossible de passer ces automates, grogne Circé. Ils ont débarqué au moment où nous sommes arrivées grâce à l'Ambroisie délivrée par Hadès, et puis soudain, ils se sont immobilisés. Mais Zeus les rend infranchissables.

OK, il faut donc s'occuper de lui. Il ne mordra pas à l'hameçon d'une autre, mais j'ose espérer que je l'ai suffisamment provoqué pour que moi, il me suive.

— Je m'occupe de lui, décidé-je. Mais avant ça…

Je joins les deux mains sur ma baguette.

— *Protection sur chacune de mes sœurs, veille à préserver leur cœur.*

Mon sort se répand autour de moi et touche chaque sorcière. Circé et Ella paraissent soufflées par la force qu'elles reçoivent.

— Si tu veux être puissante, sois puissante ! me lance Circé.

— Si tu veux être courageuse, sois courageuse, appuie Ella.

— Si tu veux être forte, sois forte, dis-je à mon tour.

On échange toutes les trois un sourire et on se sépare.

Ma confiance gonflée à bloc, je tente ce que toute sorcière rêverait de faire sans jamais l'avoir réalisé : voler. C'est pourtant dotées de cette capacité-là que les mortels nous ont toujours imaginées. Dans mon cas, à cet instant précis, il suffit de le vouloir et avec l'aide de la baguette, je m'élance dans les airs. Je rejoins Zeus dont la forme est devenue métallique, comme l'argent. Ses yeux sont aussi blancs que son foudre. Il déchaîne les filaments lumineux des éclairs partout autour de lui. Pourtant, je suis plutôt sûre de moi. Je peux m'éclipser aussi vite que les divinités.

— Hé Zeus ! l'interpellé-je en me tenant tout de même à distance. Athéna est entrée sur le ring. On ne la surnomme pas l'Invincible pour rien, tu ne crois pas ?

Je capte tout de suite son attention.

— Méroé, peste-t-il. Comment as-tu fait pour ouvrir la cage ?

J'agite la baguette en haussant les épaules.

— Peut-être que ton pouvoir sur l'Olympe est défaillant ? Peut-être qu'on est plus fortes que toi ?

En guise de réponse, je reçois un éclair. Je l'esquive tout juste, de quoi relancer mon pouls et aiguiser tous mes nerfs. « Impétueuse », m'a dit Heph. Je persiste à me qualifier de « trop téméraire » mais c'est peut-être bien tout ce dont j'ai besoin cette fois.

— Sale vipère !

— Le fait est, Zeus Cronide !, qu'avec la baguette de Circé la Première, tu ne peux rien contre moi ! le provoqué-je.

Tous ses traits se déforment sous l'effet de la rage et il se précipite sur moi. Je m'éclipse d'emblée pour réapparaître au-dessus de son palais. Je pense avoir quelques secondes d'avance, me demandant même s'il m'a bel et bien prise en grippe, mais non. Il est déjà là, quasi en même temps que moi, et me décoche un éclair de son foudre qui me frôle de très près. Je me téléporte dans la chambre que j'ai occupée, il me suit sans hésiter. Je pourrais tenter de lui envoyer des sorts, mais le *môly* joue contre moi, ils n'auraient aucun effet. Tout ce que je peux faire, c'est le tenir éloigné du champ de bataille pour qu'Athéna puisse prendre les choses en main et le dessus sur les autres dieux.

Je lui échappe deux ou trois fois de suite, la sueur au front. Ça me demande une justesse et une concentration qui s'épuisent au fur et à mesure. Je ne peux certes rien lui faire directement, mais je peux utiliser la magie sur moi. J'atterris dans un grand jardin, près d'un portique, et me rends invisible au même instant. Zeus apparaît et cette fois-ci, hésite. Enfin une poignée de secondes pour reprendre mon souffle ! Je n'avais pas encore autant sollicité la baguette, je ne me rendais pas compte à quel point elle puise dans mes forces.

Les muscles fébriles, je n'ose pas bouger d'un pouce.

— Méééroé, appelle-t-il, à une dizaine de mètres de moi.

Je déglutis. Il faut que je reprenne le contrôle, mais comment ?

— Où te caches-tu, chienne ?

Il se déplace lentement, ou plutôt prudemment. Et comme il borde le portique, j'en profite : je lève la baguette et le balaie. Les lourdes pierres se projettent sur le dieu avec tant de vitesse et de brusquerie qu'il ne l'anticipe pas.

Les colonnes et les murs s'affaissent sur lui dans un bruit assourdissant. Cette action n'abattra pas Zeus, mais elle devrait le retenir au moins quelques…

Le tas de blocs explose, balançant du marbre partout autour de lui. Je génère un bouclier qui me permet de ne pas finir écrasée par une portion de colonne. Ça suffit à révéler mon emplacement et Zeus bondit sur moi, me heurtant avec une rare violence. Je roule sur le sol, grimaçant des obstacles qui brutalisent mon corps, si bien que ma baguette m'échappe et s'éloigne de moi. Je perds mon invisibilité.

Le souffle coupé, des douleurs plein les bras, les jambes et les côtes, je tente de me redresser quand un pied s'appuie sur ma poitrine pour me plaquer au sol.

— Tu es là, empousa, se réjouit Zeus.

Il écrase mes poumons sans pour autant m'exécuter. Il veut à nouveau jouer.

— Tu as vraiment cru que tu me battrais ?

J'aimerais répondre, mais je lutte contre l'asphyxie.

— Je pourrais te faire encore courir mais à quoi bon ?

Et il appuie encore. Mes mains sont crispées sur son pied sans espoir de le faire bouger. Zeus éclate d'un rire glaçant.

— Ne trouves-tu pas étrange que ce traître d'Héphaïstos, qui reproduit ton visage dans son atelier, ne soit pas présent ? J'avais des doutes sur le récit que m'ont rapporté ces abominables tritons : toi, sans tes pouvoirs, tu aurais manipulé le dieu des forges ? Non. C'est ton poison naturel et c'est sa faiblesse à lui qui l'ont détourné de moi et de l'Olympe !

Je suffoque, la peur au ventre. Je pourrais tenter de le repousser, mais en vain. Il vient d'insinuer un tel doute et une telle crainte dans mon esprit que je me force à décrocher ma main de son pied, luttant ainsi contre mon instinct de survie, pour rappeler la baguette à moi. Dès qu'elle touche mes doigts, je me téléporte dans les forges souterraines.

Je commence par tousser pour reprendre ma respiration, puis je me redresse et boitille en grimaçant. La salle au bassin de lave est vide, l'endroit est silencieux. Héphaïstos a dû évacuer les Cyclopes pour les mettre à l'abri. Pendant une seconde, je m'attends à ce que Zeus me suive, mais non. Non. Il veut prendre son temps. Il sait où je suis, quoi qu'il en soit.

— Heph !

J'entre dans la salle des hauts fourneaux, ils brûlent encore mais avec des carcasses d'automates qui dépassent des ouvertures. Il a dû commencer à détruire les derniers fabriqués.

— Heph ! Heph !

Ma voix résonne et les échos me reviennent sans aucune réponse de sa part. J'entre dans son atelier, l'établi sur lequel il travaillait a été dévasté d'un coup de foudre. Tout est brûlé et noir, et toujours pas d'Héphaïstos. J'en ai la nausée. Le pied de Zeus n'écrase plus ma cage thoracique mais c'est tout comme. Ma respiration peine à se calmer et l'angoisse se diffuse jusqu'au bout de mes doigts. J'essaie de me concentrer sur ma main dorée, mais je suis si confuse, si apeurée et fébrile que tout se confond. Il doit ressentir la même tempête.

Je sors de là, jette un œil dans la cuisine et poursuis à l'arrière des hauts fourneaux pour rejoindre la salle où Argès, Brontès, Stéropès montaient les automates. Là aussi, il y a eu destruction. Mais ce qui me frappe en plein cœur, c'est le trépied à roulettes d'Héphaïstos à terre, inanimé, éventré par un tir de foudre, lui aussi.

La réserve est grande ouverte et toujours aussi sombre.

— Heph ?

J'envoie des lueurs flotter au-dessus de moi pour éclairer la salle. Le géant Talos, tout en bronze olympien, réapparaît sous mes yeux. Et à son pied, la silhouette affaissée du dieu forgeron.

Je m'élance vers lui en faisant taire mes douleurs.

— Heph !

Je ne réfléchis plus. Je tombe à genoux auprès de lui, découvrant avec horreur l'énorme blessure noire qui dévore son ventre. Zeus l'a touché de son foudre, lui aussi. C'est comme si sa chair luttait contre la brûlure sans possibilité de l'endiguer. Mais on ne peut pas tuer le dieu des forges et des volcans ! Héphaïstos se baigne dans la lave !

Pourtant son visage est rayé de cuivre, ses poings fermés, ses yeux hagards.

— Méroé… parvient-il à prononcer.

— Tiens bon ! le supplié-je, la tête en vrac.

Que faire ? Comment ? Tout s'embrouille, je ne vois que ce noir qui s'étend malgré sa résistance. Tout son corps si solide et imposant est secoué de frissons, et au milieu de tout ça, il affiche un maigre sourire et tend sa main vers moi. Je l'attrape et la plaque sur ma joue. Je veux garder le contact avec lui, ça peut aider pour un sort ! Je dois forcément avoir un sort de guérison… Mais suffisamment puissant pour inverser l'impact d'une arme légendaire comme le foudre ?

Je dois essayer. Je dois tout tenter !

J'impose ma paume sur sa blessure flambante.

— *Hécate, entends ma prière et répare ses chairs, entends ma prière et répare ses chairs, entends ma prière et répare ses chairs,* psalmodié-je, me raccrochant à la force de la baguette.

Des morceaux carbonisés se désagrègent, m'envoyant une boule d'espoir dans la poitrine ! J'esquisse un soupir de victoire qui se coince aussitôt en travers de ma gorge. Ses chairs se désagrègent mais ne repoussent pas. Il est en train de disparaître…

— Méroé, laisse-moi…

Un filet d'ichor doré et noirci coule entre ses lèvres.

— Je refuse ! rugis-je. Toi et moi, on est enchaînés l'un à l'autre !

Mon cœur se met à cogner dans tous les sens. Un mélange de fureur et de déni m'embrase. Pas question d'accepter ça !

— Tu dois tenir !

Mais la blessure grandit de plus en plus vite, il est en train de lâcher prise. Sa jambe en bronze se détache de lui avec la disparition du haut de sa cuisse. Elle rebondit sur le sol en plusieurs sons métalliques dénués de vie.

— Arrête ! m'alarmé-je. *Hécate, entends ma prière et répare ses…*

J'halète sans pouvoir prononcer la suite du sort. Son pouce frôle mes lèvres, comme pour me rappeler à lui. Ses yeux d'ambre et son mince sourire se réaccaparent mon attention.

— Ton visage, dit-il.

Je m'emplis du sien, de chaque contour, chaque trait, chaque étincelle, de tout. De sa chaleur insoupçonnable, de sa mauvaise humeur qui n'est qu'un bouclier, de son cœur d'or bien plus brillant que toutes ses créations…

Et d'un coup, il disparaît. Ne laissant retomber sur le sol qu'un peu de poussière.

CHAPITRE XXV

Le néant.

C'est tout ce qui m'entoure. Je reste là, hébétée. Le silence est assourdissant. Je n'ose pas reprendre mon souffle, ni même cligner des paupières. Je pourrais halluciner. Je pourrais imaginer tout ça et me trouver encore là-haut, sous le pied oppressant de Zeus. Le manque d'oxygène s'expliquerait. Et expliquerait surtout cette absurdité. De la poussière de cendres, c'est tout ce qu'il peut rester de lui ? Une jambe lourde en bronze, raide, posée là.

Des applaudissements.

Des claps espacés qui surgissent derrière moi, lents et paisibles. Qui me font frémir et reprendre mon souffle. Combien de secondes sont passées ? J'essaie de me raccrocher à quelque chose. Je devrais m'inquiéter de ce qui se trame dans mon dos, et même à la surface, mais plus rien n'a d'importance. On me l'a enlevé, *lui*.

Le déclic.

La brèche s'ouvre devant moi, la malédiction est rompue. Tout ce que je désespérais de ressentir me submerge avec une violence qui me fait perdre la tête. On me l'a enlevé, *lui* ! Sa brûlure me gagne, mon amour pour lui rugit dans mes veines. Un déferlement d'émotions brutes me plonge dans une colère monstrueuse. *On me l'a enlevé ! Lui !* La douleur est si intense que je me sens auréolée d'une énergie inconnue. Mes cheveux flottent, mon cœur m'échappe, ma pensée s'estompe… J'enchaîne un geste, une lame apparaît, elle tranche la paume de ma main dorée, l'ichor coule et il pénètre le pied de Talos. Je peux capturer l'essence d'Héphaïstos et l'enfermer là, sans même prononcer une parole.

— Fin de l'acte, ma chère.

Je me relève, baguette à la main, et fais face au maître des dieux. Il a cessé de frapper dans ses mains. Il n'a pas perdu son assurance ni sa superbe. Son foudre se matérialise entre ses doigts tandis qu'un souffle jaillit de mon corps, comme si une tornade de magie vrombissante m'entourait. J'écarte les bras sans crainte.

— Essaie ! le provoqué-je.

Même ma voix a changé, et les étincelles violettes qui enrobent la baguette se répandent autour de mon bras.

Cette fois, Zeus perd son sourire. Il lève son bras en arrière et propulse un éclair sur moi. D'un regard, je le dévie. La foudre s'abat sur la paroi de la réserve. Zeus réitère à trois reprises et à trois reprises, son arme ne parvient pas à me toucher. La colère pulse hors de lui, mais ce n'est rien à côté de ma propre furie.

— J'ai abattu les Titans ! enrage-t-il. Crois-tu qu'une sorcière sans intérêt comme toi puisse m'arrêter ?! Ta magie ne peut plus rien contre moi !

Je serre les dents. Les étincelles violettes m'enveloppent à présent.

— Ma magie, peut-être, répliqué-je. Mais il existe des forces que même toi, tu ne peux contrôler !

Il éclate d'un rire mauvais qui ne fait que traduire son incrédulité et une part de nervosité. Si son foudre ne peut rien, alors quoi ?

— Montre-moi, empousa, me défie-t-il, goguenard.

Je fais un pas en avant, le sol se met à vibrer sous mes pieds. Sans le quitter des yeux, j'insuffle le seul sort qui se répète en boucle dans ma tête depuis que je connais Héphaïstos.

— *KATADESMOS !*

Chacune des syllabes se répercute dans l'immense salle, faisant chevroter la pierre.

— Héphaïstos est à *moi* ! Il est lié à moi ! Je l'appelle et il me répondra ! *Katadesmos !*

Toute l'énergie qui m'encercle s'enfonce dans le géant de métal derrière moi.

— Son essence et son ichor sont préservés ! Alors lève-toi, Talos ! exigé-je en m'éraillant la voix. Lève-toi !

Le bruit sourd et rouillé du bronze retentit dans mon dos. Contrairement à son aspect « vivant » originel car privé de la quantité d'ichor nécessaire pour cela, Talos est une sorte d'automate qui se redresse, conservant en lui l'essence de son dieu et créateur. Bien trop grand pour tenir debout, il courbe l'échine qui touche le ciel de la caverne. Il avance d'un pas et son pied creuse une crevasse sous lui. Ses énormes bras s'abaissent jusqu'à un Zeus interloqué. Le géant attrape le maître de l'Olympe dans son poing et le soulève du sol. Zeus écarte les phalanges en forçant l'index et le majeur à desserrer leur emprise.

— Pauvre folle, tu oublies qu'il est en bronze olympien. Il ne pourra rien me faire, car c'est moi le maître ici !

Je bondis sur le bras de Talos pour garder l'ascendance sur Zeus.

— C'est là que tu te trompes, le corrigé-je alors. Il ne te reconnaît plus comme maître. L'Olympe est en train de se détourner de toi ! Des Douze, vous n'êtes plus que trois ! Ton propre frère t'a tourné le dos ! Tes enfants t'ont rejeté ! Tes favoris ! Hermès a même tenté de tuer !

La lueur de fierté et de puissance au fond de ses yeux vacille. Il ne fallait peut-être rien lui dire jusque-là, mais je vais me faire un plaisir de lui faire ravaler sa confiance.

— Et Athéna, ta préférée, t'a tourné le dos, ajouté-je avec un sourire incisif. Elle est là-haut, en train de flanquer une raclée à ta pitoyable armée !

Ce dernier point le fait s'agiter. Il parvient à retirer son bras du poing de Talos alors j'ordonne au géant de refermer sa seconde main sur la première, pressant Zeus entre elles. Il se débat mais cette fois, sans parvenir à repousser aucune phalange. La peur s'empare de lui, alors que son foudre est coincé contre son torse.

— Je vais les nommer ! reprends-je d'une voix forte, tout en m'approchant du prisonnier. Héra au Trône d'or, Aphrodite la Céleste et Athéna l'Invincible, voilà le nom des nouvelles maîtresses de l'Olympe ! Celles qui contrôlent le bronze ! Je vais les nommer, celles qui t'ont battu ! Ella, Circé et Méroé, filles de Thessa et servantes d'Hécate ! Par trois fois, on a déjoué tes plans !

Je m'arrête à quelques pas de lui alors qu'il bataille pour se libérer. Mais Talos le maintient sans sourciller. Son autorité n'est plus reconnue par l'Olympe, sa souveraineté est en train de basculer, de seconde en seconde.

— Sors-moi de là et je pourrais tout de même te pulvériser de mon foudre ! rugit-il.

— Ton foudre ?

Je pointe la baguette sur son arme fétiche et l'envoie se planter dans la paroi de la caverne, crépitant loin de son maître.

— Ne t'en fais pas pour lui. Ma nièce Médée le récupérera un jour ou l'autre puisque tu le lui as permis[3].

3. Voir le tome 2, *L'Enlèvement de Circé* : lors de la baby shower d'Ella et de Deimos, Zeus a accordé à leur futur enfant le port du foudre. Seule Athéna possédait cette distinction à l'origine.

Les yeux ronds, impuissant et enfin effrayé, Zeus remue mais plus par désespoir que par conviction.

— Non, crie-t-il. Non !

Je fais venir à moi le masque en bronze avec lequel Héphaïstos m'avait bâillonnée lors de la visite d'Éris aux forges, pour le planter sur le visage de Zeus. Il est temps qu'il se taise à présent. Je m'apprête à bondir du bras quand finalement, je m'aperçois que j'ai autre chose à lui dire avant que nous remontions à la surface.

— Au fait, je ne te remercierai jamais assez de m'avoir jetée dans les forges, maître des destinées, ajouté-je avec ironie.

Je saute sur le sol et me consacre à la seule chose qui me comblerait véritablement : le retour d'Héphaïstos. Le sort qu'Ella a performé l'a vidée de son propre sang, mais elle n'avait pas la baguette de Circé la Première. Je peux tenter de l'adapter, avant que toutes mes forces ne m'abandonnent.

— Sorcières, écoutez-moi, aidez-moi, rendez-moi Héphaïstos, murmuré-je en m'agenouillant devant la jambe en bronze.

Je pose ma main sur le métal tiède et récite les paroles de ma sœur.

— *Magie, prolonge son ichor, qu'il rende à Héphaïstos son corps ; magie, prolonge son ichor, qu'il rende à Héphaïstos son corps…*

Tout doucement, le filet doré sort de la jambe et redessine l'enveloppe charnelle du dieu forgeron. Son teint cuivré finit par réapparaître, son large buste, sa tête droite, ses longs cheveux… même sa jambe en bronze reprend son aspect naturel. Je lève doucement la baguette en direction de Talos pour réincorporer l'essence du dieu dans son corps. Un liquide semblable à une coulée de métal en fusion plonge dans sa poitrine. Toute sa peau se met à rougeoyer alors que ses poumons soulèvent son torse.

Épuisée, j'arrête ma récitation et relâche mes muscles. Je suis passée par tellement d'états d'esprit et d'émotions que je n'ai qu'envie de pleurer de soulagement à présent. Héphaïstos ouvre les yeux et s'accoude, déboussolé. Il finit par me voir, je retrouve toute sa lumière dans ses iris dorés. Je crois que je n'ai jamais été autant chamboulée de toute ma vie par une telle joie. J'ai failli le perdre, *lui*. Mes sentiments me dépassent, mais je n'oublie pas la chance que j'ai. Mes mots s'entravent au fond de ma gorge. Y a-t-il même des paroles suffisantes pour exprimer ce flot incessant que j'éprouve ?

— Méroé, dit-il en se redressant.

Le son de sa voix, à nouveau.

— Je croyais t'avoir perdue.

Il me prend dans ses bras. Son odeur de cèdre et de mandarine, intacte. Sa chaleur singulière, plus puissante que jamais. Sa peau est mienne, encore. Je pensais que je fondrais en larmes, mais je souris. Je crois qu'elle est là, ma véritable renaissance.

— Tu ne me perdras jamais, Heph. Je t'aime.

Il resserre son étreinte avant de me relâcher pour m'observer avec prudence. Comme s'il n'en croyait pas ses oreilles. Ce qui fait que mes sentiments se renforcent encore un peu plus. Il encadre mon visage de ses mains.

— Quoi ?

Je caresse ses joues en souriant.

— Je t'aime, répété-je aussi facilement que n'importe quelle déclaration.

Alors que ces trois mots n'ont jamais franchi mes lèvres pour quelqu'un d'autre qu'un membre de ma famille. Il doit comprendre que la malédiction est levée car sans cela, impossible pour moi de lui dire une telle chose. Et puis, en le voyant sourire, les larmes aux yeux, désarçonné, je me souviens qu'il n'a pas dû les entendre très souvent, ces trois mots. Sa mère s'est détournée de lui dès l'enfance pour le protéger, Aphrodite n'a jamais ressenti d'amour pour lui, Antéros l'a empêché d'en recevoir…

— C'est la première fois que je l'entends.

Je fonds sur sa bouche. Il n'est pas près de s'en passer, j'ai bien l'intention de le lui répéter aussi souvent que possible.

— Moi aussi, je t'aime, m'affirme-t-il entre deux baisers.

— Je sais, m'amusé-je.

Son ichor dans ma main me l'a déjà déclamé plusieurs fois !

— Laisse-moi quand même te le dire autant que possible.

Il me ramène au plus près de lui et je le garde contre moi. Je voudrais que tout s'arrête à cet instant, qu'il ne reste que nous deux sur une plage déserte, comme sur Aiaía, mais je sais qu'à la surface la situation est critique. Me détacher de lui me demande un effort irréel.

— On devrait remonter.

Heph acquiesce sans discuter.

— Oui, on le doit.

Il se redresse, nu, et m'entraîne avec lui. J'ai la tête qui tourne de fatigue, alors il glisse son bras autour de ma taille tandis qu'un sarong ceint ses hanches. S'il m'emmène avec lui, je me charge de téléporter Talos et son prisonnier.

*

La situation sur la grande place a bougé depuis que je l'ai quittée. Les automates ont été écrasés, Athéna tient Poséidon au bout de sa lance, Héra passe en revue chaque divinité qui a rallié notre camp et Aphrodite se charge d'entraver Apollon, l'arc du dieu solaire en bandoulière sur elle. C'était certain qu'elles avaient remporté la bataille, il fallait bien cela pour appuyer ma pression sur Zeus et le renverser véritablement.

L'apparition du géant doré interpelle tout le monde et les trois meneuses de la fronde abandonnent leurs tâches et leurs prisonniers à leurs alliés pour nous rejoindre. Je veux bien croire que la vue de Zeus, leur maître à toutes et tous depuis des millénaires, prisonnier dans les mains d'un colosse, bâillonné qui plus est, les laisse sans voix. Héra retire son casque, un air à la fois revanchard et grave sur son visage. Je l'imagine déjà s'élever au niveau de son époux pour lui rappeler que tout est terminé, mais elle préfère se détourner de lui pour s'approcher de son fils. Je m'écarte pour les laisser se faire face. Aphrodite me rattrape aussitôt.

— Héphaïstos, souffle Héra, soulagée.

Heph est encore tendu, mais il n'a plus envie de se battre sur ce terrain-là.

— Mère, répond-il d'un son rauque.

Je ne dirais pas que tout est déjà dit, mais Héra s'avance et l'enlace, et Héphaïstos la laisse faire. C'est le début d'une reconstruction.

Athéna désigne les deux mains serrées de Talos du bout de sa lance.

— Il ne va pas le lâcher, n'est-ce pas ? me demande-t-elle, soucieuse.

— Non, vous êtes les nouvelles maîtresses des lieux, le bronze olympien vous obéira à partir de maintenant, réponds-je. Vous pourrez aussi ouvrir la cage du Tartare.

Athéna incline la tête, puis elle retire son casque et le fait disparaître. Son bouclier redevient souple et l'égide retrouve sa place sur ses épaules. La guerre est bel et bien finie.

— Assez de sang et d'ichor ont coulé, déclare-t-elle. Il est temps que nous reprenions les choses en main. Zeus avait raison sur un point : un nouveau monde va se mettre en place ici, dans lequel les dieux, les déesses et les sorcières seront en paix.

Je lui souris, rassurée. Athéna m'attrape le poignet, mes doigts agrippent le sien en retour.

— Je n'oublierai pas ce que j'ai vu aujourd'hui, Méroé, fille de Thessa. Une guerrière sans peur vit en toi.

Une bouffée de fierté me rougit les joues. La déesse de la sagesse s'éloigne pour observer Talos de plus près. Aphrodite en profite pour me guider jusqu'aux autres sorcières.

— Ce n'est pas le bon moment pour en parler, mais nous devrons forcément aborder le sujet un de ces jours, me glisse-t-elle à voix basse.

— Quoi donc ?

— Héphaïstos et toi, répond Aphrodite en dodelinant de la tête.

Ah. Le retour de l'angoisse. Je voudrais répliquer que ça ne la regarde plus, après tout, mais la vision du champ de bataille nous interrompt. Je ralentis le pas. Des cadavres de tritons et d'une poignée de divinités mineures, des automates démembrés… et des sorcières à terre. Mon estomac se retourne. Quelques-unes. Mais je cherche surtout des silhouettes familières sans parvenir à me concentrer sur aucune. Aphrodite me frotte le bras avec douceur.

— Tes sœurs vont bien, me rassure-t-elle en me désignant Ella auprès de Deimos.

Tous deux sont enlacés, Phobos et Arès non loin d'eux.

— Et Circé ?

Aphrodite me mène dans une autre direction. Des petits groupes de sorcières se consolent et pleurent, d'autres sont blessées et soignées. J'aperçois Pasiphaé, Endora et Panthéa s'élancer pour aider, toutes les trois vivantes, mais leurs vêtements tachés de sang. Je ne peux pas m'empêcher de m'en vouloir, je leur ai jeté un sort de protection puissant, mais il n'a pas pu éviter les morts ou les blessures.

— Ton sort a beaucoup joué, sache-le, insiste Aphrodite.

J'acquiesce, la gorge trop nouée pour parler.

On arrive près d'un groupe et je reconnais immédiatement la sorcière inanimée, les yeux figés sur le ciel, le torse brûlé : Circé la Grande. Je m'immobilise et plaque mes mains sur ma bouche. Médée la Jeune est agenouillée d'un côté, ma sœur Circé de l'autre, en larmes. Hécate et Hadès se tiennent debout, auprès d'elles.

Notre guide aînée n'est plus. Ce qui signifie que ma sœur est la nouvelle guide de notre communauté, avec notre nièce. Et je sais qu'elle est prête mais qu'elle ne le souhaitait pas aussi vite. Je me sépare d'Aphrodite et m'accroupis derrière Circé pour l'enlacer.

— Mes psychopompes sont déjà à l'œuvre, annonce Hadès d'une voix posée. Je vous promets que les sorcières décédées recevront un accueil digne aux Enfers, avec tous les honneurs. Les choses vont enfin changer dans les mondes souterrains.

CHAPITRE XXVI

Les Enfers sont tels que Circé nous les a décrits. Notre arrivée au cœur de la Cité d'Hadès a plongé beaucoup de sorcières dans la confusion, mais au fil des minutes tout est devenu curieusement familier. On retrouve en effet des éléments communs avec la dimension terrestre : la division du temps grâce à un soleil artificiel, une boulangerie, un musée, des nymphes qui flânent, d'autres qui travaillent… Perséphone nous a accueillies chez elle, remise de sa maladie et prête à rentrer en Sicile pour terminer l'été. Il n'est jamais bon pour le climat que la déesse s'attarde trop dans une autre dimension en dehors de son planning. Hadès a préféré que nous n'ayons pas de contact avec les ombres des sorcières tombées au combat, pour leur bien. Pour ne pas entretenir de faux espoirs. Et nous avons compris malgré les larmes de Médée la Jeune.

La descente au Tartare, cela dit, a été une tout autre expérience : il faut résister à la lave et au soufre, et au désespoir ambiant de la prison de haute sécurité. La magie de la baguette n'a pas été vaine. Seules Circé, Ella et moi avons souhaité accompagner Hécate, Hadès et Némésis pour une dernière visite au fond de la crevasse. Dès son retour aux Enfers et grâce à la permission d'Héra, d'Athéna et d'Aphrodite, Hadès a pu procéder à la libération de Circé la Première, des empousa et de Méduse.

La cage a été réduite pour son nouvel occupant : Zeus. Vêtu d'une simple tunique longue et blanche, il se tient debout et droit. Vaincu, certes, mais ne l'acceptant pas, vu ses dents serrées et son regard bas.

— Comptes-tu libérer d'autres ennemis de l'Olympe, frère ? semble-t-il accuser Hadès.

Ce dernier penche la tête sur le côté, serein.

— Tout dépendra des décisions prises au palais des trois reines, répond-il avec un mince sourire. Les Enfers resteront liés aux lois de l'Olympe.

— Ce sera l'anarchie dans ton royaume, si tu en réformes les règles, prévient Zeus.

— Permettre aux visiteurs de se nourrir ici ne fera que désenclaver les habitants infernaux. Rien de plus, je te rassure.

— Tu abandonnerais ton propre frère dans une cage ?! crache Zeus.

— Mon propre frère a menacé de mort mon épouse, reprend plus sèchement Hadès. Tu ne pouvais pas poursuivre ta dérive en toute impunité ! Némésis sera ta geôlière, nous nous reverrons dans quelques années.

Le roi des Enfers lui tourne le dos et s'éclipse au-dessus de la fosse sans un mot de plus. Tout a été dit pour sa part. Némésis, elle, affiche un sourire féroce. Elle jubile de sa nouvelle tâche.

— Et à quoi puis-je bien m'attendre ? demande Zeus, un mélange d'impatience et de crainte dans la voix.

Némésis claque des doigts et un siège en pierre noire, au haut dossier pointu et aux accoudoirs aveugles, apparaît. Si imposant qu'il prend quasiment toute la place dans la cage, ne laissant au prisonnier que le loisir de tourner autour de lui sans pouvoir prendre place ailleurs que sur son assise.

Hécate s'avance à son tour.

— C'est un Trône d'Oubli, explique-t-elle. Lorsque tu en auras assez de demeurer debout, l'Érèbe t'ouvrira ses bras et tu nous oublieras. C'est quelque part une punition bien douce.

— Ou pas, marmonne Némésis. Je me ferai une joie de t'inspirer les pires cauchemars si tu t'avises de t'asseoir.

Elle dégaine un fouet et le claque contre les barreaux, faisant reculer Zeus autant que possible. Il se reprend vite malgré l'étau qui se resserre sur lui.

— Ce n'est pas ce genre de magie qui me retiendra bien longtemps.

— Aux dernières nouvelles, la seule personne qui est parvenue à s'en sortir sans aide extérieure se tient devant toi, commente Hécate en désignant ma sœur. Circé, as-tu un conseil à lui donner ?

— Aucun, non, réplique-t-elle. Cette fois, tu ne pourras plus miser sur quelqu'un d'autre pour faire le sale travail à ta place, il faudra te débrouiller tout seul.

Zeus s'agrippe à nouveau aux barreaux.

— Je vous maudis, sorcières ! Vous et votre sale engeance !

Ella ne retient pas une exclamation.

— Ma fille a reçu la bénédiction des déesses les puissantes de ce monde, elle ne craindra jamais plus rien de toi.

— Tu ne maudiras personne, tu n'as aucun pouvoir dans cette cage, lui rappelé-je en croisant les bras.

— Oh Méroé, je reviendrai pour toi. Je reviendrai vous chercher toutes les trois, menace-t-il. Une par une, je…

— C'est terminé, Zeus, le coupe Hécate d'une voix forte. Tu avais le choix, tu l'as toujours eu, depuis la nuit des temps. Assume, à présent.

Elle se détourne de lui pour nous proposer de nous ramener au-dessus de la fosse avec Némésis. On accepte pour mettre un terme à cette confrontation. En le voyant dans sa cage, avec pour seule liberté celle d'énoncer ses paroles fielleuses, je me dis que jamais plus je n'aurai peur au point de me tétaniser devant une personne comme lui. Car c'est tout ce qu'il leur reste, tôt ou tard, leurs mots empoisonnés et creux. On s'éloigne sur le sentier du Tartare en ignorant ses cris de rage qui finissent par s'évanouir derrière nous. Circé saisit nos bras et nous serre contre elle.

Hadès ordonne aux Hécatonchires de nous rouvrir les portes du Tartare et nous retournons à la Cité, le cœur plus léger.

Sur la place centrale, là où le musée se dresse sur son podium, face à la terrasse du café de Géras, et où une monumentale sculpture représentant les Gorgones crache de la lave dans un bassin au centre, règne un brouhaha peu commun aux Enfers. Médée la Jeune s'entretient avec Circé la Première, notre aïeule divine. Elles échangent autour d'une boisson chaude et de pâtisseries à la grenade, la déesse a tant à rattraper ! Hécate les rejoint et en nous apercevant, Circé la Première s'excuse un instant pour s'approcher de nous.

— Circé la Grande, salue-t-elle ma sœur. Je suis contente de te revoir.

Elle a de longs cheveux noirs retenus par un bandeau doré et ses yeux noisette nous étudient avec curiosité et attention.

— Moi aussi, confirme Circé, émue. Voici mes deux sœurs, Ella et Méroé.

Impressionnée, Ella lui adresse un signe de la main, tandis que de mon côté, je lui tends sa précieuse baguette.

— Je l'ai ramenée, si tu souhaites la récupérer.

Circé la Première la prend dans sa main et la baguette pétille. Elle est retournée à sa maîtresse originelle, elle semble la reconnaître.

— Tu l'as retrouvée ! constate-t-elle.

Je regarde ma main dorée tout en acquiesçant. Je n'ai pourtant pas de regret à ce sujet. Même si je n'ai pas eu le temps de me poser et de songer réellement à tout ce qu'il s'était passé ces dernières semaines.

— Tu as payé un tribut, se rend-elle compte en me la tendant à nouveau. Tant que tu seras dans le monde des vivants, la baguette t'appartiendra.

— Vraiment ? douté-je.

— Je te la confie.

Je la reprends en me mordillant la lèvre de plaisir. Tant mieux, parce qu'elle me plaît et que j'ai envie de la tester sur plein de domaines !

— Tu as pu voir Aiaía ? s'intéresse Circé la Première. Qu'en as-tu pensé ?

Comment dire… Lorsque je songe à Aiaía, la première image qui me vient toujours en tête est le fessier nu d'Héphaïstos au soleil, lorsqu'il m'entraînait dans la mer pour me détendre. Puis vient toujours ce moment où j'ai accidentellement pulvérisé l'entrée de la maison des sorcières.

— Ahem, c'était intéressant, soutiens-je, les joues rougies.

— Méroé a ramené une clé pour que nous puissions nous y rendre, indique Circé, ma sœur, volant à mon secours. On a hâte d'aller y jeter un œil.

— Bien. Ella, avant de rentrer, j'espère que tu me présenteras ta fille.

Notre petite sœur hoche vite la tête.

— Oui, bien sûr, elle doit être dans le coin avec son père, se réjouit-elle.

— Qu'as-tu prévu de faire à présent ? l'interrogé-je à mon tour.

Circé la Première regarde autour d'elle.

— M'installer ici, avec les empousa, répond-elle. Je n'appartiens plus au monde des vivants, mais je peux vous aider d'ici.

Hécate a l'intention de venir plus souvent, nous verrons avec elle et Perséphone quel rôle nous pourrons incarner aux Enfers.

— J'espère que tu passeras nous voir à la Clairière, l'invite ma sœur aînée. Les autres seraient ravies de te rencontrer.

— Oh oui, confirmé-je ne songeant à Pasiphaé, Panthéa et Endora.

— Comptez sur moi.

Elle nous prend dans ses bras l'une après l'autre avant de retrouver Médée la Jeune et Hécate à la terrasse du café. On reprend notre marche en sautillant à moitié. Ce n'est vraiment pas donné à tout le monde, ce genre de rencontre ! Mais à présent que les Enfers s'ouvrent un peu, aux divinités olympiennes comme aux sorcières, on ne doute pas que l'expérience se réitérera. Il n'y a qu'à voir les petites sorcières que nous sommes venues chercher, qui sont installées sur le perron du musée, émerveillées par les récits d'Éris, déesse de la discorde.

— … et c'est ainsi qu'on déclenche la guerre le plus épique du monde ancien, à base de manipulations et de coups bas bien portés, raconte-t-elle avant de se faire applaudir avec des « ouah » admiratifs.

— D'accord, merci Éris, déclare Perséphone gênée. Peut-être pas les meilleurs conseils à donner à des enfants.

La déesse de la discorde hausse les épaules, satisfaite.

— Qui veut aller courir avec Cerbère dans les champs d'Asphodèle ? lance la déesse du printemps.

Toutes les petites sorcières bondissent sur leurs pieds en hurlant des « Moi ! Moi ! Moi ! » Hadès les rejoint et prend la main de sa femme dans la sienne. On peut dire qu'ils ont déroulé le tapis rouge à leurs invitées.

— Ça ne va pas être simple de les faire rentrer, s'amuse Ella.

— Bah, qu'elles profitent, dit Circé. Elles devront faire face au véritable deuil de la communauté une fois là-haut, c'est bien qu'elles passent encore de bons moments ici.

— Tu as raison, approuvé-je.

Le décès de Circé la Grande et de six de nos compagnes a plongé la Clairière dans la douleur. Le temps ici est bénéfique.

Le léger tremblement du sol nous surprend toutes, sauf Circé dont le sourire redouble. Méduse, enfin délivrée, se retrouve coincée dans l'embrassade de Sthéno et Euryale, ses deux sœurs, et toutes trois sautent sans relâche. Némésis patiente sur le côté, heureuse de retrouver l'amour de sa vie. Elle l'a attendue des siècles et des siècles, elle peut bien attendre que les Gorgones finissent de fêter leurs retrouvailles.

— Je suis si soulagée, je leur avais promis, soupire Circé.

Avec Ella, on se rapproche d'elle.

— Et les nôtres, ils sont où ? ajoute-t-elle alors.

— Là-bas, indique Ella.

De l'autre côté de la fontaine de lave, près de la rue principale qui mène à l'esplanade du palais, Deimos tient bébé Médée dans ses bras tout en toisant Hermès et Héphaïstos d'un regard critique. Il faut dire que le dieu du commerce est en train de monnayer des autographes du dieu forgeron aux nymphes et divinités infernales qui gravitent autour d'eux. Si Hermès affiche sa mine roublarde, Heph, lui, paraît plus que saoulé.

Pourtant, il reste. Pour moi.

Ça me fait sourire et mon cœur bat plus fort, comme chaque fois que je pense à lui ou que je le vois.

— La malédiction est levée.

Mes deux sœurs pivotent vers moi, un nouvel intérêt pétillant au fond de leurs yeux.

— Qu'est-ce qu'on t'avait dit ! se réjouit Ella.

— Maintenant que je le vois, je comprends mieux le sex-symbol des Enfers, approuve Circé.

— Oui, oui, oui, confirme Ella en acquiesçant.

Elles n'ont pas remis en question mon choix. Elles ont écouté tout mon récit de bataille et ce que j'ai vécu auprès de lui, dans la réserve des forges, a fini de les convaincre. Aphrodite, elle, a entendu la vérité de la bouche d'Héra. Et même si elle demeure sur la retenue avec Heph, elle ne m'a pas non plus défendu de fréquenter son ex.

— Alors, c'est lui ? me demande Circé.

Je hoche la tête sans le quitter des yeux.

— C'est lui.

Deimos s'approche de nous avec Médée, content de réchapper au cirque d'Hermès. Ils m'ont tant remerciée d'être partie avec leur fille, Ella et lui, et je m'en suis tant voulu de l'utilisation de son sang. Ça n'a pas pu rester un secret, et Circé, à présent notre guide, a juré qu'aucune sorcière ne réitérerait l'expérience, les conditions de mon sort étant exceptionnelles.

— Je ne veux pas remettre ça sur le tapis, mais Médée a vraiment dit « agape » cette fois-ci, déclare Deimos.

Ella affiche un large sourire amusé.

— Amour, on en a déjà discuté, Médée n'a que cinq mois.

— Et alors ? Elle est en avance sur tout mortel de son âge, bien sûr. C'est notre fille.

— Oui, tu es exceptionnelle ma puce, mais papa dit n'importe quoi.

Médée, elle, gazouille, au comble du bonheur d'avoir ses deux parents penchés sur elle.

— Circé ! appelle Hermès en nous rejoignant.

Il lui lance une petite boule rouge entre les mains. Circé la regarde de plus près.

— Une grenade au sucre de Géras, tu peux enfin les goûter, dit Hermès.

Elle s'empresse de la manger et d'apprécier le peps de la mousse à l'intérieur. Hermès la prend dans ses bras pour la faire tourner sur lui-même. Le bannissement qui le retenait aux Enfers et dans la Clairière a été levé par les trois reines de l'Olympe. Et même s'il est heureux de pouvoir retourner gambader dans les dimensions terrestre et céleste, il est loin de vouloir abandonner les royaumes souterrains. Hadès lui a promis de travailler au retrait de son immortalité pour qu'il puisse vieillir aux côtés de Circé sans pour autant le priver de ses pouvoirs et de ses accès aux différents royaumes.

— Alors, vous allez vous marier ? lancé-je.

— On va y réfléchir, accorde Circé.

— On va surtout partir en vacances en Grèce, rendre visite à ma mère, ajoute Hermès.

— Sa mère est une Pléiade, précise Circé.

— Qui attend depuis *très*, *très* longtemps que je me marie.

— Ça promet, m'amusé-je avant de chercher Héphaïstos des yeux.

Si notre mère s'attristait de la distance dont fait preuve Deimos, elle ne connaît pas encore celle d'Heph. Elle avale difficilement notre couple. Mais le dieu forgeron a été lavé de tout soupçon par les reines qui se sont engagées à améliorer le bien-être des Cyclopes.

Bon, il a disparu, sans surprise. Les nymphes et les divinités infernales semblent désespérées. Alors j'abandonne mes sœurs et leurs compagnons pour chercher le mien. Je m'élance dans la rue principale sans angoisse. En fait, je sais déjà qu'il est là, quelque part. Je le sens dans ma main. Son cœur bat avec le mien. Je tourne dans une ruelle déserte et finis par le dénicher dans un recoin. Je plonge dans ses bras. Il me soulève et me plaque contre le mur pour m'embrasser.

— Personne ne nous trouvera ici, je connais les Enfers sur le bout des doigts.

— Alors peut-être que tu peux nous trouver un endroit plus confortable ?

Il fait mine de réfléchir.

— Tu connais les bains de Perséphone ?

— J'ai entendu dire que tout ce qu'il s'y passait était chaud bouillant et peu cérébral.

— Tu as retenu le principal, m'assure-t-il en nous y éclipsant.

CHAPITRE XXVII

L'automne s'est installé, le mois de novembre débute et les feuilles des chênes de l'Olympe jaunissent peu à peu. Je doutais que les saisons aient un impact ici, mais c'est le cas. Un peu plus de deux mois a passé depuis que Zeus a été renversé. Les carcasses des automates ont disparu. Héphaïstos les a recyclés pour reconstruire les parties endommagées ou les maisons des divinités revenues s'installer ici sans sélection. Les Douze, c'est terminé. Il n'y a plus que trois reines et leurs sujets. Hadès et Perséphone règnent toujours sur les royaumes souterrains, mais Poséidon et Amphitrite sont assignés à résidence dans leur palais sous-marin et Apollon occupe la prison olympienne. Tous sont en attente de jugement.

— Donc, j'ai eu l'idée du siècle, m'expose Éros en marchant à côté de moi. On va ouvrir une succursale de notre agence sur l'Olympe. Les divinités intéressées pourront ainsi se rendre à Springfall après un entretien ici. Et vice-versa, puisque les sorcières sont autorisées à venir grâce aux plumes d'Hermès. Elles pourront rencontrer des dieux ou des déesses dans nos bureaux ou pour un rendez-vous dans les jardins célestes !

Son enthousiasme fait plaisir à voir. On a rediscuté tous les deux, de longs après-midi. J'ai relativisé, décoléré et compris Éros. Notre amitié va survivre. On a repris notre projet d'agence et nos papotages.

— C'est une bonne idée, approuvé-je avec un sourire en coin. Mais avoue que tu as choisi l'Olympe parce que Deimos t'a refusé la succursale au Siège ?

L'air enjoué d'Éros se tasse un peu. Le Siège est resté ouvert à New York parce que beaucoup de divinités apprécient la vie terrestre. Deimos est chargé de sa direction pour rester auprès d'Ella et de leur fille.

— Deimos ne voit pas l'intérêt, évidemment, grogne-t-il.

— L'Olympe est plus centrale, le rassuré-je. Les travaux avancent bien, ça donne envie de jeter un œil et de tomber sur notre agence au détour d'une visite.

Une ombre plane au-dessus de nous juste à cet instant. La Sphinge a enfin quitté le hall du Siège pour voler à son aise dans les cieux et se poser sur l'ancien terrain de golf de Zeus.

— Aphrodite et Arès vont quitter Cythère ou non ? interrogé-je d'une voix un peu perchée.

Éros ne masque pas un air moqueur.

— Non, on va rester à Cythère. Mais ma mère va tout de même faire reconstruire notre demeure pour de courts séjours. Elle voit l'Olympe comme son bureau de travail.

Tant mieux.

— Toi, tu as peur qu'elle vienne mettre le nez dans ton histoire, ajoute-t-il d'un ton entendu.

Pour tout dire : oui. Même si elle m'a assuré du contraire.

— Est-ce que je dois m'inquiéter ? marmonné-je.

— Nooon ! s'empresse-t-il de répondre. Ma mère ne ressent qu'un vestige de colère contre Héphaïstos, mais c'est plus une habitude qu'autre chose. Et pour ne rien te cacher, il lui arrive de dire que tu vas te brûler les ailes avec lui. Mais je crois que c'est surtout parce qu'elle s'était habituée à te voir traîner chez nous et qu'elle est jalouse.

Je scrute mon ami d'un drôle d'œil, à la fois flattée et perplexe.

— En gros, tu n'as rien à craindre, résume-t-il. Et puis, quand j'y pense, une méga *shiny* comme toi, finir avec le dieu le plus *grumpy* de tout l'univers, ce n'est pas si absurde.

— Il n'est pas si *grumpy*, d'abord, le défends-je, le rouge aux joues, consciente de mentir éhontément.

— Moui. Il préfère juste vivre tout seul dans une caverne par choix.

Je dodeline de la tête en me mordillant la lèvre. Et d'un, c'est un peu comme ça que je l'aime, et de deux…

— Pas pour très longtemps.

— Vraiment ? doute Éros.

— Tu verras.

Thanatos apparaît soudain sous nos yeux, ses grandes ailes déployées, une détermination sans borne collée au visage. Je sursaute et pose une main sur mon cœur pour reprendre mon souffle.

— Méroé ! Tu dois l'écouter !

Je sais qu'il parle d'Antéros, mais j'ai encore un peu de mal. Tout est rentré dans l'ordre, certes, mais il n'a jamais manifesté de regrets, contrairement à Éros qui s'est sans arrêt confondu en excuses.

Thanatos s'écarte et fait place à un Antéros renfrogné. Il commence par pousser un soupir et fait un pas en avant en m'évitant du regard.

C'est pas gagné, quand même.

— Méroé.

— Antéros, répliqué-je sur le même ton.

Et puis plus rien. Thanatos lui donne un coup de coude.

— Je suis désolé, même si je te l'ai déjà dit.

— T'es sérieux, là ? soufflé-je en croisant les bras.

— Arrête ! rouspète Thanatos.

Antéros lève les yeux au ciel et soupire encore plus fort.

— OK, d'accord, très bien ! s'agace-t-il tout seul. Notre amitié me manque, Méroé ! *Tu* me manques ! J'aimerais revenir en arrière, mais je ne peux pas ! Alors mon idiot de Ciel étoilé adoré m'a emmené aux Enfers et j'ai prêté un serment sur le Styx : plus jamais je ne maudirai qui que ce soit, peu importe sa bêtise. J'ai aussi découvert le club de l'Antre d'Achlys au passage, il faut vraiment qu'on y retourne tous ensemble, les cocktails sont d'enfer.

Il croise les bras en fin de phrase et baisse les yeux. C'est bien la première fois que je le vois faire amende honorable.

— Excuses acceptées, réponds-je avec un sourire.

Antéros m'accorde un regard presque étonné et touché. Je veux lui donner une accolade mais Éros me devance et se jette dans ses bras. Antéros met une courte seconde à la lui rendre.

— À moi aussi, tu m'as manqué, déclare le dieu de l'amour.

Ça fait sourire son jumeau. Il ne le dit pas, mais il pense la même chose. Thanatos se réjouit de son côté. Dès qu'Éros recule, Antéros, les pommettes foncées, lui marmonne :

— Elle est finie maintenant, ta grève du sexe ?

Un classique Antéros que je prends pour une manifestation de sa mauvaise foi naturelle, plus que pour une manipulation. Même Thanatos n'est pas dupe puisqu'il pose son menton sur l'épaule de son compagnon, séduit.

— On reprend quand tu veux.

Antéros décoche un demi-sourire plein de lubricité avant de se tourner vers nous.

— Mon mec est mortel. Le tien aussi, Méroé, même si tu as choisi le type le plus *grumpy* de tout l'univers. Mais venant d'une hyper *shiny*, est-ce étonnant ? Non.

Et ils s'éclipsent tous les deux, ne me laissant pas le temps de protester. Je me tourne vers Éros qui lève les bras avant de les laisser retomber.

— Les experts ont parlé, que veux-tu.

— Arf ! Soit. Je vais de ce pas le rejoindre, allez. Tu fais quoi, toi ?

— Je vais inviter ma mère à boire un café pour qu'elle me raconte tous les derniers potins au sujet des dieux qui prêtent serment d'allégeance aux trônes de la triade.

— C'est très précis, m'amusé-je.

— Oui, j'ai hâte !

— À plus, partenaire, dis-je en secouant la tête.

— À bientôt, ma belle !

Je sors ma baguette et me téléporte dans les forges. De la fraîcheur de la surface, je passe à la chaleur brûlante de la salle au bassin de lave. Je retire donc mon pull pour le nouer à ma taille. Acamas, Pyracmon et Adnanos sont au travail, des maillets à la main frappant des morceaux de métal rouge sur leurs enclumes.

— Bonjour, bonjour ! lancé-je en m'approchant d'eux.

— Oh Méroé ! se réjouit Pyracmon en levant son œil brun sur moi.

Ils plongent leur production en cours dans de gros seaux d'eau froide, provoquant des nuages de vapeur aveuglant, avant de me raconter leurs dernières nouvelles : les petits tracas des forges, les anecdotes familiales, les mises à jour d'histoire qu'ils me narrent par chapitre lorsque je passe les voir…

— Et chez vous, à la Cité de Poséidon ? m'enquiers-je.

— Les choses sont un peu étranges, dit Acamas en passant sa main le long de sa natte. Poséidon et Amphitrite sont gardés jour et nuit dans leur palais, sans que personne ne les voie. On leur a confisqué les clés des Mondes engloutis pour qu'ils ne puissent pas s'échapper. Les reines de l'Olympe ont placé leur royaume sous la garde des déesses maritimes Thétis et Eurynomé. Ce sont elles qui ont élevé Heph quand il était tout petit ! Elles sont même venues nous rendre visite plusieurs fois pour recueillir nos demandes !

— Grâce à Heph ! précise Pyracmon.

— Grâce à Heph, confirme Acamas.

Les bouffées d'amour ne me quitteront décidément plus !

— Et ton épouse Aspasie ? demandé-je à Adnanos.

Son œil bleu pétille autant que les miens.

— Elle se porte très bien, et notre fille aussi. Elles insistent toutes les deux pour que tu acceptes la pèlerine de perles. Tu la recevras tôt ou tard, sache-le.

— Très bien, je ne discute plus, lui promets-je. Heph est là ?

— Il ne va pas tarder, il est en visite dans l'Etna, me répond Adnanos avant de reprendre le travail.

Ça me laisse quelques minutes pour passer voir les trois vieux Cyclopes dans la salle du fond. Ils ne montent plus des automates mais de magnifiques meubles ouvragés. Argès, Brontès et Stéropès se réjouissent toujours de me voir débarquer. Sauf que maintenant, je sais très bien qui est qui. Comme à chacune de mes visites, je fais apparaître, avec ma baguette, des sachets d'herbes à tisane et des onguents que je fabrique dans la Clairière pour apaiser leurs maux. Ils ont même réduit leur temps de travail, décidés à prendre un peu plus de repos. Heph, de son côté, leur a construit une sorte d'automate plus grand que les précédents et plus lourd qui est chargé de les masser avec bien plus d'efficacité que moi.

Je me hisse sur leur table et les écoute me faire le récit du passé, d'événements si anciens qu'ils me paraissent irréels. Parfois, je jette un coup d'œil derrière eux, sur la paroi qui cache la porte de la réserve. Talos est retourné à l'intérieur, là où son repos sera éternel. Le foudre de Zeus est encore bloqué à l'intérieur, en attente de sa nouvelle maîtresse. Athéna pourrait le prendre, mais elle a refusé. Ce sera Médée.

— Méroé ! m'appelle la voix lointaine d'Adnanos. Heph est de retour !

Je bondis sur mes pieds et salue les trois vieillards pour me ruer dans la salle au bassin duquel surgit Héphaïstos. Recouvert de lave, il remonte à la surface, assisté de Pyracmon qui l'aide à balayer les morceaux durcis de son corps. Son fidèle trépied à roulettes reconstruit déboule près de lui avec un linge humide tandis qu'Acamas lui apporte sa jambe. Le temps qu'il se dégage le visage et il m'aperçoit. Je me languis de me blottir contre lui.

— Méroé, tu es déjà là ?

— J'en profitais pour prendre des nouvelles de tout le monde.

Il se penche vers moi, touché, et m'embrasse. Il sent le soufre et ses lèvres sont brûlantes. Les trois Cyclopes gloussent dans leur coin.

— Hé, je peux savoir ce qui vous fait rire ? s'insurge Héphaïstos.

— Rien, réplique Adnanos. Juste, vous êtes plus proches du mariage que du boulet enchaîné, non ?

— Reprenez le travail, grogne Heph, gêné.

On les abandonne à leurs bavardages pour nous réfugier dans l'atelier. De le voir tout nu et tout chaud comme ça, je n'ai qu'une envie : me jeter sur lui ! C'est ce qu'on fait d'ailleurs très souvent quand on se retrouve ici. On en a passé, des journées de septembre et d'octobre, à faire l'amour un peu partout, sur son établi, dans sa baignoire, au fond de son lit… C'est un véritable champ de mines, cet endroit !

Et passer des heures entières dans ses bras, à l'écouter me parler de chacune des raisons pour lesquelles il me veut encore et encore, ça n'a pas de prix. Sauf qu'aujourd'hui, je dois lui résister, j'ai quelque chose à lui montrer.

— Je prends un bain et je suis à toi, Trésor, me dit-il.

Il remplit la baignoire d'eau bouillante, retire sa jambe de bronze et plonge dedans. Le trépied lui offre huile parfumée et savon à portée de main. Je m'occupe en me faisant un *latte* dans sa superbe machine à café et en jetant un œil sur ses travaux en cours. Ses projets ont changé, il a restauré son atelier et a abandonné sa quête du visage parfait en réalisant qu'il l'avait à présent tous les jours face à lui, que cette quête, plus sensée qu'il le croyait, venait d'aboutir. Je me garde bien d'évoquer le destin, mais j'y songe très souvent. La malédiction d'Antéros m'avait touchée, moi, car je lui étais destinée, et il cherchait mon visage sans relâche, car il m'attendait.

— Alors, votre agence ? Ça avance ? me demande-t-il.

— On va commencer à choisir du mobilier, dis-je en venant m'asseoir près de lui.

— Tu veux que je te le fabrique ? me propose-t-il en se savonnant les bras.

Terrain trop glissant, le rebord de la baignoire !

— Tu me ferais un bureau ? Je rêve d'un vrai, grand bureau classe.

Je plonge dans mon *latte* pour m'éviter de plonger dans l'eau, contre lui.

— Bien sûr, tout ce que tu veux.

— Tu crois que tu pourrais y inclure une lampe ?

— Je crois surtout que tu devrais me rejoindre dans ce bain, tu en meurs d'envie.

Je bondis pour m'éloigner.

— Non, non, non, après on ne sortira pas de ton atelier et on fera l'amour sans s'arrêter !

— Et c’est grave ? doute-t-il.

— Nooon, c’est génial, mais j’ai d’autres projets.

— Très bien, cède-t-il en plongeant pour se rincer.

Le trépied l’aide à sortir de la baignoire et le porte jusqu’au lit. Là, il applique l’onguent magique que j’avais évoqué sur Aiaía et que j’ai fini par lui concocter, à base d’huile de genévrier, de miel et de pavot. Grâce au baume, il souffre moins de la jonction. « Je me sens entier avec toi », c’est ce qu’il m’a dit le jour où je le lui ai présenté. Et ça tombe bien, parce que je me sens complète avec lui, moi aussi. Je n’ai jamais de doutes sur moi-même auprès de lui. L’onguent marche si bien qu’il a insisté pour que je l’applique également sur ma blessure. Il aide à cicatriser et facilite l’assemblage de ma main dorée à mon poignet. C’est une tâche que j’ai entièrement confiée à Heph et à lui seul.

Je pose mon gobelet vide et admire tous ses muscles qui roulent sous sa peau alors qu’il enfile un jean et le fameux tee-shirt gris qu’on a acheté à Cythère – son ensemble favori pour ses voyages terrestres. Il passe sa besace pleine d’affaires en bandoulière et se tient prêt à partir. Sauf que moi, après tout ce spectacle, je ne tiens plus. Je me pends à son cou pour l’embrasser, il me soulève contre lui, j’enroule mes bras sur sa nuque et ne lâche plus ses lèvres. Mes doigts se perdent dans ses cheveux longs et humides, ses mains fermement campées au bas de mon dos me rendent folle !

— Je croyais que tu avais autre chose en tête ? s’amuse-t-il, essoufflé.

— C’est le cas mais je n’arrive pas à te résister.

Encore un baiser.

— Je te montre ce que je veux te montrer, et après je t’emmène camper dans la montagne.

Il hoche la tête et approfondit le baiser. Une chose est sûre, je n’aurais plus jamais froid la nuit avec lui.

— Pourquoi on dit que tu es le plus *grumpy* de l'univers ? interromps-je.

— Qui dit ça ? grogne-t-il.

— Tout le monde.

— Je déteste tout le monde, réplique-t-il en haussant les épaules. Sauf toi, Méroé.

Je pose mon front contre le sien, un sourire aux lèvres.

— Moi aussi, je t'aime.

On pourrait repartir pour un tour, mais j'invoque la baguette pour nous mener là où je le souhaite. On se téléporte donc tous les deux à Springfall. Il me repose au sol et je prends sa main dans la mienne.

Le garage de mon père me semble encore plus attrayant avec le projet que nous avons en tête depuis que nous sommes tous les deux. Heph m'a proposé de prendre un pied-à-terre près de la Clairière, car il sait que je tiens à ma famille et à ma communauté. Alors j'ai cherché des maisons et des appartements à Springfall tout en gardant en tête que cet endroit nous ressemble à tous les deux. Ella et Circé ont accepté sans discuter, contentes que je reste dans le coin. Maman a eu un peu plus de mal, mais elle me sait heureuse et elle a fini par l'être à l'idée que je sois là, dans ce lieu particulier.

— Qu'en penses-tu ? Si tu veux un atelier ici, tu pourras réutiliser tout le matériel que tu souhaites. Mes sœurs et ma mère sont d'accord. À l'étage, il y a un grand loft et à l'arrière, un jardin que je pourrais exploiter.

— C'est parfait, confirme-t-il d'un sourire.

Il dépose un baiser sur ma tempe et on s'avance jusqu'à la porte. Heph n'abandonne pas les forges de l'Olympe, mais il aspire à une vie à deux, à l'opposé de ce qu'il a toujours connu. Une fois encore, je l'attire à moi et le fais descendre de sa dimension céleste.

Katadesmos, c'est ce qui nous liera à jamais, lui et moi.

ÉPILOGUE

Deux ans plus tard

MÉROÉ

Le réveil me sort d'un sommeil léger. Je roule sur le matelas, m'attendant à buter contre Heph, mais je finis au bord opposé du lit. J'ouvre les yeux, il n'est pas si tard pourtant, tout juste 8 heures. Je me redresse, Bastet s'étire sur un fauteuil, près de moi. Le loft est baigné d'une lumière douce. Je file sous la douche en entendant, au rez-de-chaussée, les bruits du travail d'Heph. Il est bien matinal ! Je parcours mon dressing et sors une robe d'été bleu roi avec des espadrilles. Devant le miroir, j'applique la dernière touche avec du gloss et une épingle dorée pour retenir mes cheveux longs. Je n'ai plus qu'à attraper mon sac et à dévaler l'escalier pour rejoindre l'atelier de mon compagnon.

Je comprends les raisons de son lever tôt en apercevant la silhouette d'Héra auprès de lui. Elle passe le plus souvent possible pour discuter avec lui, découvrir son travail, renouer avec son fils.

— Bonjour Héra, dis-je en m'avançant vers eux pour embrasser Heph.

— Bonjour Méroé, me répond-elle avec une gentillesse à toute épreuve.

Elle est plus que ravie pour nous, rien ne l'enchante plus que le bonheur retrouvé de son fils.

— Je ne voulais pas te réveiller trop tôt, m'explique Heph en me préparant un café.

— Tu as bien fait, j'ai un rendez-vous à l'agence olympienne en fin de journée, je sens que ça va durer des heures, dis-je en me réjouissant du mug qu'il va me tendre.

Il a créé une nouvelle cafetière fabuleuse pour notre foyer. Je dois dire que fréquenter un inventeur de son acabit est une chance qui se vérifie au quotidien. Il a revu et corrigé le métal de sa jambe et de ma main pour plus de résistance et moins de douleur, le tout avec mes onguents dont j'ai affiné la recette. Et il a même fini de restaurer la fameuse Chevrolet Bel Air de 1956 qui fonctionne sans essence ni électricité, juste grâce à son animation. Repeinte en bleu et bronze, elle ne passe jamais inaperçue à Springfall !

Le garage de mon père a d'ailleurs beaucoup évolué : d'un côté, il a installé une forge et un atelier de création, en recyclant bon nombre d'outils et de carcasses de voiture abandonnés là ; de l'autre, j'ai installé mon antre, mon laboratoire de potions, de magie et de recherche autour de la baguette. Ça nous arrive de travailler tous les deux une bonne partie de la nuit, chacun de notre côté, de nous retrouver pour un lait chaud à minuit passé, et de finir au lit, plein de désir l'un pour l'autre.

Heph n'a pourtant pas quitté les forges olympiennes et y passe le gros de ses journées pendant que je suis moi-même au travail. Et généralement, lorsque j'ai rendez-vous sur l'Olympe comme ce soir, je vais le voir aux forges pour prendre des nouvelles des Cyclopes et de leurs nouveaux aménagements confortables dans la Cité de Poséidon. Et puis, on a pris l'habitude de partir camper plusieurs jours et cette vie au cœur de la nature lui plaît. On enchaîne plusieurs nuits au bord d'un lac, à regarder les étoiles, à deviser auprès du feu et à songer à la balade du lendemain en toute quiétude. On a l'impression d'être seuls au monde dans ces instants-là.

— Tout va bien sur l'Olympe, Héra ? demandé-je en profitant du café, le dos appuyé contre le torse de mon bien-aimé.

— Tout va bien, répond-elle, presque étonnée par cet état de fait. Cette sérénité finit même par être étrange.

— On dirait les propos d'Athéna, m'amusé-je.

— On doit juste se réhabituer à la paix, suppose Héra avec un sourire.

— Moi, elle me convient très bien, soupire Heph, sa main sur ma hanche.

— On a bien l'intention de la maintenir, nous assure la reine olympienne.

Je regarde l'heure et me presse pour partir ouvrir l'agence. Héphaïstos me garde le plus longtemps possible contre lui et je ne me fais pas prier. Est-ce qu'un jour on perdra cet empressement-là, tous les deux ? Vraiment, je ne l'espère pas ! Deux années d'un tel bonheur, je trouve que ce n'est rien après toutes les embûches qu'on a surmontées, lui et moi. On s'embrasse près de la porte, rechignant déjà de la longue journée qui nous attend, loin l'un de l'autre.

— On se rejoint ce soir aux forges ? lui proposé-je.

— Bonne idée, Trésor, grogne-t-il. À ce soir, mon amour.

Je me pends à son cou pour un dernier baiser.

— Je t'aime, à ce soir.

Et je parviens enfin à sortir de notre repaire. La Chevrolet m'attend alors que des bouffées de chaleur me consument. J'ai pris un peu de retard, mais il en vaut toujours la peine ! Je grimpe en voiture et démarre. Je traverse la rue principale de Springfall et me gare près de la ruelle où est établie notre agence. Son nom est peint d'un joli rouge sur la devanture :

Méros. Je me rue sur la porte vitrée pour la déverrouiller et retourner le panneau « Ouvert » sur le battant.

Mon bureau tout en bronze me donne des frissons chaque fois que je le vois. C'est un assemblage simple de panneaux, mais chacun est décoré de reliefs figurant des végétaux et racontant notre histoire : des branches de genévrier, de la camomille, de la valériane, de la lavande… La lampe, quant à elle, est une conque marine qui me rappelle toujours nos amis Cyclopes. Je me sens bien ici, à ma place. Éros passe de temps en temps, mais il travaille surtout dans la succursale de l'Olympe. Même si on se voit souvent, je commence à me dire qu'une assistante ne serait pas du luxe ici. On a un nombre de dossiers croissant ! Je plonge d'ailleurs dedans jusqu'à midi.

L'heure à laquelle ma future cliente passe la porte.

— Salut Méroé, lance Pasiphaé en faisant quelques pas à l'intérieur. Prête pour le déjeuner ?

— Tu as rempli tout mon questionnaire ?

Elle se mordille la lèvre, gênée, et plonge sa main dans son sac pour en sortir un dossier qu'elle pose sur mon bureau. Elle n'ose pas encore s'asseoir en face de moi pour qu'on en discute, ni même dans les beaux fauteuils du coin « rencontre », de l'autre côté.

— Tes questions n'étaient pas simples, grogne-t-elle.

Pasiphaé a envie de trouver quelqu'un mais le fait de passer par une entremetteuse, et que donc, les choses ne se fassent pas « naturellement » selon elle, la met mal à l'aise. J'ai beau lui rappeler que les sentiments viendront tout seuls, sans forcer quoi que ce soit, avec qui que ce soit, elle freine un peu. Je ne vais certainement pas lui mettre la pression.

— On regardera plus tard. Allons déjeuner, décidé-je.

Ça la détend et elle acquiesce. On va y aller en douceur. Elle l'ignore mais son cas est simple. Il n'y a qu'un candidat pour elle : PHOBOS. J'en suis persuadée, Éros commence à approuver, ce n'est qu'une question de temps.

On sort pour prendre ma voiture et rejoindre la Clairière. Endora et Panthéa nous attendent pour partager un pique-nique. Je stationne près de la Coccinelle de Circé. J'aperçois ma sœur un peu plus loin et décide d'aller la saluer avant de rejoindre mes amies.

*

CIRCÉ

Je trouve toujours cette appellation étrange : Circé la Grande. Médée la Jeune, en attendant que ma nièce ait l'âge requis, tient encore le rôle de guide à mes côtés et m'assure qu'on finit par oublier les titres. Il n'empêche que les grosses décisions m'incombent, à présent. Et que je ne pouvais pas être plus reconnaissante envers nos aïeules pour leur organisation de l'autorité au sein de la communauté. On prend toujours les décisions à deux ici. Ça soulage d'en discuter avant avec Médée la Jeune. Hécate m'aide elle aussi beaucoup, mais son temps est divisé entre les trois dimensions : les Enfers où elle se reconnecte avec ses empousas, la terre où elle nous bénit et nous soutient à la Clairière, et l'Olympe où sa compagne, Iris, est chargée de la diplomatie des reines.

Sauf que parfois Médée la Jeune m'abandonne à mes propres choix. Comme maintenant, alors que je fais face à l'ensemble des petites sorcières de sept à dix ans, recouvertes de cendres et surexcitées, de retour de leur colonie de vacances aux Enfers, colonie que j'ai moi-même instaurée. Médée la Jeune me tapote les épaules avec sarcasme.

— Parfois, Circé, il faut savoir faire front seule, dit-elle avant d'esquisser un large sourire moqueur et de s'éloigner.

— Lâche ! lancé-je.

— Et j'assume !

— J'ai accouché de quadruplées l'année dernière, même pas peur !

— Tant mieux ! s'amuse-t-elle en disparaissant dans la maison.

Je passe nerveusement mes mains dans mes cheveux courts devant le bazar ambiant – voir ces gamines imiter les Hécatonchires me remplit d'effroi. C'est là que le doute s'installe : avoir confié une telle entreprise à Némésis et Méduse, est-ce véritablement une bonne idée ? Seule la déesse du châtiment est venue, et elle paraît ultra confiante, mais il va falloir qu'elle m'explique un peu plus en détail le cours des choses.

— Alors, ça s'est bien passé ? questionné-je.

— Oui, c'était génial ! réplique-t-elle, satisfaite.

— Mais encore ? Des détails ?

Et Némésis se lance dans un récit complet des activités qu'elles ont proposées aux gamines. Si au milieu, il y a des choses rigolotes comme la visite « frissonnante » du musée des Enfers avec des anecdotes « chair de poule », ou encore la fabrication de fleurs avec des pierres précieuses en compagnie de Perséphone, il y a aussi eu des choses très flippantes qui font arrondir mes yeux au fur et à mesure du récit.

Némésis s'arrête là, fière. Moi, j'ai blêmi. Qu'est-ce que je vais raconter à leurs mères quand elles vont venir les chercher ?

— Donc je résume : vous avez fait voler les petites au-dessus du Phlégéthon, le fleuve de feu, en faisant semblant de les lâcher ; vous avez organisé un jeu de piste au cours duquel il fallait questionner les Hécatonchires près de la lave en fusion ; et vous avez fait des concours de roulade dans les champs d'Asphodèle où la gagnante est celle qui a le plus « mangé » de cendres ?

— Oui ! affirme-t-elle seulement.

Je plaque mes mains sur mes joues.

— Bien sûr, c'est *fun* sur le papier, mais en vrai, est-ce vraiment approprié pour des enfants ? insisté-je.

Némésis pointe du doigt les mini sorcières qui n'en peuvent plus de rigolades et de cris.

— Est-ce qu'elles ont l'air de chialer ? s'agace-t-elle.

Bon, OK, ça demandera peut-être un peu plus de réflexion, cette histoire de colonie de vacances infernale.

— Ça t'amuserait de les passer au tuyau d'arrosage ? proposé-je en baissant les bras. Je les sécherai d'un sort ensuite.

— Avec plaisir ! se réjouit Némésis en entraînant la troupe avec elle.

Je me détourne du désastre pour ne plus y penser quand je vois Méroé s'approcher. Elle tombe dans mes bras pour savoir si tout se passe bien et je lui raconte ce que vient de me déblatérer Némésis. Méroé part d'un grand éclat de rire, regrettant d'avoir manqué ça. Ça finit par me détendre. Je me rends compte que c'est surtout le retour des parents qui me stresse parce que oui, comme le souligne si bien Méroé, si on avait eu cette chance-là petites, on aurait gardé le souvenir de cette colonie à jamais gravé dans notre mémoire.

Les voix éclatantes de mes filles retentissent soudain derrière nous. Hermès vient d'apparaître avec les quadruplées : deux dans le porte-bébé sur le devant, et les deux autres sous le bras. Toute mon angoisse disparaît, comme chaque fois que mon petit clan débarque auprès de moi. Hermès a conservé sa barbe fine et ses cheveux un peu longs, mais depuis qu'on s'est installés dans une maison à Springfall pour élever Emma, Angelia, Ariadne et Maïa, il a adopté le style de vie des humains. Et il a l'air tout aussi heureux que moi, complètement épanoui dans son rôle de papa au foyer.

Il n'a pas perdu ses capacités ni ses envies d'implication aux Enfers ou sur l'Olympe, mais il est devenu mortel et trouve plus d'accomplissements dans les moments passés auprès de nos quatre bébés que dans les affaires divines.

Malgré son précieux fardeau, je me pends à son cou pour l'embrasser avant de déposer plein de baisers sur les joues rebondies de ma tribu.

— Comment vont mes amours ?

— Eh bien, en fait… commence Hermès avant de se mordiller la lèvre.

Je hausse les sourcils, intriguée, Méroé croise les bras, curieuse.

— Quoi ?

— On jouait à cache-cache dans le noir ce matin quand…

Hermès exagère une grimace et je me demande à cet instant pourquoi je m'en fais autant avec les colonies de vacances aux Enfers quand de toute façon, j'ai Hermès et quatre filles à la maison. Même s'il a installé des barrières aux escaliers et fait disparaître tous les meubles dangereux avec des coins pointus à partir du moment où les filles se sont mises à crapahuter – parce que Hermès est ultra impliqué et prudent, il faut que je retienne surtout ce point.

— À cache-cache dans le noir avec nos bébés d'un an ? reprends-je tout de même en marmonnant.

Méroé attrape Emma et Maïa pour délester Hermès mais ne cache pas son gloussement.

— Oui, et c'est là qu'elles ont découvert en même temps que moi-même qu'elles… pouvaient briller dans le noir.

Abasourdie, je garde le silence un moment alors que mon conjoint hoche la tête pour bien appuyer sa déclaration.

— Mais elles brillent… *brillent* ? s'enquiert Méroé.

— Oui, confirme Hermès. Nos filles sont évidemment brillantes, de manière métaphorique ET littérale. Bon, du coup, je les ai vite trouvées, la partie n'a pas duré bien longtemps.

— Nos filles brillent, reprends-je en observant les quatre bébés qui braillent dans leur langage qu'elles seules comprennent.

— Leur grand-mère est une Pléiade, après tout, ajoute Hermès avec un clin d'œil.

Il finit par me faire sourire et je secoue la tête. Bon sang, qu'est-ce que je les aime tous les cinq. Ma vie ne pouvait pas être plus complète avec eux.

— Ah, voilà Ella, remarque Méroé.

*

ELLA

J'ai profité de mon passage à Springfall pour revoir Rachel et Madeline avant leur déménagement à San Francisco. On a toujours tenté de garder le contact, mais ma vie a tellement changé depuis mon union avec Deimos, que ça n'a pas toujours été simple. Elles m'ont félicitée pour mon poste de médiatrice culturelle au Metropolitan Museum of Art de New York et j'ai pu leur parler de ma fille. Je les ai bombardées de photos, elles se sont attendries devant ses yeux vairons et ses couettes rousses et, quelque part, je suis soulagée qu'elles ne l'entendent pas babiller au sujet de Cerbère comme si de rien n'était. Cerbère est la nouvelle obsession de Médée, elle ne parle plus que du chien infernal depuis qu'elle l'a rencontré à la Clairière. Deimos n'en peut plus de fierté, il a commandé des peluches grandeur nature de chien à trois têtes et lui promet de l'emmener le voir un jour dans le royaume d'Hadès et de Perséphone.

J'ai dit au revoir à mes deux amies humaines, on a toutes les trois espéré se recroiser un jour ou l'autre et j'ai repris la voiture pour me rendre à la Clairière. Je confie de temps en temps ma fille à Circé, pour qu'elle grandisse aussi au milieu des sorcières et auprès de sa tante qui sera si importante dans sa vie. C'est un crève-cœur à chaque fois, mais je sais que c'est la meilleure chose à faire. Lorsque je m'engage sur le chemin forestier, je me sens si pressée de la reprendre dans mes bras que j'en souris d'impatience. La Coccinelle et la Chevrolet de mes sœurs sont déjà là. Je me gare et m'enchante encore et toujours de la nature qui s'épanouit ici, en plein été. Les massifs de cosmos, de soucis et d'œillets éparpillent toutes leurs couleurs et leurs parfums autour d'eux. Je prends le temps d'inspirer à pleins poumons avant de rejoindre mes sœurs, mon beau-frère et mes nièces.

— Hé ! les salué-je en m'approchant d'eux.

Circé et Méroé me prennent dans leurs bras à tour de rôle. J'embrasse toutes les joues rebondies des quatre filles de ma sœur aînée et guette la silhouette nerveuse et pétillante de la mienne.

— Où est Médée ?

— Elle finit son déjeuner avec Zelda, elle ne va plus tarder, me répond Circé.

— Et comment vont les quatre terreurs ? demandé-je alors que mes nièces s'ébattent par terre, tentant de se mettre debout ou de s'échapper à quatre pattes.

— Eh bien figure-toi qu'elles brillent dans la nuit maintenant, déclare leur mère.

— Ah, commenté-je, stupéfaite. Tu ne risques pas de les perdre, au moins !

Méroé se met à rire en secouant la tête.

— Ne rigolez pas trop vite, nous déconseille Circé.

— Nooon, je n'oserais pas, m'amusé-je. Ma fille a tendance à contrôler l'électricité en ce moment. Elle allume et éteint la lumière en tapant dans ses mains. J'ai juste peur qu'elle invoque le foudre ma mégarde.

— Il est enfermé dans les forges, on va espérer qu'il y reste le plus longtemps possible, me rassure Méroé.

Je penche la tête sur le côté, perplexe. En fait, plus le temps passe et plus on découvre que nos filles sont… différentes. Du moins, autant que les enfants de dieux et de sorcières puissent l'être. En général, les sorcières disposent de la totalité de leurs pouvoirs vers sept ans, et les dieux en sont déjà dotés à la naissance mais tâtonnent toujours un peu les premières années. Circé et moi, on trouve que nos filles sont particulièrement éveillées à ce sujet.

— Avec Hermès, on a vérifié la couleur du sang de nos filles, nous annonce Circé, pensive. Il est lui aussi cuivré, comme celui de Médée. On a vraiment donné naissance à des êtres dont on ne sait encore rien.

Si ma sœur a toujours été sereine avec ça, je commence à déceler de l'inquiétude dans son ton. Et si un nouveau Zeus émergeait ? Prêtant trop d'attentions à nos enfants ? Et si elles nous échappaient ?

Méroé attrape nos tailles pour nous rapprocher d'elle.

— Cessez de vous torturer avec ça. Tout ce que vous pouvez faire, c'est continuer à les élever sur le bon chemin. Et vous le faites déjà très bien ! Regardez ces adorables bouilles !

Les quadruplées nous renvoient une tendresse explosive dans le cœur. Jusqu'à ce que Médée surgisse de nulle part, en hurlant de rire, du chocolat plein la bouche et son tee-shirt, poursuivie par un Cerbère bondissant.

— Adorable bouille, oui, confirmé-je, perplexe.

Tante Zelda, dépassée, la poursuit avec un torchon humide pour tenter de la nettoyer.

— Némésis a ramené Cerbère des Enfers quand elle a su que Médée serait là, explique Circé.

Je plisse les lèvres. Je sens que le voyage de retour jusqu'à New York va être sympa.

— Maman ! s'écrie Médée en m'apercevant.

La voir se détourner de son obsession du moment pour se jeter sur moi me fait chaud au cœur. Je la débarbouille d'un sort avant qu'elle me saute dessus. Je la soulève et la serre fort contre moi.

— Mon bébé d'amour ! Tu t'es bien amusée ?

Elle me raconte ce qu'elle a fait avec emphase, tout étant toujours extraordinaire et beau ici. Ça fait rire mes sœurs qui trouvent qu'elle me ressemble tellement avec son enthousiasme naturel.

On finit par se séparer pour rentrer à New York. Mes sœurs m'embrassent et j'installe Médée dans la voiture. Émue, elle fait coucou à Cerbère qui gémit tristement de l'autre côté de la portière.

— Au revoir, chien. Trois bisous ! lance-t-elle alors que je démarre.

Médée piaille une bonne partie du trajet avant de sombrer dans un sommeil réparateur. Quand on arrive au manoir, elle est grognonne dans mes bras. Deimos nous ouvre la porte, la prend contre lui et dépose un long baiser sur mes lèvres. Si sensuel que je me plaque contre lui, émoustillée.

— Et en quel honneur ? lui demandé-je.

Il referme le battant derrière nous tout en affichant un air malin.

— Une bonne nouvelle.

Rien de plus. Très bien, je vais enquêter ! Étant donné que nous sommes censés partir ce soir pour Cythère – une semaine au bord de la mer, Médée n'attend que ça ! –, je mise pour une annulation de dernière minute.

— Dionysos et Ariane ne viennent plus chez tes parents pour les vacances ?

Deimos lève les yeux au ciel en grommelant.

— Si seulement, mais non.

— Les Muses ont finalement décidé de s'installer sur l'Olympe et de te lâcher les basques ?

Il ouvre la bouche pour répondre mais se reprend aussitôt, l'air appréciateur.

— Tu es en train de faire passer ma bonne nouvelle pour une nouvelle pas si extraordinaire que ça, en fait.

J'éclate de rire.

— Alors quoi ? Dis-moi, exigé-je, curieuse.

— Les trois reines de l'Olympe vont accéder à notre demande, tu vas être divinisée, Ella.

Une boule se coince dans ma gorge. Lui aussi, il est remué, tout autant que moi. On a longtemps attendu une décision de l'Olympe. Et on comprenait le délai, bien sûr. On ne donne pas l'immortalité à n'importe qui et n'importe quand. Cette crainte d'un refus, même si elle était peu fondée, planait tout de même au-dessus de nous.

Je me serre contre Deimos. Il y aura des doutes et des chagrins insurmontables, mais aussi des bonheurs insoupçonnables. Pour une éternité auprès de lui.

ADDENDA

Temps, nous te défions
Moment, nous t'affrontons
Éternité, nous te brisons
Rendez-nous celle que nous pleurons
Et que son ombre revienne selon notre vision

Le sort interdit. Ces trois sorcières ont osé le prononcer. Voilà trop longtemps que les dieux du temps sont humiliés et écartés des enjeux de notre monde. D'abord par Zeus Cronide vaincu, et à présent par ces descendantes d'Hélios trop confiantes. Assez.

Moi, Chronos, je vous appelle, Kairos et Aiôn.

Notre temps est venu.

BONUS

HÉPHAÏSTOS

— Réveille-toi, petit coquillage.

J'ai dû sombrer dans l'inconscience. Les mots, énoncés d'une voix douce, me font ouvrir les yeux. Était-ce un cauchemar ? Les images effroyables qui me traversent l'esprit sont-elles issues de mon imagination ou d'une réalité que je viens de vivre ? Une chute vertigineuse. Des hurlements de douleur, un membre broyé. Une mare d'ichor chaude et poisseuse. Une fièvre implacable. Et l'attente… que quelqu'un me découvre et me recueille.

Ce *quelqu'un* se penche au-dessus de moi. Son visage se confond presque avec le ciel obscurci de la nuit tant il me paraît bleu. Mais ses yeux sont brillants. Et violine.

— Réveille-toi, petit coquillage, dit-elle à nouveau avec un sourire tendre.

Je tends la main vers elle. Est-elle bien là ? J'attrape une mèche de ses cheveux noirs et humides, ils glissent entre mes doigts et abandonnent derrière eux des grains de sable et de sel. Je n'avais encore jamais vu de déesse comme elle.

— Qu'as-tu trouvé, Thétis[4] ?

Une autre voix s'élève, bien plus grave et profonde. Une nouvelle apparition se penche sur moi, gigantesque et violette. Elle est nue, mais sa chevelure, comme si elle était vivante, ondule sur ses épaules et sa poitrine, sans pour autant masquer deux seins discrets. Sa silhouette androgyne me paraît

4. Thétis est une Néréide, une nymphe marine, mère du héros de la guerre de Troie : Achille.

encore plus belle avec ses milliers de minuscules coquillages dorés, agglomérés ici et là sur ses hanches et son ventre.

— Un petit Olympien tombé du ciel, répond la première.

C'est vrai que le ciel étoilé au-dessus de moi est bien plus vaste que celui de l'Olympe. Alors, je suis sur terre ? Toutes les odeurs sont différentes. C'est bien le ressac de la mer que j'entends. La pierre sur laquelle je suis allongé me faisait douter. Je voudrais parler, mais je n'y arrive pas. L'effort que j'ai fourni pour lever le bras m'a affaibli.

— « Tombé du ciel », répète la seconde.

Son regard se dirige sur le bas de mon corps. Je ne sens plus mes jambes. Je ne sens même plus la douleur.

— La chute a dû être terrible, petit Olympien.

— Emmenons-le avec nous, Eurynomé[5], lance Thétis.

La déesse hoche la tête. Elle glisse sa main sous mon corps et me soulève au creux de sa paume. La brise fraîche caresse mes joues. J'ai conscience de la délicatesse avec laquelle les deux apparitions me transportent, sans me secouer. On entre dans une grotte et le ciel est remplacé par la pierre grise et noire. Thétis touche la paroi. Une algue fluorescente bleue éclot autour de ses phalanges et s'étend sur une grande partie de la surface rocheuse.

— Fais-lui boire un lait de pavot, conseille Eurynomé. Il faut amputer sa jambe. Divinité ou non, le membre est bien trop abîmé pour se remettre.

Je ne comprends pas tout. Je n'ose même pas baisser les yeux. Je voudrais juste dormir, je voudrais que la si gentille Thétis me garde auprès d'elle et me prenne dans ses bras. Elle disparaît avant de revenir avec un bol en terre cuite qui semble minuscule entre ses doigts. Elle redresse ma tête et approche le récipient de mes lèvres.

5. Eurynomé est la fille du Titan Océan et une déesse qui a anciennement régné sur les Titans avant d'être détrônée par un autre : Cronos, père de Zeus.

— Bois, petit coquillage.

J'obéis. La tiédeur du lait parfumé me réconforte et me plonge presque aussitôt dans un sommeil trouble. Je n'ai que le temps d'apercevoir l'éclat métallique d'une lame tenue par Eurynomé sans me poser plus de questions.

Je sombre, j'oublie ce qu'il se passe ensuite. J'alterne les instants de conscience et d'inconscience, je ne sais plus si on est le jour ou la nuit. La grotte m'isole de l'extérieur et la mer parvient parfois près de moi, mais je demeure au sec. Je suis en hauteur, sur une couche qui gagne peu à peu en confort : une natte tressée sur le sol rugueux, un coussin en laine sous ma tête, une couverture en coton, et un jouet. Un petit cheval en bois sur roulettes. Il ne va pas très loin, je le garde auprès de moi.

Au bout de plusieurs jours, j'arrive à m'asseoir et je découvre qu'il me manque une jambe. Je ne saisis pas. Je ressentais à nouveau tous les membres de mon corps, elle n'avait pas disparu pour moi. Je reste seul de longs moments, avec pour seule compagnie le cheval en bois. Puis Thétis surgit hors de l'eau et vient vers moi. Je retrouve le sourire. Je n'attends qu'elle tous les jours. Elle invoque du pain, du miel et du lait près de moi. Tous les mets apparaissent comme par magie. Elle me couve avec attention, me lave dans un bassin de la grotte avec une éponge douce, me garde contre son sein tout en fredonnant des airs qui m'apaisent.

Eurynomé nous rejoint avec des présents, elle aussi : un peu d'Ambroisie, une conque dans laquelle je peux souffler, et deux morceaux de bois flotté qu'elle a taillés pour que je puisse m'appuyer dessus et marcher. J'entame un long apprentissage, alors que les cannes s'enfoncent dans le sable et que je trébuche au bout de deux pas. Si bien que je préfère demeurer au sol, à ramper. J'observe les grains de plus près, m'émerveille devant les reflets de quartz et découvre que certains ont du fer et qu'ils changent de forme et de couleur à mon contact. J'aurais voulu me contenter de cela, mais pour les deux déesses, il en est hors de question.

Eurynomé s'est mise en tête de m'enseigner la nage et la plongée, me lançant dans l'exploration des fonds marins avec tant d'entrain que j'ai toujours hâte qu'elle m'engloutisse dans ses leçons. Thétis, elle, consacre son temps à mon apprivoisement de la marche à la surface. Ma première fausse jambe vient d'elle : un morceau de bois évasé, harnaché à ma cuisse grâce à des lanières en roseaux. Lorsque j'ai pu enchaîner une dizaine de pas, grâce à l'appui d'un bâton, Thétis a témoigné un bonheur si pressant que je me suis juré de ne plus jamais ramper.

Certaines nuits, elles demeurent toutes les deux auprès de moi, alors qu'Eurynomé est celle qui quitte la grotte et la plage tôt dans la soirée, m'abandonnant aux chants de Thétis qui me borde. Lorsqu'elles sont toutes les deux là, on s'allonge dans le sable, les pieds léchés par l'écume de la mer, et on regarde les étoiles. Je suis si heureux, le corps coincé entre les deux imposantes déesses qui ne me lâchent pas. Je les écoute discuter et lutte contre le sommeil avec force, car je sais que je vais me réveiller dans la grotte, seul, à guetter leur retour le lendemain.

Parfois, des noms familiers surgissent des conversations de mes deux mères adoptives. Je les entends mais mon esprit refuse d'interpréter leurs paroles et se focalise sur une constellation ou une étoile filante.

— Zeus ne le reprendra jamais dans cet état. Aucun dieu n'a de blessure comme la sienne. Et en plus il ne parle pas, il n'a pas prononcé un mot depuis qu'on l'a trouvé.

— Je n'arrive pas à croire qu'Héra ait pu faire ça.

— Les Olympiens sont loin d'être des dieux parfaits, Thétis.

— Mais que va-t-on faire de lui ? Le garder ?

— Et lui apprendre à survivre. On m'a enfin dit son nom.

— Oh, j'aimais bien petit coquillage.

— Héphaïstos.

Je détourne les yeux des étoiles, mon nom vient de surgir de la bouche d'Eurynomé.

— « Celui qui brûle », murmure Thétis.

Et au même instant, mon corps d'enfant se met à rougeoyer et à diffuser une chaleur à laquelle je ne m'attendais pas. Je tends les bras au-dessus de moi, fasciné. Une main violette et une main bleue s'emparent des miennes et nous restons là, tous les trois, à écouter la houle.

Je n'ai plus peur.

*

Méroé tressaille et grimace. Elle m'extrait de mes pensées.

Son sommeil est loin d'être apaisé. Comme je ne parviens pas à faire chuter sa température, j'ai exploré l'île d'Aiaía pour cueillir toutes les herbes dont elle m'a parlé. J'ai pu rassembler du thym et de la lavande et les faire infuser dans de l'eau chaude. Je devrais la réveiller pour lui faire boire le contenu du gobelet qui ne quitte pas ma main, mais je crains de lui faire du mal plus qu'autre chose.

Je n'ose pas la toucher. J'ai coupé sa main. *J'ai* provoqué ça. Elle s'est évanouie dans la demeure de ses ancêtres et dans une mare de sang rouge. J'ai cautérisé la plaie comme j'ai pu, mais je ne peux endiguer ni la douleur ni le manque qu'elle va éprouver à présent. Son corps est parcouru de frissons, sa main crispée sur la baguette aux étincelles violettes. Si pâle et affaiblie que je me sens hébété, coupable et impuissant tout à la fois.

J'ignore pourquoi cette sorcière en particulier m'accroche autant, et pourquoi son visage me paraît si familier. Pourquoi c'est elle que je dessine depuis des centaines d'années ? Pourquoi a-t-elle débarqué dans ma vie de la sorte ? En voyant les tritons ce matin, j'aurais pu me signaler et nous serions rentrés au palais de Poséidon. Ça m'aurait arrangé. Je n'ai jamais eu l'intention de voler la clé d'un Monde englouti, mon oncle aurait pu comprendre. Mais la seule véritable interrogation qui me terrassait concernait Méroé : que se passerait-il pour elle ?

Elle est pénible, hein. *Vraiment. Très. Pénible.* Moi, j'ai l'habitude de vivre seul, de mener ma barque dans mon coin. Et puis elle a déboulé comme une tempête. A bousculé mon quotidien et celui des Cyclopes. A pris de plus en plus de place dans ma tête, au point de réveiller des sentiments que je pensais éteints…

Son sourire me crève le cœur. Ça faisait bien longtemps qu'un être ne s'était pas adressé à moi de cette manière, avec cet air mutin et cette malice imparable.

Ça faisait bien longtemps qu'un être ne m'avait pas tout simplement désiré.

Est-ce que j'ai envie de la voir disparaître ? Non. Mais elle disparaîtra, comme toutes et tous les autres. La seule chose en mon pouvoir, c'est de faire en sorte que Zeus n'en soit pas la cause. Il a levé la main sur elle, ce mariage n'est pas consenti, je ne la lui livrerai pas.

Un gémissement m'interpelle, Méroé ouvre les yeux, la respiration sifflante. Je l'ai déposée sur mon manteau, à même le sol, espérant que la fraîcheur de la pierre l'aide. Elle replie son bras meurtri – je l'ai pansé du mieux possible, avec ce que j'avais, mais je sais que la vue de cette main absente va la bouleverser. Ses sourcils se froncent, elle serre les dents et clôt ses paupières. Je glisse une main sous sa nuque pour la redresser, elle se laisse aller. Elle me confie sa vie avec une confiance qui me dépasse. Alors que j'ai songé à la livrer même durant un quart de seconde. Je pourrais m'emparer de sa baguette dans son sommeil, mais elle ne m'a pas mis en garde ni menacé. Rien.

— Méroé, bois ça.

L'odeur que dégage la boisson semble la soulager d'avance, elle en avale quelques gorgées et je la repose avec délicatesse sur le manteau.

— Merci, murmure-t-elle.

J'ai tant envie de la contredire, de lui demander pardon tout de suite ! Elle m'en voudra, finira par me désigner coupable, me dira que je n'avais pas à écouter ce qu'elle disait alors qu'elle était désemparée… Elle en viendra à me détester, je perdrai cette lueur d'intérêt qui brille au fond de ses yeux quand elle me voit, et qui me confère une telle importance que ça envoie paître ma si puissante solitude.

Alors je tente le tout pour le tout.

— Repose-toi, dis-je avant de me lever. Deux heures sont passées, j'en ai encore besoin d'une avant que nous envisagions de partir.

Elle n'a pas l'air de comprendre. C'est peut-être une bonne chose. Je m'éloigne d'elle pour reprendre ma tâche. J'ai allumé un foyer pour garder mes récipients d'argile au chaud. J'ai pris tous les objets en or qu'on a déterrés dans la porcherie pour les laver et les faire fondre dans un creuset improvisé. J'y rajoute l'un de mes petits lingots de cuivre pour plus de solidité, et un peu de son sang afin que le raccordement fonctionne. Je n'ai plus qu'à me trancher la chair pour que mon ichor « donne vie » à la main. Méroé ne passera pas par tous les stades éprouvants que j'ai connus. Elle aura la main la plus naturelle que je puisse créer. Je m'attaque à la fonte des métaux alors que le moule attend à deux pas, avec la vague forme de son membre en creux. Je m'occuperai de lui rendre son originalité, ses lignes et ses empreintes.

C'est après tout mon pouvoir le plus remarquable…

*

J'ai douze ans, neuf années ont passé.

L'enfance des divinités passe en un éclair, notre vieillissement ralentit dès nos vingt ans. Thétis et Eurynomé me disent que je suis encore bien jeune mais je me sens adulte. Sérieux, impatient, marqué par une volonté de perfection. Pourtant je lutte contre la peur irrationnelle d'être abandonné. Dès que mes deux mères adoptives tardent à revenir, une tempête de craintes et de questions me secoue : est-ce que c'est terminé ? M'ont-elles laissé tomber ? Je savais que ce moment arriverait, tôt ou tard ; elles m'ont toujours préparé à survivre, c'est pour que le jour où elles me quitteraient, je sache comment me nourrir et me défendre…

Dès qu'elles apparaissent, coupant court à mes tortures mentales, j'ai envie de me jeter dans leurs bras et de pleurer de soulagement, mais je ne le fais pas. Je crains de me montrer trop empressé, trop dépendant, au point où elles se lasseraient et me fuiraient. À la place, je leur fais à mon tour des cadeaux pour me montrer utile. J'ai découvert que je pouvais dénicher le métal dans la pierre ou dans le sable, que je pouvais le faire fondre au creux de ma main et fabriquer de petits objets comme des perles. Je leur offre des colliers et des parures en promettant de m'améliorer, Thétis et Eurynomé les enfilent avec de grands sourires et des compliments, je suis au comble de la fierté. J'ai hâte qu'elles en viennent à m'avouer tout leur amour pour l'enfant que je suis et à me promettre de me garder. À m'emmener chez elles, car elles ne vivent pas dans la grotte, mais dans une demeure au fond de la mer. Je finirai bien par mériter ma place dans leur famille.

— Aujourd'hui, un visiteur important vient te voir, m'annonce Eurynomé un matin.

— Tu dois faire bonne impression, insiste Thétis.

J'acquiesce, curieux mais prêt à leur faire honneur. Thétis me donne une tunique neuve, d'un bel ocre. Je l'agrémente d'une ceinture faite de disques en bronze que j'ai fabriquée moi-même. Thétis attache mes longs cheveux bruns en arrière et inspecte ma fausse jambe en métal que j'ai fondue et moulée pour lui conférer une allure réaliste. C'est mon premier essai de fonte et je n'en suis pas mécontent. Je marche toujours avec l'aide d'un bâton et cherche encore une meilleure solution pour arrêter de boîter, mais j'avance.

Le visiteur ne tarde pas. Il apparaît dans un éclat de foudre qui nous aveugle sur le coup. Il est grand, mais pas autant qu'Eurynomé. Sa longue tunique blanche resplendit au soleil et offre un contraste détonnant avec sa peau hâlée, ses cheveux noirs qui volètent au-dessus de sa tête et sa barbe courte. Son regard gris se pose sur moi et il affiche un sourire aimable.

— Voici Zeus, ton divin père, me glisse Thétis à l'oreille tout en me poussant en avant pour que j'aille à sa rencontre.

« Divin père », cette information avait fini par disparaître de ma tête. Je crois que je l'ai toujours su sans en avoir conscience. Et puis, pourquoi mon père surgit maintenant ? Ignorait-il donc où j'étais depuis tout ce temps ?

— Thétis et Eurynomé ont parlé de toi à mon frère Poséidon, qui m'a ensuite tout rapporté, déclare Zeus. On te dit talentueux dans le maniement du métal et du feu. Est-ce vrai ?

Je m'arrête à un ou deux pas de lui. Derrière moi, je sens mes deux mères adoptives retenir leur souffle. Je n'ai pas prononcé un mot depuis que je suis là. Mes pensées sont denses et mon expression vient de mes mains, mais prononcer tout cela me paraît insurmontable. Je garde au fond de moi l'idée – ou le souvenir – d'une dernière parole proche d'une supplique et d'un cri d'épouvante.

Alors je hoche la tête. Zeus jette un œil derrière moi, les mâchoires serrées. Suis-je déjà en train de le décevoir ?

Il s'accroupit pour se rapprocher de moi.

— Si tu veux trouver ta place sur l'Olympe, il faudra parler. Les embûches et les ennemis des dieux affaiblis sont nombreux, Héphaïstos. Tu seras le seul à ne pas être… intact. Tu devras te montrer deux fois plus malin et plus fort que les autres.

Un frisson glacial me remonte l'échine. Le besoin violent de faire mes preuves me brûle l'estomac, et pourtant je commence à redouter ce que ses paroles impliquent : quitter la grotte et la plage pour l'Olympe.

Je hoche à nouveau la tête.

— Montre-moi ce dont tu es capable.

Il dit cela avec une lueur de défi au fond des yeux. Je parcours les alentours d'un regard et repère une roche adéquate près de la grotte. Je m'approche et la frappe d'un coup de poing, elle éclate et envoie des morceaux sur le sable et entre les interstices des pierres voisines. Je n'ai plus qu'à plonger la main dans l'amas pour en retirer tous les minéraux qu'il contient. Agglutinés dans ma paume, je les presse et les chauffe au point d'en faire une boule malléable que je peux ensuite modeler à ma guise. Puisque c'est Zeus qui me passe commande, je choisis de faire un éclair d'une couleur presque dorée, un peu mat et rigide.

Je retourne auprès de lui et lui tends l'objet. Zeus l'inspecte sous toutes les coutures, je ne perds pas une miette de ses expressions. Il y a de l'admiration, oui, mais aussi beaucoup d'ambition.

— Imagine tout ce que tu vas pouvoir faire avec des outils et de la main-d'œuvre…

Il se relève, pose sa main sur mon épaule et s'adresse aux deux déesses derrière moi.

— Je l'emmène et vous remercie d'avoir pris soin de mon fils.

Je pivote au même moment, surpris par la décision précipitée. Thétis tend la main vers moi, tout autant stupéfaite.

— Petit coquillage !

— Mères ! lancé-je avant que le paysage ne change.

Zeus nous téléporte dans un endroit silencieux, construit et blanc. Tous mes repères disparaissent. Plus de sable, plus de grotte, plus de mer, mais une salle vaste, avec des colonnes, un toit et une mosaïque mouvante au sol représentant un aigle et un paon, auréolés d'éclairs et de flammes. C'est d'ailleurs la seule touche de couleur ici.

Mon premier mot depuis des années me reste en travers de la gorge. Vais-je m'installer ici ? Ne pourrais-je plus voir Thétis et Eurynomé ?

— Voici notre demeure, m'annonce Zeus. Et voici Héra, ta mère, et Arès, ton frère.

Je jette un œil sur le côté, une déesse se tient debout, figée dans une longue robe bleu-vert, la chevelure retenue sous un diadème en or, piqué de pierres précieuses. Son air est si grave et si figé qu'elle me fait froid dans le dos. Je ne pense qu'à mes deux mères adoptives venues de l'océan. Auprès d'elle, un garçon de mon âge me fixe avec méfiance. On ne se ressemble pas du tout. Il a des cheveux blonds, presque blancs, une carrure d'athlète et des hématomes sur les joues. Ses bras croisés et sa grimace peu engageante ne m'inspirent rien de bon.

— Tu t'es encore battu, Arès ? grogne Zeus.

— Avec cette sale petite peste, réplique-t-il en désignant une silhouette du doigt.

Une fille, de notre âge elle aussi, se tient un peu plus loin et semble se moquer royalement de mon frère, les cheveux ébouriffés et l'air goguenard.

— Athénaaa, gronde Zeus avec une tendresse inattendue. Ma petite Pallas, mon adorable Promachos, que t'ai-je déjà dit ?

— D'arrêter de me battre avec ce lourdaud d'Arès, réplique-t-elle en dodelinant de la tête.

Arès esquisse un pas qu'Héra bloque aussitôt.

— Et tu as gagné, n'est-ce pas ? surenchérit Zeus.

— Bien sûr, se vante Athéna.

Le dieu tapote sa tête avec une fierté incommensurable.

— Alors tiens, je t'en fais cadeau, dit-il en lui offrant l'éclair métallique. C'est ton frère qui l'a fabriqué.

Elle s'en empare et décide de quitter la salle tout en admirant la pièce. Elle ralentit en passant devant moi et m'accorde un regard d'une intelligence qui ferait reculer n'importe qui.

— Pas mal, me dit-elle avant de s'éclipser.

Je ne connais pas encore toutes ces personnes, mais le malaise et les relations tendues qui se dévoilent sous mes yeux me font regretter ma grotte et ma solitude.

— Héphaïstos, ta chambre est prête, si tu veux t'installer, me dit alors Héra, d'une voix éthérée.

— Parce qu'il va rester ici, chez nous ? grommelle Arès.

— Il est ton frère, réplique-t-elle.

— Un estropié, corrige-t-il avec plus de colère que de mépris.

Ça suffit à me réjouir qu'Athéna lui ait mis une raclée.

— Arès n'a pas tort, déclare Zeus. Héphaïstos va s'installer dans les souterrains pour accomplir son apprentissage auprès des Cyclopes.

Un mince sourire acerbe se dessine sur les lèvres de mon frère tandis qu'Héra ravale une protestation, déglutit et reprend :

— Ce n'est pas ce que nous étions convenus, déclare-t-elle sans m'accorder un seul regard.

— J'ai changé d'avis, répond Zeus avec calme. Argès, Brontès et Stéropès seront plus à même de le guider dans la découverte de ses remarquables pouvoirs. N'en doute pas, épouse. Sa destinée sera grande…

*

— J'ai froid…

La voix de Méroé accapare mon attention. J'étais plongé dans mon travail, une épingle à la main, en train de tracer les dermatoglyphes de ses doigts sur la main dorée. Je pose le tout avec délicatesse sur un linge et me rapproche de la couche improvisée de la sorcière. Elle entrouvre les yeux. Je touche son front, la fièvre a baissé, c'est peut-être pour cela que la fraîcheur la fait trembler à présent. Son corps a sué, la dalle du sol doit lui paraître glaciale avec l'humidité. Je m'agenouille auprès d'elle et réchauffe la pierre sous son corps.

— Pose tes mains sur moi, murmure-t-elle en frissonnant.

Je tempère la chaleur que je dégage avant de frôler ses jambes. Le tissu de son péplos sèche et la réconforte à mesure que je me déplace. Je m'attarde un instant sur son ventre avant de frotter ses bras et ses épaules, puis je pose une main sur sa joue et Méroé sourit, toujours à moitié sonnée. Ses doigts tremblants lâchent la baguette et se joignent aux miens.

— Merci.

Elle ne me relâche pas et je n'en ai de toute façon pas envie. Je peux veiller sur son sommeil un moment, admirer les courbes de sa bouche, les lignes harmonieuses de son visage qui me hante depuis toujours et espérer voir à nouveau ses iris flamboyer.

Je lui donne sa main dorée, elle enchante la clé et on part. C'est ce que je me répète. On part et je la rends à son monde pour rentrer dans le mien. Elle n'est pas restée bien longtemps dans mes forges et pourtant, l'idée de m'éloigner d'elle me noue. Peut-être parce qu'on a été enchaînés l'un à l'autre, obligés de se suivre et de se supporter durant des jours. Lorsqu'on est habitué à vivre seul aussi longtemps, une irruption, même brève, peut tout changer.

— C'est mieux sans la chaîne, non ? demande-t-elle à voix basse, les yeux clos.

— Oui, me contenté-je de dire.

Mais non, en vérité.

— Toujours aussi bavard, ajoute-t-elle sans perdre son sourire.

J'ai gardé cette habitude de mon enfance. Je me suis pourtant souvent reproché de n'avoir jamais dit à Thétis et à Eurynomé que leur présence m'avait sauvé, moi, mon être autant physique que mental. Que j'aurais voulu demeurer auprès d'elles et non pas me sentir obligé de les effacer de ma vie. Je n'ai revu Thétis qu'une seule fois par la suite. Elle a débarqué chez moi, aux forges, éplorée, et m'a supplié de fabriquer des armes pour son fils mortel, Achille, alors que son amant Patrocle venait de mourir à Troie. Je n'ai pas pu refuser, reconnaissant de ses soins et jaloux de ce fils qui allait de toute façon périr.

Je tente de reprendre ma main, mais Méroé mobilise toutes ses forces pour la garder. Elle la déporte sur sa poitrine et soupire d'aise.

— Reste…

— D'accord, Trésor.

Mon pouce la caresse pour l'apaiser. Son cœur bat sous ma paume et chaque coup me saisit. Le mien est si lent, si immuable à côté du sien. Et pourtant, c'est comme s'il se synchronisait sur son rythme. Un écho au sien aussi chaleureux qu'hypnotique.

Sa tête penche sur le côté, elle a l'air de se rendormir.

Parle. Dis-lui ce que tu ressens avant de le regretter demain.

Je déglutis, nerveux.

— J'aimais être enchaîné à toi, je me sens toujours enchaîné à toi à vrai dire. Peut-être à cause de ce que tu dégages, à cause du courage que je n'ai jamais eu et qui brûle en toi. *Katadesmos*, Méroé, ça signifie que je suis lié à toi et toi à moi. Ça n'a peut-être pas de sens, mais c'est ce que je ressens.

Je lève les yeux vers la porte, comme je le fais à intervalles réguliers depuis qu'on est là. Je m'assure qu'aucun triton n'approche. Ils se manifesteront à nouveau, c'est certain, mais quand ?

Puis j'en reviens à Méroé, à sa peau douce sous mes doigts et aux images troublantes de son corps nu contre le mien, sur la plage. Ses caresses, ses baisers et cet instant bouillonnant où je l'ai renversée pour la prendre avec force !

— Je dois aussi te dire…

Ma voix est éraillée par le souvenir érotique de la veille.

— Le sexe avec toi était vraiment unique. Je n'ai pas connu beaucoup de femmes aussi passionnées que toi.

Et rien que prononcer ces mots m'excite, j'ai envie d'elle, j'ai envie qu'elle aille mieux, qu'elle retrouve tout son dynamisme et sa séduction.

— Toi aussi, t'es doué, murmure-t-elle.

Ah, elle se réveille une nouvelle fois.

— Tu fais partie de mon top trois et ce n'est pas peu dire…

J'écrase un sourire. En fait, son arrogance naturelle me plaît. Et son désir pour moi se rue dans mes veines.

— Tu tiens un classement ? m'amusé-je, d'un ton presque scandalisé.

— Bien sûr…

Elle marque une pause.

— Il est faussé parce que tu es le premier dieu avec lequel je couche.

Et le seul, j'espère. En tout cas, je garde ce souhait pour moi. Mais si je pouvais rester dans son « top trois », quelque part je resterai dans sa mémoire à jamais, elle ne m'effacera pas.

— Est-ce que ça change quelque chose ?

— Faudrait qu'on recommence pour que j'en sois sûre, plaisante-t-elle, secouée d'un rire qui semble douloureux.

Je me mords la lèvre pour ne pas sauter dans son délire et lui promettre qu'on se reverra dans ce but sans aucun souci, que je reviendrai sur terre pour partager son lit quand elle le souhaitera, qu'elle n'aura qu'à me prier et j'apparaîtrai pour elle. Je ravale toutes ces paroles en l'air. Autant la laisser se reposer et reprendre le travail, on ne doit pas tarder non plus.

Je détache ma main, elle se laisse faire et retrouve même sa baguette sans se rendre compte qu'elle l'avait posée pour moi. Je me redresse et m'éloigne à contre-cœur.

— T'as de trop jolies fesses, Heph.

Elle m'arrache un sourire gêné. Elle délire, probablement, et j'aimerais lui dire qu'il n'y a pas plus belle personne qu'elle dans mon monde, mais elle sombre dans le sommeil.

Je soupire, l'ichor coulant comme de la lave dans mes veines. Je ferme les yeux une seconde et inspire lentement.

Ne tombe pas amoureux. Ce serait une erreur.

*

Et amoureux, je le suis. Lorsque Zeus et Héra m'ont proposé ce mariage inespéré avec la plus belle des Olympiennes, je l'ai accepté sans discuter. Je n'en revenais pas qu'Aphrodite ait consenti. J'allais enfin avoir une compagne à mes côtés, partager mon quotidien, tout apprendre d'elle et m'ouvrir à toute une communauté de l'Olympe qui m'est étrangère. Car j'ai vécu et vis toujours au fond des forges, dans mon atelier. La paroi en pierre me rappelle la grotte de mon enfance. Les Cyclopes, par leur taille et leur gentillesse, sont les reflets de mes mères adoptives. Dans les sous-sols rocailleux de notre monde, je me sens moi-même. J'expérimente, découvre le don de l'animation que j'insuffle aux objets, et j'ai pu créer une jambe articulée qui paraît plus vivante que le métal froid, grâce à mon ichor contenu à l'intérieur.

Je n'ai jamais voulu forcer mon épouse à vivre ici, mais j'espérais qu'elle y trouverait un quelconque intérêt pour accepter d'y passer au moins quelques heures. Ça n'a jamais été le cas. Après des années de mariage, la situation n'a pas bougé : elle vit dans son palais, à la surface, je vis dans mon atelier, sans elle. J'attends le moment où elle me donnera une chance. Je n'impose rien, je guette. J'espère. Car le jour de notre union, j'ai compris qu'Aphrodite avait accepté à contrecœur, comme beaucoup de mariages arrangés. Mon enthousiasme s'est tassé. J'ai hésité à tout annuler mais je ne parvenais pas à abandonner l'idée d'une nouvelle vie.

J'insuffle l'animation au petit cygne en bronze et ses ailes mécaniques se mettent à battre au creux de ma main avant de s'assagir. Je le dépose dans le coffret en bois, parmi des roses en or et des parures de perles et pierres précieuses, taillées en forme de coquillages. Je lui prépare toujours des cadeaux inspirés des motifs qu'elle aime. En refermant le coffret, je constate qu'il est encore tôt pour le dîner – puisque nous dînons ensemble la plupart des soirs – mais tant pis, je ne tiens plus en place. Je sors de mon atelier et salue Acamas, Pyracmon et Adnanos, les trois nouveaux Cyclopes de mes forges, descendants de Poséidon. Ils martèlent le métal en rythme et devraient bientôt rentrer chez eux pour un repos bien mérité.

Je me téléporte devant l'entrée du palais de mon épouse. La colonnade en marbre blanc de l'entrée est cernée de rosiers en fleur très parfumés. Cet endroit lui ressemble : il est parfait, d'une beauté à couper le souffle. J'ai toujours des papillons dans le ventre lorsque j'arrive ici. Peut-être que tout le monde ressent cela dans les parages. Aphrodite éparpille des enchantements de volupté chez elle, les invités sont émerveillés et détendus dès qu'ils approchent de sa demeure. J'entre en faisant tout pour masquer mon boitillement et mon impression d'être un intrus ici. Les fontaines dispersent un bruit agréable sans pour autant dissimuler les voix dans une salle attenante. Je me dirige donc là et ralentis au fur et à mesure que j'identifie l'hôte de mon épouse. Je m'immobilise près du double battant en bois et observe la scène à travers l'ouverture.

Arès, cuirassé, glaive à la taille et casque à ses pieds, semble prêt à partir sur terre. Quant à Aphrodite, lumineuse dans son péplos rouge légèrement défait, elle ramène des mèches de sa chevelure volumineuse et noire derrière ses oreilles.

— Zeus a promis de rester discret si j'acceptais de partir, déclare mon frère.

— Il sait ? semble craindre Aphrodite.

— Il ne dira rien à personne. Mais en contrepartie, je dois rester sur terre jusqu'à ce que mon père me rappelle à lui, grogne-t-il.

Aphrodite pâlit. Je ne comprends pas ce que Zeus *sait*, mais mon cœur tambourine fort.

— Tu ne reviendras pas dans une poignée de jours, en conclut-elle.

Arès baisse les yeux, les mâchoires crispées et les muscles de ses bras bandés.

— Je suis obligé de t'abandonner à mon frère, ma Nymphia. Celui à qui on t'a offerte à ma place !

Mes doigts se resserrent sur le coffret. Mon souffle se coupe.

— Toi et moi, c'est ce qui aurait dû être, regrette Aphrodite en posant son front contre sa poitrine. Ne pars pas, ne me laisse pas seule…

Arès l'enlace.

— Ce ne sera peut-être que quelques mois, et peut-être des années, mais rien ne changera pour moi. Tu es mienne et je suis tien, je t'aimerai toujours, ma Nymphia.

Aphrodite se blottit contre mon frère en bredouillant un « je t'aime » qui me transperce la poitrine. Je recule de plusieurs pas, ahuri. Voilà des années qu'ils s'aiment dans mon dos, des années qu'ils se retrouvent tous les deux alors que je me languis d'elle. Je recule jusqu'à ce que mon dos heurte une colonne.

Mon frère aura-t-il donc tout ? L'attention de notre mère qui m'ignore, les honneurs de l'Olympe à chaque bataille remportée, la beauté et la prestance de son corps parfait, la considération d'Athéna ? Lui fallait-il à tout prix l'amour d'Aphrodite en plus ? Je n'arrive même pas à blâmer mon épouse sur l'instant, je ne ressens que de la colère pour ce prétendu frère qui ne m'a jamais accordé la moindre place auprès de lui.

Passé le choc, je retourne près de la porte et pousse l'un des battants. Arès a disparu, il ne reste qu'Aphrodite, assise sur une banquette, le visage dans ses mains. Je la surprends suffisamment pour qu'elle bondisse sur ses pieds tout en séchant ses pleurs, perturbée.

— Heph !

Elle se redresse, raide, bouche frémissante, ses grands yeux noirs posés sur moi avec crainte. Je voudrais rugir mais rien ne franchit mes lèvres. Je ne veux pas la faire souffrir. Je veux qu'Arès paie, pas elle. Peut-être qu'elle parviendra à m'aimer s'il demeure loin d'elle ? Puis-je encore espérer quelque chose ?

— Tout va bien ? demandé-je, d'une voix spectrale.

Interdite, elle finit par acquiescer, un sourire crispé aux lèvres.

— Une migraine, rien de plus.

Elle croise les bras et recouvre sa superbe.

— Je t'apporte un cadeau.

Je lui tends le coffret. Après une pause, Aphrodite s'approche. Elle l'ouvre et regarde à l'intérieur. Même le cygne qui s'envole pour amerrir dans une vasque ne la charme pas. Ses yeux sont ailleurs, tout comme son esprit et son cœur.

— C'est très beau, dit-elle sans emphase, avec son indifférence habituelle.

Elle s'empare du coffret et le dépose avec des dizaines d'autres, sur une table de la pièce. Elle n'enfile jamais les parures que je lui fabrique et ne place jamais chez elle les objets que je lui destine.

— Je ne dînerai pas avec toi ce soir, ajoute-t-elle en s'éloignant. Je suis souffrante.

Et elle disparaît.

Tout mon corps se tend, mes muscles se contractent et la rage que j'avais tassée se presse au fond de ma gorge. Je m'éclipse dans les forges désertées par les Cyclopes et pousse un cri qui fait trembler le ciel de la grotte. Des larmes brûlantes me montent aux yeux. Mon corps devient incandescent. Je peux immerger mes mains dans le feu puisqu'elles en produisent mais j'ai l'impression, à cet instant, que je peux aussi plonger dans le creux de lave qui bout près des enclumes sans rien risquer. Je ne réfléchis pas une seconde de plus. Si je dois me désintégrer, alors j'en finirai sans regret.

Je m'avance jusqu'au bord de la crevasse et me laisse tomber dedans, espérant périr sans y croire. J'ai survécu malgré moi à une chute depuis l'Olympe, je ne suis pas certain qu'un dieu puisse mourir. La lave m'engloutit comme une caresse. Je m'enfonce dans la masse, et seule ma jambe métallique se disloque et s'évanouit.

Je ne meurs pas, mais je trouve en quelque sorte la paix.

Elle ne m'aimera jamais. Je refuse de le croire, mais au fond de moi, je le sais.

Lorsque je refais surface, le paysage a changé. Je suis ailleurs. Je sors d'un fleuve de feu, recouvert de lave qui sèche à mesure que j'avance hors du cours. Je tiens encore debout grâce à la roche noire qui s'agglutine à mi-corps. Des plaines de cendres et un ciel sans étoiles s'étendent devant moi.

— Qui es-tu ?

Sur le côté, mon œil capte la présence d'une déesse à la peau écarlate, aux grandes ailes grises et à la crête noire. Elle ne ressemble en rien aux divinités olympiennes, avec sa suite de nymphes aussi transparentes que le diamant.

— Héphaïstos, et toi ? répliqué-je. Où sommes-nous ?

Les joues des nymphes brunissent et me mettent soudain mal à l'aise, elles gloussent et se donnent des coups de coude sans oser prendre la parole.

— Mon nom est Éris, répond la déesse. Bienvenue aux Enfers, Héphaïstos.

*

La main dorée est prête. Méroé dort encore, mais elle a l'air plus apaisée.

Je ne peux pas tomber amoureux d'elle, elle n'est pas faite pour moi ! Et je n'ai aucune envie de revivre une relation aussi déséquilibrée que celle vécue avec Aphrodite.

Je ramasse toutes nos affaires dans ma besace pour qu'on soit prêts à partir, puis je retourne auprès de Méroé.

Le caractère impétueux de la sorcière ne me fera pas changer d'avis. Oui, elle est furieusement attirante dès qu'elle gueule et qu'elle me tient tête, mais ce n'est vraiment pas une raison pour craquer ! Oui, je la désire encore, et oui, elle me veut, elle aussi… Mais ça ne mènera jamais nulle part. Elle est trop jeune pour moi. Et puis qu'est-ce qu'elle est bornée et directive… Tout ce que j'aime.

— Reprends-toi, Heph, me murmuré-je.

Où se situe même la limite entre la bravoure et la folie, avec elle ? Pour me demander de lui trancher la main afin de nous sortir de là ? Je n'en reviens toujours pas de son geste.

Quelle femme merveilleuse…

— Trésor ?

Elle ouvre les yeux et mon cœur bondit.

Par tous les volcans des Enfers ! je suis déjà amoureux…

DIVINITÉS GRECQUES

Amphytrite : déesse des mers et des océans, mère des monstres marins

Antéros : dieu de l'amour réciproque

Aphrodite : déesse de la beauté, de l'amour et du désir

Apollon : dieu du soleil, de la médecine, des arts et de la divination

Arès : dieu de la guerre

Artémis : déesse de la chasse et protectrice des femmes enceintes

Athéna : déesse de la sagesse, de la stratégie et des arts

Cyclopes : Acamas, Pyracmon et Adnanos sont les descendants de Poséidon ; Argès, Brontès et Stéropès sont les frères de Cronos (le père de Zeus, Poséidon et Hadès)

Deimos : dieu de la terreur

Éris : déesse de la discorde

Éros : dieu de l'amour

Eunomie : déesse du protocole et du respect des lois

Gorgones : Sthéno, Euryale et Méduse

Hadès : roi des Enfers, dieu des morts

Hécate : déesse de la magie, ancienne psychopompe

Hécatonchires : créatures à cent bras et cinquante têtes, gardiennes du Tartare

Héphaïstos : dieu des forges et des volcans

Héra : reine de l'Olympe, déesse du mariage et de la fécondité

Hermès : dieu messager de l'Olympe, du commerce et des voleurs et psychopompe

Iris : déesse messagère d'Héra

Kairos : dieu temporel de l'instant opportun

Perséphone : reine des Enfers, déesse du printemps

Phobos : dieu de la peur

Poséidon : dieu des mers et des océans

Némésis : fille de Nyx (la Nuit), déesse des châtiments

Thanatos : fils de Nyx (la Nuit), dieu de la mort et chef des psychopompes

Tritons : les descendants de Triton, le fils de Poséidon et d'Amphytrite

Zeus : roi de l'Olympe, dieu de la foudre, maître des destinées

REMERCIEMENTS

Un grand merci à ma *personal assistant* Zélie qui a suivi le modelage de cette trilogie et de ce troisième tome jusqu'à la fonte finale (et en bronze olympien !). Grand merci également à toute l'équipe des forges de l'Olympe BMR, qui battent le fer sans relâche et insufflent l'animation à nos livres : Chloé, Marie, Cécile, Léa, Mélanie et Nicolas. Un troisième grand merci à Marie Chivot-Buhler pour la correction et la chasse aux imperfections du texte à la sortie de l'atelier. Et pour finir, merci Florie pour ta relecture éclair, un petit verre de Nectar nous attend sur les nuées ☺

Vous souhaitez en savoir plus sur la suite ? Retrouvez toute mon actualité sur Facebook : Liv Stone – auteure et sur Instagram : @livstoneauteure !

Achevé d'imprimer en Espagne par Rodesa
en août 2022
Dépôt légal 1re publication septembre 2022
5514512 – EAN 9782017206927
Édition 01